María Magdalena

María Magdalena

Sacerdotisa - Dama - Apostol

Ewa Kassala

Para mi madre, Romana Kassala,

Abuelas: Paulina Kassala y Czesława Stasikowska, sus madres,
Babki, Prababek y todas las demás mujeres con las que tengo
vínculos de sangre, que estuvieron frente a mí y que han estado a
mi lado durante tanto tiempo ...

TABLA DE CONTENIDOS

PRÓLOGO

Ella cayó sobre su rostro y abrazó sus pies. Estaban cubiertos de arena del desierto, sus sandalias estaban tan polvorientas que no se podía ver su color original. Caminó desde muy lejos. Acababa de entrar a la ciudad.

Alzó la mano. Unos hombres con se pusieron de pie y la rodearon. La miraron, curiosos por la reacción del Maestro.

Algunos de ellos sabían quién era ella. María, señora de Magdala, hermana de Marta y Lázaro. Educada en los templos egipcios, una mujer mundana, independiente, segura de sí misma, sabia, convencida de que podía hacer cualquier cosa. Intrigante, controvertida, depravada. Rica, rebelde y libre. Y hermosa al mismo tiempo.

Se ha dicho durante varios meses que espíritus malignos la han poseído. Que ella estaba loca, inestable, anormal. Fue vista en el desierto y en la costa, en los distritos pobres de la ciudad, vagando sin rumbo, llorando y riendo alternativamente. Ella gemía y sollozaba como una niña o gritaba, arañaba, pateaba y desafiaba a todos los que intentaban acercarse a ella. Fue violada, golpeada, escupida, despreciada. Era una mujer marginada. Una paria. Totalmente poseída.

Se decía que aullaba como un animal gravemente herido. Rociaba arena sobre su cabeza, gritaba sin razón, tiraba de su cabello, se rasguñaba la cara, rompía su vestido. Le salía saliva mezclada con espuma de la boca. Sus ojos inyectados en sangre mostraban pánico, miedo, sufrimiento y confusión, pero también desesperación mezclada con resignación e impotencia.

Una vez, había desgarrado un magnífico vestido de seda. María Magdalena estaba adolorida y magullada. Viejas y frescas heridas cubrían su piel. Su cabello largo, antes tan cuidado, no había visto un peine o aceites en mucho tiempo. Enmarañados, despeinados y sucios, completaron la imagen demacrada.

La multitud estaba creciendo. Aquellos que le habían arrojado piedras y le habían escupido hasta hace poco ahora estaban mirando al Maestro.

La fama de un hacedor de milagros, sanador y sabio lo siguió durante mucho tiempo. Algunos lo proclamaron el Mesías o incluso el Hijo de Dios. Los discípulos y espectadores se preguntaban cómo, según su doctrina de amor, trataría a quien debería haber sido apedreada hace mucho tiempo.

Y ella no tenía fuerzas. No podía quedarse por mucho tiempo. Se escapó como una paloma herida. Con alas rotas, plumas arrancadas y un pico roto. Acurrucada a sus pies, quería alejarse de la crueldad, la injusticia, la falta de comprensión y el destino que durante mucho tiempo le había parecido inevitable. Ella estaba al borde. Herida hasta los límites de la resistencia humana, quería morir.

Al mismo tiempo, tuvo que hacer el último esfuerzo. Por ella misma. Por su abuela, Suma Sacerdotisa, su padre, su madre, su hermana, su hermano, su pasado e ideales, a los que permanecía fiel hasta hace poco. Las sacerdotisas le enseñaron mucho pero no le dijeron cuán cruel es el mundo, ni cómo rechaza la otredad y condena a quienes no cumplen con las reglas. «Adaptarse o morir debería ser el principio que enseñan a los jóvenes en los templos», pensó.

Y ella quería mirar a los ojos de quien no tenía miedo de vivir a su manera. Como antes, en el lago Genesaret, cuando sus ojos se encontraron por primera vez, cuando vio en ellos la inmensidad del espacio y la libertad que echaba de menos. Ahora quería que él la mirara de nuevo, la tocara, la limpiara o la rechazara, condenándola a la inexistencia. Era su última oportunidad de una nueva vida o la muerte, que finalmente terminaría con su sufrimiento.

Jesús se agachó. Él se acercó a ella. Ella se arrodilló. Él puso ambas manos sobre su cabeza. Las mantuvo ahí por un momento.

–¡Levántate! Estás curada –anunció.

Ella se levantó y lo miró a los ojos. No había más locura en su rostro.

–Encontré mi alma, y no la soltaré...[1]

---

[1] Cantar de cantares 3:4.

Capítulo I

LA SACERDOTISA

1

Ella nació con un velo de cabello oscuro, grueso y, bastante largo. Tan pronto como nació, la partera la colocó cerca del corazón de su madre exhausta, para que la amamantara.

–Está sana, hermosa y fuerte –dijo la partera.

–Tendrá suerte en la vida. El velo lo garantiza. ¿Me oyes? –Eucaris besó los dedos de la niña.

Hay algo más, señora. La partera parecía intrigada y miró fijamente a los sirvientes que murmuraban en la cámara.

–Muchachas, tomen los recipientes con agua, los trapos sucios y váyanse –ordenó Eucaris, dando a entender que no quería que nadie más supieran lo que había descubierto.

–¿Debería preocuparme? –preguntó cuando la puerta se cerró detrás de las sirvientes.

–Más bien lo contrario ...

–¿Entonces…?

–La niña tiene líneas en su mano izquierda en forma de estrella –dijo la partera con orgullo.

Eucaris abrió la mano de su hija.

Vio líneas que se cruzaban regularmente, muy perfiladas, y de hecho formaban una estrella. Ella sabía que tal señal significaba, no solo felicidad, sino un poder especial, un propósito espiritual superior o que se convertiría en líder.

–Eso no es todo, señora. –La partera se inclinó hacia adelante y comenzó a susurrar–. ¡Ella también tiene estrellas en la parte inferior de ambos pies!

–¿De verdad? –Eucaris se sentó en la cama–. Ayúdame, estoy muy débil…

La partera movió a la niña para que su madre pudiera ver las marcas.

–¡Dios querido! ¡Es verdad!

–Así es, señora. En los recién nacidos, las líneas rara vez son tan claras. Y no solo están bien marcadas, ¡también tienen forma de estrellas!

–No se lo cuentes a nadie –ordenó Eucaris después de un momento de reflexión–. Dame el bolso negro, que está en el cofre. ¡Ahí! –Señaló y cuando la partera le dio lo que había pedido, sacó una moneda de oro de la bolsa–. Es por tus esfuerzos. Y por haber encontrado las marcas. –Ella le dio el oro en la mano de la partera–. Te pido discreción. Es mejor que nadie lo sepa. A la gente no le gustan los que están «marcados».

–Estas son marcas maravillosas –la partera estaba sorprendida–. Dios se los da solo a los que están más cerca de Él.

–Me gustaría que mi hija decida su propio destino algún día. Que ninguna marca afecte cómo la tratarían los demás y lo que ella piense de sí misma, ¿entiendes?

–Si es tu voluntad, señora, la honraré, pero al menos el rav[2] debería saberlo. Tal señal es, después de todo, una marca de Adonaí[3].

–Déjala crecer sola. Lo que significa para ella sucederá incluso cuando el rav no sepa de las estrellas, ¿verdad?

---

[2] Rav era utilizado en ese momento; el término rabino se estableció solo en el segundo / tercer siglo DC.
[3] En otras palabras: «Señor»; El nombre de Dios, Yahvé, no se dijo por respeto al Creador.

La partera miró al techo, lo que significaba que contaba con el apoyo del cielo, porque no sabía que decir. Apretó la moneda con más fuerza y asintió como una señal de que entendía, sin mucha convicción, pero estaba de acuerdo.

–Bien. Que así sea. Pero sepa, señora, que por primera vez en mi vida veo a un bebé con tantas estrellas en manos y pies.

***

Cyrus estaba arrodillado junto a la cama de su esposa. El día anterior dio a luz a una hija sana y fuerte. Su primer hijo juntos. Estaba loco de alegría. Ella era el sol, su alegría y su esperanza. Él amaba la Eucaris como a nadie a pesar de que ella no era judía. Pero se consolaba con una cita de los libros antiguos (que interpretó a su conveniencia): no se puede elegir a quien amar.

La conoció durante uno de sus viajes de negocios a Egipto, en la casa de sus padres. Como él, pertenecían a la élite de su comunidad porque eran comerciantes muy ricos. Luego experimentó algo que no creía que existiera: el amor a primera vista. Su cuerpo y mente ardieron por primera vez. E, inesperadamente para él, se encontró con una reciprocidad genuina, a pesar de las dudas y los temores de sus padres y de sus amigos más cercanos, la ceremonia de la boda pronto tuvo lugar.

Estuvieron juntos por dos años. Cuando el nacimiento de su hija complementó su felicidad.

Tenía dos de su matrimonio anterior. Marta tenía doce años y Lázaro celebró recientemente su décimo cumpleaños. Dios llamó a su madre, estricta y austera, mucho antes, antes de que los ojos tristes de Cyrus vieran a una hermosa egipcia.

Ahora Cyrus sostenía su mano con fuerza. El estaba asustado. Sabía que no era buena señal. Durante muchas horas, la partera no pudo detener el flujo de sangre. El nacimiento parecía exitoso, pero aparentemente algo salió mal. Con cada hora, Eucaris se debilitaba. Estaba delirando. «¿Adonaí nos castigó por unirnos sin obedecer las leyes mosaicas?», pensó. «¿Porque traje una mujer no judía a la casa de Israel? ¿Me castigó como le hizo una vez a David, luego Salomón y muchos otros?»

Sin embargo, no había tiempo para reflexionar. Era necesario actuar. Cuando la partera extendió las manos impotente el segundo día después del parto, inmediatamente llamó al mejor médico. La examinó, le dio agentes fortalecedores, pero la hemorragia la estaba debilitando. Él suspiró con resignación.

–Tiene fiebre, está muy débil. Ha perdido mucha sangre. Queda en Dios. Recen por ella.

Todos, junto a los criados se reunieron en el pasillo de la casa. Mientras esperaban al Rav, todos oraban en silencio.

–Me estoy muriendo... –Eucaris se estaba debilitando–. Dame a mi hija...

Sostuvo a la bebé contra su corazón con el resto de sus fuerzas.

–Dale el nombre de María –le pidió–. Es hermoso y universal. No quiero que ella se lo cambie, como tuve que hacerlo yo.

–Bien mi amor–. Cyrus sintió un nudo en su garganta.

–Prométeme algo más –ella bajó la cabeza–, envíala a mis padres cuando cumpla cinco años.

–Ella es mi hija, debería vivir aquí –protestó débilmente.

Amaba a su esposa y estaba listo para cumplir con cada pedido. Especialmente porque sintió que le quedaba poco tiempo.

–Ella siempre será tuya –aseguró cariñosamente–. Sin embargo, hazlo por mí, por ti y por ella. Deja que mis padres se encarguen de su educación. Haz que la envíen a Archivo*. Y después de diez años, María decidirá cuál será su camino más adelante. De acuerdo, por favor.

–Esta no es una buena idea...

–Conoces a Israel. No es fácil para las mujeres aquí. Deja que se vaya. Qué conozca el mundo y educarse. Volverá a ti, créeme. Y siempre te amará. –Él la miró a los ojos, estaban nublados.

–Por favor, si alguna vez dejas este mundo, yo te esperaré del otro lado, déjale la mitad de las propiedades.

–Nuestras propiedades las heredarán todos los niños...

–Escriba un documento por separado.

–¿Qué pasa Marta y Lázaro?

–Dales la otra mitad. Se tienen el uno al otro. Y cuando la mandes, María estará sola en Magdala. Tal división garantizará su paz y una vida digna. También protege a Marta. Esta es mi última voluntad.

#Isla en el Nilo, antiguo centro de culto de la diosa Isis.

Cuando levantó la cabeza con esfuerzo, una línea de sangre salió de su boca.

–Júralo –le ordenó.

–Lo juro –prometió, reprimiendo las lágrimas–, enviaré a María a Egipto y le dejaré la mitad de nuestras propiedades.

–Júralo por tu Dios.

–Lo juro por Adonaí.

Marta y Lázaro se pararon junto a la cama y escucharon las palabras de su madre. Los ojos de Marta se cerraron. Ella no quería dejar correr las lágrimas.

2

María era una niña extraordinaria. Casi nunca lloraba cuando era niña. Las nodrizas empleadas por su padre no podían creerlo. No se despertaba por la noche, les sonreía a todos. Por alguna razón, estaba feliz de estar en el mundo. Ella no estaba enferma. Podía tumbarse en la cama durante horas, dando la impresión de que estaba meditando. Cuando alguien aparecía a su lado, ella saludaba con una voz aguda y alegre. Al ver a su padre, ella extendía los brazos lista para mostrarle amor y apoyarlo en su soledad y sufrimiento.

–Qué niña tan hermosa –Marta le hablaba con ternura cuando no había nadie más en la habitación–. Quisiera ser tan bonita como tú.

A Marta no le gustaba mostrar sus emociones. Era reservada. Siempre se ocupada con asuntos domésticos importantes, amaba a sus hijos sobre todo, pero no les mostraba cariño con demasiada frecuencia. Trataba a su esposo de manera similar. Ella se dedicaba a él y dirigía la casa con responsabilidad, al igual que otras esposas y madres ejemplares. Era bien organizada, servicial, solidaria, siempre se levantaba primero y se acostaba después de los demás. Supervisaba a los sirvientes, que eran muchos. Su esposo le decía que descansara, pero ella siempre quiso encargarse personalmente de todo lo que sucedía en casa.

Marta, a pesar de que aún no se había convertido en mujer, era similar a ella. Ella heredó de su madre no solo su belleza cruda, sino también su carácter. Era trabajadora, concienzuda, rara vez se reía, y cuando su madre murió, se cerró aún más. Las exuberancia y ternura femeninas solo las llegó a experimentar por primera vez solo cuando su padre se volvió a casar.

Después de un mes de ausencia de su hogar, regresó con una extraña, a quien presentó como su esposa.

–Su nombre es Eucaris –anunció–. Quiero que la conozcas.

Marta solo sabía que la nueva esposa de su padre era de Egipto, una tierra de corrupción y decadencia. Desde un lugar del que era mejor no hablar, porque era un semillero del mal. Muchos dioses eran adorados allí, sin saber que Adonaí era el único. Las mujeres allí se vestían y se comportaban como pecadoras abiertas, y muchas de ellas (como Marta escuchó por accidente durante una conversación entre su padre y el Rav) tenían sus propias propiedades y podían estudiar. De las historias que escuchó, concluyó que Egipto era algo así como Sodoma y Gomorra, y que Dios castigaría a los egipcios por sus pecados.

Sin embargo, Eucaris no parecía provenir de un lugar condenado por Adonaí. Marta sintió que con ella llegó una alegría a su hogar que nunca antes había estado allí, pero también trajo un extraño secreto, algo fugaz, atractivo, distante, inquietante, pero bastante familiar. Este algo evasivo le causó ansiedad en el corazón, su voz se tornó temblorosa, sufrió de dolor de cabeza y sintió una ansiedad que no podía describirse con palabras.

Una noche, cuando Eucaris ya tenía mas de un mes viviendo en su casa, Marta se despertó. Le pareció que podía escuchar a su padre (a través de las delgadas paredes) hablando con alguien, pero con un nombre extraño completamente desconocido. ¿Quién podría estar en su habitación por la noche?

–¿Quién es Aset? –preguntó la Eucaris al día siguiente.

–¿Por qué es esta pregunta, cariño?

–Por la noche, creí escuchar a mi padre dirigirse a alguien con ese nombre.

–¿Qué dijo él?

–«Aset, te amo».

Eucaris sonrió ampliamente y tomó la mano de Marta.

–Ya eres grande. Sé que puedo confiar en una chica sabia como tú.

–Claro que sí –Marta puso una cara aún más seria de lo habitual.

Estaba contenta de ser la confidente de alguien. Sobre todo de los egipcios, tienen muchos secretos. Ella se sintió orgullosa.

–Cuando vivía en Egipto, llevaba ese nombre. Pero, como sabes, fue hace mucho tiempo. Por amor a tu padre, me convertí en una seguidora de Adonaí. He sido Eucaris desde que me casé. Quiero que solo tu padre y tú sepan mi nombre anterior. La gente de Magdala no sabe que cambié mi nombre y mi fe. ¿Guardarás el secreto?

–¡Por supuesto! –aseguró de nuevo.

Ella mantuvo su palabra. Por el resto de su vida.

La mujer egipcia era completamente diferente a su madre y a las mujeres que conocía. No solo vestía trajes coloridos y hermosos, sino que cantaba, bailaba, reía desde la mañana y le dedicaba palabras de cariño a todo el mundo. Si Marta la describiera en una oración, diría que es una ave colorida, parlanchina y feliz. Ella trajo consigo un gato extraño que no se alejaba ni un paso, flores para la casa, le dio techo a un perro callejero y acariciaba tiernamente la cara de su padre. También la abrazaba a ella y a Lázaro, jugaba con ellos, inventaba juegos. A Marta le gustaba mucho uno que aprendió en Egipto. Se llamaba Senet.

Cuando su padre no estaba en casa, por la tarde se sentaban en el techo de la casa, donde se encontraba una gran terraza, y jugaban.

–Cuando era pequeña, mi padre no lo enseñó –dijo Eucaris, colocando la caja de piedra en una mesa baja–. Me enseñó los principios.

–¿Jugabas con él? –preguntó Marta.

No podía imaginar a su padre jugando algo ella, o incluso hablando por tiempo prolongado. Cyrus no cuidaba a los niños, y si le prestaba atención a alguno de ellos, a Lázaro. A veces lo llevaba con él en viajes, le explicaba las complejidades del mundo. Lo envió a estudiar con el Rav.

–Claro que sí. No solo me enseñó las reglas –aseguró Eucaris, colocando piezas en un tablero de piedra–. En Egipto, las niñas reciben el mismo trato que los niños. Piénsalo, querida Marta, ¿por qué las chicas no pueden estudiar? Después de todo, para hacer negocios, necesitan conocer las matemáticas, sanar, deben conocer las hierbas y cómo trabajan las personas, y para funcionar bien en el mundo, deben conocer las reglas que lo rigen. Juguemos Senet porque nos enseña cómo pensar y usar soluciones no convencionales. Eres muy inteligente, aprenderás rápido, ya verás.

A Marta le gustó este juego no solo porque entendía las reglas, sino que podía pasar tiempo con una persona que no solo le mostró un mundo nuevo para ella, sino que también le dedicaba su tiempo. Marta la escuchaba como a nadie más, quería saber qué pensaba y sentía. Ella preguntaba por sus costumbres, donde nació, por su esposo y sus hijos, y como era vivir en Egipto.

Eucaris nunca se lo dijo a nadie, pero creía que Israel, comparada con Egipto, era una tierra rezagada, cerrada, y gris. Solo los hombres la gobernaban. Las mujeres ni siquiera tienen la oportunidad de rezarle a su diosa porque ella simplemente ya no estaba. No solo se ha ido, no hay templos o seguidores, o incluso lugares donde las mujeres puedan estudiar. Aparentemente, ella sabía esto antes de salir de Egipto, porque sus padres, sacerdotisas y amigos le advirtieron, antes de irse, que era un lugar terrible donde no tendría palabra, pero conocía a los suyos. Ella estaba enamorada y nada era más importante para ella.

Eucaris pasó solo dos años en Magdala. Murió justo después de dar a luz, dejando atrás la desesperación, la tristeza, un hogar tranquilo, baúles llenos de coloridos vestidos y papiros, joyeros, cajas con piezas para jugar a Senet, un gato, buenos recuerdos y… un bebé.

***

Marta se convirtió en la guardiana de María. Nodrizas y niñeras la alimentaban, le cambiaban la ropa, la acostaban, pero Marta le daba amor y cariño. Los primeros meses de su vida, la bebé los pasó en la cuna en el centro de la recámara, que pertenecía a Eucaris. Justo al lado de su madre, su nodriza, de acuerdo con las ordenes de su ama, estaba lista para darle el pecho a la niña cuando ella necesitara. Cyrus rara vez la visitaba allí. Y cuando llegaba, se quedaba en silencio y nunca tomaba a la pequeña en sus brazos. Solo la observaba. A veces unas lágrimas corrían por sus mejillas, cuando nadie lo veía.

Cuando María tenía dos años, gracias a la solicitud explícita de Marta, Cyrus, decidió que las hermanas deberían vivir en la su propia habitación. Desde entonces, la madre venía solo tres veces al día, y la niña, además de la leche, comenzó a tomar otros alimentos.

Marta la cuidaba como una madre. Ella ya tenía catorce años, casi era una mujer. Se sentía responsable de María, la abrazaba y cuidaba, dándole y recibiendo el amor que ambas necesitaban. Se acurrucaban acurrucados juntas y mirándose, con amor. Marta era como una madre muy joven que amaba a su pequeña hija.

María, tan pronto como aprendió a caminar, se aprendió rápidamente las habitaciones de la casa, la ubicación de los árboles, arbustos y hierbas del jardín. Durante el día, Marta a veces la dejaba bajo el cuidado de una niñera, y jugaban a la sombra de los árboles. No le gustaba apartar los ojos de ella, pero al mismo tiempo, al igual que madre, quería ocuparse de todo lo que sucedía en casa, la cocina, la despensa, los cuartos de servicio, las habitaciones y el jardín. Tenía solo catorce años y administraba la propiedad como una mujer con experiencia. Su padre salía de la casa y cada vez más tiempo a cargo de la casa, primero por unos días, luego por semanas y, a veces, por varios meses.

Un día, cuando Marta vino a ver a María, ella estaba jugando en el jardín, vio a su hermanita inclinada y hablando con alguien en un lenguaje infantil.

–¿Qué tienes ahí, cariño?

Marta usaba la palabra «cariño» solo con María. Recordaba lo mucho que le gustaba cuando Eucaris le llamaba así. Se sentía especial. Eucaris usaba el término con su padre y Lázaro, nadie más. Con esta palabra marcaba quién pertenecía a la familia y quién era más cercano a ella.

María levantó la vista. Ella miró a su hermana. «Pajarito está durmiendo. Lalalala…» ella citó las palabras de una canción de cuna que escuchaba todas las noches antes de dormir.

Una paloma blanca muerta yacía sobre la hierba. Marta se sentó a su lado.

–Tienes razón, está durmiendo. No lo molestes –le ordenó, sabiendo que uno no debe tocar animales muertos porque son sucios y traen enfermedades–. Ven a casa. Es hora de comer–. Ella quería alejarla del juego peligroso.

La niña no reaccionó, mirando al pájaro, por lo que agregó alentadoramente:

–Comerás algo delicioso. Ñam ñam… vamos!

Sin embargo, la pequeña no se movió. Para consternación de Marta, extendió la mano y la puso sobre la paloma. Marta se congeló.

«¿Y si se contagia una terrible enfermedad?», pensó.

–No duermas –María pidió con voz infantil–. ¡vuela! Vuela cariño.

Y luego sucedió algo que tanto Marta como la niñera recordarían por mucho tiempo. La paloma se movió, se sacudió, extendió las alas y voló. María saltó alegremente de la hierba y aplaudió.

–¡No está durmiendo!

Marta estaba tan asombrada de lo que sucedió que ni siquiera castigó a la niñera, quien no debía alejarse de la niña ni por un paso, estaba tomando una siesta debajo del árbol.

–Debes saber que María revivió una paloma muerta –trató de decirle a su padre sobre un evento inusual.

Él cortó su historia antes de que ella la continuara.

–Estas cosas pasan, Marta. El pájaro solo parecía muerto. Como mujer, tienes derecho a la exaltación y la fantasía, lo sé. Pero no le metas ideas a María, ¿de acuerdo? Ella debe tener la mente clara y pensar lógicamente. ¡No le metas basura a la cabeza!

Sí. Marta le prometió a su padre, y a sí misma, que sería prudente y racional. Ella entendió bien que si la paloma estuviera realmente muerta, no podría volar. «Papá tiene razón. Lo que vi fue solo una coincidencia». Se prometió a sí misma que nunca volvería a pensar en eventos mágicos. O al menos lo intentaría.

Sin embargo, no lo pudo cumplir.

No pasó un año y encontró a María en una situación que quizás no parecía tan impresionante como el incidente de la paloma, pero para ella, por razones muy personales, era mucho más conmovedora.

Amanecer. El sol acababa de salir del horizonte.

Todos en la casa dormían.

Nada cubría la ventana por la noche. Los molestos mosquitos no volaban en esta época del año, las noches y los días eran fríos. El aire ligero facilitaba la respiración y el sueño. Sin embargo, para no pasar demasiado fría, tenía que cubrirse con un edredón grueso y colocar alfombras calientes adicionales. Se despertó y vio que la cama de María estaba vacía. Pensó que la niña simplemente estaba en algún lugar bajo varias sábanas, con las que la arropó cuidadosamente por la noche. Fue a comprobarlo. Acarició la colcha suavemente, pero lo suficientemente fuerte como para ver si había un pequeño cuerpo debajo de ella. No estaba.

–¡Oh Señor!

Ella miró alrededor de la habitación. En la oscuridad, aunque se acercaba el amanecer, no se veía mucho. Se puso las sandalias. Ella encendió la lámpara. Mirar en cada esquina era solo una formalidad, sabía que él no la encontraría allí. Corrió por las habitaciones vecinas. Su padre no estaba en casa, así que su habitación estaba vacía, pero ella también entró, porque a veces María se escabullía por la noche y se iba a la cama de su padre para que la abrazara. Ella no estaba allí. La cama de su padre estaba vacía. Lázaro dormía tranquilamente en la habitación contigua.

Bajó a las habitaciones de servicio. Nadie se había levantado todavía. Era temprano.

Ella salió de la casa. Nada. Miró entre los árboles y llegó al jardín por un camino estrecho. Vacío. Los pájaros comenzaban a despertarse, el sol se estaba levantando. Entonces la vio. Estaba parada en el techo de la casa, en la terraza, donde a menudo por las noches, en camas cómodas, pasaban el tiempo. Tenía los brazos extendidos, como para volar. Sabía que no podía gritar porque la asustaría. Respiró profundo y, lo más silenciosamente posible, tratando de que las sandalias no sonaran, corrió hacia el techo.

Cuando entró en la terraza, María todavía estaba de pie en la misma posición que la vio desde el jardín. Excepto que se balanceaba en diferentes direcciones, tarareando.

–¿Qué haces mi amor? –dijo amigable cuando estaba justo detrás de ella, asegurándose de que si algo pasaba, la atraparía.

–Quiero ser un pájaro –dijo con seguridad.

–¿Cómo la paloma que dormía en el jardín?

–Volar a otros países. Quiero volar –confesó con sinceridad infantil–. Lo estoy intentando.

–Las niñas no vuelan, ¿sabes? –Ella se rió para no ofenderla–. La gente no vuela. Dios dio alas solo a los pájaros. Caminamos por la tierra. Tenemos piernas, mira. –Ella señaló sus pies.

–Volaré. Ya verás! –ella aseguró–. Me elevaré alto. ¡Ahí! –señaló al cielo.

–Ay... –Marta estaba feliz de que no pasara nada malo. Todavía recordaba las palabras de su padre de no infundir en María pasamientos mágicos o, como él dijo, femeninos, por lo que no quería burlarse de ella–. Vamos, ¿no tienes frío?

–No. Estoy aquí porque mi madre dijo jugaríamos Senet –María se dio vuelta y caminó hacia la habitación.

–¿Mamá dijo eso?

–Sí, esta noche.

–Lo Soñaste.

–No lo soñé. Ella vino, tomó mi mano y me trajo aquí. Ella me mostró que el juego está en el gabinete.

Dicho esto, ella abrió la puerta por mucho tiempo no fue abierta por nadie. Sacó una caja de piedra turquesa.

–¡Júralo! –dijo con alegría.

–¿Me enseñarás?

María comenzó a armar peones como si lo hubiera hecho más de una vez. «¡María!», protestó Marta con voz temblorosa, sorprendida. De alguna manera, ella quería enmascarar sorpresa y el terror. Porque, ¿cómo podría una niña, su amada María, saber el nombre del juego y saber dónde estaba escondido? ¿Realmente su madre la visitaba de noche? Y si no, ¿cómo sabía ella algo de lo que nunca había oído hablar?

–Las niñas no pueden jugar –susurró.

–Sí juegan –aseguró María–. ¿Me enseñarás?

–Sí, te voy a enseñar –ella estuvo de acuerdo con cierta incertidumbre–. Pero dime por favor, ¿cómo sabes el nombre del juego?

–Te lo dije, mi madre me lo dijo. Ella estaba en mi habitación, me mostró dónde estaba la caja y prometió enseñarme.

Ella entrecerró los ojos porque el sol acababa de salir y brillaba con todas sus fuerzas.

Esa mañana Marta la pasó enseñándole a María las reglas del juego. Ella no le contó a su padre sobre el incidente. Y muchos años después se preguntó si esa mañana era más importante lo que María le dijo acerca de la visita de Eucaris y aprender del juego egipcio, o tal vez la afirmación de que algún día volaría a otros países.

***

Ha pasado otro año. María se convirtió en una hermosa niña. Tenía los rasgos nobles del rostro de su madre y la barbilla afilada de su padre. Era muy inteligente, aprendía rápido y hablaba mucho.

Cyrus viajó. Hizo negocios en muchos países, negoció entre Egipto y el mundo al este de Israel. A menudo pasaba las noche fuera de casa. Y cuando estaba en su tierra natal, en lugar de su propiedad en Magdala, elegía un lugar para descansar en Betania. Era pequeña pero cómoda. Con un pequeño jardín y un huerto, no requería mucho cuidado. Cyrus solo tenía cinco sirvientes allí. Tenía paz allí, podía aislarse de los niños, nadie le hacía preguntas ni le preocupaba. Él podría estar solo. Y Marta, aunque todavía era muy joven, criaba a Magdalena hábilmente, no dudó en dejar la propiedad bajo su supervisión. A veces tenía la impresión de que los miembros del hogar bajo su dirección estaban mejor sin él y que no esperaban el regreso de su amo. Sin embargo, como padre y jefe de la familia, se sentía obligado a estar allí. Especialmente cuando notó con alegría lo bien que se estaba desarrollando María. Ella era extremadamente inteligente, abierta, directa y alegre. En cuanto a comportamiento ella se parecía a su madre. Él y todos a su alrededor lo vieron.

Un día, mientras estaba en Magdala, Cyrus encontró a su hija menor en su habitación. Estaba arrodillada en el suelo, donde colocaba pergaminos y una docena de rollos de papiro uno al lado del otro.

–María, ¿no crees que no deberías tocar mis cosas? – preguntó, sorprendido, divertido, pero también complacido de ver cuán suavemente los manejó y miró.

–Padre, enséñame a descifrarlos –pidió ella, levantándose como si no viera nada inapropiado en su presencia en este lugar.

Su padre no pasaba mucho tiempo con ella. La mayoría de las veces no estaba en casa, y cuando lo estaba, no le prestaba atención a los niños. Como si no existieran.

–Eres demasiado pequeña para estar interesado en tales cosas –se agachó a su lado–. Además, eres una niña. A las niñas no les gustan esas actividades.

–¡Vamos! Enséñame, –ella le rodeó el cuello con los brazos–, ¡por favor!

–Bien, pero no hoy.

Estaba sorprendido por su comportamiento, pero no se liberó. Experimentó algo agradable, escuchando el corazón de su hija latir tan cerca y sintiendo su aliento en la mejilla.

–¿Tal vez un poquito? – le susurró al oído–.

–Bueno, un poco –él se rindió, sin saber por qué–. Te enseñaré algunas cosas. Vamos.

Quería levantarse, pero ella lo abrazó aún más.

–¡Gracias, gracias! –Ella cubrió su rostro con besos–. Te amo

Se levantó para que María no notara una lágrima. Desde que su amada Eucaris lo dejó, nadie había usado tales palabras con él.

–¿Padre?

–¿Sí?

Ella asintió hacia él, pidiéndole que se inclinara, y cuando lo hizo, con ternura, pero firmemente, lo agarró por ambas mejillas, estirándolas como una sonrisa.

–Haz «brrrr» –ella le pidió.

Estaba sorprendido, pero cumplió su pedido.

–Brrrr –hizo de acuerdo a sus deseos–. Muy bien –lo elogió aplaudiendo–. Ahora podemos leer.

–Vamos.

Se sentó en una silla en la amplia mesa en la que solía trabajar. Ella se puso de rodillas sin preguntar.

–Alef, bet, guímel, dalet, hei, vav –recitó las primeras letras del alfabeto y las señaló en el pergamino–. ¿Puedes repetirlo?

–Dilo otra vez, más despacio –pidió. Suspiró profundamente, y repitió.

Ella respiró hondo y recitó sin problemas las letras que él había mencionado.

–Alef, bet, guímel, dalet, hei, vav.

Cyrus se movió en su silla. No creía lo que oía y veía.

–¿Puedes hacerlo de nuevo?

Ella cumplió con su pedido.

–Oh Señor, ¿cómo es esto posible? –Se preguntó en espíritu–. Zayn, Jet, Tet, Yod, Kaf, Lámed, Mem, Nun…

–Señaló las siguientes letras, mientras decía sus nombres en voz alta.

Ella repitió sin problemas.

–Sámej, Ayin, Pei, Tzadi, Qof, Resh, Shin, Tav. –Terminó de leer el alfabeto hebreo.

Con un grito de alegría, al ver el gran placer que le daba a su padre, repitió todo, al mismo tiempo que mostraba las letras correctas.

–¡Mi niña! –Cyrus la alzó–. ¡Dios te ha dado un talento extraordinario! –exclamó triunfante.

–¿Ya sé leer? –preguntó con una sonrisa tierna.

–Todavía no, pero ciertamente aprenderás muy rápido.

La besó en ambas mejillas y la dejó en el suelo.

–Mamá también cree que sí –afirmó.

–¿Mamá? –preguntó se preocupado.

–Ella me visita por la noche y hablamos –confesó.

–Estabas soñando –dijo aliviado.

–Sí. Sueño con eso –respondió tranquilamente, recordando qué impresión había hecho su confesión sobre Marta. Desde ese momento supo que sus conversaciones con su madre eran solo sueños. ¿Por qué molestar a sus seres queridos?

Cyrus abrazó a su hija con ternura.

A partir de ese día, comenzaron a estudiar cada mañana. Sucedió como él predijo. La lectura no fue un problema para María. Después de un mes lo hacía completamente sola.

–¿Y ahora qué? –se preguntó–. No le diré al Rav que una niña de cuatro años sabe leer. ¿Cómo voy a explicar esto? Por supuesto, ella es mi hija, es muy inteligente, obviamente. Le enseñé a leer yo mismo. Pero, ¿cómo le explico al mundo que tiene ese don?

***

Lázaro era un niño tranquilo y no causaba problemas. Cortés, ordenado, evitaba disputas y conflictos.

Desde la muerte de su madre, se ha encariñado por completo con Marta, reconociéndola como la persona que se preocupa por él y a quien debe escuchar. El poder absoluto era obviamente ejercido por el padre. Lázaro no cuestionaba ninguna de sus decisiones.

Incluso cuando regresó a casa de uno de sus viajes lejanos con la mujer que presentó como su esposa. No recordaba a su madre en absoluto, así que no le importaba que alguien ocupara su lugar. Especialmente alguien tan agradable y alegre como Eucaris. Le agradaba, y le gustaba que ella lo acariciara, le dijera «cariño» y a menudo jugara con él, le dio mucho amor sin dudarlo. Cuando ella se fue, él estaba triste, pero no se desesperaba demasiado. Aceptó la voluntad de Dios tal como lo había hecho en el caso de la muerte de su madre. Aceptó la presencia del bebé sin emoción. No le importaba la pequeña. Él no trataba con ella, ella no pertenecía a su mundo masculino.

Casi todos los días, de acuerdo con la costumbre y la decisión de Cyrus, se juntaba con otros niños de su edad, aprendió a leer el Libro[4] en la sinagoga, viajaba con su padre, aprendió a llevar cuentas. Estaba convencido de que solo padre tenía la autoridad. Que él es su sucesor natural en los negocios y su hijo más amado.

Sin embargo, sucedió algo que cambió su perspectiva.

***

---

[4] Torá: libro sagrado judío; el texto revelado más importante del judaísmo; Los primeros cinco libros del Antiguo Testamento.

–¿Quién hizo esto? –el padre enojado se paró frente al busto roto.

Era un recuerdo valioso de un viaje a Grecia. Estaba en su recámara en un lugar de honor entre los trofeos más importantes.

Marta, María y Lázaro se pararon ante su padre.

–¿Quién rompió a Platón? –repitió.

–No lo sé, no sé quién lo hizo. –Marta, como siempre, habló claramente.

–Tú vienes aquí más a menudo, María. ¿Tal vez fuiste tú?

Cyrus se inclinó sobre su hija.

–Digo, no fui yo –levantó la cabeza–. Pero supongo quién pudo ser.

Gotas de sudor aparecieron en la frente de Lázaro. En el momento parecía que él era el culpable. Estaba seguro de que esto significaría caer en desgracia con su padre. El estaba asustado. No por el castigo, sino por el rechazo, que le quietaran el poco interés y atención que Cyrus le prestaba. «Ella me vió», pensó.

–¿Entonces? ¿Nos lo dirás? –preguntó el padre.

–Sí –dijo con una sonrisa.

Lázaro cerró los ojos.

–Fue un gato –confesó–. Lo vi caminar sobre el busto. Pasó entre el busto y el jarrón. Y, sin querer, tumbó el busto, padre.

Cyrus la miró atentamente.

–¿Eso crees?

–Sí.

–¿Y si alguien más lo hizo pero no lo admite? –preguntó sin mirar a su hijo.

–Ese alguien tal vez teme que si descubres que lo hizo, dejarás de amarlo.

Lázaro suspiró aliviado.

Cyrus estaba sin palabras. «¿Quién es esta niña?», pensó. «Lee, habla y se comporta como un adulto, y además tiene un buen corazón. Es cierto que ella también tiene una imaginación poderosa, pero si crece, probablemente la superará. Los niños son así».

Sabía que Lázaro había roto el busto. Simplemente no entendía por qué tenía miedo de admitirlo. Ya tenía catorce años, se le estaba notando el bigote, veía a las chicas, pero no podía admitir su culpa. María lo explicó todo en una frase. Ella tenia razón. Lázaro, como todo hombre, necesitaba amor y tenía miedo de perderlo.

–Váyanse. Y tú, María, la próxima vez que veas al gato, llámame. Hablaré con el. –Y se rió.

Un día después, Lázaro admitió su culpa. Su padre no le gritó. Ni siquiera lo castigó. Prometió que una vez irían juntos a Grecia y traerían un nuevo busto desde allí.

***

Unas semanas después sucedió algo que cambió aún más la forma de Lázaro de ver a María. También afectó significativamente el resto de su vida.

Era verano, temprano en la tarde. María, como todos los días, estaba durmiendo una siesta después de la cena. Marta y los criados se ocupaban de la cocina. Lázaro acababa de regresar de las clases en la ciudad. Aún no había entrado en su habitación cuando escuchó el grito de su hermana menor. Tiró la bolsa al suelo y se apresuró a ver qué estaba pasando.

La niña estaba acurrucada en un rincón de la habitación. Se cubría la cabeza con las manos como si quisiera defenderse de algo. Ella gritó.

–¿Qué está pasando? –Se arrodilló a su lado, alejando a los insectos que la rodeaban.

Le sorprendió que hubiera moscas en su casa. Gracias a las hierbas adecuadas distribuidas en las esquinas y las mallas montadas en las ventanas, casi nunca estaban en el interior. Ahora esa no era su preocupación.

María levantó la vista. Sus grandes ojos oscuros mostraban terror.

–¡Alas negras! –Ella señaló el espacio sobre ella.

Él levantó la vista.

– ¡Quieren llevarme! –gritó desesperadamente.

–No hay nada allí, solo hay unas pocas moscas –comentó con calma–. No tengas miedo.

–¡Las alas negras quieren llevarme!

Él vio miedo en sus ojos.

–Ven –él se acercó a ella–. Te protegeré.

Ella dudó por solo un momento. Cuando sintió confianza suficiente, puso su rostro lloroso y húmedo en su cuello. Se sintió adulto. Sabía que podía y debía protegerla contra las alas negras que ella imaginaba y contra cualquiera que quisiera lastimarla. Él era su hermano mayor. La sangre de un padre fluía por sus venas.

–No tengas miedo nunca más. Todo estará bien. Te protegeré. Si las alas negras se llevaran a alguien, primero me llevarían a mí, ¿entiendes?

Ella asintió con la cabeza.

–Eh, alas negras, ¿me oyen? ¡Si quieren llevarse a María, primero me llevan a mí! –exclamó, luchando con los puños contra enemigos invisibles.

María apoyó la cabeza sobre su pecho. Ella suspiró y cerró los ojos. Se calmó. Acurrucada sobre su hermano, ella comenzó a quedarse dormida.

De repente, Lázaro se encogió, su espalda estaba curvada de forma antinatural. Soltó a María de sus brazos. Cayó al suelo y su cuerpo comenzó a temblar. María se paró sobre él aterrorizada.

–¡Nooo! –gritó con todas sus fuerzas.

Su voz llegó a la cocina. Marta la escuchó, dejó caer todo lo que tenía en sus manos y al momento llegó donde esta María. Encontró a su hermano retorciéndose en el suelo, alejando a un oponente inexistente, y María sobre él y gritando con todas sus fuerzas. Sus brazos estaban levantados, rectos, y sus dedos intentaban capturar algo invisible.

Marta se congeló, sin saber qué hacer. Se arrodilló junto a su hermano e intentó agarrarle las manos, pero no pudo hacerlo. Tenía la impresión de que solo le estaba estorbando. Entonces se rindió y miró lo que estaba sucediendo con terror e impotencia.

María finalmente captó algo invisible. Con los párpados entrecerrados, concentrada, bajó lentamente las manos. Las levantó sobre la cabeza de Lázaro y comenzó a decir algo en un idioma completamente desconocido para Marta. Repitió la misma frase tres veces, finalmente respiró hondo y sopló con fuerza hacia su hermano. Soplo una corriente de aire en la recámara. Marta cerró los ojos.

Cuando los abrió, Lázaro permanecía tranquilo y sus ojos estaban abiertos. Estaba todo mojado. María se arrodilló sobre él y le acarició la mejilla.

–Gracias. Me salvaste.

–No. Tú me salvaste –respondió con la voz quebrada.

–Las alas negras vinieron por mí. Tu eres mi protector.

–Lo seré él por el resto de mi vida.

***

Una mañana, cuando comenzaban las lecciones diarias, en lugar de María, Marta se encontraba en la recámara de Cyrus.

–¡Padre, María se fue! –Gritó, deteniéndose frente a la mesa donde él estaba trabajando.

Ella estaba avergonzada. Cuando la vio, se levantó de inmediato.

–¿Cómo pasó? –Él la agarró por los hombros y la sacudió con fuerza–. ¡No la cuidaste!

Dio un paso atrás y orgullosamente levantó la barbilla.

–Sé que ella es tu amada hija, ¡pero tal vez esté más apegada a mí que contigo! –dijo con fuerza–. Ella no está aquí. ¡Desapareció!

–¿Dónde está?

Le sorprendió la confianza de Marta y, al mismo tiempo, su creencia de que ella era algo más especial para María que él mismo, pero sabía que no era el momento de pensar en eso.

–No lo sé –admitió, extendiendo las manos.

–¿Qué sabes? –dijo enojado–. ¿Qué sabes, mujer?

–Te sorprendería cuánto –dijo en voz baja pero enérgica.

Para nada, porque él no la escuchó de todos modos.

–¿Buscaste en la casa? –Salió de la habitación con paso decidido. Se paró en el medio del pasillo–. ¡Vengan todos! –ordenó en voz alta–. ¡Inmediatamente!

–Busqué en todas partes –dijo Marta, pero ya no le prestaba atención–. Ella no está en casa ni en el jardín. La busqué personalmente.

–¿Quién vio a María hoy? –Miró a todos.

El silencio le respondió.

–¿Nadie? –volvió a preguntar.

Los sirvientes no habían visto a su amo tan exaltado en mucho tiempo, la mayoría de las veces estaba tranquilo, no gritaba, ni siquiera alzaba la voz. Dijeron que era justo y prudente. Ellos lo respetaban.

María era su amada hija y la favorita de todos. Ahora que estaba desaparecida, entendieron que todos la buscarían.

Y así fue como sucedió. Cyrus dividió eficientemente el servicio en pares y ordenó quién debería ir en qué dirección. Él y Marta fueron al lago.

***

Magdala yacía en una orilla. El Genesaret era tan extenso que muchos lo llamaban mar. Otros, debido a su forma de arpa, se referían al lago como Kinéret. El río Jordán y muchas pequeñas corrientes estacionales fluían dentro y fuera de él, rodeado de pintorescas colinas. La costa estaba cubierta de vegetación exuberante y colorida durante la mitad del año. Las flores, los árboles, también los frutales, y las hierbas crecían aquí, especialmente después de la temporada de lluvias. Cerca del agua y las colinas que lo rodean, crecían casi todas las plantas que Galilea conocía. Estos eran olivos e higueras, sicomoros, almendros, palmeras, cipreses de hoja perenne, robles, pinos, álamos, sauces, y muchos mas prosperaban allí, siendo recursos importantes. La caña y la espadaña cubrían la costa, y en la temporada correspondiente crecían flores coloridas. Amapolas, manzanillas, piretros, anémonas. lirios, tulipanes, hisopos aromáticos y rosas, entre los cuales deambulaba la hiedra, hacían del área del Genesaret la más hermosa de Galilea.

El lago era conocido por su quimerismo. Inesperadamente, vientos fuertes soplaban sobre él y el clima cambiaba. Sin embargo, se vivía bien.

Además de Magdalena, Betsaida, Capernaúm, Gádara, Genesaret y Tiberíades también se encontraban allí. Los habitantes de todas estas ciudades vivían principalmente del comercio y la pesca. Durante siglos, las rutas mercantes que conducen a Egipto han pasado por allí. Fue gracias a ellas que se creó la fortuna de Cyrus, que hábilmente, como su padre y abuelo, la hacía crecer.

La gente decía que estas áreas ya estaban habitadas en tiempos que ni siquiera los papiros más antiguos registraban[5].

La finca Cyrus, la villa más grande y magnífica de toda Magdala, se encuentra a poca distancia del lago. Sin embargo, solo se podía ver parte del agua desde la casa, y solo desde la terraza de la azotea.

---

[5] Justo allí, en la ciudad de Tabgha, se encontraron los restos de un neandertal.

El galileo caminaba muy rápido. Estaba casi corriendo. Marta no lo alcanzaba, pero él nunca se daba la vuelta, como si hubiera olvidado que su hija mayor estaba con él. Restringida por un vestido largo, trotaba lo más rápido que podía. Después de un rato, vieron el embalse en toda su gloria.

María estaba sentada en la orilla, muy cerca del agua. Desde la distancia, parecía incluso más pequeña de lo que realmente era. Los brazos le rodeaban piernas dobladas y miraba a lo lejos.

Se acercaron a ella lo más silenciosamente posible.

–¿María? –preguntó Cyrus.

Marta se quedó sin decir una palabra, unos pasos detrás de su padre, sorprendida por su calma. Estaba convencida de que mostraría alguna molestia. Él, sin embargo, feliz de ver a su hija sana y salva, se sentó a su lado.

–¿Qué haces aquí?

Él puso su brazo alrededor de su pequeña espalda.

–Miro hacia el otro lado. –Ella sonrió.

–¿Qué ves?

–Gente que vive aquí. Quiero verlos de cerca.

–Podemos ir allí si quieres.

–Quiero volar como la paloma del jardín.

–¿Qué paloma?

–La que dormía, luego se despertó y voló para ver el mundo.

–Una vez te mencioné lo que sucedió en el jardín. ¿Recuerdas? –Le dijo Marta a su padre, en voz baja.

Él recordó la historia del pájaro milagrosamente revivido, le pareció ridícula. Regañó a Marta. Le ordenó que no volviera a decir cosas así. Ahora entendía cuánto había quedado marcada esa experiencia en la memoria de su hija.

Ella puso su mano en la de él. El gesto lo conmovió. Era pequeña y ya se parecía mucho a su amada esposa. Tenía el pelo oscuro y ojos que siempre brillaban, era alegre y, al mismo tiempo, tranquila y equilibrada. Actuaba como una adulta, como si hubiera alguien más más viejo, experimentado y sabio en su cuerpo infantil.

–Quiero volar sobre el suelo, ver qué hay en otros lugares. Yo quiero ir.

–Mi niña... –él bajó la voz porque las lágrimas brotaron de sus ojos–. Escucha lo que te digo...

Ella apoyó la cabeza sobre sus rodillas.

–Amaba mucho a tu madre. Cuando se fue, le prometí que cuando tuvieras cinco años te llevaría con tus abuelos. Nunca hablamos de eso porque pensé que aún eras demasiado pequeña. La verdad también es que intenté retrasar este día lo más posible, porque me gustaría que estuvieras conmigo siempre. Pero ya es hora.

–Mamá también dice que es hora –confirmó tímidamente.

–¿Soñaste con ella otra vez?

Sabía que no podía decir que no eran sueños, porque su madre realmente la visitaba. Pero recordó la impresión que le causó a Marta. Entonces prefería no molestar a su padre.

–Sí, viene a mí a menudo.

–¿Qué te dice?

–Que me llevarás a Egipto.

–Así será. Yo te llevaré.

Ambos miraron la tranquila superficie del lago. No había un solo bote en la orilla, todos navegaban por la mitad.

–Regresaré –le aseguró María, sintiendo que debería calmarlo.

Marta, que escuchó la conversación, una vez más vio que su hermana realmente no es una niña común. Hablaba y actuaba como si fuera   mucho mayor que ella.

–El agua marca el comienzo de algo nuevo. Mi paloma se fue volando, pero volverá aquí, la verás en este lago, padre.

Ella volvió a hablar como si un adulto hablara a través de ella. Y cuando se dio cuenta de que Cyrus la miraba con preocupación y ansiedad, balbuceó alegremente, al igual que los niños,   para no preocuparlo.

–Volveré aquí también. Solo aprenderé a volar.

Se puso de pie, saltó alegremente y comenzó a correr hacia la casa, con los brazos extendidos.

3

–Mi amada y hermosa pequeña –exclamó una hermosa mujer, extendiendo sus brazos y saludando–. ¡Qué bueno es verte!

Se paró frente a las grandes puertas de la casa, que parecía un palacio. Tenía ojos negros, buenos y cabello largo, oscuro y liso. Llevaba un vestido azul y sencillo y su esbelto cuello estaba decorado con un menat[6]. María vio sandalias doradas en sus pies.

La mujer estaba acompañada por un hombre alto, delgado y canoso. Llevaba una túnica blanca debajo de las rodillas, ceñida con un ancho cinturón de cuero. Sus sandalias eran simples, marrones.

–Estos son los padres de tu madre.

Él padre ordenó al conductor que detuviera el carro tirado por las mulas.

Los judíos no viajaban a caballo. Romanos, egipcios y otras naciones montaban a caballo, pero los israelitas consideraron que los caballos eran inmundos.

–La paz sea contigo, Cyrus –dijo el hombre.

–La paz sea contigo. –La mujer sonrió ampliamente.

–La paz sea contigo –respondió Cyrus, entregándoles a María.

–Nuestra pequeña Aset finalmente está con nosotros. –La mujer tomó a la niña en sus brazos–. ¡Gracias a los dioses!

–No soy Aset. Mi nombre es María. –La niña miró a los ojos de su abuela.

---

[6] Un collar ancho de cuentas pequeñas, a menudo rituales; atribuido a la Diosa Isis.

–Sí, cariño, lo sé. –La voz de la mujer se quebró, abrazó a su nieta aún más y lloró.

María envolvió con sus pequeños brazos su cuello.

–No soy Aset, pero te amo, ¿sabes? –ella susurró.

***

–Tu madre solía vivir aquí. Una cama, mesas, armarios y otros muebles, cuarto de baño y una terraza, todo está como era antes. –Aida llevó a su nieta a una habitación espaciosa. –Aparte de pintar y reparar, no hemos cambiado nada. Está igual que hace siete años.

–Muy lindo.

María miró a su alrededor.

–Ahora todo esto es tuyo. Esta es tu habitación.

La cámara se veía completamente diferente de la que ella ocupaba en Magdala. Era brillante y grande. Tenía muchos más muebles, aparte de los muebles a los que estaba acostumbrada. La cama, las cajoneras y las sillas tenían patas tan dobladas que a María le sorprendió que estuvieran de pie. Estaban pintadas de dorado, y en la parte posterior había pinturas coloridas que representaban figuras, animales y plantas. Las paredes eran altas, cada una decorada con flores. Algunas de ellas fueron pintadas, mientras que otras estaban en amplias vasijas de barro.

María estaba acostumbrada a la comodidad, pero la propiedad de su padre, la más impresionante de Magdala, parecía modesta en comparación con el lugar donde estaba. Le gustaba mucho la habitación, pero eso no era lo más importante. Se alegró porque la gente que sabía que era familia cercana la recibió con tanta calidez que desde el primer momento sintió, como su padre le había asegurado, que la estaban esperando con amor.

–En Magdala compartía la habitación con Marta. ¿Con quién voy a vivir aquí?

–Estarás sola. Aunque, no del todo. Estaré cerca, mira. –Aida señaló una pequeña puerta casi invisible en la salida a la terraza–. De esa manera puedes venir a mí.

María empujó la puerta para abrirla. Se abrió ligeramente.

–Adelante –la animó a Aida, y cuando la niña cruzó, inclinó la cabeza para pasar en el pasillo y la siguió–. Este es mi espacio –explicó–. Si quieres estar conmigo, solo abre la puerta. Si estuvieran cerradas, llama, y luego vendré a verte pronto. También puedes cerrarlos desde tu lado. Tienen un cerrojo básico. Si lo cierras, no te molestaré. Todos necesitamos estar solos a veces, ¿verdad?

La cámara de Aida era más grande que la de María. Y decorada de forma diferente. Todo era tallado en madera pesada y estaba ricamente decorado con incrustaciones. Además de la enorme cama, también había muebles que María nunca había visto antes: un sofá forrado con cojines suaves, sillas anchas forradas con materiales brillantes, reposapiés, un tocador con docenas de botellas pequeñas, cajas de colores y carteras multicolores. Así como un soporte especial ancho y largo para colgar vestidos coloridos. También había calabazas secas, en las que se guardaban pelucas con formas fantasiosas y en diferentes colores. La parte del baño estaba separada de la pared del dormitorio por arbustos y flores naturales, y en el lugar que conducía a ella, se colocó un gran espejo de plata pulida. Las paredes de la cámara estaban cubiertas con pinturas que representaban, como María más tarde supo, dioses y diosas. Un lugar central estaba ocupado por una mujer de azul con las alas extendidas.

–¿Quién es esta mujer? –María la señaló.

–Esta es Isis. La patrona de las mujeres, la Gran Diosa, dadora de vida, esposa de Osiris, madre de Horus, a quien adoramos y a quien nos dedicamos a cuidar.

–El único dios es Adonaí, ¿no lo sabes?

Aida miró a su nieta con amor y ternura. Sabía dónde y cómo había sido educada durante los primeros cinco años de su vida.

También estaba segura de que el primer día en un nuevo hogar no era el momento adecuado para plantear temas religiosos.

–Definitivamente hablaremos de eso más de una vez, lo prometo –aseguró gentilmente–. Ahora te invito al comedor. Tu abuelo y tu padre nos están esperando allí. Conocerás a tus maestros, sirvientes y otros miembros del hogar. Además, es hora de comer algo. ¿Tienes hambre?

–No realmente.

–Algo para beber al menos. Cuidar de las necesidades del cuerpo es nuestro deber y privilegio. Los obtuvimos cuando nacimos, y debemos cuidarlo adecuadamente. Hay que comer y beber.

María escuchó a su abuela sorprendida. Nadie le había dicho cosas así antes.

***

La villa de los abuelos tenía dos niveles. En el superior, se ubicaban las cámaras de miembros de la familia, cada una de las cuales estaba equipada con un pequeño baño y una amplia terraza. También había habitaciones para invitados, que nunca faltaban en la casa. Varias veces al año, los hijos de los anfitriones vivían en ellas, cuando venían de Alejandría con fines comerciales, o cuando se celebraban reuniones familiares con motivo de las vacaciones. En ese momento, la casa estaba llena de un bullicio alegre y gritos de niños, porque los hijos de Aida y Karim, ambos mayores que la madre de María, vinieron con sus familias y tres hijos.

En la planta baja, la parte más grande era una gran sala de estar que servía como lugar para reuniones, juegos, fiestas y fiestas, así como comidas diarias. También había una cocina en la que los platos preparados anteriormente en la cocina principal, grande y muy cómoda, estaban servidos y decorados. Estaba ubicada en un edificio separado, ubicado al costado de la villa, de modo que los olores y ruidos que pudieran surgir allí no causaran molestias en la casa. En la planta baja también había una extensa oficina, en la que el dueño de la casa recibía importantes clientes. Además de cómodos asientos y mesas de trabajo, también se encontraban recuerdos de numerosos viajes, así como papiros, mapas, pergaminos y tabletas de arcilla con relieves.

La sala de estar conectaba directamente al jardín parcialmente cubierto, cuyo punto focal era la piscina de azulejos. Un arroyo artificial desembocaba en ella, fluyendo a través del jardín en rutas en forma de serpiente.

Aida y María, cogidas de la mano, entraron en la sala de estar. Karim y Cyrus se sentaron en sillas anchas dispuestas en el centro. Sostenían copas de vidrio coloreado llenas de vino. Un criado estaba parado cerca. Esperaban a que la anfitriona les presentara a los recién llegados.

–Aquí está Sithathor, desde hoy tu principal maestra y tutora. –Aida señaló a una hermosa chica con un sencillo vestido blanco que llegaba hasta sus pies–. Fue una sacerdotisa en el templo de Isis. Va a enseñarte egipcio y latín.

La niña inclinó la cabeza a modo de saludo y María le dirigió una sonrisa amplia.

–Y ella es Estefanía. Viene de Grecia. –Señaló a una belleza alta de ojos azules con cabello rubio recogido en la parte superior de su cabeza–. Ayuda a tu abuelo a diario, pero a partir de hoy será tu segunda maestra. Solo puede hablar griego contigo. Como probablemente sabrás, en Egipto el idioma más importante en nuestras esferas es el griego. Entre ella, tú y tu abuelo lo hablarán con mayor frecuencia.

–No lo se hablar –confesó María, admirando la apariencia de ambas maestras.

Eran refinadas, rectas como cuerdas de arpa, sonrientes y muy corteses la una con la otra. Nunca había visto mujeres tan hermosas en Magdala.

–Aprenderás rápido –aseguró Aida–. Durante los próximos días descansarás y explorarás el área. Primero que nada conmigo, pero Sithathor y Estefanía a veces nos acompañarán. Todos quieren que te sientas bien aquí. Una vez que te instales, decidiremos qué hacer a continuación. ¿Te parece?

–¿Qué quieres decir con «juntos»?

Aida se sorprendió por la pregunta, pero trató de no demostrarlo, recordando de dónde venía su nieta.

–Juntos, es decir, tú, tu abuelo y yo. Somos una familia después de todo. Juntos, tomamos las decisiones que nos conciernen.

–Lo entiendo y gracias.

María parecía un poco aturdida por tanta información sobre lo que le esperaba y las reglas que eran completamente nuevas para ella, pero no quería mostrar cuán asombrada estaba de este mundo extraordinario para ella y cómo, el primer día, ya lo amaba. A ella le gustaba. También estaba encantada de participar en la toma de decisiones. Hasta ahora, su padre o Marta eran los que lo hacían.

–Esta es tu casa –agregó Karim–. Eres nuestra nieta. La voluntad de tu madre, nuestra querida hija, era que te criaras y educaras aquí. Haremos todo lo posible para satisfacer su deseo.

Cyrus, quien desde su llegada a la villa, mientras Aida le mostraba a María su habitación, estaba al lado de Karim, e inclinó la cabeza respetuosamente.

–Admito que me siento reacio a separarme de mi hija –dijo–. Prefiero tenerla conmigo en Galilea. Sin embargo, no me atrevería a no respetar la voluntad de mi amada esposa. Te confío a María, también porque, bajo tu protección, ella podrá desarrollarse y aprender. También espero que gracias a esto descubras lo mejor que hay en él.

–Pero antes de dejarla aquí por completo, estarás con nosotros un rato, ¿no? –Aida estaba preocupada–. No nos hemos visto en varios años.

–Sí, recientemente te visité trayendo noticias trágicas. –Cyrus vino tras la muerte de su esposa–. Eso fue hace cinco años.

–Cómo vuela... –resumió Karim. Usó palabras que la gente de todo el mundo suele usar en tales ocasiones. Cuando no saben qué decir, cuando hay temas tristes que deben abordarse, pero son dolorosos para los interlocutores, cuando se sabe que sucedió algo irreversible, cuando nos falta alguien a quien amamos, nos gustaría que estuviera con nosotros, pero sabemos que es imposible. Al decirlas, tratamos de ocultar la tristeza y la falta de palabras que transmitan lo que nuestro dolorido corazón quisiera expresar.

–Me gustaría aprovechar su hospitalidad para descansar aquí un poco después del viaje, pero no por mucho tiempo. Marta y Lázaro me esperan en casa.

– ¿Cuánto tiempo ha pasado desde que te fuiste? –Aida estaba preocupada, mirando tiernamente a su nieta cansada. Casi veinte años.

–Mi bebé –Ella la abrazó–. ¡Qué bueno que llegaste sana y salva!

María parecía ver todo como si estuviera en un sueño. La fatiga comenzó a hacerse sentir cada vez más. Todavía escuchaba que su bella abuela le decía la presentaría al resto del servicio al día siguiente y que era hora de descansar. Más tarde, sintió que su padre la tomó en sus brazos. Se acurrucó en la fuente de la fragancia, que ella asoció con la estabilidad y la seguridad.

***

Han pasado siete días desde que llegaron a Egipto. Ambos tuvieron tiempo de descansar, y María lentamente comenzó a acostumbrarse al ritmo del día y las costumbres en su nuevo hogar.

Ella dormía bien en una cama enorme con un colchón suave y rodillos debajo de la cabeza llenos de plumas de cisne. Se dormía de inmediato y se levantaba al amanecer. Sin embargo, esa noche fue diferente. Ella se despertó inesperadamente en medio de la noche. Se quedó mirando las flores que decoraban las paredes, luego decidió mirar dentro de la habitación de su abuela y, como no la encontró, salió al pasillo. Oyó voces que venían de abajo. Su padre discutía con los abuelos.

–Nunca oculté que no estaba de acuerdo cuando mi única hija se mudó a Israel, lo sabes. –La abuela no fue muy amable–. Desde un país donde se valora la ciencia y el arte, donde la civilización ha florecido durante miles de años o más, de repente se ha trasladado al mundo de los bárbaros, pastores y pescadores.

–No te excedas –protestó su padre, enderezado en su silla.

–Ella te amaba mucho y por eso estuvimos de acuerdo. –La abuela persistió–. Sin embargo, me imagino la conmoción que debió haber experimentado cuando vivió allí.

María se sentó en las escaleras. Estaba sorprendida por lo que escuchó, pero lo más extraño fue la forma en que los adultos hablaban entre sí cuando pensaban que no podían escucharlos. Parecía que a la bella abuela no le agradaba mucho su querido padre.

–No se quejó –su padre se defendió–. Ella estaba bien. Y sobre todo, ella era feliz, esto es lo más importante en la vida, ¿sí o no?

–Si ella estuviera aquí, ¡hubiera sobrevivido al parto! –La abuela comenzó a llorar–. ¿Qué médicos tienes allí? ¡En el mejor de los casos, se ocupan de las ovejas! Ella estaría a salvo aquí –apretó los puños–. ¡Mi pobre pequeña Aset! Nunca me perdonaré que la hayamos dejado ir.

Karim se sintió obligado a suavizar sus palabras.

–Cariño, recuerda que Aset lo quería mucho, soñaba con estar con Cyrus. Nada en su vida antes era tan cierto como eso. No podíamos interponernos en el camino de su felicidad.

Además, como sabes, siempre es así. Los dioses tienen planes para todos.

–Innecesariamente convertida al judaísmo –Aida se desesperó–. Tu Adonaí es cruel, no tiene corazón. ¡El es el dios de los hombres exclusivamente! Además, ¿quién ha visto a un dios sin esposa?, ¿quién? No hay lugar para las mujeres en tu mundo cruel. ¿Ha existido alguna vez una fe tan extraña en alguna parte? Tus pobres madres, esposas e hijas. –Se tomó las manos otra vez–. ¡Y mi Aset tuvo que vivir allí, sin el apoyo de Isis, sin familia, sola!

María estaba temblando de nervios. No podía entender el significado de las palabras que escuchó. Ella solo entendió que su hermosa abuela era muy infeliz, que su hija se casó con Cyrus y se fue con él. ¿Pero qué había de malo con Magdala? ¿Qué podría no gustarle de este lugar celestial? ¿Qué la hizo enojarse tanto? María entendió que su abuela sufría y lloraba porque su hija murió. ¡Pero ella no conoció a su madre, y podía vivir con eso!

–¿Qué le ofrecía Egipto? –no renunció a Cyrus–. ¡Es una civilización en caída! ¿Quiénes son? Personas débiles que han perdido desde hace mucho tiempo el sentido de la existencia. Por el arte, la filosofía, pretendes que tu mundo es el mejor. Pero sabes que no tiene sentido real, vives sin la verdad. Le oran a imágenes de deidades, en primer lugar. Y en segundo lugar, son afeminados, se pintan las caras, se tiñen el cabello y usan pelucas, se preocupas más por el cuerpo que por el país. Egipto está roto. Un poco más y serán como Sodoma y Gomorra en la víspera de la caída. ¿O tal vez ya están allí? A cada paso hay más libertinaje, promiscuidad sexual, e infidelidad conyugal. Son flojos, han perdido su tierra natal, se han rendido a los romanos y no hacen nada al respecto. No hay Dios aquí porque no lo conocen en absoluto. Viven de recuerdos, hablan sobre dinastías pasadas y su poder, pero es una historia… muy antigua. Hoy, Egipto no existe. ¡Lo sabes bien!

–¿Cómo te atreves a decir esas cosas en la casa de los padres de la niña que te dimos como esposa? –Aida estaba indignada–. ¡Y después de que ella murió por tu culpa!

Cyrus saltó de su silla.

–¿Mi culpa?

–Aida no quiso decir eso. –Karim también se levantó–. Me disculpo por mi esposa, ella es muy emotiva. Ambos sabemos cuánto amabas a Aset. Siéntate por favor.

Cyrus obedeció. Él entendió el resentimiento de Aida, a pesar de que sus palabras eran como una espada incrustada en el corazón. Se sentó y volvió a la conversación, pero principalmente por el recuerdo de su amada esposa. Lo hizo por María, que se suponía que debía pasar al menos unos años de su vida con estas personas. No quería una pelea, no iba a discutir. Al mismo tiempo, sin embargo, no podía dejar que tuvieran una imagen distorsionada de la tribu de Israel y que se quedaran enfrascados en la creencia de que Egipto es el mejor lugar en la tierra. Porque no era así. Al menos según él.

–Te dejo a María –anunció con toda calma–. Respeta que ella fue criada en la fe mosaica. Ella es la seguidora de Adonaí y me gustaría que siga siendo así.

–A medida que crezca, decidirá a quien seguir –dijo todavía no muy convencida, pero con un tono mucho más suave–. En Egipto, todos pueden decidir por sí mismos a qué dios orar.

–¡Dios solo hay uno! –Exclamó Cyrus, tratando de mantener un tono neutral.

–Esta es nuestra superioridad sobre usted, entre otras cosas: tenemos derecho a elegir.

«Solo tuve una discusión acalorada», le dijo más tarde a su esposo cuando él la acusó de tratar a su yerno de manera demasiado abusiva.

Ella era una dama de clase alta. Si quisiera, podría controlar perfectamente sus emociones. Pero ella no siempre tenía ganas.

–Este es el ocaso de una era, ¡así es como terminan los países y las naciones! –Y asintió, bastante tranquilo.

–El poder de Egipto ya no existe –dijo Cyrus, muy seguro–. Son débiles, distraídos, decoran demasiado sus casa, beben de copas de vidrio. –Golpeó la taza que sostenía en la mano–. ¡Tienen baños en las casas, los gatos viven dentro y los cuidan como si fueran parte de la familia! Todo es maravilloso si no tienes otras preocupaciones. Pero las tienen. Egipto no está aquí. Se fue con la reina Cleopatra. Fueron conquistados por los romanos, a quienes les dicen bárbaros. Tal vez lo son, ¡pero aceptan sus ordenes! ¡Ustedes, la civilización más grande del mundo! Su mundo se desvanece. Nosotros somos el futuro. Podemos vivir modestamente, somos reservados, estrictos, punibles, nos apegamos a las reglas y distinguimos claramente entre el bien y el mal. Además, y esto es lo más importante, creemos en un Dios. El nos guía. ¡Pronto conquistaremos Roma y al mundo entero!

María se levantó y en silencio, de puntillas, para que nadie la notara, regresó a su habitación.

***

– Me voy mañana. –Cyrus se sentó en el borde de la cama de su hija–. Te quedarás en un hogar donde todos te quieren.

Ya era de noche. María yacía acostada después de bañarse, ungiendo su cuerpo y bebiendo una taza de leche de cabra tibia con un poco de miel. Su hermosa abuela pensaba que los niños deberían tomar esa bebida todas las noches para dormir bien y crecer sanos durante el día.

Ella retiró el edredón y se acercó a su padre. Sabía que se quedaría con sus abuelos durante al menos diez años, porque esa fue la última voluntad de su madre, de quien se habló en esta casa usando solo el nombre de Aset. Hace tiempo que sabía que estaría en un lugar completamente extraño, con personas que vería por primera vez en su vida, pero estaba tranquila porque Cyrus le había contado muchas veces durante el viaje que estaría bien allí.

No podía expresarlo ni entenderlo, pero desde que recordaba, algo todavía la atraía a algún lugar más lejano, llamándola, una voz interna o quizás externa que la alentaba a ir, volar, fluir en el espacio o tal vez en el tiempo. Sin embargo, tenía hambre de saber que, a los cinco años, iría. No tenía miedo a lo nuevo. No tenía miedo de que su vida cambiara tanto. Ella lo quería, como si su alma supiera bien lo que le sucedería.

—Los lazos de sangre son la conexión más fuerte del mundo. Pase lo que pase, aquellos en cuyas venas fluyen la misma sangre se apoyarán mutuamente. Puede que no se agraden o incluso peleen entre sí, eso siempre sucede, pero la sangre, hija, es algo que te conecta por siempre. Lo queramos o no.

Ella escuchó atentamente. No siempre entendía las palabras de su padre y sus argumentos era complicados para ella, pero los recordaba siempre, listos para regresar si surgía la necesidad.

—Cuando eras pequeña, no me importabas mucho. No sé sobre bebés, mucho menos si son niñas —dijo justificando su anterior falta de interés—. Pero cuando viniste a mí, exigiendo amor paternal, me di cuenta de que eras lo más importante en el mundo para mí.

Él habló sin mirarla. Habló como si quisiera que el mundo lo escuchara, o al menos a su esposa, estaba convencido de que ella lo estaba mirando, apoyando, guiándolo desde el más allá y esperando que él se una a ella algún día.

—No es fácil para mí hablar de eso, especialmente contigo porque todavía eres muy pequeña. Yo amaba mucho a tu madre. Eres el fruto de un gran amor —continuó—. Uno que no conoce fronteras y no le importa la adversidad.

Ella se sentó en su regazo y le dio unas palmaditas en la mejilla.

–Estoy seguro de que tu madre me dio el mejor regalo que una persona puede darle a otra: una vida llena de amor. La de ella y la mía. Alguien que nazca de un sentimiento tan grande le dará al mundo su corazón.

Se detuvo. Miró las sandalias de tela blanca junto a la cama. Aida se las dio a María, diciéndole que las usara cuando se bañara y estuviera lista para dormir, es decir, por la noche, pero que también se las pondría por la mañana cuando se despertara. Ella dijo que la gente de sus esferas hace exactamente eso. Sonrió ante la rareza de la moral egipcia, pero no iba a decirle a su hija lo gracioso que eso le parecía. «¿Por qué la gente necesita sandalias separadas para usar antes de dormir?», pensó. «Esta es otra prueba de que esta civilización está decayendo».

–¡Haz «brrrr»! –Ella agarró sus mejillas y las estiró de lado, como había hecho antes en su casa cuando quería animarlo.

–¡Brrrr! –Él sopló por los labios y dejó escapar el aire, haciendo el sonido.

Se rió y le hizo mucha gracia. Ella relajó la atmósfera y les hizo reafirmar lo cercanos que estaban el uno al otro.

–Y ahora ven conmigo. –Se puso de pie y, sin esperar a María, caminó hacia la puerta que daba a la terraza.

Abrió la puerta. Salió y miró hacia arriba. Su hija estaba parada a su lado. Tenía el regalo de Aida en sus pies.

«Después de diez años, ella volverá a casa como egipcia», pensó, mirándola con sus sandalias blancas. No le impresionó esta perspectiva, pero decidió que, como siempre, las cosas irían de acuerdo con la voluntad de Dios. Si María se queda, se convertirá en una dama egipcia, ciertamente él no la detendría.

–¡Mira qué hermoso es el mundo! –La tomó en sus brazos–. Mira al cielo. Las mismas estrellas brillan sobre Magdalena. Cuando llegue a casa, las miraré y pensaré en ti todas las noches.

–Y yo pensaré en ti. –Estaba triste, pero creía que sería capaz de contener las lágrimas.

Él lo notó.

–¿Sabías que las chicas de Magdala no lloran?

–¿De verdad?

–Son fuertes, valientes y sabias. No lloran. No, en absoluto.

–¿Qué hacen cuando las lágrimas están por salir?

–Miran las estrellas.

–Mirémoslas juntos. Tú también estás triste, lo sé.

Se pararon en la terraza de la finca del Nilo, acurrucados el uno al otro y mirando las estrellas.

Más tarde, Cyrus la llevó a la cama.

–Quiero decirte algo importante. –Él le acarició la cabeza–. Quiero que recuerdes eso.

–Bien. Recordaré cada palabra –ella prometió, sentada sobre sus talones y mirándolo cuidadosamente a los ojos.

–María, te dirán cosas diferentes. Escucharás sobre asuntos que te sorprenderán. Deja que tus oídos estén abiertos a escuchar y tus ojos a mirar. Sin embargo, recuerda todo el tiempo que eres hija de Israel y crees en Adonaí. Te dirán que hay muchos dioses, que cada uno de ellos cuida muchas cosas, que hay dioses y diosas hermosas y sabias y que tienes que rezarles a todos. Pero esto no es verdad. Los egipcios son como niños que aún no saben que Dios es solo uno. Nadie sabe cómo se ve, porque no existe para que lo miren. No tenemos derecho a imaginarlo, porque él es El Olam (el mundo), el principio y el fin, el Creador del cielo y la tierra, es inimaginable, es el poder por el cual existimos.

–Lo sé, padre.

–En Egipto creen en dioses diferentes, pero fueron creados por la imaginación humana. Estas son solo estatuas a las que rezan aquellos que no tienen conocimiento del Dios verdadero. Recuerda eso. De todos modos, lo descubrirás pronto. Eres una chica inteligente.

–Padre, te extrañaré... –Ella se dio cuenta de que cuando se despidan mañana, no habrá seguridad de cuándo volverá a verlo.

Su corazón latía muy rápido, su respiración se acortó y las lágrimas volvieron a brotar. Cyrus sabía que si ella lloraba, sería difícil para él abstenerse. Con ella, como con nadie más, dejaba de controlar sus emociones. Esta vez juró que podía hacerlo. ¿Cómo podría una criatura tan pequeña ser valiente y no llorar, si su padre no podía comportarse como un hombre?

–Tengo algo para ti. –Cogió la bolsa que colgaba de su cinturón–. Algo muy especial.

Desenredó la bolsa. Ella lo miró con curiosidad. Metió los dedos dentro.

–¿Qué es esto? –ella se estaba impacientando.

Él dio un suspiro de alivio. Sabía que las lágrimas que podrían fluir esa noche fueron retenidas.

–Ya verás –aseguró, fingiendo que no podía sacar la sorpresa.

–¿Necesitas ayuda? –se ofreció a reír, entendiendo que su padre solo estaba bromeando.

–Supongo que no puedo hacerlo solo. –Le entregó un bolso.

Ella metió la mano dentro. Después de un momento, en su mano abierta yacía una cadena de oro sobre la cual se colocó un amplio anillo de oro.

–Hermoso… –Ella lo miró, sus ojos enfocados en el objeto.

–Le perteneció a tu madre. Definitivamente le hubiera gustado que fuera tuyo.

–¿Qué es esto?

–Como puedes ver, este es un anillo. Pero uno muy especial, porque ella nunca se separó de él. Pensé que se lo dejaría a tu abuela para que te lo entregara en el momento adecuado, pero pensé que ya eres tan responsable que podría dártelo de inmediato. Todavía es demasiado grande para ti, así que lo colgué de una cadena.

–¿Puedo usarlo alrededor de mi cuello?

–Creo que es mejor así. Ordené hacer un cierre que no se rompa solo.

–¿Me ayudarás por favor?

–Con mucho gusto.

Ella levantó el pelo para que su padre pudiera atar la cadena.

–¡Listo!

–¿Cuándo puedo usar el anillo?

–Se ajustará a tu dedo cuando llegue el momento.

–¿Y cuál es ese momento?

***

Abrió los ojos y se estiró, luego tocó la cadena alrededor de su cuello y el anillo que colgaba de ella. Ella hacía esto todas las mañanas para asegurarse de que él no desapareciera por la noche. Miró el techo y el cielo pintado allí. En la esquina de la izquierda había un gran sol cuyos rayos dorados llegaban hasta la mitad de la cámara. La luna llena estaba gloriosa al otro lado. Se usaron tales pinturas que brillaban plateadas por la noche. Ella ya conocía bien la vista. Ella lo observó todas las mañanas durante más de treinta días.

Miró a la ventana con la puerta abierta a la terraza. Miró las hojas de palma verde que casi entraban en la habitación. Y entonces oyó un maullido silencioso. Ella se sentó. Miró a su alrededor. La voz venía de debajo de la cama. Sacó las piernas y se puso las sandalias blancas, que le gustaban mucho.

–Miauuu –sonó de nuevo.

Ella se arrodilló en el suelo. Debajo de la cama, en la esquina, estaba sentado un gatito acurrucado.

–¡Dios, mío! –estaba encantada–. ¿Qué haces allí, pequeño?

Él chilló suavemente. Se arrastró debajo de los muebles y extendió la mano.

–Ven a mí –le animó.

Ella parecía encantada. Tenía enormes ojos verdes, orejas grandes y prominentes, enormes patas, en relación con el resto del cuerpo, y estaba todo manchado. Parecía un pequeño tigre.

Olfateó su mano y luego decidió que podía confiar en ella porque comenzó a lamerle los dedos con su lengua áspera.

–Eres hermoso...– Ella lo atrajo hacia ella y, sosteniéndolo en sus brazos, salió de debajo de la cama.

Ella lo acercó a su mejilla.

–¿Cómo llegaste aquí, pequeño?

Entonces, inesperadamente, porque no creía que hubiera alguien en la habitación, oyó la voz de su abuela.

–Te pertenece. Él será tu amigo y compañero. Es mau[7], un gato muy especial. Fiel, dedicado, inteligente, puede leer mentes y hacer realidad tus deseos. Verás, él te amará tanto que no se alejará de ti ni un paso.

–¿En serio?

–Es tuyo.

–Teníamos una gata en Magdala –su nombre era Bastet. Marta dijo que pertenecía a su madre y que cuando se fue, Bastet molestaba a todo el mundo y no quería hacer amistad con nadie. Estaba triste y solo dormía. Y un día ella salió al mundo y nunca regresó...

–¡Oh, pobre! Después de la muerte de Aset, nadie la cuidaba...

–Por el contrario –María protestó, acariciando al gato–. Marta dijo que papá la alimentó personalmente y trató de hablar con ella. La dejó vivir en su habitación... ni siquiera nosotros podíamos entrar. A veces veía su sombra allí.

Aida decidió que el tema de Bastet –o incluso su sombra– no debería dominar el momento de presentar a María a su nueva mascota. Ella quería que recordara este momento como algo agradable.

–Dime, cariño, ¿cómo lo llamarás? –Aida se inclinó hacia delante y acarició al gato–. Es un niño, por lo que merece un nombre masculino.

---

[7] Raza de gato egipcio.

–Lo conoceré mejor, veré cómo es y luego decidiré, ¿de acuerdo?

–Por supuesto, tienes tiempo. El gatito es tuyo. Y a partir de ahora decides todo lo que está relacionado con él.

–¿Puedo hacerlo?

–¡Por supuesto! Al principio, Sithathor y Estefanía te ayudarán con su alimentación, pero pronto su alimentación dependerá completamente de ti. Si esa es tu voluntad.

–Eso quiero –afirmó María.

–Estoy muy feliz. Queríamos darte el regalo. Pero también, admito, nos preocupaba mucho que recuerdes que si asumimos un compromiso tan grande como cuidar a un ser vivo, entonces debes cumplirlo. Ser responsable de una mascota es un compromiso.

–Me ocuparé de él –aseguró, aún acariciando el suave pelaje–. Puedes estar tranquila, abuela.

4

Ha pasado un año desde que María vive en la casa de sus abuelos. Ella ya hablaba bien griego, egipcio y latín. Se acostumbró a los hábitos de la casa y los adoptó como propios. En su forma de ser, imitaba a Aida, que era una mujer ideal. Ella repetía sus gestos, usaba las mismas frases, se movía como ella.

Le gustaba el mundo que conoció y del que formó parte tan rápidamente. Si su padre la viera, probablemente le resultaría difícil reconocer a su María vestida con ropa egipcia.

Ya en el primer mes se cortó el largo cabello para que llegara hasta la nuca. Todas las mañanas, los criados la peinaban y enderezaban para que María se pareciera a sus compañeros. Sin embargo, a pesar de los aceites utilizados mezclados con la proteína de los huevos de golondrina, que debían mantener el estilo del cabello durante todo el día, el cabello volvía rápidamente a su forma original, rizándose. Aida decidió que se les debería permitir la libertad y desde ese momento María desfilaba con una tormenta de cabello oscuro, ligeramente cobrizo, no muy largo, pero rizado.

Los atuendos que Aida le había hecho eran simples, apropiados para una niña de su edad. Sin embargo, estaban hechos de lino perfecto, el más suave y delicado, y todo se complementaba con sandalias suaves de piel de becerro, decoradas con piedras preciosas, todos los que miraban a María estaban seguros de que venía de un hogar próspero.

***

Leo, porque tal nombre se le dio al gato, creció. Cuando estaba despierto, y esta era su ocupación favorita, no se alejaba de María ni un paso.

Un día, cuando María, su abuela y su abuelo, desayunaban en la terraza, Leo corrió hacia ella con algo entre los dientes.

–Oh, es un pájaro! –exclamó aterrorizada, y saltó del banco–. ¡Entrégalo de inmediato! ¡Hazlo!

Pero Leo, al ver que su regalo para la su ama no había sido de su agrado, corrió con su presa en la boca. María corrió tras él.

–¡Leo, deja el pájaro! –Ella ordenó.

Cuando, finalmente, entregó el pájaro desgarrado, ya estaba muerto. María lo acarició y lo abrazó, sin creer que volvería a la vida, como lo hizo una paloma en sus manos. Con un grito y con la ayuda de Sithathor, enterró al pájaro en el jardín.

–Estoy molesta con Leo –anunció a sus abuelos.

–Pero es un cachorro, y un gato. Su deber es cazar –su abuelo trató de explicarle las leyes de la naturaleza.

–Este es mi gato. Puede comer lo que quiera, no tiene que matar pájaros inocentes.

–Cazar es un placer para él –trató de discutir, pero decidió que no convencería al gran corazón de su nieta.

–Colocaré el sonajero en su collar. Su sonido advertirá a las aves que se acerca. Será mejor para todos –decidió.

Desde ese momento, hasta el final de sus días, un pequeño sonajero colgaba del cuello de Leo.

***

–Esta es La Isla File –dijo Aida un día, mientras exploraban el área temprano en la mañana, antes del desayuno.

Ella montaba su caballo favorito, y María, como muchas veces antes, se sentó frente a ella, sosteniendo la brida. Estos viajes las acercaron más. Tuvieron la oportunidad de estar completamente solas, porque solo los acompañaban jinetes que se mantenían alejados de ellas. Hablaban en ese momento, justo después de la llegada de María de Israel, en arameo, y más tarde, cuando resultó que la niña aprendió los idiomas más rápido de lo que cualquiera podría haber imaginado, también en griego y egipcio.

Aida le mostró a su nieta el Nilo que fluía ampliamente, los edificios del pueblo, así como las villas vecinas, ubicadas al igual que su propiedad, en la orilla del río. Visitaron algunas de ellas. Especialmente aquellas donde vivían los compañeros de María. Era obvio que, como lo prometió Cyrus a su esposa antes de su muerte, María pronto comenzaría a estudiar en el Templo de Isis y tendría nuevos amigos, algunos de los cuales estaban en el vecindario.

Sus abuelos solo esperaban el momento en que dominara lo suficientemente griego y el egipcio como para sentirse bien entre sus compañeros. Unos meses antes, María tenía seis años, así que ya era hora de que apareciera en el mundo de las sacerdotisas. Sin embargo, no se apresuraron a enviarla al templo. Explicaron que ella era capaz y asimilaba tan fácilmente el conocimiento que uno podía esperar estudiando fuera de casa, porque si tenía algún atraso, los compensaría fácilmente. Sin embargo, realmente querían tenerla con ellos el mayor tiempo posible y disfrutar de su presencia alegre. Su hogar, desde que los niños lo habían abandonado, se volvió tranquilo y vacío. Junto con María, la vida volvió a él.

Aida detuvo el caballo.

–Hay está el templo de Isis en la isla. –Señaló el lugar y los impresionantes edificios en el medio del Nilo–. No es muy viejo, porque solo tiene quinientos años, y para Egipto no es mucho, pero goza de una excelente reputación. Mi abuela, mi madre, yo y, por supuesto, tu madre, todas nos hemos convertido en sacerdotes en este lugar. Cada una de nosotras estudió allí.

–¿Yo también?

Al escuchar esperanza en la voz de su nieta, Aida se echó a reír, mostrando hermosos dientes blancos que eran su orgullo. Tenía casi cincuenta años y no había perdido ninguno, ninguno tuvo que ser curado o extraído, y eso era muy raro en Egipto, incluso entre los aristócratas.

–¿Te gustaría?

–¡Mucho!

–¿Y por qué, cariño?

María miró los altos edificios de la isla.

–Porque sé que mi futuro está ahí, que las sacerdotisas me enseñarán a volar porque son sabias y pueden hacer cualquier cosa. Eso es lo que me dijo mi papá.

–¿Dices que las sacerdotisas te enseñarían a volar?

María le contó a su abuela la historia de la paloma, cómo parecía haberse quedado dormida, pero voló. Sobre cómo Marta le dijo antes de irse que sería capaz de extender sus alas en Egipto. Y que ella siempre ha querido elevarse. Ella soñaba con conocer gente que vive lejos. Ella quería estar en el lugar de donde venía su madre.

–Sintió que quería ir contigo –Ella puso su mano sobre su corazón–. Aquí. Y mi madre dijo que era hora.

Ella miró a su abuela. Y cuando no vio en su rostro los signos de sorpresa o miedo que vio en Marta y su padre cuando les contó sobre las misteriosas visitas, agregó:

–Ven a verme a menudo. Ella dijo que me estabas esperando. Y ella me llevó al gabinete donde escondió el Senet... –Se aseguró de poder seguir hablando, y al ver su aprobación–. Marta me enseñó a jugar.

–¿Te gusta?

–¡Me gusta mucho!

Aida decidió no preguntarle nada más. Sabía que si María quería decir algo más, definitivamente habría tiempo.

–¡Qué bueno mi amor! –Ella besó su frente y ató su caballo.

–¿Sabes por qué todavía quiero estudiar en el templo? –Gritó María cuando comenzaron.

–¿Por qué?

–Porque quiero ser como tú.

La abuela suspiró y sonrió, mirando al cielo. Se prometió a sí misma que haría cualquier cosa para hacer feliz a María, abrazarla con más fuerza y pegarle los talones a los lados del caballo. Ellas aceleraron.

***

La Gran Sacerdotisa estaba en el patio del templo. Las estudiantes se colocaron en la primera fila. Todas tenían entre seis y ocho años, vestidos idénticos, azules, largos y sencillos, ceñidos con una correa, las mismas sandalias y sobre los hombros del pañuelo, que, de ser necesario, podrían proteger su cabeza del sol o la espalda del frío.

Las niñas mayores se pararon en filas posteriores. Y aquellas cuyo aprendizaje estaba llegando a su fin formaron un semicírculo detrás de la Suma Sacerdotisa. Maestras y hemets[8] se pararon a ambos lados de la Sacerdotisa.

–Nuestro templo es un lugar de culto a Isis –la Gran Sacerdotisa comenzó su voz con una voz poderosa.

–Lo hacemos no solo a través de las oraciones diarias. Aprendemos de Isis, del público en general y de nosotras mismas. Porque somos parte de ella. ¡La diosa está en cada una de nosotras!

María se paró entre las adeptas. Todos los años en este momento, las niñas de las mejores familias comenzaban su educación aquí. Siempre eran doce, ni más ni menos. Cuando por alguna razón una se daba por vencido o abandonaba mientras estudiaba, nadie nuevo podía tomar su lugar. Ha sido así durante siglos. Antes de la admisión a la educación, se sometían a pruebas, exámenes y entrevistas. Tenían que mostrar inteligencia, prudencia y perspicacia. Las candidatas debían ser independientes, responsables y mentalmente fuertes.

–Vienen a nosotras como niñas, salen como mujeres. Con los años, adquirirán nuevas habilidades. Se fortalecerán los valores que han estado aprendiendo en sus familias desde una edad pequeña, como el compromiso, la sensibilidad, el respeto por las personas, el mundo y a si mismas. Trabajarán en equipo e individualmente. Se volverás obedientes, al mismo tiempo independientes y creativas, así como precisas, concienzudas y puntuales.

María miró a su alrededor. Había chicas a su izquierda y derecha. Reconoció a algunas de ellas cuando ella y su abuela visitaron las fincas vecinas. Tenían su edad y, al igual que ella, escuchaban atentamente a la Suma Sacerdotisa, mirando a su alrededor para que nadie se diera cuenta de que lo estaban haciendo. Cada una de ellas sabía que a partir de ese día se convertirían en parte de un mundo de élite en el que eran prestarían obediencia y atención absoluta a los maestros, especialmente a la Suma Sacerdotisa, que ejercía un poder

---

[8] HEMET NECKER: mujeres de nobles que dedican su vida a la Diosa.

indiscutible en el templo y la Casa de la Vida[9]. Su destino dependía de ella, por lo que tenían y querían escucharla.

–Nuestro templo se prepara para vivir al servicio de los demás. Cuando se gradúen, conocerán no solo astrología, matemáticas, geografía, naturaleza, hierbas medicinales, medicina o historia. Dominarán la habilidad de pelear. También aprenderán a bailar, cantar, pintar, coser y otros trabajos que harán con sus manos.

Los ojos de María se encontraron con los de una niña de ojos azules. Ella era más baja que ella y más delgada. Parecía más joven, pero luego resultó que tenían la misma edad. Se llamaba Zoe. Su padre era egipcio y su madre griega. Se miraron la una a la otra solo por un momento, pero fue tiempo suficiente para que surgiera ansiedad en el corazón de cada uno de ellas, pronosticando que algo vendría y que no necesariamente sería bueno. María rechazó este anuncio, y volvió sus ojos y pensamientos a la Suma Sacerdotisa.

Y ella terminaría su discurso:

–Soy su compañera espiritual. Las acepto como son. Les doy fuerzas para ser más de lo que piensan. Se perfeccionarán para la gloria de Isis y sus seres queridos. Sin embargo, se convertirán en sacerdotisas de la Diosa. Y no importa cual sea su destino, lo seguirán siendo para siempre. Hagan lo que hagan en la vida, el poder de Isis estará con ustedes. Dondequiera que los dioses las lleven, irán allí con su fuerza en sus corazones. Recorrerán el camino del conocimiento, el desarrollo y el amor, el camino de la Diosa. Hoy, una nueva vida comienza para ustedes. ¡Bienvenidas al Templo de Isis en la isla de File!

***

[9] Las Casas de la Vida en Egipto eran centros que funcionaban como las universidades, bibliotecas y centros de investigación actuales.

No se sabe cómo y cuándo, María se convirtió en una de las favoritas. Todas querían sentarse a su lado, todas querían su atención. Todas querían estar en su círculo. Lo aceptó con total calma, pero también con sorpresa, porque no luchó por llamar la atención, no hizo ningún esfuerzo por enfocarla a su alrededor. Aprendió de todo, era brillante e inteligente, y al mismo tiempo modesta. No se alabó a sí misma, no era engreída, y con gusto ayudó a los demás. Ella irradiaba luz y un aura brillante a su alrededor. Las chicas lo sintieron, lo vieron las sacerdotisas.

Todos los días al amanecer, Sithathor llevaba a María al templo. En los primeros años de escolaridad, hasta que la aprendiz recibiera un sangrado mensual, las reglas de File permitían a las estudiantes vivir fuera de los muros. María pertenecía a las pocas que funcionaban de esta manera.

Por la mañana, Sithathor la despertaba cuando aún estaba oscuro. Todos los miembros del hogar estaban durmiendo. También Leo, que rápidamente dejó de ser un pequeño gatito lindo, se estiraba perezosamente en la cama de María porque, a pesar de tener su sitio para dormir, prefería acostarse con ella. Al ver que su ama se estaba levantando, la miraba con admiración e incredulidad todos los días, la miraba hasta salía por la puerta para quedarse dormido nuevamente durante horas.

La criada llevaba al muelle a caballo. Había un bote esperando, que llevaba a María y a otras chicas a la isla. Tenían que llegar a la ceremonia diaria de despertar a Amón-Ra e inclinarse ante Isis.

Cuando el sol despertaba, para las sacerdotisas era una señal de que podía comenzar su comida de la mañana. Las niñas, comenzando por las más jóvenes y arregladas, se sentaban frente a cuencos que estaban llenos de comida simple, pero abundante y nutritiva. Eran frutas y verduras mezcladas con granos, una pequeña cantidad de carne o un huevo, y en períodos más fríos se servía sopa de verduras tibias en caldos de aves. Había una orden de silencio mientras comía. Era necesario centrarse en el hecho de que la comida proporcionaba la energía necesaria para las oraciones y las conferencias, y pedirle a la Diosa en su mente que permitiera que el cuerpo hiciera un buen uso de la comida que le proporcionaban.

Después de la comida, comenzó el aprendizaje. María absorbió el conocimiento como una esponja marina. Escuchó atentamente las palabras de las sacerdotisas, siguió meticulosamente sus órdenes, escribió, leyó, contó, midió, mezcló, probó, cortó, cortó, plantó, cocinó, cocinó y entrenó cuerpo y mente.

Le gustaba aprender, aprender cosas nuevas, y casi todo era así para ella. En Israel, su padre le enseñó a leer en arameo y hebreo, en la casa de sus abuelos aprendió griego, egipcio y lo básico del latín, pero solo en el templo fue puesta a prueba por las tareas diarias.

–El éxito se logra mediante la repetición –dijo la Suma Sacerdotisa, a quien le gustaba recibir a las estudiantes en el patio del templo con otra oración, justo después de las oraciones de la mañana y antes de las comidas–. Solo los ejercicios les permitirán convertirse en luchadoras.

Todos los días, por lo tanto, de acuerdo con el mensaje centenario del templo, perfeccionaban su cuerpo y espíritu, aprendían otros nuevos y ejercitaban y repetían lo que habían aprendido antes. María estaba en su elemento. La ciencia le daba felicidad. Se encontró en este lugar como si hubiera sido creado para ella. Le gustaba y esperaba cada nuevo día. Sintió que sus alas comenzaban a crecer.

Sin embargo, una vez buscó un bolso, que dejó en el estante destinado para ella en el lugar donde las estudiantes guardaban sus atuendos, útiles para el aprendizaje, así como artículos personales. Siempre llevaba un odre pequeño, pañuelos y hojas secas de salvia en una caja pequeña, que su abuela recomendó que masticara. Estaba a punto de sacar a una cuando su mano encontró algo inesperado.

Ella abrió su bolsa y miró dentro.

–¡Oh! –lo dejó caer al suelo.

Ella palideció y dio un paso atrás.

–¿Qué pasó? –Las chicas formaron un círculo.

–Probablemente hay… un escorpión… –Señaló el saco.

Todas dieron un paso atrás.

–¿Qué está pasando? –Una cuidadora estaba de servicio ese día.

–Tenemos un escorpión aquí –dijo una de ellas.

–Está en el bolso de María. ¡Es muy grande!

La niñera estaba tranquila. Los escorpiones en File eran raros, la isla estaba libre de ellos, pero en Egipto no eran inusuales. Podrían ser peligrosos, incluso mortales, pero dependía de su tipo y tamaño.

Silenciosa. Aparte de María, ninguno de ellos lo vio. El guardián se acercó a la alforja y la abrió con cuidado con un largo bastón metálico con punta de cuchilla.

–Está muerto –dijo–, o lo tenías allí antes y, sin saberlo, lo mataste. O alguien te hizo una broma estúpida.

Miró los rostros de las chicas asustadas.

–¿Puedo revisarlo cuidadosamente? –preguntó María.

–Por supuesto, por favor.

Había una costumbre en el templo de no mirar las pertenencias privadas de nadie. Solo la Suma Sacerdotisa podía hacerlo sin pedir permiso. Esta ley ha sido respetada por siglos. Aparte de las alforjas, las estudiantes no podían poseer ninguna propiedad en el templo. Y en sus maletas guardaban lo que les estaba permitido, necesario e importante para ellas.

–No hay amenaza –dijo la cuidadora, mirando dentro de la bolsa–. Llevaré el escorpión a la sacerdotisa. Tales asuntos deben ser reportados.

***

La sacerdotisa principal destinada al grupo más joven era Luna. Tenía casi treinta años y había vivido en el templo durante veinticinco años. Ella era su hija adoptiva, y cuando terminó la escuela, decidió quedarse y educar a los que vinieron después de ella. Ella pensó que era responsabilidad de la Diosa.

–¿Un escorpión en una bolsa de mano? –estaba sorprendida–. Si sucede algo similar nuevamente, avísame de inmediato. Y mira atentamente a María y las que la rodean. Presta especial atención a Zoe. Tengo la sensación de que algo la está molestando. Se ha mantenido apartada desde que ella vino aquí. Ha pasado casi un año y todavía parece asustada. ¿Quizás el templo no es su lugar?

–No lo decides tú –le dijo Luna–. Sí, sacerdotisa. –La chica se inclinó, entendiendo su error, y se fue.

Después de unos días, Zoe también encontró un escorpión muerto en su bolso. Las chicas intrigadas la rodearon esta vez.

–Me pregunto de dónde vino.

–Antes fue María, y ahora tú, debe ser una señal… –preguntaban en voz alta.

Zoe sonrió radiante. De repente, ella era el centro de atención, y todos hablaban de ella. Fue muy agradable.

–¿Podemos María y yo domar escorpiones? –Tímidamente trató de dirigir los pensamientos de sus amigas–. ¿Quizás tengamos el extraordinario poder que nos dio Isis?

Algunas de las chicas la miraron con admiración, mientras que otras dudaron. Sin embargo, todas se preguntaron por qué ella, que era tan tranquila y retraída. Zoe, con quien nadie hablaba. Quien trataba de ser invisible, ¿recibiría de Isis un regalo tan extraordinario? ¿Y por qué se lo daría a María y ella al mismo tiempo?

Luna las observó a través del ojo de Horus colocado en una de las pinturas murales en un lugar donde se podía observar y escuchar todo lo que estaba sucediendo entre las chicas.

Cuando pasaron diez días desde el incidente con los escorpiones, la cuidadora de las aprendices se inclinó nuevamente ante Luna.

–Sacerdotisa, Zoe tiene moretones en sus manos. Los noté durante las clases de defensa. De acuerdo con las reglas, no le hice preguntas, dejando que el asunto sea aclarado.

–Gracias por mirar de cerca a nuestras alumnas. –Puso su brazo derecho sobre el hombro izquierdo de la chica e inclinó la cabeza.

Era una señal utilizada por las sacerdotisas como agradecimiento.

–¿Tienes alguna sospecha?

–Zoe ha estado actuando raro desde hace mucho tiempo. Se encoge ante los sonidos de sonidos inusuales, se aleja del grupo, por lo general se hace a un lado, es reacia a participar en juegos colectivos y, al mismo tiempo, quiere estar en el centro de atención. He visto esos hematomas y pequeños rasguños antes.

–Tráemela.

Después de un rato, la niña se paró frente a ella y se inclinó hacia la derecha.

–Muestra las manos –ordenó la sacerdotisa.

Zoe las escondió detrás de ella.

–¿Por qué no las muestras?

La niña bajó la cabeza y frunció los labios.

–Gracias –Luna se giró hacia la cuidadoras que aún estaba de pie junto a la puerta–. No te necesitaremos más.

Cuando se fue, Luna se sentó en un banco de madera junto a la pared.

–Ven –la animó–. Dime de dónde provienen los moretones en tus manos –preguntó con voz cálida.

Zoe no dijo nada. Ella dobló los dedos y se mordió el labio.

–Escuché que encontraste un escorpión muerto en tu bolso. ¿Sabes dónde vino?

–No lo se.

–¿Pero tal vez tienes alguna sospecha?

Zoe se llevó una mano a la boca y comenzó a morderse las uñas.

Luna la rodeó con el brazo.

–Querida, estoy contigo. Sabes que las sacerdotisas nos cuidamos las unas a otras. Si alguien nos lastima, resistimos. Estamos bajo la protección de Isis. Todas. Ella tiene una gran fuerza. Ella nos puede defender a todas, a ti también.

Zoe se enderezó. Levantó la cabeza, entrecerró los ojos y, temblando, confesó:

–Fue María.

–¿María? ¿Fue María?

–¡María me hizo esto! ¡Fue ella! –gritó.

–¿Puedes decirme cómo sucedió? –preguntó la sorprendida sacerdotisa.

–Quería empacar antes de salir a casa. Entré en la cámara donde guardamos las alforjas. La de María estaba junto a la mía. Ella buscaba en el de ella. Le pregunté qué estaba buscando, y ella agarró mis manos y me apretó con fuerza. Ella dijo que sabía que le había puesto el escorpión. Aun cuando fue ella. ¡Ella! Ella tiró de mi cabello y me hizo callar. Ella dijo que si le contaba a alguien lo que había hecho, me mataría. Es por eso que no podía decir dónde obtuve estos moretones. Estaba asustada.

–Zoe… mi pobre y solitaria niña… –La sacerdotisa la abrazó con fuerza–. Hora de aclarar el asunto, punto final –declaro.

Después de un momento, María apareció en su habitación.

–Zoe, esta es María. –La sacerdotisa se levantó–. Párate frente a ella y cuéntanos nuevamente qué pasó. ¿De dónde vinieron los escorpiones y moretones en las manos? Recuerda que la Diosa te ama, que te mira todo el tiempo, que también miró el momento en que alguien te lastimó. Isis está en tu corazón y siempre te protegerá. Nos tienes y no te dejaremos. Las sacerdotisas siempre se apoyan mutuamente y no dejan que sus hermanas sufran, ¿verdad?

Zoe no dijo nada.

–Mira a María –ordenó la sacerdotisa.

Zoe levantó la vista. Y cuando se encontró con los ojos de su amiga, comenzó a llorar. Las lágrimas fluyeron como si hubieran estado esperando durante mucho tiempo para liberarse, y todo lo que necesitaban era una palabra de aliento o un evento que haría que la presa explotara. Zoe sollozó y su pequeño cuerpo tembló.

La sacerdotisa se mantuvo firme, y cuando María hizo un gesto de que quería consolar a Zoe, levantó el dedo y le ordenó que no se moviera. Ella sabía que había momentos en que una mujer debía estar sola con su dolor, miedo e impotencia. Y que las lágrimas deben derramarse por completo antes de que pueda realizarse la limpieza.

Cuando el último sollozo dejó de sacudir el cuerpo de Zoe, la sacerdotisa le entregó un pañuelo. La niña se secó los ojos y se aclaró la garganta.

–No fue María, fui yo –comenzó a mirar al piso–. Tomé un escorpión, lo puse en mi bolso. Quería dejarle otro, pero me atrapó. Solía molestarla todo el tiempo, desde el principio porque todos la amaban y nadie me amaba. Nadie me prestaba atención porque soy estúpida, delgada y fea. Y quería ser como ella, hacer que se interesaran en mí. La odiaba. Ella acaparaba toda la atención. Pensé que si encontraba un escorpión, vería que ella y yo somos similares y que deberíamos hacernos amigas.

María se quedó quieta. Ella conocía las reglas. Sabía que solo podía hablar cuando la sacerdotisa se lo permitiera. Y esto constante, escuchando atentamente las traducciones tortuosas, infantiles, desesperadas. Estaba segura de que esta historia era solo el comienzo. La confesión más importante aun estaría por venir.

–Quería volver a poner el escorpión en la bolsa, pero ella me atrapó. No era venenoso, no le haría nada. Quería usar el mismo. No lo logré. Ella me atrapó. Dijo que podía ser mi amiga sin escorpiones, pero ya no podía hacerlo.

–¿Así paró, María?

Ella asintió con la cabeza.

–¿María te hizo esas marcas?

Zoe bajó la cabeza otra vez.

–Estamos contigo. Cuentas con la sacerdotisa –se arrodilló ante la niña.

Zoe comenzó a llorar de nuevo. Esta vez, sin embargo, duró poco tiempo y parecía que iba rebelarse. Ella apretó los puños para darse valor. Y luego se quitó el vestido.

La sacerdotisa, la cuidadora, parada junto a la puerta, y María vio su cuerpo herido. Había contusiones por todas partes. En la espalda, pecho, glúteos y muslos. Tenían diferentes colores. Algunos de ellos tuvieron que crearse mucho antes, porque eran amarillos, otros ya se habían vuelto marrones, pero también había muchos frescos, morados y rojos.

–Fue mi padre. ¡El lo hace! –gritó la niña, dejando escapar el dolor–. Nos golpea a mi madre y a mí. ¡Dijo que si le contamos a alguien este secreto, nos mataría! –Se arrodilló y se sentó impotente–. Ayúdanos...

La sacerdotisa respiró hondo y se cubrió la boca. Las lágrimas aparecieron en los ojos de María. Independientemente de las costumbres del templo, ella hizo lo que su corazón le ordenó. Se adelantó los dos pasos que la separaban de Zoe y la abrazó con fuerza.

–Zoe, mi amor, lo siento, no lo sabía.

Después de un rato, ambas se acurrucaron, y lloraron juntas. La cuidadora estaba de pie junto a la puerta, sin moverse. Ella se comportó como siempre. Ella no podría hacer ningún movimiento sin el consentimiento de la sacerdotisa. Sin embargo, tan obediente y entrenada, no pudo detener sus lágrimas.

Luna se cruzó de brazos. Sabía que tenía que contarle a la Suma Sacerdotisa todo inmediatamente.

***

La suma sacerdotisa escuchó la historia de Luna.

No había alguien más en la cámara del consejo, excepto los dos.

Hemet Awenger era una vengadora y guerrera, la mano castigadora de la diosa Isis. Desde temprana edad, estaba preparada para pelear. Y ella tenía todas las predisposiciones para ello. Era alta y, aunque de contextura esbelta, era fuerte, musculosa y al mismo tiempo persistente y tenaz. Ella llevaba a cabo las órdenes de la Gran Sacerdotisa sin hacer preguntas innecesarias. Era efectiva.

–Hace tiempo que sospechamos que Zoe estaba herida. –La Suma Sacerdotisa se volvió hacia Awenger.

–Esperamos hasta que ella misma lo confirmara. La futura sacerdotisa debe ser capaz de lidiar con tal cosa o pedir ayuda. Nuestros principios son inequívocos: no interferimos en asuntos con los que tenemos, no ayudamos si no se nos pide, no enviamos una hemet, si su acción no es necesaria.

Awenger inclinó la cabeza. Ella conocía estas reglas. Actuar de acuerdo con ellas le permitía dormir tranquilamente.

–¿Cuál es mi tarea, Suma Sacerdotisa?

–Te dejo al torturador en tus manos.

–¿Qué tan severo debe ser el castigo?

–Pensé en lo más peor, pero Isis, en su gracia y sabiduría, me iluminó.

***

Esa misma noche, ella siguió al hombre. Estaba oscuro. Acaba de salir de la casa de los placeres. Las estrechas calles empedradas hacían eco de los gritos de las prostitutas, las conversaciones demasiado fuertes, las risas borrachas y los gritos de los que discutían, sin saber exactamente de qué. No era un barrio tranquilo. Los que vivían allí era porque no tenían otra opción, cerraban las persianas con fuerza para que no se convirtieran accidentalmente en testigos de algo que no les gustaría ver o escuchar.

–¡Oye! –Ella lo detuvo.

Un chal cubría su rostro. Solo sus grandes ojos negros rodeados de un blanco brillante eran visibles.

–¿Qué? –gruñó, confirmó que su voz y su figura eran la de una mujer, por lo que no tenía de que preocuparse.

–Escuché que te gusta golpear.

–Vete, perra, ya estuve con una como tú hoy, ¡es suficiente para mí!

–Escuché que te gustaba golpear –repitió, saltando hacia él.

–¿Quieres de esto? –Se enderezó–. ¡Me gusta pelear! ¡Con gusto te tocaré pero no tengo ganas de hacer nada más contigo!

–Te gusta golpear, no pelear. –Acercó su mejilla a su rostro–. Golpear a los débiles no es una pelea, es abuso –siseó–. ¡Y el abuso es debilidad, debilucho!

Él la empujó fuerte.

–¿De qué estás hablando, estúpida zorra?

–Sabes de lo que hablo. –Ella se mantuvo firme–. Primero, soy enviada por la diosa Isis. Ella me mandó a castigarte por abusar de los débiles. Y en segundo lugar, no soy una zorra.

–¿A mí? –No creyó lo oyó–. ¡No me importa lo que tu diosa puede hacer y ni tú, puta!

Se puso en marcha impetuosamente, queriendo atacarla. Ella lo esquivó y él cayó sobre la pared. Se cayó, pero rápidamente se levantó y atacó de nuevo. La Hemet estaba tranquila, moviéndose con gracia, anticipando cada uno de sus movimientos. Se dio cuenta de que ella era incomparablemente mejor que él, pero él no se rindió. Se frotó, trató de asestar golpes, pero ella lo golpeaba. Golpeó su cabeza contra las paredes de los edificios y rebotó en ellos, cayendo sobre sus manos. Ella lo golpeó como a un tambor. Regular y metódicamente, como le enseñaron. Sin emoción y concentración.

–No golpees al más débil, ¿entiendes? –ella le ordenó en voz baja cuando finalmente él se derrumbó sin fuerzas–. Si lo vuelves a hacer, incluso si tocas a tu esposa o hija, Isis no tendrá piedad.

Él yacía boca abajo. Se quejaba.

–Quiero escucharte que lo entendiste –siseó en su oído.

Se quedó en silencio.

Ella puso su pie sobre su cuello y lo golpeó, y cuando él no respondió, atravesó el talón debajo de su hombro. Él aulló de dolor y cayó de espaldas.

–¡Te pregunté cortésmente si entiendes! –Ella lo miró a los ojos.

–Entiendo –se atragantó apretando los dientes.

–Espero no tener que verte de nuevo –dijo, y después de un rato se fue.

Ninguna persiana se abrió ni siquiera un milímetro.

Las voces de borrachos y prostitutas se calmaron. La noche había terminado.

***

Al día siguiente, Zoe no apareció en el templo. El mensajero trajo información de que estaba enferma. Por supuesto, las sacerdotisas se enteraron de que la niña y su madre fueron golpeadas severamente por su padre inmediatamente después de que el hombre ensangrentado y dolorido regresara de un viaje nocturno. Resultó que encontrarse con el hemet, en lugar de detenerlo, intensificó su agresión.

–Vuelve con él –ordenó la Suma Sacerdotisa, convocando a Awenger–. Aparentemente la advertencia que hemos usado hasta ahora, no funcionó. Isis quiere que el torturador no vuelva a levantar la mano. ¡Haz su voluntad!

***

Esa noche, el capitán, desapercibido, apareció en la cámara del padre Zoe. Estaba durmiendo pacíficamente. Aparentemente no esperaba que Awenger regresara tan pronto. Ella se paró sobre su cama.

Él abrió los ojos. Pero antes de que él pudiera convocar a los sirvientes, ella le cubrió la boca, al mismo tiempo que se sentó sobre él y le envolvió con los muslos con tanta fuerza que no tuvo la más mínima posibilidad de moverse. Apenas respiraba por miedo. Cuando estuvo segura de que estaba amordazado firmemente, lo giró sobre su estómago y saltó sobre su espalda. Todo sucedió muy rápido. Ni siquiera gimió cuando ella retiró los brazos y tiró con fuerza. Comenzó a moverse, pero independientemente de esto, el pliegue de sus manos cruzadas golpeó su antebrazo derecho. Hubo un crujido de huesos rotos. Se desmayó. Entonces ella le rompió el antebrazo izquierdo.

Ella lo entregó.

–Isis protege a sus pupilas –susurró, asegurándose de que ya estaba consciente y la escuchaba–. Esta es la última advertencia que te da por bondad. Toca a la chica con tu dedo y, actuando en su nombre, dejaré de ser delicada. La diosa solo da dos advertencias. Más tarde, destruye a los que no se someten a su voluntad. Comprende esto, pedazo de mierda, obedece si quieres vivir.

Él asintió con los ojos que estaba de acuerdo.

–Te liberaré ahora. Acuéstate aquí hasta el amanecer. No llames a nadie, espera a que la casa se despierte. Si te mueves, empiezas a gritar o incluso a gemir, te mataré antes de que puedas parpadear. ¿Entiendes?

Ella lo empujó deliberadamente su brazo roto. Él gimió de dolor.

–¡Sin gemir, dije! –Lo empujó de nuevo–. Soy una de esas chicas que no tienen sentido del humor. ¿Sabes?

El asintió con la cabeza. Ella liberó su boca de la mordaza. Él la miró con horror y arrepentimiento.

***

Zoe regresó al templo después de una semana. Sin embargo, no pasaron cuarenta días, y el mensajero de la casa de su padre trajo nuevamente información de que estaba enferma y que no aparecería por algún tiempo. Sabían lo que eso significaba. Cuando se confirmaron sus suposiciones, la Suma Sacerdotisa volvió a llamar a Awenger.

–¡Termina el caso! –ordenó, mientras hacía la marca de la Diosa en su frente–, te bendigo.

Desde la última reunión con la Hemet, el padre de Zoe dormía con guardias. El estaba asustado. Cuando el médico cruzó sus brazos rotos, inmovilizó los hombros y le prohibió cualquier esfuerzo físico durante semanas, ni siquiera miró su hija ni a su esposa, seguro de que los ojos de Isis podían estar en cualquier parte. La verdad era que cada movimiento le causaba dolor, por lo que prefería no pensar en el hecho de que debía castigar a sus mujeres por lo que le sucedió.

Era un aristócrata como su padre y su abuelo. Heredó una fortuna tan grande que no tuvo que multiplicarla para vivir cómodamente. Pasaba días de fiesta, viajando, saliendo y fuera de la ciudad con compañeros más jóvenes. Porque cuanto más viejo era, más joven era la compañía que lo rodeaba. Sus compañeros formaron familias, trabajaban para la gloria de los dioses y sus propias familias, y él, aparte del hecho de que, como otros, tenía una esposa y, hasta ahora, una hija, no hizo nada útil. Lo sentía cada vez más y cada día notaba la falta de sentido de su vida. Culpó a su esposa e hija por cómo era él. Cuando estaba cansado consigo mismo, cuando regresaba borracho, o incluso comía, las golpeaba con una caña de bambú, palos o con los puños, si no tenía nada más a mano. También castigaba a sirvientes, e incluso a perros y gatos.

Nadie se atrevía a oponerse a él. Todos sufrían en silencio.

***

–Nos encontramos de nuevo –dijo la Hemet con voz aparentemente dulce.

Entró en la pequeña habitación de la casa, en la que decidió ir a recuperarse. Tan pronto como el médico le quitó el amarre del hombro y tiró de las tablas inmovilizando sus manos vio que las fracturas había sanado bien.

–¿Qué haces aquí? –Saltó sobre la cama y se sentó–. ¡Guardia! –gritó con voz ronca de terror.

Pero nadie lo escuchó. En el salón principal se escuchaba música, y las bailarinas cantaban en voz alta, mientras tocaban el sistro[10].

La Hemet le puso un cuchillo en la garganta.

–¡Lo hiciste de nuevo! Apenas comenzaste a mover los brazos, golpeaste a tu esposa e hija.

–¡No quería! ¡Lo juro! ¡Me provocaron! –sollozó.

–No hay esperanza para ti. Nunca cambiarás. Isis no puede mirarte más.

–¡Voy a cambiar! –comenzó a llorar–. ¡Perdóname la vida!

– La diosa no toma vidas innecesariamente. Ni siquiera la de bastardos como tú.

–¿En serio? –comenzó a temblar, sintiendo una creciente esperanza.

–En serio. –Ella le entregó un vial–. ¡Bebe hasta el fondo!

–¿Es veneno?

–No morirás por eso. –Ella puso la botella cerca de su boca–. ¡Abre!

Él frunció los labios. Ella presionó con el cuchillo.

–Las Hemet no mienten. Dije que no morirías por beber eso.

---

[10] Sistro: instrumento clasificado como idiófono de percusión, asociado con el culto de la diosa Isis y Bastet.

No tenía elección. Él abrió la boca. Ella vertió todo el contenido en él. Y cuando estuvo segura de que él había tragado, le explicó:

–Esta es la poción del olvido. Cuando te despiertes, no recordarás nada de tu vida pasada. Te convertirás en nadie. Tendrá la oportunidad de comenzar de nuevo. De esta vida solo recordarás estas palabras, escucha –se quedó dormido porque la poción comenzaba a funcionar, pero aún entendía lo que ella le decía:

–El hombre feliz no es el que tiene todo, sino el que disfruta de todo lo que tiene. Este es un mensaje que debes recordar. Tienes la oportunidad de una nueva vida. Úsala.

Él asintió para confirmar que entendía.

– Recuerda que hay seis elementos en el mundo: espíritu, agua, tierra, aire, fuego y… una sacerdotisa enojada.

Asintió nuevamente y se durmió.

Desde ese día, Zoe y su madre vivieron solas en una gran finca. Según la ley egipcia, heredaron la propiedad de su esposo y padre perdido.

Los que lo mencionaban a veces decían que alguien muy similar a él fue visto en un mercado de esclavos en una jaula de bambú, preparado para ser transportado a países lejanos. Otros juraron que lo conocieron entre los galeristas. También hubo quienes afirmaron que alguien muy similar a él se había convertido en sirviente en los jardines del templo de Isis en Alejandría.

Cuando su padre desapareció, Zoe no apareció en el templo por un tiempo. Y cuando finalmente apareció, se veía aún más delgada que antes, pero estaba tranquila y parecía segura. Saludó a María agitando los brazos.

***

La encargada del templo era la Gran Sacerdotisa. El destino de cada uno de los que cruzaban los muros de File dependía de ella. Ella era omnisciente e infalible, inspirada por Isis. Las sacerdotisas la supervisaron, y enseñaron. Muchas de ellas eran guardianes grupales. Cada una de ellas tenía su propia recámara y estudio en el templo. Las chicas mayores estaban de guardia. Cuidaban los grupos, el orden y verificaban que las órdenes se ejecutaran correctamente. Los asuntos financieros de File eran manejados por una sacerdotisa que rara vez se mostraba a sus alumnas. Pasaba la mayor parte del día en su cámara, que también era su lugar de trabajo. En los altos estantes colocados contra las paredes había rollos y tabletas con registros de ingresos y gastos.

También había una hemet en el templo. Eran independientes, solo respondían ante la Gran Sacerdotisa, la mayoría de las veces se les exigía tareas que requerían una habilidad increíble y una buena forma física. Eran las vengadoras. Les llamaban el brazo armado de Isis. Espiaban, daban información secreta, trataban asuntos que no eran discutidos públicamente. Se decía que también mataban si Isis les ordenaba, y que lo hacían sin pestañear. Nadie excepto la Suma Sacerdotisa sabía cuántos hay y qué hacen. La única hemet cuya cara conocían las estudiantes era Awenger. Todos los días conducía clases matutinas con ellas, justo después de la ceremonia de bienvenida a Amón-Ra.

Las sacerdotisas y las estudiantes eran responsables de limpiar la isla.

María tenía sacerdotisas favoritas. Además de la Suma Sacerdotisa y Awenger, le gustaba mucho escuchar a Charmion, la matemática de Yona y Didit contando la historia de Egipto y Agnes, quienes ayudaban a desarrollar lo que pertenecía al reino espiritual.

***

–La espalda no duele, sino la carga de la vida. No es dolor sino injusticia. No es un dolor de cabeza, sino un pensamiento. No duele la garganta, sino lo que no dices. No se duele el estómago, sino lo que el alma no digiere. No es el hígado lo que duele, sino la ira. No es el corazón lo que duele, sino la falta de amor.

Charmion, una sacerdotisa encargada de la curación, estaba parada en medio de la habitación con los brazos en alto. María estaba encantada con lo que dijo y cómo. Ella siguió los movimientos de su boca, volumen y gestos.

La maestra tenía el pelo largo, negro, rizado, siempre suelto y, muy a menudo, un vestido negro largo, desteñido. Sus mangas eran tan anchas y tenían tantos bolsillos secretos que podrían ocultarse, si fuera necesario, bolsas, viales e incluso herramientas médicas. Su cintura estaba envuelta en un cinturón con bolsas de medicina en polvo y todo lo que permitiera asistencia inmediata a los necesitados.

Ella pronunciaba un discurso con énfasis y convicción. No solo María, sino también otras chicas la miraban con admiración. Ella era vieja. Se decía que ella siempre ha vivido tanto porque conoce de hierbas y minerales como nadie, y por lo tanto nunca se enfermaba. Se comentaba que había estado viva tanto tiempo que personalmente trató a la reina Cleopatra. Había algo de verdad en eso, pero solo una pequeña parte. Charmion era la hija de Imhotep, un famoso médico gobernante. Recibió su nombre de su madre, la criada más cercana, Cleopatra[11]. Sin embargo, ella nació cuando la reina ya no estaba en este mundo. Desde temprana edad acompañó a su padre en el trabajo, por lo que a nadie le sorprendió que siguiera sus pasos.

---

[11] Este personaje, Charmion, al servicio de la reina, aparece en la novela de Ewa Kassala *Las Pasiones de Cleopatra*. Es una de las dos mujeres que están con la reina en el momento de su muerte.

María, escuchando la conferencia, imaginó a su madre junto a la famosa reina y pensó que le gustaría conocer a ambas. A Cleopatra y a su fiel doncella.

–El amor es la cura para todos los dolores de este mundo – dijo la sacerdotisa–. El amor está en todas partes, en cada una de nosotras, en el grano más pequeño de polvo divino del que estamos hechas. Está en todas partes donde está el ser humano. Y siempre lo estará. Recuerden mis palabras. Durante varios años les enseñaré sobre hierbas y minerales, aprenderán sobre el cuerpo humanos y sus enfermedades. Aprenderán cómo funciona el cuerpo. ¿Quién sabe, tal vez algunas de ustedes se convertirán en médicos? Sin embargo, no importa qué camino sigan, recuerden que el amor es el primer y más importante remedio para todo lo relacionado con el humano. También recuerden que quien sana con amor sana verdaderamente.

Examinó con una mirada si le entendían bien y, al descubrir que todas escuchaban sus palabras con toda atención, agregó:

–Cultivamos hierbas que tienen propiedades especiales en nuestros jardines. ¿Saben por qué? Porque cuando ponemos las semillas en el suelo, cantamos canciones y rezamos. Hacemos lo mismo cinco veces al día todos los días cuando las plantas crecen y cuando las recolectamos. Por esto adquieren un poder especial. Las buenas palabras y melodías que enviamos crean su estructura. Lo que surge de estas hierbas es sagrado y se usa solo durante las ceremonias y rituales más importantes, así como para la curación.

María escuchó y se preguntó si podría convertirse en médico en el futuro, ser como Charmion. ¿Era lo que Isis había planeado para ella? Por ahora, no se sentía lo suficientemente buena en ningún campo. Le gustaba todo lo que las sacerdotisas enseñaban, cada lección le revelaba nuevas posibilidades, pero ninguna la absorbía por completo. Entonces ella esperó paciente y diligentemente escuchó las enseñanzas. Todas la absorbía. Sin excepción. Era como una rosa del desierto que puede esperar años para que llueva, y cuando finalmente llega el agua, se convierte en la flor más hermosa.

Cuando escuchó a Didit, pensó que podía dedicarse a estudiar y escribir las historias de las reinas y sacerdotisas que estaban antes que ellas. Quería ser tan sabia como ellas lo fueron, ya que era precisa al dar fechas y hechos, y al mismo tiempo cuidar el pasado. Ella escuchó sus palabras y creyó que era exactamente como Didit argumentó: «los muertos todavía les hablan, les dan fuerza y les dan poder. Porque existe un vínculo inseparable entre quienes fueron y serán, lo sepan o no, y lo queramos o no».

Didit les reveló un pasado fascinante, y como se veía diferente a las otras sacerdotisas, las chicas la miraban como mensajera de las diosas. Tenía la piel muy clara y el cabello más claro que María había visto. Era largo, liso, cubría su hermoso escote y hombros redondos, siempre envueltos en una bufanda suave y ligera.

–Como saben, la última reina de Egipto fue la poderosa Cleopatra –dijo–. La admiramos por su extraordinaria inteligencia, fuerza de espíritu, capacidad de adaptación a los tiempos en que vivió, luchó hasta el final y se fue de forma honorable. Como saben, ella eligió la muerte, que inmediatamente la llevó a la eternidad y la unió con los dioses. Se sabe que la cobra real protege a los faraones, es su guardián. ¿Recuerdan el uraeus en las coronas de los gobernantes egipcios?

Las chicas asintieron. ¿Quién no conocería la famosa corona? Incluso María, que nunca antes había visto un tocado tan sofisticado, sabía cómo era desde que vivía con sus abuelos. La admiraba, pero a menudo se preguntaba cómo era posible moverse en algo tan alto, ciertamente pesado y bastante inestable.

–En Egipto, las serpientes son un símbolo de vida eterna, renacimiento, un ciclo –continuó la sacerdotisa, mirando los rostros de las niñas fascinadas–. Se despojan de la piel, casi levantados. Pertenecen al área de nuestro conocimiento más antiguo y más secreto. Simbolizan la purificación en el arte y la renovación espiritual. Son como veneno y antídoto. ¿Seguramente las sacerdotisa Agnes les dirá más sobre la limpieza y probablemente sepa algo sobre los venenos de Charmion? –Ella sonrió cuando vio cuán fuertemente les interesaba sus historias–. Es un signo de Imhotep[12], sacerdote, hechicero y médico.

Levantó la placa con el alto bastón entrelazado con dos serpientes y se la entregó para que pudieran ver la marca grabada en ella.

–¿Ven? El símbolo de vida, pero también de los sanadores. Se dice que es el sello personal de Imhotep, dicen los griegos que es de Asclepios o Hipócrates. No importa lo que piensen y no importa cómo llamen a este símbolo en mil o dos mil años, sabemos que el primer médico fue Imhotep, quien creó las reglas para todos los demás. Y que toda la ciencia tiene su origen en Egipto –se echó el pelo hacia atrás–. Recuerden que no solo los médicos son famosos en el mundo. Merit Ptah era una sacerdotisa cuyas competencias y habilidades eran tan grandes que aún adoramos su grandeza, y Charmion usa sus inventos. ¿Sabían que Merit construyó una silla para ayudar a traer niños al mundo? Bueno, algún día escucharán sobre estos asuntos de su maestra. Les diré sobre los más grandes gobernantes de Egipto. ¿Alguna de ustedes querrá nombrar las cinco que consideren las más poderosas?

María se avergonzó al ver que todas las chicas levantaron la mano para decir su lista. Ella no pudo hacerlo. Ni una vez oyó hablar de Cleopatra, supo de la existencia de Hatshepsut, pero se dio cuenta de que no sabía nada sobre las gobernantes egipcias en comparación con otras.

---

[12] En el llamado Los papiros de Edwin Smith (desplazamiento 4.68) proporcionan información sobre la medicina egipcia; Imhotep no solo era médico, sino también arquitecto, creador de la pirámide escalonada (2630–2611 AC.).

–Todavía no aprendo lo suficiente –dijo–. Cuando estoy en casa, debería leer libros en lugar de jugar con el gato. Pierdo mucho tiempo. ¡Tengo que cambiar, controlarme y hacer algo útil!

Sin embargo, ella trabajaba constantemente. Durante las clases en el templo ella siempre estaba concentrada, y cuando regresaba a su casa por tres, a veces cinco días cada mes, también trataba de hacer todo lo posible. Hablaba con su familia, visitaba a la abuela, a sus amigos en las propiedades vecinas, jugaba con su abuelo al Senet, al mismo tiempo discutía sobre negocios, cuidaba al gato, leía los libros sugeridos por Aida y la Sabiduría del sacerdote Ptahhotep[13], que su abuelo le regaló, y también participaba de la vida en el hogar. Ella trataba de conciliar las diferentes corrientes de vida que fluían una al lado de la otra, absorber todo lo posible, disfrutar de lo que se le daba y absorber la mayor cantidad de conocimiento posible, pero cuanto más tenía en su cabeza, más se sentía insatisfecha. Mucho no fue suficiente. Ella quería más y más.

–Hay historias de que las primeras reinas de Egipto, que también eran sacerdotisas, vinieron de las estrellas. –María escuchó la voz de Zoe y se sorprendió de que su amiga tuviera información tan inusual–. Vinieron a construir un mundo de armonía. Junto con ellas vino la energía del amor como la forma más elevada de vibración cósmica. Las reinas de las estrellas se asociaron con los terrestres y tuvieron hijos con ellas. Mezclar su sangre con sangre humana interrumpió la energía cósmica. No fue bueno, pero sucedió, tenemos que vivir con eso y cuidar de ese equilibrio tan frágil. Cada una de las reinas ha dejado marcas permanentes en la tierra y todavía nos está hablando. Sin

---

[13] Una lista de consejos de vida, algo así como pensamientos reglas de oro modernas, aún muy vigentes; provienen de alrededor de 2450-22315 AC

embargo, Cleopatra, Hatshepsut, Kija y Nefertiti me inspiran más respeto que las demás.

–Así es –pensó María–. Esta es la ventaja de aquellas que son de aquí. Las reinas les han estado hablando desde su nacimiento. Solo tengo que conocerlas. Y lo haré. Llegaré a la historia de cada una de las grandes mujeres que gobernaron este país. Quiero que me hablen también. Después de todo, la sangre de mi madre fluye en mí, ella era de Egipto, así que yo también. Haré todo lo posible para que así sea –se prometió a sí misma.

***

Desde el primer año de su estancia en el templo, las estudiantes también aprendieron a contar, multiplicar, dividir, geometría y medidas. La sacerdotisa Yona no era estricta; daba la impresión de que no le importaba en absoluto si estaban aprendiendo algo, y cada una de ellas dominó rápidamente el conocimiento necesario. Aprendían a través de juegos, dibujos y canciones.

Para contar, se apoyaban con piedras blancas, grises y negras. Cada una en bolsas separadas. Blanco significaba unidades, gris, decenas y negro, centenas. Las unidades se registraban en guiones. El talón dibujado era 10, una cadena, 100; 1000 se mostraba como una flor de loto, 10.000 se marcaba como un dedo, 100.000 se parecía una rana y 1.000.000 parecía una figura con las manos levantadas.

De Yona, las chicas aprendieron sobre la estructura cósmica de las pirámides, las esfinges e incluso el ojo de Horus. Este símbolo, que posee poder mágico, era una expresión de la perfección de Dios. Bueno, resultó, que la sacerdotisa les explicó muy vívidamente, que cada parte más pequeña posterior del dibujo del ojo divino es proporcional a la anterior, es decir, una fracción de su tamaño. También dijo algo que no todas entendieron, pero sentían que eso no significaba nada más que divinidad: que a partir de esta división se creó una serie numérica que mantenía una secuencia ordenada y lógica. Según la sacerdotisa, esta era otra prueba del poder de las matemáticas y su origen sobrenatural.

Con Yona, midieron distancias por primera vez en sus vidas. Caminaron alrededor de la plaza del templo, comprobando con sus pies y codos. Una medida comúnmente aceptada en Egipto era la unidad de medida del codo hasta la punta de los dedos. Y que esta distancia varía con cada persona, hace mucho tiempo (nadie sabía cuánto), el codo del rey fue tomado como estándar[14]. La mitad se llamaba pie.

Bajo la atenta mirada de Yona, las chicas midieron, contaron y pesaron, seguras de que estas habilidades serían útiles en sus vidas más de una vez.

–Aten 10 nudos en la cuerda a diferentes distancias –pidió la sacerdotisa.

Les encantó el juego. Trabajaron en grupos. Si una no entendía algo, y sucedía, trabajando juntas encontraban más fácilmente las soluciones correctas.

–Ahora hagan un triángulo. Dejen que haya 3 nudos en un lado, 4 en el otro y 5 en el tercero.

Hicieron lo que ella ordenó.

–¿Qué es esto?

Se preguntaron.

–Si alguna vez tienen que planificar, dibujar, construir algo, esa es la forma más fácil de crear un triángulo rectángulo[15], ¿pueden verlo?

–Sí, lo vemos.

---

[14] Medida 52 cm.
[15] Triángulo pitagórico.

–¿Qué pasará si conectas dos de estos triángulos? ¿Saben? ¿Ya saben cómo los antiguos albañiles construyeron las pirámides y templos?

–¡Gracias a la ayuda de Dios! –respondió una de las chicas.

– Las matemáticas, la geometría y todo lo relacionado con ella proviene de los dioses. –La sacerdotisa la elogió–. Gracias a ellas, nosotros, los mortales comunes, hemos podido implementar planes de acuerdo con el plan de Dios[16].

***

Todas las mañanas, la Suma Sacerdotisa se reunía brevemente con todas las estudiantes y con las novicias durante más tiempo, una vez al mes. Ella siempre tenía un mensaje para ellas.

–Debes vivir en armonía, no luches contra lo que no tenemos influencia–, dijo ella, sentada en una silla ancha dispuesta para poder mirarlos a todos. Seamos felices con el destino de la Diosa, pero demos forma a nosotros mismos. Los dioses dan vida, pero lo que hacemos con ella depende principalmente de nosotras. Nosotras los influenciamos. Lo que sembramos, lo recogemos. Así que sembremos sabiamente, no temamos el esfuerzo, trabajemos duro, pero con placer –pronunció las oraciones enfáticamente, lentamente, escuchando su sonido, porque quería estar segura de que las alcanzarían con el poder que ella quería–. Cuidamos el cuerpo y el alma, porque son uno, deben ser alimentados y nutridos con el mismo cuidado. En nuestro templo, en el que tantas chicas dejaron sus huellas antes que tú, nos ayudamos a mejorar. Cada joven que abandona nuestros muros y, como sacerdotisa de Isis, vas al mundo para servir a la gente,

---

[16] Del papiro de Ahmes escrito en 1650 AC, encontrado por Rhind en 1853; hoy está en el Museo Británico (símbolo del catálogo: RMP / pBM10058 / BM10057).

sabes que vivir felizmente significa vivir honestamente. Esto es lo que nos enseña la Diosa. Vive en armonía contigo misma, sigue el camino correcto.

María escuchó atentamente a las sacerdotisas. Miró en vivo a la Charmion gesticulante, a la sabia Yona, a la moderada Didit, que permaneció casi inmóvil durante el discurso y miró al cielo, que recordaba a una diosa con cabello largo y rubio, a los ojos de la Gran Sacerdotisa, en quien parecía concentrar todo su conocimiento. De este mundo Sintió en ellas lo que la Diosa había transmitido a las sacerdotisas durante siglos. Quería tocarlo, sentirlo, quería poseer el conocimiento que tenían. Ella la miró fijamente y escuchó sus palabras. Se prometió a sí misma que haría cualquier cosa, usaría todo su poder para acceder al antiguo tesoro. Que se abriría a la influencia de la Diosa, tanto como pudiera, que pondría toda su vida a su disposición, haría cualquier cosa para poder entrar en el círculo de sacerdotisas que transmiten su conocimiento. Ella sentía cada vez más que era su deber y su destino.

–Seré fuerte –se prometió a sí misma–. Manejaré todo, superaré las debilidades, la pereza y la vanidad, lucharé contra las adversidades, caminaré por el sendero del bien y la verdad, me convertiré en una sacerdotisa. Seré como ellas: sabias, buenas y hermosas. Merezco la luz alrededor de mi cabeza. Iré por el camino de la luz. Y nunca me apartaré de él.

5

Ella se estiró y abrió los ojos. Todavía estaba oscuro. A su lado, Leo dormía tranquilamente. Ella lo acarició. Ronroneó y se volvió hacia el otro lado. Ella sabía que en cualquier momento, como todas las mañanas, Sithathor entraría en la cámara. Diría: «María, es hora», lo que significa que debía vestirse rápidamente e ir a la costa, para, como siempre, participar en la ceremonia de saludo al sol en el templo.

Ella retiró la colcha, se sentó y supo que a partir de ese día, nada sería igual. Sin ponerse las sandalias de la mañana, encendió una lámpara al lado de la cama para asegurarse de que finalmente sucedió lo que estaba esperando. Ella no estaba equivocada. Manchas de sangre enrojecidas en sábanas blancas.

Ella saltó de alegría. Leo levantó la cabeza y, al ver su felicidad, saltó de la cama y comenzó a girar, persiguiendo su propia cola.

–¿Has visto? – se lanzó, corriendo a la habitación contigua–. ¡Abuela, abuela!

Una pequeña puerta estaba abierta. Aida estaba dormida. Sin embargo, cuando la escuchó, se despertó de inmediato.

Desde que María apareció en su casa, se ha acostado con una lámpara encendida, pensando que cuando tienes un hijo nunca sabes cuándo se necesitarás luz.

–¿Qué pasó? –Ella la miró y no tuvo que preguntar más.

Al instante ella estaba con su nieta.

–Me convertí en una mujer! –María anunció, orgullosamente se enderezó y se puso de puntillas.

–¡Estoy muy feliz cariño! ¡Felicitaciones! –La abrazó. Se quedó con ella, descalza, con el pelo revuelto, emocionada y feliz.

Cuando Aida, acariciando su cabello, comenzó a tararear una canción sobre una rosa roja, María comenzó a llorar. Ella sintió que había cruzado la frontera esa noche y había entrado en un mundo diferente. Pronto las puertas del conocimiento se abrirán completamente para ella. Será un honor unirse al círculo femenino conectado por la sangre. Ella podría ingresar a Santo Sanctorum, donde vive Isis, y aprovechar ilimitadamente la fuente de su conocimiento. La fase de la Diosa Blanca acaba de convertirse en Roja. Le darán un vestido rojo, se iniciará y ya no será una aspirante nada más, sino en una verdadera alumna de los sacerdotisas de Isis. ¡Por fin!

La diosa aparecía en tres fases. Ella era blanca para quienes aún no había marcado con sangre, roja para quienes estaban en pleno florecimiento y negra para quienes habían experimentado suficiente de la vida para transmitir su sabiduría.

Aida se conmovió porque llevaba a su nieta, su sangre, una niña que se había convertido en una mujer con ella. Cuando la miró, cuando la abrazó, sintió los latidos de su corazón y escuchó su respiración, era como si Aset estuviera de pie junto a ella. Ella sentía que ella era parte del todo eterno y que tanto María como ella estaban inseparablemente conectadas con las que estuvieron antes que ellas. Lloró con María, pero por otra razón.

Se sentía bien y mal al mismo tiempo. Mal, porque le encantaría escuchar a su madre sonreír de nuevo y decir: «Estoy orgullosa de ti», y sentirla acariciar su mejilla nuevamente, pero sabía que no era posible. Mal, porque le gustaría que su hija viviera, que pudiera estar aquí, abrazar a María y disfrutar con ellas. Su alma sollozaba de pesar porque todo estaba pasando.

Al mismo tiempo, ella estaba orgullosa. De su familia, las mujeres que vinieron antes que ella y la hicieron existir, de su sabia nieta y de sí misma. Por el hecho de que podía pensar que la Diosa le daba una mente abierta y le permitía mirar al mundo con ojos que no conocían límites. Que se le dio el conocimiento de que ella era un elemento del orden cósmico, y que las mujeres también la aceptaran, sintieran orgullo y alegría, se fortalecieran mutuamente y con la vida transmitieran su poder. Ella sabía que la divinidad era una feminidad y masculinidad equilibradas, y que la armonía con el Maat[17] era la búsqueda eterna. Las sacerdotisas le enseñaron que la danza de la vida es hermosa y durará mientras dure la humanidad.

***

---

[17] El orden eterno y el universo. También la diosa del orden y la justicia.

Sithathor, tan pronto como entró en la habitación de María y vio la sábana manchada, supo que había un gran avance. De todos modos, muchas señales ya han indicado que Isis pronto le dará sangre mensual a su pupila. La niña ya tenía los senos grandes, glúteos redondeados, comía mucho y, además, había luna llena, ahí es cuando la Diosa afecta más a las mujeres. Algunas menstrúan en la luna nueva, otras durante la luna llena.

–Escribiré un mensaje a la Suma Sacerdotisa. –Aida respondió la mirada inquisitiva de Sithathor–. Dile que la lleve al templo. María se quedará con nosotras durante los próximos días. ¡Lo celebraremos!

Leo se tumbó a los pies de su ama y levantó la cabeza de vez en cuando para disfrutar de su alegría. Él entendió que algo especial había sucedido. A través de sus ojos ella miró el mundo de la diosa Bastet, que estaba alerta. Especialmente cuando miraba aquellos que serían especialmente adecuados para sus sacerdotisas terrenales.

***

El mismo día su abuelo le trajo una rosa roja. Se la entregó en el desayuno.

–¡Felicidades! –La besó en la frente–. Escuché que te convertiste en una mujer.

María recordó un día similar en Magdala. Cuando Marta fue bendecida con la sangre. Hubo un silencio extraño, como si algo importante y esperado hubiera sucedido por un lado, pero por el otro era silencio impuro y conspicuo. Marta estaba encerrada en la cámara y su hermana se separó de ella. Las criadas susurraban en las esquinas. Su padre llamó a la partera en casa para explicarle las sirvientas cómo debían comportarse y qué nuevas responsabilidades con respecto a la limpieza tenían a partir de ese momento.

«Nidá»[18]. En ese momento, la palabra rodeaba silenciosamente todos los rincones de la casa.

Nidá significaba siete días de impureza. Quien tocará la menstruación o incluso se sentara en el lugar donde anteriormente descansara, estaría contaminada. Tenía que limpiarse y lavarse la ropa. Después de siete días, como proclamaba la costumbre, para regresar a la comunidad, la mujer se veía obligada a tomar un baño ritual en la mikve[19].

En Israel, la menstruación se asociaba con el misterio, la inmundicia, el castigo por los pecados y la penitencia. En Egipto, especialmente el primero, era una razón de celebración.

María recordó una de las clases en Charmion cuando explicó a las estudiantes qué es la sangre mensual.

–La luna es como una mujer –dijo el médico–. Y una mujer es como la luna. Estamos conectadas. Operamos de acuerdo con los ciclos de vida eterna, recuerden eso. La sangre mensual es la materia de la que se originó el universo. Las semillas primordiales de la existencia están ocultas en ella, las mueve a través del tiempo. Somos sus sacerdotisas. Nos da fuerza y poder. Cuando estamos incluidas en el ciclo de la existencia, cuando cambiamos como la luna, pasando de luna nueva luna llena, somos diosas. Cuando Isis nos da sangre, nos invita a su círculo. También damos a luz a una nueva vida a través de ella.

Las pupilas escucharon a Charmion encantadas. Cada una de ellas estaba esperando el día del regalo. Todas sabían que algún día vendría, y ellas esperaban con impaciencia.

–La sangre lunar es un remedio eficaz –continuó la médico–. Puede poner de pie a las personas moribundas, restaurar la fuerza y

---

[18] Lujuria de una mujer durante la menstruación o el embarazo. La palabra hebrea significa errante, exclusión.

[19] Tanque con agua corriente para lavados rituales. La inmersión de cuerpo completo en el agua sigue siendo parte del rito de admisión a la sinagoga.

renovar el cuerpo. Es afrodisíaco y ayuda en la magia del amor. Todo lo que tienen que hacer es agregar una gota al vino y el elegido les dará su corazón. –Miró a las chicas escuchándola con atención.

–En los días de luna, sus hechizos ganan poder adicional y son más efectivos que en cualquier otro momento. –Levantó su dedo para llamar su atención aún más– ¡Este es su momento de transición! Puede ser doloroso o incómodo, serán, para cada una de ustedes... –señaló a algunas de ellas– días de excepcional poder y apertura a la voz de la Diosa. Puede suceder que sus piernas o estómagos estén hinchados, su cabeza les duela, incluso podrían vomitar. No importa. Avanzar, rechazar   lo viejo y entrar a lo desconocido a veces duele. Volverán a nacer con una nueva fuerza, aún más bellas, más inteligentes, con un cuerpo y espíritu renovados, aún más atractivos para el mundo y para si mismas. ¡La sangre mensual es un regalo de la Diosa!

Ellas escucharon fascinadas.

–Cuando esta alegría las encuentre, acéptenlo en sus cuerpos, es hermoso y perfecto. ¡Siempre! –Charmion estaba terminando la conferencia–. Respeten, amen, rodéenlo de amor y cuidado, porque es un jardín para su alma.

∗∗∗

Antes de la entrada al templo principal estaban las sacerdotisas en fila. Llevaban vestidos azules, largos y sencillos. En sus cabezas afeitadas tenían pelucas idénticas hechas de cabello negro uniformemente recortado. Sus cuerpos fueron completamente depilados. La depilación era el deber diario de cada sacerdote y sacerdotisa en Egipto, sin importar qué dios o diosa ni en qué templo sirvieran. Solo los más importantes, de estatus excepcional, tenían derecho a afeitarse la cabeza. La

Gran Sacerdotisa lo hizo, también Charmion, Yona, Agnes, Didit y varios otras cuidadoras.

Detrás de las sacerdotisas había mujeres de familias de las aprendices. Tenían vestidos similares, pero sus cabezas no eran calvas. Cada una de ellas fue una vez una estudiante en el templo, pero luego eligieron un camino diferente. Se casaron y viajaron por el mundo. Sin embargo, cada una de ellas, sin importar lo que hizo en su vida, seguía siendo una sacerdotisa de Isis, porque quien alguna vez se convirtió en una, lo es por el resto de su vida.

Las estudiantes mayores se alinearon detrás de ellas. También tenían cuerpos depilados. Su cabello, como era costumbre, podía llegar a los hombros como máximo. Llevaban vestidos azules.

Antes de las ceremonias importantes, las sacerdotisas y las estudiantes mayores se sometían a una purificación ritual de cuerpo y espíritu. También se sometieron a un ayuno estricto. Duraba siete días para las sacerdotisas y tres para las estudiantes. En ese momento solo bebían agua.

Ante ellas, frente a las puertas cerradas del templo, estaban las estudiantes. Sin embargo, no todas, solo aquellas que han sido bendecidas con la sangre en el último año. Llevaban vestidos blancos, ceñidos con un accesorio que terminaba con el símbolo de Anj[20].

María estaba entre ellas. Ella estaba parada con la cabeza en alto, preocupada, su cara estaba sonrojada. Las puertas debían abrirse pronto, y ella y otras deberían entrar al templo. Por primera vez en sus vidas, tendrían el honor de cruzar este umbral. Estaba temblando. No había comido nada en tres días. Afortunadamente, las náuseas que sintió ayer habían disminuido, por lo que fueron leves y sin problemas. Sintió como si pudiera

---

[20] Llamada La llave de la vida, un símbolo de fertilidad y el círculo eterno de la vida; como amuleto se suponía que debía proporcionar la inmortalidad.

levantarse como un pájaro y volar. Miró a Aida. Su bella abuela, erguida y elegante, estaba entre otras mujeres distinguidas.

Sus ojos se encontraron. Estaban orgullosas una de la otra.

Cuando fluyeron los sonidos del sistro, las puertas del templo se abrieron y la Suma Sacerdotisa apareció en ellas.

Su cabeza estaba adornada con un peinado intrincado, coronado con símbolos de diosas: cuernos de vaca y un disco solar. Parecía salir del escudo, sacando su lengua divina, la sagrada cobra de oro uraeus. En su mano izquierda, la sacerdotisa sostenía el bastón de Isis trenzado con una serpiente de plata, a su derecha había un signo de tit hecho de piedra roja, también llamado sangre o nudo de Isis. Ella usaba un vestido largo negro. Un ancho y colorido menat adornaba su cuello.

Tres veces golpeó el bastón en el suelo, y cuando las mujeres que esperaban frente al templo se inclinaron ante ella, se volvió y caminó hacia la estatua de la Diosa. La siguieron. Fueron acompañadas por sonidos de sistro, arpas, flautas, pipas, tambores y trompetas.

Se detuvo frente a la estatua que se encontraba en medio del templo. Detrás de él solo había una pequeña puerta cubierta de metal dorado, que conducía al Santo Sanctorum. La suma sacerdotisa inclinó la cabeza, las otras mujeres se arrodillaron y tocaron el suelo forrado de electrones[21] con la frente. Mientras la veneraban, una canción salió de sus labios. La conocían bien, se cantaba en todas las festividades dedicadas a Isis.

«¡Oh tú, santa y eterna protectora humana, tú que siempre te rodeas de dulce protección generosa de mortales y dulces madres, tienes compasión por la miseria! No tienes ni el día ni la noche, ni siquiera el más mínimo momento, lo que sería en vano para tus beneficios. Cubres a las personas en tierras y mares, creas las tormentas de sus vidas y les das una mano de redención, la mano con la que desenredas los nudos sin resolver, que silencian los

---

[21] Aleación de plata y oro.

huracanes, que eliminas de las estrellas con desastrosos giros. El cielo te adora, los habitantes del inframundo te temen. Mueves el mundo, el brillo del sol, el universo se forma bajo tu palma, el mundo se encuentra bajo tu pie.

Las estrellas responden a tu voz, las procesiones del tiempo vuelven a tu llamado, la boda de los dioses depende de ella, los elementos tiemblan ante ella.

A tus órdenes, el viento sopla, alimenta las nubes, las semillas germinan y las vides trepan. Ante tu majestad, las aves del aire, las bestias en los bosques, las serpientes que se arrastran por el suelo y los monstruos marinos se estremecen. Nuestro espíritu es demasiado mundano para alabarte, honrarte con los sacrificios que te ofrecemos. No podemos decirte lo que sentimos ante tu majestad, sin tener mil labios e idiomas interminables y una inagotable pronunciación.

Deja que nuestra preocupación sea, por lo tanto, ser personas piadosas: que podamos guardar para siempre en nuestro corazón los secretos del rostro y la gracia divinos más profundos, y la mayor majestad, y que puedan ser eternamente conscientes de nosotros[22].

María cantó junto con las otras. Las palabras que salían de su corazón fluyeron hacia la que las amaba, les daba fuerzas, las acogía con un amor ilimitado, les mostró una dirección, dio apoyo, y les aseguró que podían hacer todo.

María sintió su poder especialmente en ese día. Al igual que otras adeptas, admitidas en el grupo de estudiantes de Isis ese día, ella ayunó y pasó tiempo orando y purificándose. Ella estaba feliz, emocionada, llena de fe. El orgullo la llenó. Finalmente, en un momento, estaba a punto de entrar en Santo Sanctorum. Iba a suceder lo que había estado esperando durante tanto tiempo.

Pensó en los últimos años. En Marta y Lázaro, su padre, venir a Egipto, conocer a la abuela, la Gran Sacerdotisa y sobre

---

[22] L.Apuleius, Metamorphoses or the Golden Donkey, 1958.

comenzar su educación. ¡Tanto ha cambiado en su vida desde que dejó Magdala! Ella sintió lo mucho que había crecido, lo buena que era en el lugar donde estaba. Cómo, finalmente, siente que está en el camino correcto, aunque todavía no sabía a dónde la llevaría.

Después de terminar la canción y colocar las ofrendas al pie de la estatua, la Suma Sacerdotisa nuevamente golpeó el piso con un bastón de plata. Era una señal de que la parte más importante de la ceremonia comenzaría pronto.

Formaron una fila. Cada una de ellas sostenía una lámpara de aceite encendida. Se les advirtió que en un lugar donde pronto entrarían, estaría oscuro debido a la falta de ventanas y aberturas que dejaran entrar el sol. Este lugar simboliza el comienzo de la vida, el templo del útero femenino, del que fluye la sangre mensual, por lo que era un espacio inescrutable y secreto. Ningún hombre podía entrar allí, y entre las mujeres, solo las sacerdotisas o discípulas de Isis, y solo aquellas a quienes la Diosa le había dado el regalo de la luna.

La gran sacerdotisa se movió. Las adeptas la siguieron en concentración y silencio. Después de un rato estaban adentro. La habitación estaba casi vacía. Solo en el medio estaba el hogar sobre el trípode, junto a él un gran caldero plateado y brillante, y junto a él una mesa redonda de ofrendas. Se detuvieron. La música suave fluía de todas partes, recordando un latido del corazón. Se podía escuchar claramente, pero pronto el amortiguado sonido de pasos se convirtió en uno de los elementos de lo que los rodeaba. Otras mujeres aparecieron a su alrededor: estudiantes, sacerdotisas, miembros iniciados de sus familias. Estaban todas desnudas. Dejaron vestidos y accesorios en la sala principal del templo.

La Suma Sacerdotisa golpeó el suelo por tercera vez. Era una señal de que las adeptas estaban a punto de deshacerse de sus vestidos. Cuando lo hicieron, ella también se quitó el suyo. La música se detuvo y ella sumergió una copa de plata ritual en el caldero. Cuando lo llenó con la bebida de la diosa, lo levantó por encima de su cabeza.

–¡Esta es sangre santa! –anunció, sosteniéndola en alto–. Gracias a Isis, esta bebida llena nuestros cuerpos y da vida. ¡Es el comienzo y el tesoro de la humanidad!

Se llevó la taza a la boca y tomó un sorbo.

–Señora, ¡acepta nuestro regalo!

Ella inclinó el recipiente, vertiendo el contenido en el hogar. Una llama estalló.

Las estudiantes reflexivamente dieron un paso atrás, pero casi de inmediato regresaron a sus lugares. Arrodillada. María miró de reojo. Sus amigas tocaron humildemente el piso brillante con sus frentes.

–¡Señora, ven a nosotras! ¡Hónranos con tu presencia! –gritó la Suma Sacerdotisa, levantando sus manos en alto.

Las mujeres en la habitación repitieron sus gestos y gritaron tan fuerte como ella.

–¡Ven, ven! –se escuchaba.

Sus cuerpos se doblaron hacia los lados, de un lado a otro como si estuvieran bailando. Se perdieron en las solicitudes. Mujeres adeptas, tímidamente al principio, porque después de todo participaron en tal ceremonia, después de un tiempo se comportaron como las demás.

A medida que el tiempo se disolvía, sonó una voz poderosa. Vino del cielo.

–Aquí están tus oraciones, te lo ruego, la matriz del universo, la dama elemental, la fuente primigenia de todas las eras, soy la mayor de las deidades, yo, la reina de las sombras subterráneas, primera entre los cielos, yo cuyo rostro es el rostro de todas las diosas, cuyo símbolo gobierna las bóvedas luminosas del cielo, aire curativo de los océanos, infiernos desesperados con silencio, yo, a quien el mundo entero adora en muchas formas, en diferentes ritos y bajo diferentes nombres. Yo, me llamé Mantra,

Minerva, Venera, Diana, Proserpina, Cerera, Juno, Belona. ¡Estoy aquí contigo, yo, la reina del mundo, Isis![23]

Se cayeron de bruces. Estaban rezando. Cada una de ellas presentó sus oraciones a la Diosa. Prometieron devoción, la lealtad y la voluntad de servir. Humildemente rogaron por el cumplimiento de lo que era más importante para cada uno de ellas.

Luego formaron un círculo nuevamente. La Gran Sacerdotisa ya no estaba en su centro. Ella se paró entre ellas. Una bola de fuego luminosa apareció en sus manos, creada por la fuerza de voluntad.

María la miró con admiración. Parecía una brillante parte del sol. La admiró con todo su corazón. La Suma Sacerdotisa la sostuvo por un momento en el área de su corazón, luego la transmitió. La luz parpadeante dio un agradable calor pulsante. Ella estaba cambiando de manos. Ligera como una pluma, irreal, pero material. Energía brillante acumulada.

La gran sacerdotisa dijo:

–Este es el fuego eterno. Se quema y nunca se apaga. Está en mí y en sus corazones. Enciende los sentidos, da fuerza, ilumina. Está en todas y en todos los que caminan por el mundo, está en la tierra, el cielo, el sol y el viento. Y en toda la creación, porque proviene de la Fuente. Abarca y cubre todo. Dura para siempre y es para siempre. Se les entrega cuando entran al mundo, y lo devuelven cuando vuelven al cielo. Llévenlo como las que lo hicieron antes que ustedes y las que vendrán después. Dejen que la llama en sus manos sea uniforme y fuerte.

***

---

[23] Ibídem.

Agnes llevaba vestidos coloridos. Ella tenía muchos de ellos. Entre ellos estaban el verde, azul, rojo, morado, amarillo, multicolor. Tenían diferentes cortes y longitudes. Las chicas se preguntaban de dónde las había sacado y cómo la persona que las creó obtuvo colores tan intensos. Cuando se enteraron que Agnes teñía los materiales ella misma, usando tintes de plantas naturales, su admiración aumentó.

También le gustaban las joyas. Ella tenía muchas en ella. Decoraba no solo su cuello y las muñecas, sino también las orejas, brazos, dedos de manos y pies, pantorrillas y tobillos. Incluso las tenía en la nariz y la boca. Su cabello, por otro lado, era cobre y ondulado por el viento. Ella nunca los ataba.

Agnes a menudo les hacía preguntas.

–Siéntense –ordenó al comienzo de la lección–. Ahora me dirigiré a ustedes.

Cuando todas tomaron la posición que más le convenía, y ella se sentó frente a ellas con las piernas cruzadas, dijo:

–Ahora cierren los ojos. ¿Tienen la mente en blanco? Bien. Imaginen que ya son adultas, son sacerdotisas, han dejado el templo o han decidido quedarte. Se ven a si mismas. Cual es su vestido ¿Tienen algo en mente? ¿Qué llevan en la bolsa? ¿Cómo son sus zapatos? Se ves a si mismas.

Asintieron y sonrieron ante la imagen mental.

–Ahora piensen en a quién están ayudando y cómo lo están ayudando. Cual es su fortaleza. ¿Cómo se convierten en una fuente de poder para alguien? ¿Qué emociones les brindan a la gente? ¿Quién es su autoridad y por qué? ¿Cómo les gustaría que otros se sientan a su lado? ¿Cómo hacen el bien para ustedes y los que las rodean?

Estaban entadas con los ojos cerrados.

–No abran los ojos. Piensen en las respuestas a estas preguntas. Tienen tiempo. No los abrirán hasta que escuchen el gong.

Se sentaron por mucho tiempo. Pasaron los minutos, el sol salía más alto y el sonido del gong no sonaba. Tenían tiempo.

–¿Qué quiero? –se preguntó María–. ¿Qué quiere mi alma? ¿Cuál es la misión de mi vida? ¿En qué dirección debo ir? – Pasaron semanas y meses, y todavía no podía encontrar la respuesta. Las maestras la ayudaban en su búsqueda. Hicieron preguntas adicionales, las guiaron, pero nunca dieron una receta específica.

–La sacerdotisa es la mujer que tomó la decisión de ser fiel y seguir la voz de la Diosa –explicó Agnes–. Para escucharla, necesitamos nuestro propio espacio, paz y tiempo. Entonces, aprendamos a cultivar la soledad. Podemos calmarnos y concentrarnos incluso en la multitud más grande. Es difícil, pero pueden aprenderlo. Nuestros cuerpos, corazones y mentes son el templo. Tengamos la capacidad de encerrarnos en él para que nadie nos moleste. Si es necesario, vayamos al desierto, busquemos una cueva para encerremos. Esto nos permitirá escuchar más claramente. Cuando hagamos contacto con la voz interior, podremos conectarnos con todo el mundo e incluso convertirnos en ella. Y algún día... tal vez una de ustedes se convierta en Sacerdotisa de la Luz.

–¿Una sacerdotisa de la luz? –María se interesó–. Este es el nivel más alto de brillo posible que podemos lograr en la tierra. Absoluta conexión con las Diosa. Ilustración.

–¿Eres una sacerdotisa de la luz? –A Zoe le gustaba hacer preguntas directamente.

–Me gustaría, pero es raro lograr este estado.

– ¿Cómo sabremos que hemos tenido éxito? –María continuó.

–Cuando suceda, no tendrás dudas.

La voz de Agnes sonaba suave pero segura.

– Lo sentirás tú misma. Tendrás la capacidad de comprender a los demás y empatizar. Podrás mirar el pasado y el futuro, leer mentes, comprender sueños, entrar en el sueño de los demás y darles forma. En cada paso y en cada acto sentirás el apoyo de la

Diosa, los que estaban antes de ti y a tu alrededor. Porque te convertirás en una Diosa y todo lo que ella representa. El mundo estará contigo. Tendrás visiones, no tendrás miedo de cambiar la realidad para mejor, verás a las personas como son, y es por eso que las amarás. Te convertirás en armonía, bondad, belleza, sabiduría y luz. Lo sabrás y sentirás todo.

–¡Quiero esto! –Dijo María dijo en voz alta.

–¡Deja que suceda! – Agnes se inclinó humildemente e hizo el triple signo de la Diosa.

6

–¿Qué hiciste con ella? –Cyrus ya no tenía la intención de detener su indignación.

Durante el día, las emociones se habían acumulado en él desde que vio a María y apenas reconoció a su amada hija.

La razón oficial de su visita a Egipto fueron los negocios. Sin embargo, él vino, principalmente, por María. Cuando la dejó allí unos años antes, le prometió a sus suegros que no visitaría a su hija con demasiada frecuencia por su bien, para no lastimarla ni a su corazón, dejar que se desarrolle pacíficamente y se eduque sin una carga por su enfoque del mundo y sus duras costumbres. Y además, después de la última visita y un fuerte intercambio de opiniones sobre las diferencias de civilización entre Israel y Egipto, no quedó en buenos términos con sus suegros.

Él y María se escribían cartas todo el tiempo. Las leyó con emoción. Sin embargo, algo ha cambiado en los últimos años. Cuando se preguntó cuándo sucedió, resultó ser probablemente cuando ella se convirtió en mujer. Fue a partir de ese momento que sus palabras comenzaron a ser más moderadas, culturales, llenas de cortesías, «frases sin sentido», como él pensó. Pensó que Aida la estaba criando para ser una mujer egipcia contenida, lo que podría significar que se alejaría más de él. Al mismo tiempo, se preguntó qué significaba el término «con demasiada frecuencia», refiriéndose a la cantidad de visitas posibles, y cuando pensó que habían pasado suficientes años para que su visita no fuera percibida como frecuente, partió.

María, junto con sus abuelos, esperó frente a las puertas de la casa. Él notó desde la distancia que ella era similar a su abuela, y cuando la vio de cerca, su corazón se congeló; ella le recordaba mucho a Aset desde el momento en que la conoció.

–Padre –saludó a arameo e inclinó la cabeza.

–Que la paz sea contigo –Aida y Karim también hablaron en arameo.

Estaba sorprendido y decepcionado de que ella no se le lanzara al cuello como solía hacerlo, lo abrazara; más tarde, en la sala de recepción, se comportó como Aida. Se sentó derecha, sonrió, hizo gestos moderados y habló. Así es: ¡ella lideró! Ya no hablaba como antes, no hablaba tan llena de deleite y emoción como solía hacerlo. Ella era refinada. Se convirtió en otra persona. Eso le molestó más.

Y esto es lo que quería decirle a los suegros por la noche, cuando María, como anunció: «se fue a la cama» porque al día siguiente al amanecer tenía que regresar al templo. Fue liberada del templo con motivo de la llegada de su padre solo por un día. Sin embargo, cuando ya estaba en su habitación y, lista para dormir, acurrucada en el suave pelaje de Leo, decidió que bajaría. Quería decirle a su padre que decidió pedirle a la Suma Sacerdotisa que pudiera acompañarlo durante su estadía en Egipto y no regresar al templo unos días más. Se puso sandalias blancas y se detuvo en las escaleras. La voz agitada de Cyrus vino desde abajo. Sintió como una niña cuando presenció una conversación similar en el mismo lugar. Entonces los adultos no sabían que podía oírlos.

–¿Qué hiciste con ella? –lloró exaltado–. ¡Se suponía que debía crecer y mataste su espíritu! ¿Dónde se ha ido su autenticidad, espontaneidad y deleite por la vida?

–Pero querido –protestó suavemente Aida–, cálmate. Ella acaba de cambiar. Dejaste a una niña aquí y encontraste a una mujer joven. En Israel, e incluso entre los pobres en Egipto, las niñas de su edad se casan y dan a luz a sus hijos, ¿no es así? Ella es casi adulta.

Al ver que Cyrus estaba pensando en lo que dijo, sonrió con dignidad.

–Es más que eso, es diferente de lo que era. ¿Cuando me iban a contar eso?

Ella extendió sus dedos y comenzó a doblarlos.

–Bueno, ¡han pasado ocho años aquí!

–¡Siete! –aclaró.

–Siete, ocho, ¿cuál es la diferencia...? –Aida fue extremadamente amigable.

Ella sintió satisfacción. La nieta era similar a ella, rápidamente se encontró en su cultura y la adoptó como propia. Se convirtió en una estudiante egipcia de Isis y una joven dama. Aida no tenía dudas de que esto se debía a sus esfuerzos, que admitió fueron ideales, porque absorbió todo con la alegría y la apertura que la mente de un niño puede mostrar.

–Se suponía que debías encargarte de su educación, le prometí a Aset cuando se estaba muriendo. Yo la traje. Cumplí mi palabra. ¿Y qué hiciste? La hiciste... ¡una egipcia!

–Entiendo que no te guste –dijo Karim–. ¿Es así?

Cyrus se movió en su silla y asintió. Aida siempre le exaltaba. Prefería hablar con su suegro. Era fáctico y concreto. A Cyrus le gustaba hacer negocios con él; siempre se basaba en la integridad de ambas partes, y también en conversaciones privadas.

–Puede que esté equivocado, pero no creo que dejarla aquí hubiera sido diferente. Estamos en Egipto, y propagamos los valores tradicionales egipcios y eternos en nuestro hogar. Lo sabías desde el principio. Eres un hombre sabio ¿A quién esperabas encontrar? María es tu hija y nuestra nieta. Todos queremos lo mejor para ella.

María decidió que esta vez no sería como en la infancia. No volvería a la habitación para pensar en lo que ella había escuchado. Ella bajó las escaleras. Leo corría a su lado.

–Padre, te extrañé mucho. –Ella se sentó al lado de Cyrus y tomó su mano–. No lo he dicho antes, pero te quiero mucho.

Ella apoyó la cabeza sobre su hombro. Él estaba en silencio, sorprendido. Aida y Karim tampoco dijeron nada.

–Le pediré a la Suma Sacerdotisa que pueda estar contigo todo el tiempo cuando estés en Egipto –comunicó–. No nos hemos visto en mucho tiempo, ¡tengo mucho que contarte! Definitivamente estará de acuerdo. ¡Te extrañé muchísimo! –Exclamó, levantándose–. Me voy a dormir, porque al amanecer iré personalmente y le pediré permiso. Por supuesto, si no te importa, padre…

Ella se inclinó hacia delante y besó su mejilla. Su presencia lo sorprendió tanto como a los demás, pero ya estaba despierto. El sonrió. Aida y Karim también entendieron lo que presenciaron. La atmósfera se volvió ligera en un instante.

Y además, no soy la mujer que ves en absoluto. Aun no –ella abrazó el cuello de su padre–. Realmente te extrañé mucho. ¡Y finalmente te atrapé! –Lo agarró con los dedos por ambas mejillas tal como lo hizo cuando era niña y estiró los labios–. ¡Haz brrr! –Ordenó, como lo hizo cuando tenía cinco años.

–¡Brrr! –Obedientemente concedió su pedido.

Ella lo besó de nuevo. Luego besó a Aida y Karim en las mejillas.

–Que tengan una noche tranquila –dijo con elegancia egipcia, inclinando la cabeza–. Te amo –gritó.

Con una sonrisa, llamó a Leo, y cuando él le acarició las piernas, ella se volvió y caminó tranquilamente hacia su habitación. Solo arriba, se arrojó sobre la cama, complacida consigo misma. Agitó las piernas y las sandalias blancas se elevaron hasta el techo.

–No creo que sea toda una dama todavía. Antes de convertirme en eso, todavía necesito trabajar mucho en mí misma. O tal vez nunca seré una –suspiró con una sonrisa.

***

–Creen que el padre de todos los dioses es Atón. Mira –dijo Cyrus, señalando una pintura en la pared del templo–. No está bien. En Egipto se muestra como una serpiente. Para nosotros, la serpiente es el pecado original. Símbolo de viejas creencias.

María invitó a su padre a la isla de File. Ella orgullosamente le mostró los edificios del templo. Algunos estaban reservados solo para sacerdotisas, otros para sacerdotes, pero los pasillos, patios, caminos, plazas y puertos estaban destinados a un uso común. Le mostró columnas elevadas y pórticos altos en el templo de Isis, el templo de Hathor, la puerta de Ptolomeo II o el gran patio.

Entraron en el templo de Asclepios.

Atón, quien creó la tierra y todo lo que existe en ella, los miraba desde las alturas de las paredes azules en forma de una poderosa serpiente original envuelta en niebla. Su cuerpo divino se conformaba en tejidos interpenetrantes que formaban una especie de escalera de caracol regular que se asemeja al símbolo utilizado por los eruditos que tratan con la medicina y la magia.

–¿Sabes que Atón creó el mundo al llevarse su propia semilla a la boca? –Se rió porque sospechaba que su padre podría sentirse incómodo hablando de la semilla de Atón.

Su expresión confirmó que ella tenía razón.

–Cuando escupió, el dios del aire, Shu, y la diosa del agua, Tefnut, nacieron –continuó, sin pausa–. Los hermanos divinos se dispusieron a explorar el mundo. No volvieron por mucho tiempo, así que un día Atón ansioso envió su ojo para buscarlos. Penetró en toda la tierra durante mucho tiempo, y finalmente los encontró. Atón, por la alegría de encontrar a sus hijos, derramó muchas lágrimas. Un ser humano surgió de cada uno de ellas.

–Una bonita historia. ¿Pero no crees en ella?

–Mira esto. ¿Ves allí? –Ella levantó la mano–. Los hermanos divinos concibieron otra pareja celestial. Geba, o el dios de la tierra y Nut, la diosa del cielo. Tenían dos pares de gemelos: Set y Neftis, Osiris e Isis.

–Sí, lo escuché. –Decidió no ocultar su conocimiento de los dioses egipcios–. Pero solo porque sé sus nombres no significa que crea en ellos.

–Por supuesto, padre –se rió.

–Geba convirtió a Osiris e Isis en los primeros gobernantes de Egipto. –Esta vez señaló el siguiente dibujo–. Allí, la pareja real está sentada en los tronos de los faraones. –Quería hacerle saber que su padre realmente sabía algo sobre la historia del lugar donde se crió a su hija–. A Set, el celoso hermano de Osiris, no le gustó mucho. En resumen, Set mató a Osiris y descuartizó su cuerpo. Esparció todas las partes por el mundo para que nadie pudiera encontrarlas. Sin embargo, Isis, por amor, no se rindió. Buscó por mucho tiempo hasta que encontró TODAS las piezas.

–No todas… faltaba el pene –intervino María.

–¡Lo que te enseñan aquí, niña! –Sacudió la cabeza con incredulidad–. En Israel, las niñas de tu edad no saben pronunciar la palabra. Bueno, por supuesto que tienes razón, faltaba el pene. Allí, en la pintura, puedes ver a Isis haciéndolo con arcilla.

–Conozco bien estas pinturas, padre –aseguró–. También sé cómo se ve un cuerpo humano. También el de un hombre. Charmion nos enseña.

–¡Dónde te envié! –Se rió, a bastante relajado, porque se dio cuenta de que su hija ya había pasado por muchos niveles de estudio en el templo y que podía hablar con ella como un adulto.

De todos modos, cuando era pequeña, a menudo también hablaba como adulta, excepto que no tenía el conocimiento que había adquirido en los últimos años.

Ella también se rio. Estaba contenta de que la conversación sobre Osiris e Isis, específicamente sobre el pene de Osiris, significara que ya podía hablar con su padre normalmente. Volvieron retomar la confianza, como antes. Solo que ahora estaba en un nivel completamente diferente.

–Como ambos sabemos, esta historia termina bien, porque Osiris se restauró milagrosamente –concluyó Cyrus–. Más tarde, él e Isis vivieron felices para siempre, como sucede en este tipo de mito. Diferentes pueblos de todo el mundo tienen historias similares con los dioses resucitados. Los egipcios no están solos en esto.

–Me gusta esta historia. - María miraba las pinturas con admiración, casi sin prestar atención al comentario de su padre–. Es mágico y atemporal. Muestra que el amor lo supera todo. Vale la pena vivir por amor. Me encantaría amar este día. Que nada me importara más que mi amado… - suspiró–. Entiendo y admiro a Isis. Me gustaría ser tan fuerte como ella y amarla con todo mi corazón y sin límites. Ya sabes, ¡el amor supera todos los obstáculos, juntos incluso obvia la muerte!

–¿Obvia? ¿Qué significa esta palabra? –se detuvo.

–Bueno, la odia. Él trata con ella. Hace que no sea importante, puede oponerse, hacer que no exista.

–Tu madre y yo estábamos unidos por un gran amor - suspiró–. Aset abandonó el mundo que ella conocía por mí. Ella se fue lejos conmigo y… se quedó para siempre. –Bajó la cabeza–. Y estoy casi seguro de que quería regresar a Egipto. Volver con sus padres y, sobre todo, conocerte y estar contigo. Obviamente, Dios tenía otros planes para ella.

Su estado de ánimo cambió, pero sabía que solo tenían unos días para ellos, así que no deberían estar tristes.

–Eres el fruto de este hermoso amor –agregó, y besó su frente–. Eres un regalo del cielo.

–Padre, me alegro de que hayas venido. ¡Te extrañé mucho!

Estaban caminando por la isla. Le contó sobre Marta y lo bien que manejó el funcionamiento de ambas fincas, la de Magdala y Betania. Que cuando trató persuadirla para que a casara y ella se negó decididamente, decidió que no se casaría y que se centraría en apoyar a su padre, administrar la herencia y ayudar a su hermano. Lázaro, desafortunadamente, se ha enfermado desde el «encuentro con las alas negras», como lo nombraron los miembros del hogar. Su padre no escribió sobre eso en las cartas para no preocuparla, pero su hermano a veces estaba tan débil que no salía de la cama durante un mes o dos. Más tarde, la enfermedad desapareció y volvió a vivir normalmente. Incluso pensó en casarse. A pesar de sus debilidades, había muchas damas ansiosas. Era el hijo del comerciante más rico de la zona.

María le dijo a su padre lo buena que era con su abuela, sobre ciencia, sobre su fascinación por las sacerdotisas, sobre sus principios, conocimiento y apertura.

–No somos tan abiertos como ellos. Tenemos reglas estrictas y las cumplimos. Bueno, y sobre todo tenemos un solo Dios.

–Es cierto.

–Quería que no se olvidara de su tierra natal. Cuando nos separamos hace años, te pedí que recordaras siempre quién eres.

–Por supuesto que lo recuerdo. Siempre lo haré. Además, volveré contigo a Magdala –aseguró–. Me pongo la cadena con el anillo de mi madre todo el tiempo. Lo tengo aquí, mira. –Ella alcanzó buscó detrás del escote–. Todavía es demasiado grande. Ya se ajusta al dedo índice, pero quiero usarlo en el anular.

–Cuando llegue el momento, te calzará –la calmó.

–Sí lo sé. Lo espero con ansias.

–Y yo te esperaré en casa.

***

Su padre se fue y María se centro en el aprendizaje. Repitió palabras y frases griegas, versos de poemas, viejos himnos egipcios, fórmulas y proverbios de Ptahhotep aún más intensamente que antes. Le agradaba poder hablar y leer fácilmente arameo, hebreo, latín, egipcio y griego. Cada uno de estos idiomas eran los principales. Raramente usaba hebreo y arameo, pero desde la visita de su padre, decidió que no podía descuidarlos, porque cuando regrese a Magdala un día, será necesario y ciertamente no al nivel de la infancia en el que los conoció. Ella le preguntó a su padre antes de que él se fuera para enviarle la Torá. Quería estudiarla, estar al día con el idioma, pero también aprender los principios de la religión de su padre.

–Este libro solo puede estudiarse bajo la guía de un Rav – advirtió Cyrus–. Y no he oído que las mujeres hagan esto.

–Quiero intentar hacerlo. Por mi cuenta. ¿Puedo? –Recordó lo rápido que aprendió a leer.

Siempre supo que ella era capaz. Y la amaba mucho. ¿Podría negarle algo?

–Te lo enviaré.

Y así sucedió. Han pasado varios meses desde su partida, y poco después se le entregó un paquete valioso. Fue cuidadosamente embalado. El pergamino estaba en un cofre, este estaba envuelto en hojas de palma, y finalmente todo estaba envuelto en lienzo.

Ella lo sacó y desenrolló. Ella comenzó a leer. Lentamente vio las letras.

-תהוּוּבֹהוּוְחֹשֶׁךְעַל וְהָאָרֶץהָיְתָה :בְּרֵאשִׁיתבָּרָאאֱלֹהִיםאֵתהַשָּׁמַיִםוְאֵתהָאָרֶץ
:אוֹר-וַיֹּאמֶראֱלֹהִיםיְהִיאוֹרוַיְהִי :הַמָּיִם פְּנֵי-פְּנֵיתְהוֹםוְרוּחַאֱלֹהִיםמְרַחֶפֶתעַל
:טוֹבוַיַּבְדֵּלאֱלֹהִיםבֵּיןהָאוֹרוּבֵיןהַחֹשֶׁךְ-כִּי הָאוֹר-וַיַּרְאאֱלֹהִיםאֵת
:בֹקֶריוֹםאֶחָד-עֶרֶבוַיְהִי-יוֹםוְלַחֹשֶׁךְקָרָאלָיְלָהוַיְהִי וַיִּקְרָאאֱלֹהִיםלָאוֹר

***

Todos los días después de la ceremonia de despertar a Amón-Ra y de saludar al sol, incluso antes del desayuno, las estudiantes tenían clases de fortalecimiento del cuerpo. Entrenaban con Awenger.

–¡El sol es la luz de sus vidas! –las llamó tan fuerte que si uno aún no estaban despiertas, entonces despertarían rápida y violentamente–. Es su alimento, un reflejo de alegría, una fuente de brillo que llevan dentro de ustedes. Cuando brilla el sol, sus almas se levantan con entusiasmo. Cuando el sol cubre sus rostros, sus corazones palpitan. Necesitan luz y se alimentan de ella. ¡Hoy, ahora, gracias al sol, la vida, la alegría, el poder, la fuente!

Aprendieron la postura correcta, caminar, sentarse y hacer gestos apropiados para la situación. Sin embargo, sobre todo, nadaban, remaban, brincaban largo y alto, disparaban un arco, usaban una lanza, una jabalina y varios tipos de armas cortas cuerpo a cuerpo. También aprendieron el combate cuerpo a cuerpo. La Hemet les reveló lentamente el arte del arco, dependiendo de sus predisposiciones. La suposición respetada en el templo desde el comienzo de su existencia era que toda sacerdotisa no solo debía ser educada, sabia, buena y sensible, sino que también debía ser capaz de luchar y, desde luego, defenderse.

María no era la mejor en artes marciales. Era pobre en defensa, y las clases de ataque eran su menos favorita. Se consoló a sí misma diciéndose que nadie era bueno en todo. Aunque ella practicaba su fervor, ni ella ni Awenger estaban contentas con sus logros.

***

Una noche, cuando todo el templo estaba dormido, primero hubo un silbido de advertencia desde el puesto de guardia, y luego un gong de alarma.

Las chicas saltaron de las camas. Un grupo entero de doce dormía en el gran salón.

–¡Alarma! ¡Alerta! –Awenger gritó, golpeando el gong con todas sus fuerzas.

El pánico estalló, pero la líder lo controló rápidamente.

– ¿Recuerdas qué hacer en caso de emergencia?

–Seguir las órdenes de superiora. –Zoe fue la primera en despertar.

–Solamente –Awenger estaba de pie con las piernas bien separadas, en una posición de pelea–, debemos evacuar lo antes posible. Tenemos información de que los enemigos vienen a la isla desde dos lados. Quieren secuestrarlas. Deben salir.

Las chicas estaban tan asustadas que no hicieron ninguna pregunta, solo miraron a Awenger.

–Tomarán las cosas más necesarias y se mudarán juntas al puerto oriental. Nadie puede verlas. El templo debe dar la impresión de que no sabemos sobre el ataque planeado. El bote las llevará al lado este del Nilo. Desde allí, las llevarán a una distancia segura a caballo. Continuarán moviéndose en dos grupos, un grupo grande sería fácil de rastrear. El objetivo es llegar al Templo de Isis en Luxor lo más rápido y seguro posible. Nos encontraremos allí. ¿Entienden?

Asintieron, esperando nuevas órdenes.

–No con ustedes, tengo que cuidar a mis alumnas, porque también están amenazadas de secuestro. Son lo suficientemente mayores como para enfrentar cualquier cosa solas. Recuerden, tienen habilidades que les ayudarán a llegar a Luxor. Sean fuertes. Nos vemos ¡Qué Isis las guíe!

Hizo el triple signo de la Diosa, se inclinó y, sin esperar respuesta, corrió hacia el salón de adeptas.

No se desperdiciaron años de ejercicio. Se apresuraron a sus pertenencias y después de un rato se pararon en la puerta, completamente vestidas y con alforjas colgadas sobre sus hombros.

–¿Estamos todas? –María los contó con los ojos–. A moverse. ¡En silencio! Vamos juntas, y es mejor ir en parejas.

Durante años, María fue a quien sus ojos se volvieron y cuyas palabras sus oídos querían escuchar. Sin solicitarlo, se desconoce cuándo y cómo, era la líder informal. Inteligente y sensible al mismo tiempo. No exaltada, sino solidaria y atenta, además astuta y bonita. A la mayoría de las personas no les gustan estas personas, pero les agradaba, porque a pesar del hecho de que sentían que ella era alguien especial, ella misma no lo creía, o al menos no lo demostraba.

–Quedémonos juntas. En el grupo, la fuerza – se rió para animarlos. – Y saquemos los cuchillos de las alforjas y póngalos en el cinturón. Es mejor tenerlos a mano. ¿Quién sabe lo que nos puede pasar hoy?

Buscaron en bolsas. Después de un momento, las cuchillas brillaron a la luz de la luna.

–Zoe, ¿vendrás conmigo? –María no podía imaginar que podría estar en pareja con alguien más que ella.

–¡Seguro! –Zoe se sintió orgullosa–. Eres inteligente, y yo soy buena en defensa personal, ¡podemos hacerlo! –Recordó los viejos tiempos y era obvio que la violencia que había experimentado una vez de su padre, después de años y por milagro, se convirtió en fuerza, ya que podía enfrentarse a ella.

Corrieron silenciosamente bajo los muros del Templo de Isis, pasaron cuidadosamente por el patio principal, pasaron sigilosamente por el Templo de Asclepios y, sin que nadie lo notara, como Awenger había ordenado, llegaron al puerto deportivo. Había un bote esperándolos.

–Está demasiado tranquilo en la isla –María se dio cuenta mientras abordaba.

–Probablemente cada grupo tiene una ruta de escape diferente –explicó Zoe, complacida de que María la haya elegido como pareja–. Las sacerdotisas tienen experiencia. Como puedes ver, en escapes también. Perfeccionaron todo.

–No hablemos, solo corramos –instó una de las chicas.

–Hay que discutirlo, ¿cómo llegaremos a un lugar más seguro? –otras reprendieron.

Zoe agitó la mano con resignación. Hace mucho tiempo que había aceptado el hecho de que no siempre alguien quería escucharla. Y María volvió a mirar a su alrededor.

–Les digo que es hay mucha calma.

–¿No es mejor para nosotras? –Zoe pensó que debería calmarla–. Tenemos suerte, la Diosa está con nosotras.

En la otra orilla, de hecho, como anunció la superiora, los caballos y los guías esperaban para llevarlas a una distancia segura.

–Sugiero «Gato negro» como primer lugar de la reunión. Es fácil de encontrar, justo antes de la entrada sur de Luxor. Lleguemos allí y vayamos juntas a la ciudad. Si alguna de ustedes no llega, el siguiente lugar es el templo de Isis. –María, como todas las demás, ya estaba sentada en un caballo–. Isis está con nosotras –aseguró–. Hermanas de la sacerdotisa, ¡que cada una de ustedes, antes de partir, haga la señal de la Diosa!

Todavía no eran sacerdotisas, sino discípulas de Isis. Sin embargo, después de sus palabras se sintieron como si lo fueran. Ella realmente les hizo llegar el poder. Incluso aquellas que temblaban de miedo e incertidumbre se calmaron y se enderezaron. Sintieron que podían hacerlo porque eran adultas y podían hacerlo todo. Detuvieron a los caballos que se preparaban para partir. Sus muslos apretaron sus costados y tiraron de sus bridas. Agacharon la cabeza. Y, como los soldados antes de la batalla, hicieron un gesto tradicional de adoración a la Diosa, enfocándose en su frente, boca y plexo solar enfocados.

Y luego se unieron a sus pensamientos.

«Tu sangre, Isis, tu poder es, Isis, tu magia es todo: fuerza y seguridad».[24]

Se inclinaron y partieron. Como Awenger había ordenado, cada una, dirigida por un guía, fue en una dirección diferente.

–Están a una distancia segura del templo. El Nilo y el puerto más cercano para ustedes está allí. Suban a un barco a Luxor –el guía les mostró a María y Zoe el camino antes de que él se fuera.

–¿Qué tan lejos de aquí?

–Podrías llegar antes del mediodía, pero irás a pie. Me llevo los caballos.

–¿Cómo? –todas se sorprendieron al mismo tiempo.

–Bájense de los caballos, señoritas –ordenó, pasando de ser un buen guía a un ladrón en un instante.

–Los venderé porque solo tendré unos centavos por llevarlas a un lugar seguro. Me lo merezco.

Sorprendidas, hicieron lo que él ordenó. Y tomó a los caballos por las bridas y corrió.

–Ni siquiera se despidió –suspiró Zoe–. ¿Qué hacemos? –Ella esperaba que María, como siempre, tuviera un plan listo.

Sin embargo, ella estaba equivocada. Estaban de pie, igualmente aturdida, perdidas, al borde del desierto, sin caballos y sin agua.

–Qué bueno que no se haya llevado las alforjas –señaló Zoe.

– Sí, de hecho, un muy buen sujeto –María se rió.

–Sabes, él podría hacerlo.

–Digo que estoy impresionada con su bondad.

–No bromees. –Zoe se sentó en la arena–. ¿Qué haremos?

–Pensemos en ello –propuso amigablemente, viendo a los ojos de su amiga los comienzos del pánico.

–¿Qué? No sabes –estaba sorprendida–. Siempre sabes que hacer.

–Zoe, no podemos lidiar con tales situaciones ¿verdad?

[24] Libro de los muertos, versículo 156.

–Como esta.

–¿Qué haría Awenger en nuestro lugar?

– Ciertamente ella podría arreglárselas.

–Entonces podemos manejarlo. ¿Qué hacemos primero en situaciones difíciles? Recordemos las reglas.

–¡Estamos escapando! – Zoe se echó a reír–. Estaba bromeando –agregó con remordimiento al ver que no le había hecho mucha gracia a María.

–Entonces, ¿qué hacemos? –María no comentó sobre su falta de seriedad.

Zoe estaba convencida de que esta vez María encontraría una salida, crearía un plan y que simplemente se adaptaría a la situación. Luego, cuando comiencen a implementarlo, todo estaría bien. Ella se calmó y cerró los ojos. Recordó una de las lecciones de Awenger.

–Nos sentamos en una posición cómoda y nos abrimos al apoyo de la Diosa –recitó de memoria–. Primero. Si no sabemos qué hacer y tenemos tiempo, nos adentramos en nosotras mismas y buscamos una solución. La respuesta definitivamente vendrá. Luego planificamos las actividades paso a paso, considerando todos los pros y los contras, analizamos las debilidades y fortalezas. Más tarde las implementamos sistemática y tranquilamente. Al final logramos el objetivo.

Satisfecha consigo misma, abrió los ojos.

–¡Recuerdo todo! –estaba feliz–. Ya sabemos qué hacer.

–Haremos exactamente lo que digas. –María solo la elogió.

–Ajá, pero aún no se que hacer.

– Comencemos eligiendo una posición cómoda y pensando en lo que nos espera. –María cruzó las piernas y se enderezó–. Haz lo mismo, cierra los ojos y piensa. Creemos un plan de acción.

***

Después de siete días de viaje, en la posada cerca de Luxor, donde habían hecho los arreglos, Nefer y otras cinco chicas se encontraron. Llegaron, como ellas, en botes y barcazas por el Nilo. Al final resultó que ninguna de ellas tenía para pagarle a los guías, pero todas se las arreglaron. Algunas vendieron sus joyas, convencieron al transportista de que sus poderosos padres pagarían por ellos, Nefer le apostó al transportista que lo derrotaría en pulsadas y ganó, por lo que les permitió abordar el barco, y María y Zoe, por una pequeña tarifa, vinieron de las manos de una barcaza itinerante y recogieron la cantidad necesaria.

Estaban cansadas, hambrientas y no muy limpias, pero orgullosas.

—Por uno o dos días esperaremos a los demás —ordenó Nefer.

Ella era la que mejor conocía la estrategia, podía luchar, y con su apariencia y fuerza se parecía a un hombre grande. Les agradaba a pesar de su aspereza y carácter rudo. Muy a menudo, ella decía lo que pensaba, y a veces las regañaba por ser demasiado delicadas. Sin embargo, ella ayudaba a cada una de ellas, especialmente durante las difíciles clases matutinas con Awenger.

—Sigamos juntas —agregó—. Solo puedo ver hombres sospechosos aquí. Estoy bastante segura de que nos atacarán cuando estemos durmiendo. Cuando grite «¡atención!», todas deben estar listas para pelear. Tengan sus cuchillos a mano. Los necesitarán. Miren a su alrededor por equipos y herramientas puedan usar en la batalla. ¿Recuerdan lo que dijo la hemet? Palos, escobas, ollas, tazas, pinchos, platos; para defensa y ataque sirve todo lo que está a la mano.

En efecto. A su alrededor se sentaban hombres que no parecían muy amigables. Las miraban con avidez. Era obvio que estaban tramando algo.

Se reunieron en un grupo y se acomodaron contra la pared para dormir mientras esperaban a las demás. Nefer decidió permanecer despierta.

–Eres indestructible –María la admiraba–. ¿Por qué hay tanta fuerza en ti?

–¿Cómo lo sabes? –estaba sorprendida–. Lo sabes todo.

–Esas son las apariencias. –María era agradable, pero al haber escuchado palabras similares más de una vez, sabía que los elogios eran exagerados–. Nadie lo sabe todo.

–Tienes algo en ti que no puedo nombrar. Es poder. Pero actúas como si no quisieras reconocerlo. Eres modesta. Es glorioso, pero me parece que te impide abrirte a las posibilidades.

–¿Tal vez cuando llegue el momento? Ahora solo sé que no sé nada. Cuando escucho a las sacerdotisas, veo cuánto tengo que ponerme al día, cuánto tengo que aprender. Cuantas experiencias. ¡Son tan sabias y experimentadas!

–Tú también lo eres. Como ellas. Tienes paz, humildad, sabiduría y paciencia. Tú ves con el corazón. Lo veo cuando te hablo. Me impresionas mucho. No tengo premoniciones ni visiones, pero siento que debo protegerte, cuidarte y asegurarme de que no te pase nada.

–Nefer, es un honor para mí. –María puso su mano sobre su hombro derecho, al igual que las sacerdotisas, e inclinó la cabeza hacia ella.

–El honor es mío, María.

–Eres como Awenger, guíanos y haz que lleguemos a Luxor completas. Tú sabes, sabes qué hacer.

De esta manera, María le dio a Nefer la gestión de los asuntos del grupo. Ella nunca lo ha tenido formalmente, pero se ha establecido desde hace mucho tiempo que es ella la que a menudo toma las decisiones. Ahora, en una emergencia, le entregó las riendas a Nefer.

Era tarde en la noche. Algunas de las chicas estaban durmiendo.

Nefer permaneció alerta, incluso cuando estaba hablando con María. Sí, la miraba a los ojos, escuchaba lo que decía, pero al mismo tiempo miraba a su alrededor. Lo hacía de tal manera que nadie que no estuviera familiarizado con las artes marciales, notara su enfoque y disposición para repeler un posible ataque.

–¡Mira! –Exclamó en un momento, saltando sobre sus pies. ¡Atención!

Agarró una larga daga y para cuando las chicas pudieron levantarse, ya había golpeado a uno de los atacantes.

–¡Hagan un círculo! –gritó.

Llevaron a cabo su orden de inmediato. Los ejercicios de Awenger habían hecho su parte. En una situación de emergencia reaccionaron automáticamente. Se pararon lado a lado, inclinadas, con cuchillos apuntando hacia los atacantes. Amenazaban, sonriendo y gruñendo como gatos salvajes que se preparan para atacar.

Los hombres, completamente sorprendidos por este giro de los acontecimientos, se detuvieron al principio. El único herido por Nefer miró la herida infligida sobre él con sorpresa. Sin embargo, la consternación no duró mucho.

–Son solo chicas –dijo–. ¡Adelante! –alentando a sus compañeros.

Era para darles coraje, porque no esperaban que las chicas tuvieran armas y que pudieran usarla tan hábilmente.

–¡A ellos! –Gritó Nefer.

Y ellas, gritando con todas sus fuerzas, corrieron hacia los atacantes. Taburetes, mesas, platos y todo lo que tenían a mano.

Exactamente al mismo tiempo, las puertas se abrieron y las otras chicas entraron a la posada. Al ver lo que estaba sucediendo, se apresuraron hacia los hombres, tal vez no totalmente de acuerdo con los principios que Awenger les enseñó, pero fueron efectivas. Saltaron sobre sus espaldas, los golpearon, los mordieron y rasguñaron, y como el círculo funcionaba, los atacantes pronto comenzaron a retroceder.

Resultó que las chicas no solo los superaron en número, sino que, bajo el mando Nefer, ganaron. Los atacantes huyeron.

Estaban cansadas, jadeando por una pelea corta pero intensa, y asombradas de haber tenido éxito.

–Los diosas las trajeron aquí en el momento adecuado –concluyó Nefer, contento de que sus amigas vinieran en su ayuda.

–Nos encargaremos de todo juntas –sonrió María–. Dicen que los milagros son coincidencias que ocurren en un lugar y tiempo muy específicos, favoreciendo a los dioses elegidos. Creo que acabamos de presenciar uno de ellos, o al menos así es como podemos explicar lo que sucedió.

Ella cerró los ojos y trató de procesar el evento. Era difícil creer que no fuera algo planeado. Ella quería llegar a la verdad. Ella tensó todos sus sentidos para verla. Ella se imaginó mirando el asunto, deslizando las cortinas lejos de ella. Sin embargo, ella solo vio un espacio borroso. Le pareció que vio la cara sonriente y tranquila de Awenger por un momento, sintió que lo que estaba sucediendo fue planeado cuidadosamente por ella, pero parecía que la maestra estaba observando que este pensamiento no llegó a María. Después de todo, una sacerdotisa no las pondría en peligro. Eso es lo que María debería pensar, según Awenger. Pero en una emergencia, sus extraordinarios talentos y la capacidad de mirar en áreas invisibles para otras personas comenzaron a sentirse.

***

Pronto se pararon ante la puerta del Templo de Isis en Luxor, que era el destino de su viaje.

–Lo hicieron bien –les saludó la Hemet–. Todas han llegado. ¡Estoy orgullosa de ustedes! Regresarán al Archivo mañana.

–¿Por separado? –Nefer se inclinó como si estuviera lista para partir.

–Vuelven a estar juntas, pero por supuesto sin mí –la hemet calmó su impulso–. Como pueden ver, pueden viajar sin supervisión, lo hicieron muy bien –lo dijo con tanto orgullo que entendieron que este viaje fue una prueba de lo que les había enseñado en los últimos años––. Ahora tienen tiempo para dar gracias y prepararse para el viaje –añadió, se inclinó ante ellas, las bendijo y se fue.

7

Cada año, a medida que crecía el Nilo, las estudiantes abandonaban la isla durante tres meses. La mayoría de las veces iban, con sus familias, a fincas urbanas.

Los abuelos de María fueron a Alejandría. Estaban en un bote. Tenían una casa más pequeña allí en el campo, pero igualmente cómoda y conveniente. A María le gustaba ir allí. Es cierto que la ciudad al principio la abrumaba un poco, pero era menos con cada año. La disposición regular de sus calles cuando ella lo veía en los mapas la deleitaba. Sabía por las sacerdotisas que la ciudad fue fundada de acuerdo con el plan de Dinócrates, que marcó los caminos a lo largo del eje norte-sur y este-oeste. La regularidad, la repetición y el orden siempre han sido característicos de la construcción en Egipto y Grecia, de donde vino el maestro. El corazón de la metrópoli era el barrio real. Allí, en los palacios de Ptolomeo, que ocupaban casi un tercio del centro, vivía el prefecto de Roma. La calle Canópia, la más importante, rica y amplia de toda la ciudad y la calle mundial de Alejandría. Conducía a través del centro, donde se encontraban la plaza principal, los templos más importantes, el palacio, el gimnasio de mármol blanco, el teatro, la famosa biblioteca, muchos monumentos, fuentes y columnas increíbles. Al oeste de las murallas de la ciudad había un lugar para jardines y cementerios, en la parte oriental había un distrito egipcio. El orgullo de los habitantes era el faro en la isla de Faros, conectado a la ciudad por un camino sobre una presa artificial. El edificio medía cuatrocientos treinta pies[25] y estaba coronado con una estatua gigante de Poseidón. El fuego que ardía en la cumbre se podía ver incluso a veinticinco millas de la orilla.

La casa de los abuelos de María fue construida a poca distancia del barrio real. Fue perfectamente diseñada. Cómoda, de varios pisos, espaciosa, permitía a los miembros del hogar sentirse cómodos. Los pisos de la planta baja estaban revestidos de hermosos mosaicos. La casa de baños en la parte trasera de la casa estaba amueblada en un estilo romano moderno, y el patio con un árbol que daba sombra para descansar debajo incluso al mediodía.

Acostada en su habitación, María tenía una vista desde la ventana directamente a los palacios reales. Quizás por eso pensó en Cleopatra.

Ella fue la última gobernante de Egipto. Se alió sucesivamente con los dos romanos más poderosos de la época, primero Julio César, y cuando fue asesinado, con Marco Antonio. No solo la alianza política los conectaba, sino también un gran afecto y niños nacidos de estas relaciones. Cuando, después de perder la batalla de Accio, era seguro que el poder de Roma sería asumido por el enemigo de Marco Antonio, Octavio Augusto, se suicidó honrosamente. Así expiró la dinastía de Ptolomeo, y Egipto quedó bajo el dominio de Roma.

María sabía por su abuelo que más de cuarenta años del gobierno de Octavio Augusto trajeron al imperio nuevas órdenes, luego costumbres más estrictas que antes, pero también estabilidad política. Roma no tenía un gobernador en Egipto, como en otros países conquistados. En nombre del emperador, el prefecto ejercía el poder. Este fue el caso de Octavio Augusto, y nada cambió en el tiempo de su sucesor, Tiberio.

---

[25] A unos 120 metros.

Karim no habló de esto con María, pero para cualquiera que supiera al menos un poco sobre política, estaba claro que la tarea del prefecto era, en primer lugar, velar por la regularidad de las entregas de granos a la capital del imperio y recaudar impuestos. El prefecto también se aseguraba de que el oro y las piedras preciosas extraídas en las tierras conquistadas terminen en el tesoro imperial, así como los recibos comerciales. Egipto era el único país que tenía acceso al Mediterráneo y al Mar Rojo simultáneamente, y sus puertos estaban entre los más grandes y desarrollados de esta región del mundo. Durante siglos, se comerciaba entre Arabia, Asia, Europa y África, por lo que también fue extremadamente rico, y los romanos usaron sus recursos sin ninguna resistencia.

Ptolomeo vino de Grecia, por lo que durante su reinado sus compatriotas disfrutaron de numerosos privilegios en Egipto y ocuparon puestos clave durante siglos. El idioma oficial era el griego y todos los que querían lograr algo tenían que aprenderlo. Los romanos no solo mantuvieron el estado después de Ptolomeo, sino que también apreciaban a los griegos y dificultaron aún más el avance de los egipcios nativos en la sociedad.

Durante algún tiempo, los prefectos de Roma cambiaron con frecuencia. Alejandría contó cuatro en tres años. Primero fue Quinto Fabio Máximo, seguido por Se incluyen resultados de Lucio Seius Strabo, quien gobernó por muy poco tiempo. Fue reemplazado por Emilio Recto, y luego fue el turno de Cayo Valerio, y fue el que por más tiempo se instaló en Egipto.

La fiesta a la que fueron invitados estaba teniendo lugar en el palacio del prefecto. Karim y su esposa habían ido allí durante años, porque Karim hacía negocios y comerciaba con los romanos, incluso negociando el suministro de vino y alimentos a su ejército. El contrato que tenía era lucrativo, por lo que trataba de no perderlo. Karim tuvo tanto éxito que los romanos y él estaban contentos con la cooperación, por lo que cada prefecto posterior lo invitaba a la fiesta.

Este año, por primera vez en su vida, María también fue invitada al palacio. Antes, ella era demasiado joven para recibir ese honor.

Ella estaba emocionada. El palacio, que una vez perteneció a la famosa Cleopatra, fue visto solo desde el exterior. La entrada siempre estaba vigilada por soldados romanos, pero incluso si no estuvieran allí, a nadie se le ocurriría intentar llegar a la oficina del prefecto. Si sentía curiosidad sobre los lugares donde aún se sintiera la fuerte energía de la famosa gobernante. Aida le advirtió que no se ilusionara demasiado a sí misma porque los predecesores del prefecto y él habían remodelado el palacio completamente a la manera romana, y la reina había vivido allí hace casi setenta años atrás. Los perfumes que usó, a pesar de que se decía que eran de la mejor calidad, se habían desvanecido hace mucho tiempo.

Mientras pensaban en los vestidos que debían ponerse, Aida no dudó.

–Somos de aquí –dijo–. Nadie espera que nos vistamos como mujeres romanas. De todos modos, eso sería de mal gusto. Seamos respetuosas.

María fue conmovida por sus palabras. «Somos de aquí». Lo dijo con tanta convicción, como si no tuviera dudas de que María también estaba pensando de esa manera sobre sí misma. Y el hecho de que esto era cada vez más frecuente, a pesar de que en el fondo de su corazón una especie de vaga niebla predecía que regresaría a Magdala muy pronto.

***

María estaba convencida de que nunca la conocería. Ella estaba muy pensativa. Tal vez en algún lugar de su alma esperaba que fuera diferente, pero se dijo a sí misma que no, probablemente no, que no se le cumpliría.

Saltos de corazón, suspiros, brillo en los ojos. Ella los envidiaba. Las miró con placer cuando hablaron de sus enamoramiento y sus primeros amores, pero temía que si admitía a sí misma que también le gustaría vivirlo, este sentimiento nunca se le daría. A veces miraba a los ojos de niños y jóvenes, y ellos, a veces con mucha insistencia, la miraban a los ojos o la boca, pero no sentía ninguno de los síntomas de los que hablaban las chicas.

Esa noche, sin embargo, ella tembló, algo le hizo cosquillas en el estómago, sus piernas se doblaron y se hundieron sus ojos. Entonces, ¿estas historias sobre alas, remolinos y rodillas suaves no eran exageradas? ¿Le pasaría algo así? Ella no lo creyó. Y aun así sucedió. ¡De verdad!

–Soy Marco. El prefecto Galerio Valerio es el abuelo de mi primo –se presentó.

Un joven de poco menos de veinte años estaba frente a ella, con una cara hermosa, larga y noble, con una nariz romana afilada y, como en las historias de sus amigas, una mirada brillante de ojos azules. Esperó a que ella le diera su nombre como era habitual.

Se quedó mirando el azul inusual y no sabía lo que le estaba pasando.

–Esta es María, nuestra nieta –fue presentada por Aida al ver que el silencio se prolongó indebidamente.

María volvió en sí. Ella asintió con la cabeza.

–¿Puedo mostrarle a la señorita María la propiedad? Estoy casi en casa aquí. El prefecto es el hermano de mi madre, fui invitado por él. –Marco especificó claramente su posición y, como joven bien educado, dirigió la pregunta a Aida, porque si llegaba a María, no podía estar seguro de que respondería. Él vio lo que le estaba pasando. Y su vanidad le hizo cosquillas agradablemente.

–¿María? –La abuela no quería ayudarla a tomar la decisión, aunque estaba segura de que no rechazaría la invitación.

Primero, María sabía cuánto le importaba a Karim las buenas relaciones con Roma, por lo que una caminata de su nieta con un miembro cercano de la familia del prefecto definitivamente sería una buena idea. Y en segundo lugar, y era obvio que definitivamente se convirtió en un argumento decisivo, vio cómo María reaccionó a la oferta. Sus mejillas sonrojadas lo decían todo.

–No he visto a una chica más hermosa desde que vine aquí... –Cuando salieron al patio, la miró a los ojos.

Estaba intoxicada por el sonido de su voz y parecía estar en el paraíso. Estaba aturdida, pero las palabras que dijo, para su propia sorpresa, sonaron bastante conscientes:

–¿Estarás aquí por mucho tiempo?

Estaba contento de que, además de ser hermosa, también podía hablar y en su idioma.

–Más de medio año.

–¿Has visto muchas chicas? –Ella se rió, sintiendo que su equilibrio perdido volvía lentamente.

–¡Muchas!

–¿Has estado fuera de Alexandria?

–¿Hay algún otro lugar?

–Entiendo por qué les llaman bárbaros –habiendo vuelto a un ritmo cardíaco casi regular, ella pronunció las palabras con una sonrisa tan maravillosa que él lo tomó como un cumplido.

De todos modos, cualquier cosa que ella dijera, él estaría encantado. La vio de inmediato cuando entró en la sala de fiestas. ¡Ella estaba tan hermosa! Le pareció que un resplandor brillante provenía de ella, y cuando la miró más de cerca, decidió que nunca había conocido tanta belleza.

–¿Sabes que la civilización egipcia es la más antigua y desarrollada del mundo? Las pirámides se encontraban aquí en el momento en que, donde está Roma ahora, aún no se había oído hablar de Rómulo y Remo.

–¿Dónde nacen chicas tan hermosas y habladoras? –Aunque no admiraba su tierra natal, a él le gustó lo que dijo y cómo.

Ella era segura, aguerrida y modesta de alguna manera extraña. También esperaba que ella, como la mayoría de las mujeres que conocía, hubiera sucumbido. Eso le gustó mucho.

–¡Ve a la provincia, allí solo encontrarás bellezas!

–¿De dónde eres? No pareces egipcia.

–Mi madre era de aquí, pero yo nací en Galilea.

–Oh, judía. ¡Por eso eres tan hermosa!

Ella estaba sorprendida. Ella no creía que los descendientes de David fueran considerados hermosos por los romanos. Y dijo justo eso.

–Los abuelos, especialmente la abuela, afirman que soy de aquí.

–¿Has vivido aquí mucho tiempo?

–Estaré en Alejandría por solo dos meses, luego regresaré al templo.

–¿Templo? Eres sacerdotisa –se sorprendió, dio un paso atrás, la inspeccionó–. No lo pareces.

–Todavía no. Me faltan algunos años de estudio antes de poder ser una.

–¿Quieres servir en un templo? ¿Con tu belleza y temperamento? ¿Es una broma? Estás hecha para la vida mundana. Deberías salir, iluminar al mundo con tu presencia, recibir elogios.

Ella se apartó. Ella tenía sentimientos encontrados. Por primera vez, conoció a alguien que trató a la futura sacerdotisa completamente con familiaridad, diciéndole que era hermosa.

Ella no sabía qué pensar. Por un lado, estaba acostumbrada al hecho de que las sacerdotisas disfrutaban de una gran atención en Egipto y, por otro lado, nunca había escuchado palabras que evaluaran su apariencia de manera tan inequívoca y con una admiración tan grande y creíble. Es cierto que ella siempre supo que no era fea. Había escuchado de Marta más de una vez en

Magdala que era hermosa. Sin embargo, nadie en el entorno aparentemente pensó que sería importante para ella, porque no se le enfatizaba a menudo. En el templo, las sacerdotisas enseñaron que lo más importante de una mujer es lo que saben y lo que tienen en sus corazones. La apariencia era significativa, porque afectaba la condición del espíritu, pero ciertamente no era lo principal. Debían estar limpias, arregladas, depiladas y debidamente presentadas. De esta manera expresaban su respeto por la Diosa, ellos mismos y al mundo. Sí, se miraban en los espejos, aprendieron a maquillarse y a vestirse, pero la belleza nunca fue lo que se consideraba más importante.

–¿Te gusto? –preguntó, con franqueza.

–¿que si me gustas? –Se sorprendió felizmente–. Estoy encantado contigo. ¡Te ves como una diosa!

Estaba contenta con lo que dijo, pero se preguntó a cuántas chicas le había dicho algo similar antes. ¿Cuántas cayeron en su encanto, y seducción? ¿Cuánto lloraron por él? ¡Era tan guapo!

–¿Me mostrarás el palacio? Tal vez el espíritu de Cleopatra me diga cómo tratarte. Ella sabía cómo tratar con romanos fuertes.

Él se rió, encantado con su sentido del humor, y le mostró el camino.

***

A sus abuelos no les importó que conociera a Marco.

–María se encontrará con una excelente compañía –dijo Aida–. Sus amigos son los jóvenes más importantes de la zona, y ella debe girar en el mejor ambiente. Ella no puede limitarse solo a las sacerdotisas del templo. Es posible que pronto comencemos a buscar un esposo adecuado para ella. ¿Quién sabe qué decidirá cuando tenga que elegir, qué hará en esa situación?

***

La primera vez que la besó, el suelo tembló. El mundo había dejado de existir. Su cabeza dio vueltas, sus alas se extendieron y sintió que volaba. Ella sabía que nada podía compararse con este sentimiento.

Luego, en Alejandría, en el momento de la inundación del Nilo, se enamoró. Sucedió inesperadamente para ella y fue tan fuerte que tuvo la intención de no regresar al templo, sino ir a Roma con él y convertirse en su esposa. En su mente se vio a su lado. Se imaginó a sus padres, especialmente a su madre, y su primer encuentro. Estaba segura de que se querían el uno al otro. Pensó en una boda y una hermosa y larga vida juntos. Sin embargo, ella no compartió estos sueños con nadie. Solo habló con Leo de ellos. Lo hizo en silencio y de noche, cuando toda la casa estaba dormida, y se volvió de lado a lado, con su ama.

Le contó al gato cómo Marco la besó, la abrazó, cómo le quitó el polvo invisible del pelo, cómo la ayudó a subirse al caballo, le dio una taza o le puso trozos de mandarina en la mano, y luego se la comió. Leo escuchó con paciencia, a veces bostezaba ampliamente, mostrando un paladar negro. Miraba con los sabios ojos de la diosa Bastet y ella lo miraba encantada.

María suspiró, estaba cansada porque no dormía por la noche, pero se veía más hermosa que nunca. Sin embargo, a pesar del hecho de que estaba extremadamente feliz y soñaba con anunciarlo a todo el mundo, algo le dijo que guardara para sí misma las visiones de una vida futura con Marco.

Sus abuelos la miraban con alegría y ansiedad. Disfrutaron de su admiración por su primer amor, pero al mismo tiempo, mejor que nadie, se dieron cuenta de las pocas posibilidades de supervivencia de lo que pensaban, era un hermoso y juvenil enamoramiento.

Al vigilar discretamente el desarrollo de los acontecimientos, aprobaron a la nueva conocida de la nieta, pensando que terminaría tan pronto como comenzara. Creían que cuando salieran de Alejandría, su nieta se olvidará de Marco.

María se unió al grupo de jóvenes alegres, amigos y colegas de Marco. Fueron apodados «jóvenes dorados» porque eran ricos y siempre estaban rodeados la más alta calidad. Tenían algo a lo que recurrir, porque sus antepasados pertenecían a las familias más ricas y conocidas. Comenzaron viajes conjuntos, visitas turísticas a la zona, viajes a templos antiguos, reuniones con amigos cercanos y distantes, visitas a lugares, incluidos aquellos que no tenían la mejor opinión. Estos fueron especialmente tentadores para los jóvenes.

Encantada con la variedad, María, después de años de rigor en el templo, rituales diarios, aprendizaje, disciplina, obediencia, de repente sintió otro mundo abierto para ella. Agradable, vago, lleno de placeres; un espacio donde nadie tenía prisa, y todo lo que estaba sucediendo estaba subordinado a la búsqueda de la diversión. Sus nuevos amigos eran alegres, felices, centrados en la buenas experiencias, no tenían ningún problema y vivían sus vidas con la convicción de que merecían lo mejor de todo.

Ella aceptó sus hábitos con alegría y trató su enfoque por la vida casi como si fuera la suya. Estaba absorta en un mundo nuevo para ella, un maravilloso mundo de despreocupación, diversión y falta de deberes. Ella se sintió parte de eso.

–Mañana nuestro grupo tiene un viaje nocturno siguiendo los pasos de Antonio y Cleopatra –anunciaron los abuelos un día–. Necesito un traje de sirvienta. Nos vestiremos como ellos lo hicieron, y visitaremos los bares portuarios y varios lugares prohibidos.

–Oh, qué idea tan ridícula –objetó Aida.

–¡No lo creo! A Marco se le ocurrió y todos quedaron encantados. Yo también.

–¿Quizás sea mejor que pases de esa idea? No sé si es una actividad adecuada para una joven.

–Abuela, ciertamente no tengo oportunidad en este templo.

–Sin duda alguna.

–Así que, ¿estás segura de es que lo quieres?

–Estoy segura.

–Entonces ve. Diviértete, y si algo te causa molestia, regresa. Sithathor estará cerca y a tu disposición todo el tiempo.

–No la necesitaré.

–Por supuesto, sé que eres madura y muy independiente, y que en compañía de Marco estás a salvo. Pero Sithathor estará allí sin embargo. Por si acaso.

***

Cuando oscureció, en la entrada del distrito portuario, según lo acordado, todos aparecieron. Había diez de ellos. Cuatro romanos, dos descendientes de antiguas familias aristocráticas egipcias y cuatro niñas, incluida María. Todos jóvenes, hermosos, felices, dispuestos a explorar el mundo, sin preocupaciones, impetuosos, todos hasta cierto punto inconscientemente vanidosos y un poco engreídos, como suele ser el caso de los niños criados en la prosperidad.

María se destacó entre ellos. Era delgada como los egipcios, pero más alta. Tenía el pelo oscuro como ellos, pero rizado. De su padre heredó una nariz recta y una tez bastante blanca. Esa noche, ella también se distinguió por el color de su atuendo. Tenía un vestido gris y un abrigo ancho negro, para no ser demasiado visible, pero al mismo tiempo, a petición de su abuela, se echó un pañuelo rojo sobre la cabeza, para que Sithathor pudiera ver dónde estaba entre la multitud.

Todos los demás adoptaron la convención propuesta por Marco. Se pusieron los trajes simples que los sirvientes usaban todos los días. Al igual que Cleopatra y Antonio más de cincuenta años antes que ellos.

Disfrazados sería más fácil integrarse en los grupos. Querían visitar lugares considerados por sus padres y abuelos como peligrosos y absolutamente inadecuados para los jóvenes de su origen y posición. Sin embargo, lo hicieron, por supuesto, con su conocimiento y consentimiento.

El distrito portuario no se consideraba el más seguro. Estaba lleno de marineros y almas oscuras de todo el mundo. Aunque los días de gloria de Alejandría quedaron atrás, seguía siendo uno de los puertos más importantes, y ciertamente el más grandes del Mediterráneo. En el distrito costero habían muchos bares y lugares baratos donde se podía alquilar una habitación, bañarse, cortarse el pelo y darse un buen masaje después de un viaje por mar. También había posadas que ofrecían mala y peor comida y, por supuesto, casas de placer con mujeres de todo el mundo.

Las calles estrechas estaban llenas de vendedores ambulantes. Ofrecían de todo, desde cerveza, vino y jugos, hasta frutas, pequeños bocadillos, polvos y mezclas maravillosas para curar incluso las enfermedades más peligrosas, hasta zapatos, ropa, rollos de papiros mágicos e incluso armas. Los aromas de las cocinas de todo el mundo se mezclaron allí, así como el hedor de las aguas residuales y los residuos malolientes.

María se quedó cerca de Marco. Se habían estado reuniendo durante más de un mes y estaban cautivados entre sí con la misma fuerza que el primer día. Ambos daban la impresión de estar flotando ligeramente sobre el suelo. Se admiraban entre sí por su belleza, inteligencia, honestidad, apego y frescura de ideas en cuanto a la vida. Eran como dos mundos diferentes e interesantes, ansiosos por unirse. Ella admiraba su madurez, experiencia, seriedad y gentileza. Estaba encantado con su exterior, que armonizaba con su espíritu de una manera inusual. Era como la quintaesencia del misterio y el encanto de Egipto, del que tanto había oído hablar en Roma. Vio en ella lo que había soñado y lo que esperaba de la tierra de los antiguos reyes y sabios, un lugar donde nació la apasionada Cleopatra. Ella que revolvió las mentes de Julio César y Marco Antonio. Se preguntó más de una vez quién era ella y qué poder tenía dentro de ella para controlar a los dos grandes líderes romanos. Estaba fascinado por la reina y la época. También porque sabía los apodos que la llamaban en su país. Para sus compatriotas, ella era una prostituta, ramera, envenenadora, bruja, asesina, bruja hambrienta de poder. Que no dudó en usar los peores trucos para lograr el objetivo. Una mujer fuerte que sabía lo que quería, eso lo intrigaba.

–Si no fuera hermosa e inteligente, igual podría haber sido capaz de seducir a ambos jefes por un corto tiempo, pero debe haber tenido mucho más de lo que aparentaba –pensó.

Ella también se sintió atraída por el hecho de que un poco de la sangre Julio César, Antonio y varios otros grandes líderes fluía por sus venas. Su familia no era rica, en Roma no pertenecía a los alrededores inmediatos del emperador, pero tanto su madre como su abuela a menudo repetían que era casi el nieto de dos de las familias romanas más eminentes: Claudio y Julio, y que la sangre real fluía en él. Desde la infancia, como las mujeres de su familia, era firme creyente. Cuando el hermano de su abuela se convirtió en el prefecto de Roma en Alejandría y lo invitó a su casa, su sueño se hizo realidad.

Y cuando conoció a María, ella se convirtió en la encarnación de sus ideas y sueños de este lugar. Se imaginó que era Cleopatra y que él era Julio César, o mejor, Marco Antonio, y que la había encontrado finalmente.

Entraron en el primer bar del borde. El olor a bebidas fuertes los golpeó. Los marineros se sentaron junto en los amplios bancos. Aún era temprano, muchos estaban bebidos, pero aún no estaban borrachos.

–Oh, ¿quién nos honra? –Exclamó uno de ellos, señalando con el dedo a los recién llegados–. ¿Buscan emociones? ¿Eso es un disfraz? –Soltó una risa sonora desagradable.

María se escondió a espaldas de Marco. Sin embargo, ni él ni sus colegas sintieron miedo. Se criaron en Roma, donde se decía que cada niño había nacido guerrero.

–¿Podemos seguir? –Marco arrojó algunas monedas en el banco junto al que reconoció los disfraces–. Mesero, ¡vino para todos!

Ante este generoso gesto, los que estaban sentados se movieron para hacer espacio.

–¿Qué estamos celebrando, Romano? –Quería saber el marinero.

–¡Celebramos la vida!

El dueño y su ayudante cumplieron casi de inmediato el deseo de Marco, colocando tazas de arcilla en las mesas y llenándolas con vino.

–¡Que así sea! –Estuvo de acuerdo con eso–. La vida lo vale todo. ¡Bebamos por eso!

Chocaron las tazas.

–¡Puf! –Marco escupió en el suelo–. ¡Dame el mejor vino que tengas! –Le gritó al dueño–. ¡La vida es demasiado corta para desperdiciarla en bebidas baratas!

El marinero le dio unas palmaditas en la espalda.

–No, hombre, tan joven y tan sabio –lo elogió, sintiendo que en su compañía y con su bolsa esa noche había una posibilidad de bebidas decentes.

–Este es el vino griego de primera. Muy caro. –El anfitrión apareció con una jarra con corcho. Entrecerró los ojos esperando una reacción específica.

Marco le arrojó algunas monedas.

–Espero que su sabor valga la pena.

Marco levantó una taza de vino fresco.

María hizo lo mismo. También brindaron. Y bebieron.

–Bueno –alabó a María.

Entonces sintió a alguien de pie detrás de ella. Ella volvió la cabeza. «Dama, dame tu mano y te diré el futuro», escuchó.

Detrás de ella había una mujer pequeña con una cara arrugada. Ella podría haber tenido cien o incluso más.

–Una vez aquí, aquí, predije el futuro de Cleopatra –aseguró, mostrando una sonrisa desdentada–. También te diré lo que te espera.

–¿Quién eres? –Al oír el nombre de la anciana, Marco se estremeció.

–Sacerdotisa.

–Tal vez lo fuiste, pero hace mucho tiempo. –Se rió y sus amigos lo imitaron.

–Quién fue una sacerdotisa, siempre lo será –respondió ella con calma.

–Marco, deja que te diga que futuro te espera el –gritó uno de los muchachos. – ¡Nunca creíste en la magia!

Marco sacudió la cabeza.

–Todavía no creo en eso. Los hechizos de María son para los bárbaros. Los romanos somos racionales.

–¿Qué daño te puede hacer? –Los colegas ya tenían unas copas de vino encima, por lo que insistieron para convencerlo–. ¿O tienes miedo?

Estas palabras casi siempre daban resultado en hombres jóvenes, ambiciosos, pero algo inseguros, por lo que fueron efectivos.

–¡Venga mujer! –Él asintió con la cabeza–. ¿Y dime mi futuro?

La anciana escupió tres veces y chasqueó con la boca.

–Dame un poco de vino, me enjuagaré la garganta–, ordenó con confianza, sentándose en el banco junto a él–. No tengo nada que perder. –Ella se rió–. ¡Y pon una moneda sobre la mesa!

Cuando lo hizo, hubo risas.

–Marco, ¡lo sabrás todo!

–Bueno, ¡después vienes tú!

–¡Veremos lo que está escrito para ti!

Los muchachos lo pasaron muy bien. Al menos querían que se viera así. Y realmente trataron de ocultar sus temores a lo desconocido, rechazaron la creencia de que el mundo egipcio y lo que sabían sobre él era un secreto oscuro e intrigante, uno que trataron de domar, burlándose de él. De hecho, sabían que en este antiguo mundo, los gatos, los cocodrilos, los sacerdotes, las sacerdotisas, las esfinges y las pirámides ocultan una espiritualidad y un misticismo que nunca entenderán. Sentían respeto por ello.

–Veo mucha vida por delante –dijo la anciana, mirando su mano–. ¡Más luz para aquí! –ella exigió, y cuando la lámpara se paró en el lugar que ella señaló, continuó–. Irás lejos. Y tendrás una vida feliz. Los honores te esperan en tu país. No te quejarás. Veo tres niños y parece que son dos esposas.

–¿Al mismo tiempo? –alguien gritó riendo–. No. La primera morirá. Te volverás a casar.

María se puso rígida. Luego se tranquilizó.

–¡Habla, bruja! Adelante, no tengo miedo. –Marco se habló también a sí mismo.

–Veo amor aquí. Uno grande.

–Habla, dilo, lo necesito saber. –Con su mano libre, Marco tomó una copa de vino.

La mujer se quedó en silencio y después de un momento inclinó la cabeza hacia atrás y todos vieron sus ojos al revés. Ella comenzó a hablar como si estuviera recitando las palabras de otra persona.

–No te enamores de una mujer que lee, que siente demasiado, que escribe. No te enamores de una mujer educada, una hechicera, una sacerdotisa que piensa y tiene fe en sí misma y que puede volar. Una que ríe o llora cuando haces el amor. No te enamores de quien es divertida, brillante, rebelde, perversa e insolente. No te enamores de una mujer así, porque si sucede, así ella quiera estar a tu lado o no, así ella te ame o no, nunca volverás de esa mujer.[26] Nunca. –Ella suspiró profundamente, luego exhaló silbando, a todo pulmón y concluyó–. La reconocerás por las alas.

Se hizo el silencio. Nadie se atrevió a hablar primero.

Los ojos de la anciana volvieron a su aspecto normal.

–¿No fue eso bonito?. –Marco levantó una mano y la miró atentamente–. Homero no lo hubiera dicho mejor.

–Así es –el marinero lo confirmó.

Marco lo miró incrédulo.

–¿Qué, joven? ¿No sabes que todo marinero conoce al autor de la Ilíada y la Odisea?

–Mis respetos. –Marco inclinó la cabeza ante él, todavía sorprendido.

Si no tuviera a la anciana por delante, probablemente estaría interesado en el tema del conocimiento de las obras de Homero entre los marineros, pero la adivinación de su futuro le pareció más digna de atención en ese momento.

–Dime, mujer –preguntó–. ¿He conocido al que tiene alas?

–Feliz es quien sabe que nadie sabe la respuesta a todas las preguntas –dijo misteriosamente y se echó a reír mientras tomaba la moneda de la mesa.

–Déjate los acertijos –se rindió–. Ahora quiero que mires la mano de esta belleza –señaló a María.

La anciana miró a la chica.

–Muéstrame, niña, lo que los dioses te tienen preparado –dijo suavemente, separando los dedos.

María inclinó la cabeza, y que nadie, excepto la anciana, podía oírla, le preguntó lo más bajo que pudo.

–¿Por qué saliste del templo?

–Me enamoré perdidamente –ella también susurró.

–¿El amor puede perderse?

–Oh, tal vez, es posible. No siempre se lo damos a quienes lo merecen.

–Todos lo merecen.

---

[26] Paráfrasis del poema de MR Garrido.

–Oh no, niña. No todos. Espero que nunca tengas que confirmarlo.

–¿Por qué susurras así? –Marco las interrumpió–. Mira su mano y di lo que ves. ¡Tienes tu moneda aquí!

La anciana tensó sus ojos. Miró la mano una y otra vez.

–¡Lámpara! –Dispuesta, intrigada. Pasó una uña sucia sobre las marcas en la mano de María. Levantó la vista respetuosamente y se la fijó en los ojos.

–Eres la elegida –dijo en voz baja.

Solo María podía escucharla.

–¿Qué estás murmurando allí? –Marco la instó, alcanzando su copa.

–No le haré la lectura. –La anciana se levantó–. ¡Ella es muy joven! ¡Toma tu dinero y déjame en paz! –Lo empujó lejos.

–¿No quieres dinero? –estaba sorprendido.

–Déjala, –María se lo pidió suavemente–. Déjalo ir.

Tomó la moneda que la mujer rechazó y la presionó en su mano. Luego asintió con la cabeza y la llamó.

–Tú eres la de las alas –le susurró al oído–. ¡Volarás lo más alto! Por amor. Celestial.

Ella acarició su mano, que había visto hace un momento, escupió en el suelo tres veces, se dio la vuelta y se alejó.

–¡Loca! –alguien gritó.

–Pero ella tomó el dinero, así que creo que estaba bastante consciente de esta locura –agregó otro.

–Vamos, ¡suficiente adivinación por hoy! –exclamó Marcus.

–¡Adiós, que se diviertan! –El experto en Homero se despidió de ellos.

***

Vagaron por las calles llenas de vida nocturna. Nadie les prestó atención. Cantaron, comentaron sobre la adivinación de la anciana, sacudieron la cabeza con admiración ante la singularidad del mundo, pensando en un marinero que sabía poemas, se rieron y gritaron. Estaban tan borrachos como otros que visitaron este lugar en este momento, y como la mayoría de los peatones.

María caminaba, sola un poco apartada. Pensaba en lo que escuchó. «La primera esposa morirá. Eres la elegida, tienes las alas. Volarás por lo alto. Por amor».

–Entremos –escuchó antes de que pudiera comenzar salir de sus pensamientos.

Frente a la entrada de un edificio no muy alto, pero cercado con una pared sólida, se alzaban dos poderosas escaleras. Una mirada fue suficiente para dejar entrar a los que llegaban. Reconocieron sin error a quienes tenían dinero.

–¿Estás seguro de que queremos venir aquí? –María tiró de la manga de Mark.

–No tengas miedo. Estamos a salvo

–¿Alguna vez has estado en esos lugares?

–Ha pasado –respondió con evasiva suficiente como para que ella no se sintiera ofendida, pero con algo de orgullo, porque tal declaración confirmó que conoce de esta vida mucho mejor que ella, pero es natural, es un hombre–. Ven, las sacerdotisas ciertamente no te llevarán a un lugar así. ¿Quizás vale la pena ver cómo se ve este lado de la vida?

Eso la convenció. ¿Qué tenía que perder? ¿Qué podría pasarle a ella en esa casa de alegría? Ella sabía que Marco tenía razón. No había posibilidad de visitar ese lugar con sacerdotisas. Entonces, tal vez sería la primera y la última vez en su vida en ver algo así. Además, se dio cuenta con alivio, a una distancia segura, la presencia de Sithathor. Se alegró de que su cuidadora estuviera con ella.

La primera sala parecía una posada que muchos visitaban esa noche, excepto que los hombres no se sentaban junto a los bancos, sino en colchones o pufs ricamente decorados y se sostenían con cojines dispersos por todas partes. Bebieron vino y cerveza, que en sus copas no disminuyeron porque alguien los llenaba, y vieron a las mujeres bailar y caminar entre ellos. Algunos de ellos cedieron a las caricias de las chicas que se llamaban entre sí.

–¿Dónde habrá un lugar para los jóvenes? –Marco le preguntó casualmente al dueño que se inclinaba frente a él.

Tomó la mano de María. La sintió temblar. A él le gustó.

–Si me dejas saber que tienes suficiente, nos iremos en cualquier momento –le aseguró.

–El gran caballero y sus compañeros pueden elegir por sí mismos cualquier lugar que deseen. Tenemos chicas de primera –aseguró el anfitrión, frotándose las manos–. Si es necesario, también tenemos chicos atractivos de países exóticos. –Miró al grupo, buscando a aquellos a quienes les podría gustar el amor homosexual; y sin notar a nadie así, agregó–. ¿Quizás a una de las damas les gustaría probar?

–Tráenos vino –exigió Marco.

Se instalaron en diferentes lugares, generalmente en parejas o en tríos. No había mucho espacio libre. María todavía se aferraba a Marco. No tenía miedo, pero, apretando su mano, se sintió más segura en este mundo tan ajeno a ella.

–¿Cómo llegaron aquí? –se preguntó, mirando casi hipnotizada a las mujeres que buscaban atención.

Venían de todas partes del mundo. Altas y bajas, delgadas y regordetas, con diferentes colores de cabello, de diferentes edades. Una de ellas estaba tan gorda que al levantarse para ir con el cliente, necesitaba la ayuda de dos personas. Había chicas de piel oscura del interior, de piel clara, del norte. La mayoría, sin embargo, parecían egipcias.

–Muchas de ellas son esclavas comprados en el mercado. Supongo que están bien aquí, no las ves quejarse –Marco la calmó–. Es trabajo. Una profesión como cualquier otra.

–No sé… –María era escéptica.

Después de unos momentos, cuando apareció el fondo en las tazas, una chica baja y de constitución regular se les acercó.

–¿Puedo sentarme aquí? –preguntó en latín tosco.

–Siéntate –Marco divertido señaló su lugar.

–¿Me deseas? –preguntó ella con un fuerte acento, colocando su mano sobre su muslo.

–Estoy con ella –asintió con la cabeza hacia María.

–¿Quieres juntas? –La chica se lamió los labios elocuentemente y puso su otra mano sobre el muslo de María–. Muy hermosa.

–¿De dónde eres? –María, a pesar del hecho de que estaba perturbada por su situación, trató de no dejar que se notara, después de todo, nadie la arrastró aquí por la fuerza; quería conocer este lugar ella misma. Además, ella quería ser adulta, por lo que nada debería sorprenderla.

–De la Galia –respondió ella, agitando su mano con desdén, como si quisiera eliminar viejos recuerdos.

–¿Estarás aquí por mucho tiempo?

–Por siempre. –Ella sonrió–. Este es mi lugar –dijo ella ansiosamente, sintiendo los ojos del dueño sobre ella.

–¿Nos mostrarías la casa? –Marco tenía ya suficientes de estar sentado–. Propietario –asintió con la cabeza al hombre que los saludó en la entrada.

Marco asintió de nuevo con la cabeza.

–Queremos ver tu casa –dijo cuando se inclinó ante él–. Ella está aquí por primera vez. Está interesada en este lugar. –Le deslizó una moneda en la mano.

El hombre miró lo que había recibido. Vio el valor lo guardó en su cinturón.

–Por supuesto, señor. Te guiare

– Ella nos lo mostrará. –Le asintió a la Gala.

–Como desee. –El anfitrión se inclinó nuevamente e indicó la dirección en la que debían ir, instruyendo a la chica qué le mostrase a los invitados.

Se encontraron en un largo pasillo. Había puertas a ambos lados, casi una al lado de la otra. Detrás de ellos había gemidos, suspiros, gruñidos y otros sonidos, que no parecían humanos.

–Hay amor –les explicó la guía.

–Esta es la habitación de invitados –dijo Marco refinado, observando la reacción de María–. Las chicas van allí con quienes las eligen.

–El servicio pagado no es amor –objetó, porque no le gustaba lo que la chica llamaba lo que estaba sucediendo detrás de la puerta–. Estoy segura de eso.

–No te indignes. Ya te lo dije, es una profesión como cualquier otra. Y, al parecer, muy necesaria. ¿Lo ves? Todas las habitaciones están ocupadas.

La guía abrió una de las puertas y asintió con la cabeza. Miraron a través de una grieta estrecha. En el suelo, forrado con suaves colchones, yacía la belleza gorda que habían visto hace un momento. Un hombre puso su cabeza sobre sus abundantes senos. La abrazó, chupando con avidez uno de sus senos, y lloró. La mujer lo acarició con ternura.

–Cliente habitual –explicó la chica–. Él siempre la escoge. La llamamos «mamá».

–¿Hacen algo más?

–Rara vez él llora y mamá abraza –la explicación no era gramaticalmente elegante, pero la entendieron fácilmente.

Ella abrió la puerta de al lado. Detrás de ella surgieron inquietantes gemidos y gritos.

–¿Ella lo golpea? –María no creía lo que veían sus ojos. Por encima del hombre desnudo, de constitución sólida, acostado sobre su estómago, estaba una chica bajita con una fusta corta en la mano. Ella lo golpeaba en las nalgas, y él gemía, complacido.

–¿Así te gusta? –repetía después de cada golpe.

–Las personas tienen diferentes necesidades –explicó Marco, como si fuera un habitual en esos lugares y ya lo hubiera visto todo.

–Por eso las casas de placer han existido, existen y existirán. En todas partes y por siempre.

Se pararon frente a la puerta de al lado. Miraron a través de la grieta. Vieron a un hombre y dos chicas. Una yacía debajo de él con las piernas abiertas, y la otra besaba sus labios y se arrodilló en tal posición que María se cubrió los ojos y dio un paso atrás.

–No quiero ver esto.

–¿Virgen? –Asintió con la comprensión de su guía.

– Sigamos –Marco no hizo comentarios sobre sus palabras–. Es medicina. –La niña los dejó entrar en una habitación pequeña y vacía escondida detrás de la última puerta del pasillo.

–¿Medicina? –Marco se sorprendió por primera vez esa noche.

–Curar. Ayuda – explicó.

Señaló botellas, frascos, productos en polvo y hierbas colgadas en el techo. También había piedras curativas, cuencos de cultivo, tubos de bambú, reptiles secos y anfibios.

–¿No tienes hijos? –Señaló un pequeño vial e hizo un gesto de beber.

–¡No hay hijos! Duele y se seca –señaló las hierbas secas en un cuenco –¡Ayuda a la sangre! –Ella puso su dedo sobre una esponjas de mar secas y pequeños trozos de tela–. Medicina, ¿entiendes?

Marco asintió de nuevo con la cabeza.

–¿De dónde las sacas? –María quería saber.

–¡Solo están ahí! –la chica cortó la explicación, no se sabe si porque no encontró las palabras correctas o simplemente no sabía los detalles. Siempre estuvieron ahí. Ella no tenía por qué saber de dónde venían.

Este lugar le recordó a María el estudio Charmion en el templo. No era tan impresionante, pero se podía encontrar lo más necesarios para las mujeres.

–¡Vamos! –La niña los empujó suavemente, cerrando cuidadosamente la puerta detrás de ella–. ¡Siguiente!

Entraron en un pequeño patio. En el centro crecía un árbol, y debajo había un estanque y una pequeña fuente. Alguien estaba arreglando cuidadosamente las coloridas almohadas a su alrededor. Estaba vacío.

Fueron al otro lado. La chica abrió una puerta doble, baja pero ancha, y los dejó entrar. Estaba oscuro por dentro. Al principio no vieron casi nada. Pronto, sin embargo, resultó que la habitación estaba llena de gente. Estaban en pares, tríos, cuartetos, grupos cada vez más grandes. Estaban iluminados solo por pequeñas lámparas colgadas en varios puntos de las paredes.

Se detuvieron.

–¡Oh no! –María no creía que pudiera ver en vivo, con sus propios ojos, lo que había visto hasta ahora solo en jarrones viejos, paredes de templos y pergaminos médicos. Lo que estaba sucediendo ante sus ojos era una gran orgía sexual.

Marco probablemente no esperaba esa vista, porque sus ojos se abrieron no solo por la oscuridad, sino por la sorpresa.

La gente allí actuaba como si estuviera bajo la influencia de las drogas. Hacían movimientos lentos y suaves, de vez en cuando había una risa, un suspiro o un gruñido.

–¿Qué es esto? –Marco agarró la mano de la chica.

–Pagaste, miras –explicó–. Pagaste, ve allí. –Los alentó a seguir.

–No puedo ver. –María se retiró hacia la puerta–. No me quedaré aquí por más tiempo.

Ella se giró para irse. Y entonces sus ojos se encontraron con algo inesperado. Una pequeña figura estaba sentada, y presionada en la esquina de la habitación.

–¿Y esa niña? –ella no lo pudo creer.

–Aprendiz –explicó la guía.

María se acercó al pequeño. La niña se encogió de miedo y se cubrió la cabeza como si quisiera protegerse de los golpes.

–No tengas miedo. –Ella se acercó a ella–. Marco, ayúdame.

Cogió una de las luces que colgaban de la pared.

–¿A quién tenemos aquí? –Acercó la luz a la cara de la niña. Sus grandes ojos se abrieron y los miró. María se agachó.

–¡No! Aprendiendo –su guía protestó fuertemente, presintiendo lo que estaba sucediendo–. Jefe enojado. ¡No te muevas!

–Ven a mi. –María, sin hacer caso de sus palabras, se estiró buscando su pequeña mano.

Estaba acurrucada como un animal asustado. Sin prestar atención a las protestas ahora muy claras de la chica y la afirmación de que el jefe e molestaría, María tomó a la pequeña en sus brazos y ella no protestó. Ella solo estaba temblando. Temblaba por miedo y por frío, porque solo llevaba una camiseta delgada con tirantes.

–Tendremos problemas –dijo Marco, pero al mismo tiempo dio la impresión de que sería capaz de resolverlo.

–Me la llevo a casa. ¡Todavía es una niña! –María ya se dirigía a la salida.

Regresaron de la misma manera que vinieron. Solo que esta vez les llevó mucho menos tiempo.

–¿Qué significa eso? –protestó el dueño, viendo lo que estaba sucediendo.

–¿Tienes niñas pequeños aquí? ¡Bárbaro! –Si no fuera porque sus manos estaban llenas, María le arrojaría los puños–. ¡En la Tierra no debería existir gente como tú!

–No hago nada ilegal –protestó.

–Eso es discutible. –Marco estaba parado firmemente–. ¿No conoces la ley romana?

Los compañeros de Marco, todo el grupo, incluidas las chicas, se encontraron inmediatamente a su lado y se pararon detrás de él.

–¡Es mi propiedad!

–¡No, no! –Marco empujó al hombre y arrojó el bolso bajo sus pies–. Y es mejor que no vuelva a ver a un niño aquí porque terminarás muy mal.

–Solo vive aquí. Es huérfana –cambió su tono, y recogió el dinero del bolso–. Llévatela si quieres. No es útil de todos modos. Solo trae gastos. La alimenté y la vestí porque tengo buen corazón.

–¡Nos vamos! –María abrazó a la niña con más fuerza–. ¡No me quedaré aquí más tiempo!

8

La niña salvada de la casa del placer vivió en la finca del Nilo. Le dieron una pequeña cámara separada y estaba bajo el cuidado de Sithathor. Asustada al principio, rápidamente notó que no estaba en peligro. Comenzó a comer, aprender el idioma y luego reír. Nadie entendía su forma de hablar tosca, y el color de su piel y cabello indicaba que venía de algún país distante del norte.

Un día, cuando María estaba en la finca, la niña señaló por primera vez al gato.

–Leo –dijo con orgullo. Más tarde se señaló a sí misma–. ¡Dobrawa!

María la abrazó y la besó de alegría. Sabía que a partir de ahora, cada día siguiente de Dobrawa sería una recompensa por lo que había sufrido antes.

***

María regresó de Alejandría cambiada. Había crecido, maduró y, al mismo tiempo, estaba tan feliz de que los que estaban en su compañía parecían flotar sobre el suelo, era más hermosa y más fuerte que nunca.

Estudió aún más, con más enfoque y velocidad, desde la mañana hasta la tarde tarareaba y, lo que nunca había sucedido antes, se reía y hablaba con otras chicas que pertenecían al grupo de aprendices que, al igual que ella, estaban enamoradas por primera vez. Ella no quería hablar demasiado sobre su querido.

Estaba más ansiosa por escuchar las confesiones de las demás. Pero no dejó de decir lo guapo que era Marco es guapo, lo brillantes de sus ojos, cómo se preocupa por ella. Sin embargo, solo Zoe sabía que había comprado a Dobrawa, porque María no quería que nadie más supiera que la encontró en una casa de placer. Tal confesión ciertamente causaría una avalancha de preguntas, y ella prefería evitarla. Aunque pasó mucho tiempo, todavía pensaba en ese lugar con horror, afortunadamente otros recuerdos lo cubrían.

Seguía pensando en Marco. Ella pronunciaba su nombre en voz baja, durmiendo y despertando por la mañana. Tenía su imagen debajo de sus párpados. Su boca aún recordaba sus besos calientes y su piel un toque que causaba escalofríos inquietantes. Un día, el mensajero trajo una carta con su sello.

No quiero esperar más. Vendré pronto. Se mía.

Te amo, Marco.

Se llevó el rollo de papiro a los labios y lo besó. Ella sintió que él estaba más cerca de él porque lo tenía en sus manos.

–Leo, ¿escuchaste? –le preguntó al gato–. ¡Vendrá pronto!

El animal levantó la cabeza, se estiró y bostezó.

–Bueno, ¡veo que estás muy emocionado también! –Ella se rió.

Inmediatamente después, corrió hacia sus abuelos para contarles las buenas noticias. Estaban sentados en el gran salón de abajo. La cena se acercaba.

–¿Qué significa su llegada? –Aida sabía que para estar adecuadamente preparado para recibir un invitado, debe tener tanta información como sea posible sobre el motivo de su visita.

–Me parece algo serio. –Karim parecía pensativo–. O no se hubiera molestado en avisarnos.

–No sé si nos visita a nosotros… –Aida no tenía dudas de lo que lo estaba sucediendo, pero quería escucharlo de su nieta.

Ella, sin embargo, no tenía la intención de decir nada más, y no preguntaron con tacto.

–¿Cómo lo recibiremos? –María quería saber.

–Así como daríamos la bienvenida a cualquier otro romano que nos agrade y que también sea nieto de la tía. –Karim no tenía dudas sobre lo delicado que sería el asunto.

–No, pero…

–¿Qué?

María se sintió insegura.

–Esperaremos pacientemente hasta que revele el propósito de la visita. Es un joven bien educado. Él sabrá que esto debe hacerse para no causar ansiedad innecesaria.

–Sí. Definitivamente estaría agradecido si no causara ansiedad innecesaria –Karim repitió las palabras de su esposa y se rió.

La amaba, su estilo, exaltación, modales y elegante elección de palabras, siempre apropiada a la situación.

María intuyó que sus abuelos se burlaban de su amado. Ella se puso de pie abruptamente. Cuando consideró su comportamiento, ella misma no lo entendió. No sabía qué la molestaba, pero sintió que la sangre le hervía.

–Quiero que sepas que lo amo –dijo con entusiasmo–. ¡Es el amor de mi vida! ¡Y lo seguiré hasta el fin del mundo! –Dio un pisotón, se volvió y corrió escaleras arriba, cerrando la puerta de su habitación con fuerza.

–Sí. –Asintió comprensivamente–. La atrapó.

–Debemos esperar, amor. Será lo mejor.

***

Por la noche, cuando María dormía, Aida fue a la habitación de su esposo.

–¿Qué será, mi amor? –se acostó a su lado.

–¿Cómo debemos comportarnos en tan difícil situación?

–Esperaremos y veremos. –Dijo tranquilo.

–¿Entiendes la seriedad de lo que está sucediendo?

–Pienso que más serio de lo que tú piensas. –La palmeó en la espalda–. Escuché que se metieron en problemas en aquella salida.

–¿Ahora dices eso? –Ella saltó, indignada–. ¿Dónde estabas cuando tu nieta corría alrededor de Alejandría con él?

–¿Dónde estaba? –También se sentó–. ¿No te acuerdas? No vimos nada inapropiado. Pensamos que era una atracción momentánea que pasaría junto con el momento de la inundación del Nilo. Tú misma dijiste que cuando María regrese al templo y a sus deberes diarios, se olvidaría de él. ¿Y qué dijiste entonces? Te lo recuerdo. Dijiste, mi amor, el amor juvenil es como una tormenta entre la estación seca y la lluviosa. Vienen de repente, son intensas, pero cortas.

–¡Y así es!

–¿Pero y si él viene para casarse con ella?

–¿Qué pasará?

–No sabes.

–No.

–¿No sabes? Mujer... sí sabes, simplemente no quieres decirlo en voz alta.

–Bueno, ¿qué pasará?

–Si realmente sucede, estaremos en problemas.

–¿Por qué piensas eso?

–Básicamente, todavía es el nieto del gobernador de Roma, entiende, mujer, ¿se casará con una nieta de mercaderes? ¿La niña con sangre de Israel y Egipto fluyendo por sus venas? ¿Puedes imaginarlo? Es imposible.

Se detuvo. Ella sabía que Karim tenía razón. Ella lloró.

–¿Qué haremos ahora?

–No llores, esposa. María es aún más inteligente de lo que todos piensan. Ella puede manejarlo.

Se secó las lágrimas.

–¿Y nosotros?

–Saldremos de este aprieto.

***

Pocos días después, el invitado esperado apareció ante las puertas de la propiedad.

Karim envió de inmediato un mensajero al templo para informar a María. Acordaron con ella que lo harían de inmediato cuando Marco apareciera en su casa.

Ella llegó a casa cuando él estaba descansando después del viaje.

–¿Qué dijo él? –ella se estaba impacientando.

–Que fue un viaje agotador y que estaría feliz de aprovechar nuestra hospitalidad –explicó el abuelo–. Lo pusimos en una habitación de arriba, sus sirvientes están en la casa del jardín.

María besó a Karim y volvió para subir corriendo las escaleras.

–¡Ni te atrevas! –Aida la detuvo.

–Abuela, ¡lo quiero tanto!

–Se razonable. –Ella tomó su mano–. Vete a ti misma, báñate, unge tu cuerpo, ponte un hermoso vestido. Montaste a caballo. Estás en un sencillo vestido de templo, tu cabello está despeinado. Será mejor que no te vea así.

–Abuela, ¡te quiero mucho, incluso si eres tan anticuada! –La besó, luego, abrazando su cintura, trató de girarla como un baile.

Ella estaba feliz.

–Voy arriba –anunció, luego irrumpió en su habitación, se peinó, se lavó las manos, se limpió la cara y, sin cambiarse el vestido, se paró en la puerta de su amado.

–¡Marco, soy yo!

Abrió de inmediato. La atrajo hacia adentro, cerró la puerta y la abrazó con fuerza. Estaba temblando y no podía o no quería controlarlo.

–Finalmente estás aquí… –susurró.

–Te esperé por mucho tiempo.

Se besaron como nunca antes. Avariciosamente, sin reflexión.

–Sé mía, por favor…

–Sí, yo también lo quiero. Soy tuya y siempre lo seré. Te amo

De repente llamaron a la puerta. Sithathor estaba de pie detrás de ellos. Cuando Aida descubrió que su nieta no siguió completamente sus consejos, y además, después de peinar su cabello, corrió inmediatamente a la cámara de invitados, inmediatamente envió a su cuidadora. La pequeña Dobrawa la acompañó.

–La cena está lista –anunció Sithathor en un tono oficial y lo suficientemente alto como para que la escuchen.

–Cena lista –repitió Dobrawa, que todavía estaba en la etapa de aprender el idioma.

María saltó lejos de Marco, como si acabara de darse cuenta de que había hecho algo que una mujer no debía. No solo no se veía bien, sino que estaba en su habitación y, además, lo besó. ¡Y sin pensar!

–No pude evitarlo –explicó arrepentida–. Lo siento.

La acercó de nuevo.

–Te amo, ¿me escuchas? –El la besó.

–La cena está lista. Le invitamos cordialmente –repitió Sithathor en un tono serio.

María se ajustó el vestido y abrió la puerta. Sithathor y Dobrawa la miraron con ansiedad. La pequeña podía sentir perfectamente el estado de ánimo de los demás. Porque todavía no entendía completamente el significado de todas las palabras, fue que se centró en observar las emociones.

–Vamos. Solo quería saludar al visitante –explicó María, saliendo de la habitación con la cabeza gacha.

Sin embargo, sus ojos decían que no se sentía culpable en absoluto. En esta casa, ha escuchado más de una vez que el amor explica todo, es lo más importante del mundo y superará todos los obstáculos y fronteras, si es que es cierto. Y ese era el sentimiento de ella y Marco, estaba segura de eso.

Dobrawa puso su mano en la mano de María.

–¿Me reconoces? –Marco se inclinó para saludar a la niña.

Cuando se dio cuenta de quién era, los fantasmas del pasado regresaron, porque se alejó y se encogió de miedo.

–Es Marco –María la calmó–. Él te salvó.

–Me salvaste –Dobrawa afirmó de manera convincente, abrazándose a María inclinándose sobre ella, buscando apoyo y seguridad de que todo estaba bien y que lo que alguna vez fue nunca volverá.

–Calma, cariño. Siempre estarás a salvo aquí.

***

Durante la comida, Marco no presentó el propósito de su visita, lo que los anfitriones habían esperado. Él decepcionó a Aida con esto y confirmó e incluso reforzó los temores de Karim. Solo dijo que se sentía honrado de poder visitar a una amiga de Alejandría, a quien él, como toda su familia, le agradó mucho. Agregó que le gustaría creer que pronto podrá confirmar su compromiso, pero aún no está listo.

Más tarde, cuando Aida y Karim analizaron sus palabras, resultó que cada uno las entendió de manera diferente.

–Fue un anuncio de matrimonio –dijo Aida–. Incluso si es tan sincero, ya sabe que su familia no estará de acuerdo. Afirman ser descendientes de Claudio y Julio. No le permitirían involucrarse con una egipcia que tenga la sangre de Israel en sus venas. Apuesto a que él ya lo sabe. Este no es un chico estúpido, él conoce la vida.

–¡Mira como la ama! ¿No puedes verlo? ¿En serio?

–¿Dije que no la ama? Dije que probablemente sabía que su familia nunca aceptaría que se casara con alguien así. Solo dije eso. Y no sé cómo, pero deberíamos hacer todo lo posible para protegerla de un problema así.

***

La noche fue dura. Solo la sirvienta y la pequeña Dobrawa dormían en toda la hacienda. Los otros, por diversas razones, no podían o no querían entrecerrar los ojos. Aida y Karim observaron que su nieta ni pensaría en visitar al invitado en su habitación, o que él no iría a la de ella, estaban casi seguros de que no se atrevería a hacerlo. A Sithathor se le encomendó vigilar toda la noche y tener cuidado de que ninguna de las puertas de las cámaras se abra por la noche sin justificación.

María y Marco no dormían porque no podían. Estaban inmersos en el amor. Sufrían porque había paredes y corredores entre ellos que no podían pasar.

Al día siguiente, después del desayuno, Marco se despidió cortésmente y junto con sus sirvientes se dirigió hacia el puerto, con la intención de abordar un bote que navegaba hacia Alejandría. Infeliz, pero reconciliada con el destino, María regresó al templo.

***

Esa misma tarde, la sirvienta del templo le trajo una nota. María la abrió con dedos temblorosos.

«A medianoche te estaré esperando en el puerto. Ven. Escapemos. Te amo, M».

—¿Qué pasó? —Zoe se preocupó cuando vio a María pálida.

—Oh, Zoe, cuanto recé por lo que está sucediendo en este momento —confesó en voz baja, sentándose en la cama de su amiga.

Era de noche, se estaban preparando para dormir. Todas ya tenían sus vestidos de noche. María, después de un día agitado y una noche casi sin dormir en la casa de los abuelos, apareció en el templo emocionada y muy misteriosa. Ella no dijo nada, y la regla no escrita del templo recomendaba no preguntar sobre asuntos privados de alguien que no quiera hablar sobre ellos. Las chicas, aunque vieron que sucedía algo extraño, se mantuvieron en silencio, esperando que María se los dijera a su debido momento.

–Marco me invitó una reunión esta noche –confesó en voz baja–. Él está aquí, no se fue.

Zoe se cubrió la boca con asombro.

–¿Qué vas a hacer? –dijo después de un rato en tono conspirador.

–No lo sé. De verdad.

Las otras chicas en la cámara fingieron no notar sus susurros. Las miraban de vez en cuando, tratando de adivinar lo que estaba pasando.

–Quiero ir con él.

–¿De verdad? –Zoe se sorprendió de su coraje. Tanto que las otras chicas no tenían dudas de que algo estaba sucediendo que debían saber.

–¡Es todo! ¿De qué hablan? –Nefer habló primero.

Era la más directa de todas y no le gustaban las estrictas reglas sociales. Ella pensaba que las reglas fueron inventadas para que quienes las conozcan puedan romperlas con placer o sin placer, pero siempre con emoción.

Sin pedir permiso, se sentó en la cama de Zoe al lado de María.

–¿Me dicen qué está pasando?

–Te lo diré –decidió María.

Todas convergieron en un instante, porque lo estaban esperando.

–¡Vamos! –alentó Nefer.

–Pero no se lo digas a nadie –pidió María al principio.

–Hagan el juramento –Zoe decidió para proteger aún más a su amiga.

–Tienes razón. –Nefer sabía, al igual que cada uno de ellas, que un juramento no está de más en tales situaciones.

Se sabía que nadie la rompería. Las sacerdotisas podían preguntar, y ellas, obligadas por la necesidad del secreto, no podían decir nada. Estas eran las reglas. Si alguien quería revelar el secreto, era suficiente responder «Estoy bajo voto de silencio».

–¿Por quién lo haremos? –Nefer era práctica.

–¡Isis! –Zoe no tenía dudas.

–¿Es el asunto tan serio? –Nefer estaba sorprendida.

–Es más serio de lo que piensas. –María las miró para asegurarles de que en un momento sabrían algo por lo que valdría la pena jurar a las diosas más importantes.

–Si alguna de ustedes no quiere estar aquí, que se vaya ahora y olvide lo que escuchó, –exigió Nefer.

Ninguna de ellas se movió. Todas se sentaron alrededor de María, listas para prestar juramento.

–Debemos levantarnos –Nefer decidió empezar–. Honremos a la Diosa tres veces.

Todas se inclinaron tres veces, tocando la frente, la boca y el plexo solar con la punta de los dedos.

–Tu es tu sangre, Isis, tu poder es, Isis, tu magia es… –recitaron simultáneamente–. Por el poder de Isis, no voy a revelar lo que estoy a punto de escuchar a nadie. Si no cumplo mi voto, deja que la Diosa me quite todas las bendiciones. –Repitieron tres veces.

–Y que así sea –concluyó solemnemente.

–Y que así sea –repitieron tres veces.

–Ahora vengan –las alentó mientras se sentaban a su alrededor otra vez.

No extrañaba nada que les pareciera importante. Escucharon en absoluto silencio, sin interrumpir, y ella lo contó.

–Y ahora tengo esto –terminó, mostrando un fajo de Marco.

Lo examinaron como un objeto casi sagrado.

Anteriormente, se contaban historias, hablaban de enamoramiento, sentimientos y emociones que molestaban o se disfrutaban. Sin embargo, ninguna de ellos ha abierto las puertas a sus corazones y pensamientos de esa manera. Admiraban a María. Sintiendo cuán verdaderos eran sus miedos, obligaciones, dudas, en la ruptura entre el deber y el deseo de cumplir. Entendieron su necesidad de amor.

–Es lo que amo más en el mundo. Siento que podría seguirlo a donde sea que me lleve –suspiró.

Todavía no decían nada.

–¿Irás con él? –Nefer fue la primera en hablar de nuevo.

–¿Quizás necesites consultar a una Suma Sacerdotisa? –Zoe sugirió tímidamente–. Ella puede ayudar en las situaciones más difíciles.

Todas se rieron. Excepto Zoe, que frunció los labios, fingiendo sentirse ofendida.

–¡Tienes unas ideas! –Nefer la criticó.

– ¿No sabes que a veces es mejor no hablar?

–¿Si eres tan sabia –ella le respondió–, dile a María qué hacer!

Comenzaron a hablar simultáneamente. Una por una. Todas querían hablar. Estaban emocionadas y conscientes de la gravedad del momento. Entendieron que esta noche una de ellas, la más grande, más inteligente, y que todas amaban, respetaban y valoraban, podría irse de aquí para siempre. Dejaría atrás todos sus años de aprendizaje, esfuerzos, lucha, expectativas para el futuro para seguir a su amado. Saldría del sacerdocio, parea convertirse en su esposa y probablemente ir a algún lugar lejos.

En clase, sus maestras también les enseñaron historia, geografía, estrategia y pensamiento político. Una sacerdotisa tenía que ser educada en todos los campos, por lo que sabían mucho sobre el mundo y sus condiciones sociales. Entendieron que la relación con un romano, y uno de un linaje tan alto, podría ver con mala cara, o incluso romper la relación si su familia no estaba de acuerdo. ¿Qué hará María entonces? ¿Dónde y cómo iba a vivir? ¿Marco resistirá la presión? ¿Será el amor más fuerte que los problemas cotidianos? ¿No estará María repentinamente sola, en algún lugar lejano, sin nadie con quien contar? Aparentemente, el amor es lo más importante del mundo. Vale la pena vivir por él, tirar todo lo que tienes.

    –La cuestión es, ¿cómo saber qué amor es real y para toda la vida? –se preguntaban en voz alta.

Aquellos que, sin conocerlas, verían a estas chicas casuales, bien educadas y obedientes, tendrían la impresión de que pensamientos perturbarían sus mentes. ¡Qué equivocados estarían! Las futuras sacerdotisas de Isis no solo se presentaban y se comportaban perfectamente, sino que eran inteligentes, sabias y bien educadas. Entendían mucho, aprendían rápidamente, entendían al mundo desde todos los sentidos. Algunas de ellos leían los pensamientos de otros, podían ver el futuro, tenían visiones, se comunicaban sin palabras, curaban con el tacto. Otras tenían el talento o la capacidad de contar, mirar estrellas, construir, administrar o incluso pelear. Podían vivir juntas sin competir ni comparar, sabían que otras mujeres podrían ser su inspiración. Aceptaban a otras, especialmente su derecho a tomar sus propias decisiones. Eran conscientes de su fuerza, conocimiento, sabiduría y habilidades, y como eran estoicas, modestas y humildes, pocas personas comunes sabían lo poderosas que eran.

–Gracias por escucharme. –María inclinó la cabeza hacia ellas–. Gracias por sus palabras y apoyo.

Se puso de pie. Ellas también. La observaron en silencio mientras guardaba las cosas más necesarias en la alforja, se echaba el chal sobre la cabeza y se iba.

–Qué Isis te guíe –le dijo Zoe despidiéndose. Cuando desapareció detrás de la puerta, todas se inclinaron e hicieron el triple signo de la Diosa tres veces.

***

Él estaba esperando en el puerto. Ella le dio la mano y sin decir una palabra entró en el pequeño bote. Ella se sentó a su lado. Estaba concentrada y tensa, sabía que su futuro dependía de lo que sucediera esa noche. Ella no quería y no podía equivocarse al elegir un camino. No fue hasta que el remero navegó lo suficientemente lejos que las lámparas del templo que ella se atrevió a mirarlo a los ojos.

–Te amo.

–Te escuché.

–Y siempre quiero estar contigo.

–Te amo –susurró.

El barquero volvió la cabeza para no ver sus apasionados besos.

Después de un rato llegaron a un bote más grande.

–Iremos a Alejandría al amanecer. Estamos solos aquí, este barco está a nuestra entera disposición –anunció invitándola a bordo–. Mientras tanto, ven, te mostraré nuestro lugar.

La cámara en la parte trasera de la nave estaba cómodamente equipada. Había una cama en el medio. Junto a él había mesas llenas de cuencos llenos de golosinas y jarras con licores. Había flores en las paredes.

–Esto es todo para ti –hizo un gesto.

Estaban solos. Por primera vez sin los ojos vigilantes de familiares, amigos y conocidos. Se pararon uno frente al otro y se miraron a los ojos.

Ella se acercó a él.

–Vamos, estoy lista.

***

Abrió los ojos cuando comenzó a amanecer. Lo que había sucedido el día y la noche anteriores le parecía un sueño. Adiós por la mañana, Marco en la casa de los abuelos, regresar al templo, los juramentos y la conversación con las chicas, el escape nocturno, el bote. El lugar donde estaban, la cama con ropa de cama suave, flores e incluso Marco a su lado, eran irreales. Se sentía adolorida, pero ligera y satisfecha. Como si lo que se había estado acumulando durante mucho tiempo de repente encontrara una salida. Lo desconocido fue descubierto y se cumplió lo soñado y esperado.

Marco, apoyado en su codo, la miró con admiración.

–Te amo –dijo–.

–Quiero estar contigo.

– Siempre te amaré. –Ella le palmeó la mejilla–. Y siempre estaré contigo.

Se sentó. Él sintió un tono en su voz que le preocupaba.

–Navegaremos a Alejandría, tú serás mi esposa. Tendremos hijos. Te amaré hasta el final de nuestros días, porque eres la mujer de mi vida.

–Sabes que soy tuya. –Ella también descansó su cabeza sobre su brazo, doblado por el codo.

Ahora yacían uno frente al otro, completamente desnudos, hermosos, conectados por un hilo luminoso de amor.

–Yo esperaré. Y por favor, tú espérame –dijo tomándolo de la mano, habló con calma–. Ve a Alejandría, luego hablaremos de familia. Estaré aquí. Por un año. Espérame. Un año no es mucho. El verdadero amor no solo no conoce límites, sino que el tiempo no le importa.

Él estaba sorprendido. Llegó a File con la convicción de que irían juntos a Alejandría, que la presentaría a su familia como esposa, iría a Roma, vivirían juntos y con el tiempo, cuando aparezcan los niños, incluso aquellos que estarían en contra de su matrimonio cambiarán de opinión. Estaba orgulloso de su decisión, coraje y determinación. Estaba tan convencido como nunca antes.

Lo único que le preocupaba eran las palabras de una anciana en Alejandría. Ella dijo que su primera esposa moriría. En ese momento, por supuesto, pensó en María. Incluso entonces él quería estar con ella, pero la perspectiva de su muerte, obviamente, lo asustaba. Luego ahuyentó los pensamientos al respecto, pero algo lo hizo volver a un mal recuerdo. Lo que causó sorpresa, pero también en algún lugar profundo de su alma romana racional sintió alivio.

–Qué sea como dices –dijo con tristeza–. El año pasará rápidamente. Ten en cuenta que soy solo tuyo y siempre será así. Te amo inconmensurablemente. Superaré todos los obstáculos para que podamos estar juntos, porque tú eres lo que siempre he estado esperando. Y estaré esperando.

***

Por la mañana, Marco navegó a Alejandría, se subió al caballo y se dirigió a la casa de sus abuelos.

Cuando ella entró, casi todos seguían dormidos. Se fue sola, se lavó y se cambió.

La diosa Bastet la miró a través de los ojos de Leo. Ella estaba decepcionada. Esperaba que la bella María abandonara a Isis, se quedara con Marco, y cuando la dejara, se convertiría en su sacerdotisa. Era un camino bastante posible para esta chica inteligente y hermosa. La diosa siempre ha observado su camino y quería tenerla de su lado. En el templo Bastet en Alejandría, una mujer como María podría convertirse en una suma sacerdotisa. Sin embargo, aparte de mirarla a través de los ojos de Leo, no pudo hacer nada más. ¿Quién se atrevería a oponerse a la voluntad de Isis, la mayor de las diosas?

Cuando estuvo lista, abrió en silencio la pequeña puerta de la habitación de la abuela. Una vez le pareció bien, y ahora tenía que inclinar la cabeza para pasar por eso. En este momento, ella se dio cuenta con placer. Mucho ha cambiado en su vida desde que vino aquí. También el tamaño de la puerta.

Aida todavía estaba dormida. María retiró cuidadosamente la cubierta y se deslizó silenciosamente en la cama, sentándose junto a su abuela.

Aida abrió los ojos.

–Querida. –La abrazó y la acarició con ternura.

María cogió la cadena que colgaba de su cuello durante años.

–¿Puedes desanimarme, por favor?

Aida se inclinó sobre su nieta y, después de un momento, el anillo de su madre descansó sobre la mano de María.

–Siento que ahora me quedará. –Se lo deslizó en su dedo.

Le quedaba como si estuviera hecho para ella.

Aida besó su frente.

–Aset nos lo dio cuando se casó con tu padre.

–Ella lo amaba mucho…

–Sí. Eres el resultado de un gran amor. Se abrazaron y lloraron casi simultáneamente. –Se fue –confesó María cuando se secó las lágrimas–. Nos dimos un año. Lo amo, abuela. Y el me ama. Dijo que estaba listo para darme todo y oponerse a toda la familia si surgía la necesidad. Él tiene una fortuna en Roma, tendríamos algo para vivir. Porque a él le gustaría que fuéramos allí y viviéramos juntos.

Aida escuchó. Ella sabía exactamente lo que había estado sucediendo desde que Marcus salió de su casa. Sithathor observó sus acciones desde una distancia segura. Sin embargo, según lo solicitado por Aida y Karim, ella no interfirió en ningún momento. Incluso si el bote navegara a Alejandría con María a bordo, ella solo miraría. Tanto Aida como Karim creían en la sabiduría y la prudencia de su nieta. Al mismo tiempo, sabían que no había mayor elemento que el amor, también estaban convencidos de que Isis estaba cuidando a sus elegidos y que lo que sucediera sería bueno para María.

Ella adivinó lo que había sucedido en el bote. Y cuando miró a los ojos de su nieta, estaba segura de eso.

–Estuve bastante cerca de él –confesó María.

–Lo más cerca posible. Y fue hermoso.

***

–Gran sacerdotisa, gracias por dejarme entrar en tu cara – se inclinó.

Nada ha cambiado desde la última vez que estuvo allí, que es cuando el caso de Zoe tuvo lugar hace muchos años. Incluso una amplia silla de cuero estaba en el mismo lugar que estaba entonces. Al ver la cámara sin cambios durante años, se sintió segura. La Suma Sacerdotisa daba la impresión de que había estado sentada en esta silla desde el principio del mundo. Esta observación también le dio a María una sensación de estabilidad.

–¿Qué te trae de vuelta?

–Rompí las reglas del templo –confesó.

La suma sacerdotisa la miró inquisitivamente.

–¿Cómo? –preguntó sin la más mínima emoción.

Ella pensó que la Sacerdotisa probablemente no escuchó esas palabras por primera vez y no le causaron ninguna impresión, y sin embargo, no recordó que había escuchado todos los años que pasó en el templo que uno de los estudiantes hizo algo similar. Entonces ella no sabía lo que la esperaba. Tenía mucho miedo de tener que tomar sus cosas y marcharse. Sería una derrota insoportable para ella. Decidió ir con la Suma Sacerdotisa, se arriesgó mucho. Ella podría no ir. Estaba segura de que sus amigos, obligadas por un juramento, nunca la traicionarían. Sin embargo, creía que para seguir funcionando en un mundo con principios tan transparentes y claros, debería vivir según ellos, y sobre todo consigo misma, en armonía.

–Salí del templo sin el permiso ni el conocimiento de las guardianas –dijo avergonzada.

–Eso no estuvo bien –dijo la sacerdotisa, todavía sin emoción.

–Pero eso no es todo.

–¿Sí?

María la miró a los ojos y, después de un momento, sin pensarlo mucho, estaba a su lado, se arrodilló y abrazó sus piernas.

–Pasé la noche con el hombre que amo –confesó tan honesta y directamente como pudo.

Más tarde las palabras fluyeron solas.

Ella habló sobre cómo lo conoció, cómo le daba vueltas la cabeza, lo hermoso, inteligente y bueno que, que lo amaba como nadie en el mundo, que quería estar con él para siempre. Le contó sus dudas sobre su familia romana y que tenía un poco de miedo de lo que le podría pasar en una ciudad lejana. Sintió que no podía abandonar a sus abuelos que la criaron y a quienes ama mucho. Ella no podía hacer algo tan terrible para ellos. Incluso descartó lo que había estado pensando desde la reunión de la anciana en el bar del puerto: que la esposa de Marco moriría, por lo que tal vez preferiría no ser la esposa porque quiere vivir. Después de todo, él tiene mucho que hacer en la vida. De todos modos, cuando la anciana vio las líneas en su mano, le dijo algo más. Que es elegida, que tiene alas.

Que volaría alto. María no sabía lo que podían significar estas palabras, pero siempre presintió que tenía una misión que cumplir, pero aún no sabía qué. Rezó fervientemente a la Diosa, pidiéndole que le mostrara el camino correcto, y probablemente fue Isis quien puso a Marco delante de ella. Ella le hizo conocer el sabor del amor. Ella está agradecida con la Diosa de que esto haya sucedido. Se ama a si misma. Ella lo seguiría hasta el fin del mundo. Estaba lista para salir del templo por la noche, pero su voz interior le dijo que volviera. Que su lugar era aquí. Que se quedaría en el templo. Que ella decidiría qué camino seguir el próximo año.

Y ahora ella está aquí. Arrodillada ante la Suma Sacerdotisa y no sabe lo que sucederá. Se le confía sabiduría con fe y confianza. Esta disponible. No sabe si tiene derecho a estar aquí como alguien que ha cumplido con el deseo de un hombre. ¿Isis acepta a las personas en una encrucijada como ella? Enamorada.

La suma sacerdotisa le dio unas palmaditas en la cabeza.

–La libertad es el valor más alto, pero solo para aquellos que son responsables de sus propias decisiones y acciones. Todavía estás buscando tu camino. Y que así sea. Hija mía, recuerda que sea cual sea el camino que elijas, siempre serás la hija de Isis. Amaste mucho como sacerdotisa, tienes derecho a hacerlo. Puedes quedarte en el templo, eres una de nosotras.

***

El último año en el templo siempre ha sido un tiempo de recapitulación y toma de decisiones. Las chicas, o más bien las jóvenes que se graduaban, se convertían en sacerdotisas de Isis. Y siempre lo serán, en toda situación, por el resto de sus vidas. Algunas se casaron o decidieron servir a la Diosa en uno de los muchos templos, otras se continuaron en los campos que le gustaba. Algunas, pero muy raramente, se convertían en maestras y enseñaban, y un grupo aún más pequeño tenía la predisposición y el deseo de convertirse en hemet y, siempre y cuando tuvieran suficiente fuerza, cumplir la voluntad de Isis en los asuntos más difíciles. Otras se fueron a algún lugar lejano y, a veces, su rastro desaparecía, nadie sabía qué y dónde estaban haciendo.

Sin embargo, cada una de ellas, independientemente del camino elegido, salía del templo educada y preparada de la mejor manera posible para la vida y el servicio de la Diosa. Eran la élite.

–Piensa en todo lo que has aprendido hasta ahora –decía una de las maestras–. Búscala con cuidado. Enfréntate a tu voz interior y rechaza lo que no está en armonía con ella. Escúchala con atención. Te advertirá del peligro, mostrará soluciones, mostrará posibilidades y perspectivas. Si te pierdes, volverás a entrar en el camino de la verdad, que es la luz divina. La recibiste viniendo al mundo. Síguela.

–¿Alguien puede decir que solo hay una forma correcta de pensar y actuar? –preguntó retóricamente otra maestra–. Ábrete a los sentimientos y pensamientos de los demás, aprecia el esfuerzo de su vida, no juzgues, no valores. Todos vienen al mundo por algo y depende de él lo que hagas con el poder que se te otorga. Todos son necesarios porque son parte del todo divino. Todo está aquí porque se suponía que debía estar aquí. Le debemos respeto a todos.

–Una Sacerdotisa es creatividad, creación e inspiración.

–Te fortalece a ti y a los demás, es confianza en la vida y en ti misma. La sacerdotisa está llena de luz interior. Se ama a sí misma y a los demás en los buenos y malos momentos, en la alegría y la tristeza, en los éxitos y fracasos. Ama y cuida su cuerpo, conoce sus fortalezas y debilidades. Puede estar sola, pero puede recurrir a relaciones sabias, apreciar la fuerza delas maestras, se inspira en otras mujeres. Se inclina ante la Diosa en todas sus formas. Aprecia la belleza propia y del mundo que la rodea. Está aquí y ahora, pero también puede conectarse con el pasado y el futuro. Siente un vínculo con los que estuvieron antes que ella y con los que vendrán después de ella. Ella es uno con ellas, saca fuerzas de ellos y los transmite.

–Lo que necesitas para lograr todo lo que nos importa son las emociones y fe en lo que haces. La verdadera fuerza viene cuando tu presencia, tus acciones y palabras despiertan algo en otras personas, cuando les afectan y cambian su alma. Cuando eres tú misma y te rindes al propósito de la vida que está establecido para ti. Cuando aceptas la verdad sobre quién eres, lo bueno y lo no tan agradable. Cuando te preguntas, ¿en qué hombros estás parada? Cuando te abres a los demás y piensas intuitivamente en alguien, puede significar que necesitas ayuda. Aprende a obedecer la intuición, no tengas miedo de cometer nuevos errores. Y recuerda que para aquellos que te conocen, eres un reflejo de la Diosa. Mantente fuerte y comparte tu luz[27].

María sentía cada día que se estaba acercando. Que las puertas pronto se abrirían por completo para ella, que vería la luz con más claridad que nunca. Y no podía esperar este momento.

9

Había luna llena. La única del año. Roja. La diosa nunca se acerca tanto a sus seguidores hasta entonces.

El Santo Sanctorum, el lugar más importante en el santuario de Isis, estuvo preparado para este evento durante varios días. Cada año, antes de la iniciación, la habitación se lavó a fondo y se bendijo tres veces. Se introdujeron lámparas nuevas, nunca usadas, y se colocaron contra las paredes formando un círculo. Se prepararon vestidos, alforjas, cuchillos rituales y cajas llenas de regalos para cada nueva sacerdotisa. El sello de la diosa fue revisado por la condición adecuada. El último día, se preparó un hogar y se recogieron mirra, incienso y oro en el altar del sacrificio. Se colocaron hierbas y se utilizaron botellas con muestras para los rituales.

Las que habían sido invitados habían estado ayunando durante siete días. Limpiaron a fondo los cuerpos y se prepararon espiritualmente. Rezaron todas juntas y por separado, cantaron canciones, recitaron himnos, bailaron y tocaron instrumentos.

Finalmente llegó el día tan esperado, seguido de la noche. El que han estado esperando por años.

---

[27] Este párrafo es una referencia al taller Dress for Success en Nueva York, dirigido por TM Williams.

***

Estaban paradas en círculo en la sala principal del templo. La Suma Sacerdotisa, sacerdotisas, maestras, hemets y aquellas que debían iniciarse. Había doce de ellas, entre ellas María con un vestido azul largo y sencillo, sin adornos y joyas, vestidos como las de sus amigas. Cada una de ellos sostenía una corona hecha de las plantas más bellas que lograron recolectar. Debían darle un regalo a la Diosa, pero no antes de su estatua en el templo, sino en las aguas del Nilo.

Isis, especialmente en plena noches, se manifestaba con mayor frecuencia en espacios abiertos. Le gustaba cuando sus sacerdotisas bailaban descalzas en la luna y el altar del sacrificio estaba bajo el cielo abierto. Valoraba los bosques, prados y jardines. Se sentía bien entre las flores, en la arena, junto al agua. A ella le gustaba lo natural.

Las chicas se inclinaron ante la Suma Sacerdotisa y las maestras. Luego, cada una de ellas encendió una lámpara de pie contra la pared y la levantó. Estaban listas para empezar.

–Tu sangre es Isis, tu poder es Isis, ¡tu magia! –gritó la Gran Sacerdotisa.

Repitieron sus palabras tres veces.

Las primeros fueron las guardianas, maestras y hemets, seguidas por las aprendices. Mientras caminaban, cantaban himnos. Se encendió una hoguera en el Nilo para celebrar sus oraciones.

–Diosa, acepta nuestros regalos y santifica esta noche con tu presencia –pidió   la Sacerdotisa, indicando que podían poner las coronas de flores en el agua.

Cada una de ellas, dedicándola a Isis, en silencio o en voz alta le pedían su bendición.

–Elige el mejor camino para mí, mi señora –pidió   Zoe.

–Haré todo lo que me mandes, por favor, déjame ser la mejor en lo que me destines. –Nefer se arrodilló junto al agua y le envió su corona–.

– Señora, déjame traer luz –pidió María–, deja que mis huellas trasciendan.

Cada una puso flores en el agua, enviando una solicitud a la Diosa.

Inmediatamente después de esta parte de la ceremonia, regresaron al templo. Se colocó incienso fragante sobre el trípode, y la habitación estaba llena de humo, pero no molestaba en los ojos ni picaba la garganta. Era de las mejores mezclas utilizadas solo para las ceremonias más importantes.

–Cada mujer lleva una parte de la Diosa –recitó Agnes–. Y la sacerdotisa se ocupa del equilibrio del elemento masculino y femenino en el universo. Es su deber y misión. Sin ella, no hay armonía, la Maat desaparece, el mundo entra en caos.

Las sustancias en el aire comenzaban a funcionar lentamente. El ayuno semanal, las oraciones y el enfoque combinados con el humo mágico les hicieron ver la realidad con mayor nitidez, al mismo tiempo que se volvía más fluida, oscilante y colorida. Los tonos de colores desconocidos aparecieron ante los ojos, aparecieron nuevas partículas en el aire, la vida reveló los elementos más pequeños, previamente invisibles a simple vista. Podían oler con más fuerza, podían ver y escuchar con mayor intensidad. Su sentido del tacto también se agudizó.

La voz de Agnes fluyó hacia ellas como desde detrás de una cortina transparente, pero no solo la escucharon con claridad, sino que entendieron perfectamente el significado de cada palabra.

–Cada mujer lleva dos diosas rosas. Una es nuestro propio corazón y la otra es el útero, el jardín eterno de la vida. Al atraer poder a estos dos puntos, somos capaces de destruir las energías negativas del mundo. Solo las sacerdotisas pueden hacerlo, y cada una de ustedes una hoy. Hagamos lo que hemos practicado muchas veces, muestran lo que han aprendido.

Aprendices, maestras, hemets e incluso la Suma Sacerdotisa, siguieron sus instrucciones.

–Ahora respirarán luz. Tomen posiciones.

Respirar la luz era lo que María y cada estudiante siempre quisieron hacer. Aprendieron los conceptos básicos, sabiendo que solo en esta noche de su iniciación, serían honradas al conocer el camino. Y así sucedió.

–Entra en tu corazón. Deja que el signo del infinito aparezca allí –ordenó Agnes.

Ella sabía que cada una necesitaba un momento diferente para prepararse. Así que esperó hasta que todas estuvieran en la dimensión correcta.

–Ahora la rosa del corazón es el punto focal –su voz fue directo a sus mentes abiertas, a pesar del hecho de que la sacerdotisa no pronunciaba palabras, sino que solo enviaba un pensamiento a cada una de ellas–. Envía una señal delante y detrás de ti. Dibuja el infinito con tus ojos para que el corazón sea tu punto central. Desecha lo que es malo, envía la energía blanca de la luz al futuro. Tu corazón lo ha limpiado. ¿Lo ves? Así surge el infinito. Medita, concéntrate, deja que tu alma baile. Deja que tu aliento sea la energía de la luz. El corazón de una mujer tiene una estructura fractal. Es lo mismo que la rosa, la flor de la Diosa. Puede convertir el mal en bien.

Respiraron profundamente. Algunas de ellos se balanceaban hacia adelante y hacia atrás o hacia los lados, otras rodeaban círculos pequeños o no se movían en absoluto.

–Ahora haz lo mismo con el útero fractal. Deja que la segunda rosa se active. Deja que se una al infinito. Deja que tu alma realicen una danza de luz en el segundo fractal –Agnes no habló, y aun así envió un pensamiento a cada uno de ellos.

Hicieron lo que ella pidió, así que la oyeron, tomaron sus intenciones sin siquiera saberlo. Después de un momento, una sonrisa apareció en sus rostros nuevamente, y gotas cayeron de muchos párpados.

–Nuestras lágrimas tienen el poder de sanar el mundo. Contienen sustancias medicinales y llevan consigo la energía del amor, y es la forma más elevada de vibración del universo. Recuerden: solo el amor cuenta. Su preocupación es cuidar la buena energía del mundo y cultivar la fuerza femenina en él. Ustedes son sacerdotisas, por lo que traen amor al mundo. Se supone que ella debe manejar todo lo que haces. Es para construirte y ser siempre tu señal. El amor es vida.

Esa parte del ritual había terminado. La suma sacerdotisa se levantó y se inclinó ante Agnes.

El delicado, pero palpable aroma de rosas comenzó a flotar en el espacio. Significaba que la Diosa estaba con ellas. Ella vino a sus sacerdotisas para acompañarlas. Ella las miró, estaba en ellas, junto a ellas. La fragancia de estas flores siempre ha sido un signo inseparable de su presencia.

–Hora del sacrificio de sangre –ordenó la Sacerdotisa.

Las Maestras colocaron jaulas frente a ella con pájaros exóticos que fueron traídos especialmente para esta ocasión. Se capturaron en nombre de las aprendices, durante todo el año, de varias partes del mundo para celebrar la noche de iniciación. La diosa los recibió como un regalo especial.

Durante siglos, cada una de las chicas que se convertiría en sacerdotisa puso el pájaro que compró en el altar del sacrificio. Luego, la Suma Sacerdotisa, según la antigua costumbre, solo esa noche del año, con un cuchillo especial de doble filo hecho de hierro con la adición de vidrio, le atravesó el corazón.

María fue la primera en hacer el sacrificio.

Llegó a la jaula en la que el pájaro colorido esperaba ser ofrecido. Él brillaba con todos los colores. Parecía que venía del paraíso. El era hermoso. Al igual que los demás, trató desesperadamente de batir sus alas y gritó en voz alta ante la muerte que se acercaba, pero estaba atado y no tenía posibilidad de escapar.

Para que el ritual tuviera lugar, se necesitaba un sacrificio de sangre. La diosa lo exigía desde el principio del los tiempos. Una vez, en tiempos que ya nadie recordaba, el sacrificio era la belleza impecable de las vírgenes. Más tarde, cuando la Diosa prohibió los sacrificios humanos, se perforaron corazones de animales. Tenían que ser grandiosos, sanos y fuertes. Los obsequios para Isis estaban destinados a su satisfacción, expiación y favores. El sacrificio de las aves más bellas que se pudieran encontrar pertenecía a una larga tradición y se hacía para que las nuevas sacerdotisas recibieran el favor de la Diosa.

María tomó el pájaro y, arrodillada, lo colocó en un altar de piedra bajo, ante el cual estaba esperando la Suma Sacerdotisa, sosteniendo un cuchillo ritual en la mano. La víctima no podía ser atada, por lo que María desató sus alas inmovilizadas.

Ella lo miró y lloró. Se tumbó en el altar y, sostenido por ella, ni siquiera lucho ni gritó, como si cediera a su destino.

Todo a su alrededor nublaba. Ya no sabía si realmente participaba en la iniciación y estaba arrodillada ante el altar, mirando el cuchillo levantado por la sacerdotisa, ¿o era todo una ilusión? De repente, una luz brilló en su cabeza. Ella vio que el pájaro no era colorido en absoluto. Era una paloma blanca como la que recordaba de su infancia, del jardín de Magdala. La que salió volando calentado por sus manos. Podía verla claramente ahora. Se tumbó en el altar y acarició las suaves plumas, sintió el calor de su sangre latiendo en ella y en los latidos de su corazón.

–¡No! –ella gritó.

Las sacerdotisas levantaron la vista.

–¡No! –repitió fuertemente.

Se puso de pie y abrazó al pájaro contra su pecho.

–Los dioses ya no quieren sacrificios de sangre –dijo con firmeza–. El sacrificio de sangre pertenecerá al pasado. En cada templo y en cada lugar donde adoramos a Isis, cesaremos los sacrificios de sangre. Las Diosa quiere amor. Solamente.

Ella escuchó su voz y se sorprendió. No fue ella quien habló. Esa voz vino de dentro de ella. Fue como un aliento limpio, como una energía brillante que salió al mundo por primera vez.

Se puso de pie, abrazando a un pájaro. La voz que recibió fue una voz que le fue dada de antemano. Era Ella. Primera vez que sintió tanto poder.

El aroma de las rosas aumentó. La luz apareció en el templo y los sonidos suaves resonaron por todas partes, entraron en sus cabezas y llenaron sus corazones. Era la música de la Diosa.

Las que aún contemplaban comenzaron a levantar la cabeza. Sin embargo, al igual que la Suma Sacerdotisa, no se sorprendieron en absoluto de lo que estaba sucediendo. La diosa revelaba su voluntad de diferentes maneras. Y durante la plenitud roja, en la iniciación, cualquier cosa podría suceder. Estaban mirando a la Suma Sacerdotisa. Depende de ella cómo se recibirían las palabras que acababan de escucharse.

Ella dejó el cuchillo sobre el altar. Se puso de pie. Dio dos pasos hacia María. Puso su mano sobre su hombro y permaneció en silencio durante mucho tiempo. Ella absorbió su energía, escuchó los latidos de su corazón, aprendió sus secretos, miró la vida, el pasado y el futuro. Y luego inclinó la cabeza respetuosamente.

–Los dioses hablan a través de ti. Escuchamos sus palabras, entendemos su voluntad. ¡Qué así sea!

–Que así sea. –repitieron las sacerdotisas en coro.

–Qué así sea –repitió María.

Ella miró al pájaro. Ya no era una paloma. Estaba brillando de nuevo, y sintió que se había salvado, porque levantó la cabeza y miró a María. Y ella lo levantó, abrió las manos y lo vio subir a la cima del templo y salió volando por el agujero a través del cual se podía ver el cielo nocturno.

Nunca antes había notado que la bóveda del templo estaba coronada por una ventana. Ahora ella estaba mirando las estrellas.

Las otras chicas llegaron a las jaulas y cada una soltó su pájaro. Los vieron abrir sus alas previamente atadas, extenderlas ampliamente y volar. Todos encontraron su camino a la libertad sin falta. Volaron a la luna roja.

Las chicas, desconcertadas y bajo la fuerte acción de los vapores de hierbas, disfrutaron de la decisión de la Diosa. Tampoco querían un sacrificio sangriento. Pensaron que era terrible, pero también sabían que se están haciendo algunas cosas porque era tradición, y esto no debería cambiarse sin una razón y sin proclamar claramente la voluntad de Isis.

La plenitud era inusual, no solo por la decisión de la Diosa de detener el sacrificio de sangre y el hecho de que lo pasó por boca de María, que no era del todo una sacerdotisa, porque todavía no tenía su sello. La ceremonia también fue diferente porque la Suma Sacerdotisa un momento después, cuando las posibles víctimas fueron liberadas, tuvo una visión. Esto rara vez sucedía durante la iniciación. La mayoría de las veces sus visiones se producían cuando estaba en el círculo de las iniciadas o cuando hablaba con Isis sola. Esta vez fue diferente, también porque la visión era sobre uno de las presentes, y eso era muy raro.

–Pronto. –La Gran Sacerdotisa inesperadamente, también para ella, abrió los brazos y los señaló hacia arriba.

Las otras cayeron sobre su rostro. Las que habían asistido previamente a sus visitas sabían lo que estaba por suceder. La Suma Sacerdotisa entró en contacto con el universo. Todo parecía indicar que Isis decidió hablar con ella aquí y ahora. Con todos, incluidas las que se estaban convirtiendo en sacerdotisas.

–Se acerca el fin de los tiempos –su voz sonaba plateada, sonando metálica pero suave y tersa–. El tiempo se detendrá y luego comenzará nuevamente. Vamos a temblar, porque este es el final de todo lo que sabemos. Vamos a temblar, pero no tengas miedo. Lo viejo desaparecerá, pero lo nuevo lo reemplazará. El bien divino vendrá, una fuerza nueva pero eternamente duradera enviada desde lo alto. Será una señal, un camino ancho que surgirá de la sangre y el sufrimiento. El que traerá un amor ilimitado con él vendrá aquí. Él vendrá como hombre y abrirá la puerta cerrada. Destruirá el viejo mundo y controlará para siempre uno nuevo que nacerá con dolor. El viejo templo se derrumbará y la luz que será de amor brillará. Temblamos, esperando que se abran las puertas a causa de su sacrificio.

La gran sacerdotisa bajó las manos. Y abrió los ojos.

–María, levántate –ordenó después de un momento de silencio. María, como las otras mujeres, se arrodilló con la frente junto al suelo. Cuando la sacerdotisa dijo su nombre, al principio no entendió que se dirigía a ella.

–¡María, te estoy hablando!

Ella levantó la cabeza con timidez. La suma sacerdotisa se acercó a ella.

–¡María, guardiana de la luz, ven!

Estaba aturdida, pero pronto se paró frente a ella.

–¡Arrodíllense! –ordenó a la Sacerdotisa suavemente y se llevó las manos a la cabeza–. Fuiste elegida y marcada al nacer. Tu camino no es recto. Te condujo hasta aquí y te llevará más lejos hacia el destino. Te doy fuerza, te doy poder, te doy luz. Seguir el camino femenino es tu deber. Ve en nombre de la Diosa. Cuida su parte en el tiempo por venir. Tus caminos no serán rectos, descenderás a la oscuridad, tocarás el abismo, descenderás, pero no tengas miedo. Esta es tu misión. Llénalo por siglos. Dale a las mujeres la fuerza para resistir.

María sintió que la luz brillante tomaba su cuerpo, cómo las rosas florecían en ella, cómo la energía de la Diosa la llenaba. Ella se sintió uno con ella. Se unió con la Suma Sacerdotisa y, a través de ella, con la Diosa eterna. Ella era el sol, la luna, el aire, el fuego, el agua y la tierra. Ella estaba en todas partes. Ella se fundió con el mundo, se fusionó con él, lo sintió. Ella se sintió bien. Quería quedarse allí, pero tenía que regresar para convertirse en ella misma y sentir su cuerpo nuevamente. Para seguir su camino. Para cumplir con lo que estaba destinada a hacer.

Ella se levantó de su regazo. Respiraba por hondo. Ella tenía poder. Estaba lista para hacer cualquier cosa a la que estuviera predispuesta. Se sentía fuerte como nunca antes, poderosa y dura, pero delicada y sensible a la debilidad. Ella era una mujer, una sacerdotisa de la Diosa, una guardiana de la puerta de la luz.

Regresó a su asiento y se arrodilló entre las demás. Ella era una de ellas. Ella aprovechó su fuerza y les dio la suya, unida a ellas para siempre.

***

Estaba empezando a amanecer. Estaban esperando atentamente el último ritual. Estaban arrodilladas, y en el medio estaba la Suma Sacerdotisa. Agacharon la cabeza ante su majestad y apartaron el cabello de sus cuellos. Una sacerdotisa con un gorro azul en forma de luna coronada con cuernos de vaca entró en el círculo, inclinándose ante su superior. Era el símbolo de Isis. Se inclinó y se arrodilló ante cada una de las chicas. Con un movimiento suave, puso cada una de ellas, en lo alto de la nuca, donde comenzaba la línea del cabello, un sello ritual con finas agujas. Las delgadas cuchillas estaban empapadas de tinta azul. Se obtuvo de plantas del jardín del templo mezcladas con tinta de calamares especiales. Colocarse los sellos fue doloroso, pero todas lo esperaban y trataban el dolor como distinción y honor. Como muchas mujeres que estaban antes que ellas, el sello estampaba la marca de la Diosa en sus pieles. Debían usarlo por el resto de sus vidas.

Cuando cada una estaba marcada, se levantaron y se tomaron de las manos.

–Están entrando en un nuevo día como sacerdotisas– anunció la Suma Sacerdotisa–. De ahora en adelante, donde sea que las lleven los caminos de la vida, siempre lo serán. Pónganse de pie. Dejen que las puertas se abran ante ustedes. Vayan y lleven a cabo su misión.

***

Cada una de los sacerdotisas recién juramentadas, antes de abandonar File, fue recibida por la Suma Sacerdotisa. Un protector también podría asistir a la reunión. Ella era una mujer de la familia, generalmente una madre o una abuela que una vez educó en este lugar, u otra cuidadora adinerada, responsable de recomendar a la chica que estudie y brindarle apoyo constante mientras asigna prospectos de valor a Isis. Gracias a los generosos donantes, los templos en File podrían funcionar como lo han hecho en los tiempos de mayor gloria, es decir, Ptolomeo.

Durante la conversación de despedida, María fue acompañada por Aida.

–Una vez en el camino a Luxor, confirmamos que nos está yendo bien en un grupo y que podemos apoyarnos mutuamente, que podemos cooperar y podemos luchar. Incluso para mí fue un gran desafío, pero ya el asunto me parece un poco sospechoso...

A María no le molestó el caso de hace muchos años y quería explicarlo antes de abandonar el templo. Miró a Awenger inquisitivamente.

–¿Suma Sacerdotisa? –la Hemet se aseguró de poder contar el secreto.

–Dile que es una sacerdotisa. Él puede saber todo lo que sabemos.

Aida sonrió elegantemente, esperando la reacción de su nieta cuando escucha los métodos utilizados en el templo para preparar bien sus cargos.

–La intuición no te confundió. –la Hemet miró a María con aprecio–. Estos eran ejercicios. La idea era ponerte en una situación de emergencia y en un área extranjera.

–Todos excepto nosotras lo sabíamos, ¿verdad? –afirmó María.

–Eso pensé. Varias otras chicas tampoco creían en la amenaza.

–¡No, no! Recuerdo muy bien esa noche, todas estábamos aterrorizadas y abrumadas. No sospechábamos que fuera un ejercicio. Y en Luxor, cuando los bandidos nos atacaron, incluso si alguna tenía dudas sobre la autenticidad de la amenaza antes, dejó de tenerla.

–Así que los sacerdotes fueron convincentes –Awenger se echó a reír.

–¿Eran sacerdotes?

–¡No enviaríamos bandidos reales a nuestras amados estudiantes!

–Abuela, ¿sabías lo que estaba pasando? –María no podía creer que la distinguida Aida también se involucrara en el caso.

–Por supuesto, cariño. Todos los cuidadores confían plenamente en la Suma Sacerdotisa y creen en la efectividad de los métodos utilizados aquí durante siglos. De todos modos, te diré que experimenté algo similar en mi juventud. Hasta el día de hoy recuerdo aquellos eventos con emoción.

–Cada una de nosotras debe ser capaz de luchar y enfrentar situaciones extremas –concluyó la Suma Sacerdotisa–. Puede suceder que nunca se vean obligadas a usar estas habilidades, pero queremos y debemos preparar a cada una de ustedes para tal eventualidad. El amor es tu arma, pero la vida no es ordenada, o llena de jardines con flores en fincas en el Nilo, no es solo nuestro templo. Vivimos en un mundo cerrado de orden, justicia y luz. Es diferente afuera. De todos modos ya lo habrás descubierto varias veces, no?

Su penetrante mirada penetró los recuerdos de María. Ella vio en ellos a una niña que se acercaba a su salvador.

–¿Cómo está Dobrawa? –Preguntó, como si conociera el caso perfectamente bien–. ¿Maneja el idioma? ¿La ayudaste a ahuyentar a los espíritus malignos del pasado?

María miró a su abuela. Sus ojos decían: «No, no le conté a la Suma Sacerdotisa sobre la pequeña, pero sabes que lee en nuestros corazones y mentes, lo sabe todo».

–¿Cómo lo haces, Suma Sacerdotisa?

–Me conecto con la Diosa. Escucho su voz. Tú también puedes hacerlo.

–Creo que todavía hay mucho aprendizaje por delante. – María expresó su esperanza.

Desafortunadamente, aunque las sacerdotisas afirmaban estar completamente listas, todavía no encontraba la capacidad de conectarse con la Diosa todos los días. Sí, durante las grandes ceremonias y rituales, después de limpiar su cuerpo y espíritu, absorbía la energía Divina, pero estas eran situaciones excepcionales. Diariamente, a pesar de sus esfuerzos, no lograba hacerlo.

–Como solían decir los antiguos, todo tiene su tiempo y lugar–, la Suma Sacerdotisa la calmó–. Llegará el momento adecuado, luego te conectarás. La llamarás y ella aparecerá. Es posible que el poder y las habilidades que obtuviste aquí nunca se revelen por completo, también pueden fortalecer tu luz gradual y lentamente o explotar un día, de repente, inesperadamente y con tanta fuerza que te caerás de bruces.

–Todo está frente a mí –concluyó María–. Por ahora, me siento como un frasco guardado durante años, en el que resulta que no hay vino precioso, solo agua. Transparente, claro, pero solo agua.

–¿«Solo agua» dices? –la Suma Sacerdotisa se echó a reír– ¿Solo agua? ¡No hay vida sin agua! Y si creemos firmemente, llega un momento en que el agua se convierte en el vino más delicioso.

Así es contigo. Convertir el agua en vino, ¿por qué no? Llamamos a tales situaciones milagros.

María se sentía como una sacerdotisa. Tenía el conocimiento, las habilidades y los rasgos de carácter con los que siempre había soñado. Sus sueños de volar se hicieron realidad. Se levantó alto, pero todavía tenía hambre. Se estaba poniendo impaciente. Le gustaría ser como sus mentores, como la Suma Sacerdotisa, como una hemet. Le gustaría ser sabia, hermosa, iluminada por una luz interna y tranquila. Su brillo ya era radiante, pero todavía no se sentía llena. La ansiedad y la duda la abrumaban, si esto era lo que el mundo le estaba preparando, lo que la paloma blanca le había prometido y por lo que se había esforzado en los últimos años. El estado al que llegó fue hermoso, pero se sintió perfectamente bien aunque no era su sima. Sus posibilidades aún no se han utilizado. ¡Ni siquiera comenzaron!

La Suma Sacerdotisa leyó su mente otra vez.

–Queremos que sepas algo más –dijo ella, penetrando con sus ojos nuevamente.

María miró a Aida. Luego miraron a la Suma Sacerdotisa.

–Fuiste dotada de señales. Las tienes en tres lugares. Son estrellas. –Ella dibujó su forma con su dedo–. Una está en tu mano y la otra está en tus pies. Ten en cuenta que esto es muy raro. Dicen que la persona que nace con ellas está destinada a fines especiales.

María sabía de la estrella en su palma. La miraba muchas veces. ¿Pero en los pies?

–Antes de entrar al templo, cada una de ustedes fue revisada con mucho cuidado, ¿recuerdan?

María recordó las pruebas, conversaciones y exámenes de hace años, incluido el momento en que se puso de pie y luego se tumbó frente a Charmion desnuda en una mesa alta especial. En un momento, la médico le susurró algo a su ayudante. Un momento después, no solo Charmion se inclinaba sobre ella, sino también la Suma Sacerdotisa y la Maestra Agnes, de quienes aún no sabía que estaba tratando con magia. Examinaron su cuerpo a fondo. ¿Quizás se quedaron más tiempo en los pies? Ella no lo recordaba. El estudio duró tanto que en algún momento ella se mostró indiferente respecto de quién estaba mirando y qué estaba mirando.

–No te dijimos para que no influyera en tu actitud y decisiones –le explicó Aida, sintiendo que tal vez, como abuela, debía decirle–. No queríamos que el conocimiento de estás señales determinaran el comportamiento de alguien.

–¿Entonces tengo marcas que dicen soy la elegida, pero nadie puede decir cuál es mi destino?

–Es el derecho de los jóvenes ser impacientes. Aprenderás todo en tu tiempo. Tienes un carácter especial, eso es seguro. Debes experimentar tus acciones y elegir el camino correcto, todo sigue siendo solo una sugerencia. Depende de ti cómo las uses.

La suma sacerdotisa asintió lentamente. Esto significaba que la reunión había terminado. Las mujeres se arrodillaron y tocaron el suelo con la cabeza, agradeciéndole y mostrando respeto. Hizo la señal triple de la Diosa sobre ellas y luego sobre la cabeza de María.

–Eres una sacerdotisa marcada con estrellas. La Elegida. Este es un gran compromiso. Recuerda eso. ¡Ve! Trae amor al mundo, sé la guardiana de la luz.

10

–Tu tiempo en la tierra es limitado. –Su abuelo la abrazó con fuerza–. Como el de todos nosotros. No lo desperdicies. No te quedes atrapada tratando de cumplir con las expectativas de los demás, incluso si tu hermana o hermano o incluso tu padre lo exigen. Sé que está enfermo. También sé que él te quiere mucho. Sin embargo, recuerda que la decisión sobre el camino que elijas debe ser tuyo. Decidas lo que decidas, hazlo con convicción. Y en Galilea, ten cuidado, no conoces este mundo. Escucha lo que dice la gente, ve cómo viven, lo que es importante para ellos. Recuerda que solo tienen un dios y todo está subordinado a él. No presumas de ser una sacerdotisa de Isis, es posible que no lo acepten. Conócelos, intenta comprenderlos, pero no dejes que el ruido de sus opiniones ahogue tu voz interior. Y lo más importante, como antes, siempre ten el coraje de seguir tu corazón y premonición. Recuerda que eres libre. No dejes que nadie te esclavice.

–Sí abuela –agregó a la abuela.

–No silenciar la voz interior. Hemos tratado de enseñarte esto. Pero también recuerda que seguir esta voz no significa que tengas la verdad absoluta –se rió.

–¡Sí, sí, gran sabia! Lo recordaré, te lo aseguro.

–Sithathor, cuida a mi nieta, ¡tú eres responsable de ella! –lanzó a su guardiana más fiel para acompañar a María en su viaje–. Tienes experiencia y tienes tus años, así que espero que me envíes cartas a menudo si María no puede hacerlo por alguna razón.

–Así será. –Sithathor inclinó la cabeza.

–Y una cosa más... Aida abrió su bolso–. En el país al que vas, las mujeres se cubren la cabeza. Así que puede que lo necesites. Póntelo.

–Es hermoso, gracias!

–El color escarlata es el color del poder.

–Lo llevaré.

Se despidió de sus abuelos, pero miró a su alrededor al mismo tiempo. Esperaba ver a Marco. Esperaba que viniera a despedirse de ella. Le envió un mensaje tan pronto como decidió que se mudaba a Egipto. Debería estar aquí. Miró por todas partes, convencida de que lo vería pronto. Pero no estaba allí.

Estaban parados en el muelle del puerto de Alejandría. En un momento, en un momento, ella iba a ir con su padre. Se despidió del Egipto de sus abuelos, que era para ella el único mundo que conocía y donde se sentía bien. Volvió a sus raíces, a los lugares de su infancia, recordados con gran nostalgia. Estaba preocupada por el estado de su padre, emocionada por el viaje y triste por el hecho de que Marco no estuviera con ella. Esperaba tanto que lo viera de nuevo. Ella lo extrañó con el poderoso poder del primer amor. No dejaba de mirar a su alrededor.

Aida vio que se le acababa la vista y la entendió. Ella recordó los tiempos en que se enamoró por primera vez. Noches de insomnio, la constante aparición de su amado y las señales de lo que pensaba de ella. Contando con los pétalos de las flores y viendo si y cuánto la amaba. Elevaciones, confusión, mariposas en su vientre. Ella recordó las lágrimas que lloró cuando pensó que lo había perdido. Afortunadamente, Karim se convirtió en su marido, así que tenía a su amado con ella, y cuando pensó en María, la experiencia le dijo que su nieta no estaría con Marco. Y no se arrepintió en absoluto.

María estaba esperando para viajar primero por barco y luego por tierra. Los abuelos decidieron que esto sería lo más cómodo y lo más rápido, y tenía que darse prisa. La situación fue repentina. Casi justo después de la iniciación en el templo llegó un mensaje de Magdala. Fue conciso. Fue entregado por correo con una paloma, la más cara pero también la más rápida del mundo. Marta escribió que su padre estaba muy enfermo y llamó a su hermana para que volviera a casa lo antes posible.

Así que se fue casi inmediatamente.

–Vuelve a nosotros, la abuela gritó cuando María ya estaba a bordo y el barco estaba balanceándose.

–¡Te quiero! –seguía buscando a Marco y trató de gritar sobre el sonido de las olas.

Capítulo II

DAMA

1

El gran sol rojo se estaba poniendo en el lago Genesaret.

María miró los primeros edificios de Magdala a la distancia.

Ella estaba volviendo a casa. Junto con ella Sithathor ya estaba muy cansada del largo viaje y con un experimentado mentor griego llamado Ben. El griego llamado Ben fue el que eligió y pagó por él. Se suponía que debía cuidar de la seguridad de su nieta y entregarla a Magdalena. Ben, ya en Ptolemaida[28], eligió a los portadores.

Tenían mucho que transportar. Había cajones, sacos de yute y grandes cestas en sus mulas y carretas. Todo estaba lleno de ropa, zapatos, cosméticos, telas coloridas, pequeños artículos de uso diario e incluso tres alfombras pequeñas, rollos de papiro, golosinas y regalos que trajo para su familia. También había una canasta para gatos grande y cómoda, porque Leo viajaba con su ama. Tenía un collar con pequeñas piedras preciosas y una correa, útil cuando viajaba en barco a Alejandría, y ahora necesaria para viajar por mar. Su cesta, atada a la parte posterior de un burro, estaba acolchada con una almohada suave.

–Paremos –ordenó Ben.

---

[28] También conocido como Akka.

–Señora, las tierras de tu padre están cerca –protestó–. Si nos damos prisa, estaremos allí antes de que oscurezca.

–Tienes razón. Ve. Me quedaré aquí por un momento y te alcanzaré.

Los burros y las mulas estaban cargados, así que cabalgaban lentamente. Ptolemaida era un puerto bastante cercano a Magdala. Si viajaban sin carga y a caballo, el camino les llevaría varias horas, y ya era el segundo día. María montó a caballo, así que incluso si estaba parada allí y esperaba hasta que se pusiera el sol, estaría en Magdala antes que ellos. Ben sabía que la vigilaría desde el camino que conducía a la ciudad, por lo que estaba a salvo. Él asintió con la cabeza y estuvo de acuerdo.

Ella los vio irse por un momento, luego cayó al suelo. Ella estiró los brazos. Una sábana de lago se extendía ante ella. Más de una vez, en Egipto, pensando en la casa, se preguntó si realmente tenía el color que recordaba. Resultó que sí: sus aguas realmente brillaban con azul puro. Sorprendentemente, el lago estaba tranquilo. El viento no soplaba, por lo que no había olas por las que era famoso. Tampoco notó un solo bote. Los pescadores se iban mucho después de la pesca de la mañana, y antes de la noche.

Ella extrañaba esta vista. Es cierto que una vez que el lago le pareció un mar interminable, pero después de todo, la última vez que lo vio, era una niña. Ahora tenía conocimiento del área e incluso de lo profundo que era. En las lecciones, cuando hablaba de mapas, ella miró especialmente esta área. Ella tenía uno de los mapas con ella. En caso de que tuviera que viajar y no la tuviera a mano, se lo aprendió de memoria. Entonces ella sabía en qué lugar de la patria están las ciudades más grandes y a qué distancia se encuentran, dónde conducen los caminos, cómo corren las cadenas montañosas y dónde fluye Jordania. Es posible que los mapas no hayan sido extremadamente precisos, pero gracias a ellos puedes imaginar cómo es el mundo.

Respiró hondo y extendió las manos como para volar. A ella le gustaba hacerlo. Riendo, ella giró alrededor de su eje.

–¡Estoy en casa! –ella gritó.

Miró hacia el cielo. Y le pareció que muy por encima de él vio una paloma blanca dando vueltas sobre ella.

***

Marta notó que una pequeña caravana se movía hacia su propiedad. Ella salió a la carretera. Su corazón latía con fuerza. Ella ha estado esperando por muchos días.

A la cabeza del grupo, vio dos jinetes. Se llevó la mano a la frente para ver mejor, luego uno de ellos paró un caballo. Solo los visitantes de fuera de Galilea montaban a caballo, la mayoría de las veces eran romanos. Sin embargo, no eran ellos. La persona que iba a caballo era una mujer.

Después de un momento, se detuvo justo en frente de ella y saltó al suelo.

–¡Marta! –La abrazó, casi levantándola–. ¡Querida mía!

Marta estaba atónita y feliz de ver a su hermana, pero no esperaba una bienvenida tan cálida de su parte. Así que al principio se puso rígida y se alejó un poco. Nadie la había abrazado desde que María vivía en la casa. Sin embargo, después de un tiempo, cuando resultó que había llegado, no iba a dejarla ir, su cuerpo sintió un calor agradable y su rigidez muscular comenzó a disminuir.

–Marta… –María se acurrucó en el cuello de su hermana.

Ella estaba llorando. Sus lágrimas no solo goteaban, fluían en grandes corrientes. El chal y el vestido de Marta las absorbieron. María seguía abrazándola y sollozando. Finalmente, los ojos de Marta se humedecieron, las lágrimas fluyeron y luego vino un diluvio. No había llorado durante muchos años, y cuando comenzó, conmovida por el hecho de que sentía a su hermana pequeña con ella, no podía y no quería detenerse. Muchos sentimientos reprimidos. Ahora, finalmente, después de años de contención, han encontrado una salida.

Se quedaron abrazadas con fuerza y ligeramente balanceándose de lado a lado. Como en la infancia. Y cuando finalmente se separaron, dieron un paso atrás y vieron sus rostros rojos y sus narices mojadas, comenzaron a reír.

–Mi bebé, encantadora… –Marta tomó la mano de su hermana–.¡Vamos, estás en casa!

Lázaro estaba en el umbral.

–¡Eres una adulto! –María exclamó con admiración y se arrojó a sus brazos.

–¡No solo adulto sino también casado y con hijos! –Se rio–. Esta es mi esposa Ruth y mis hijas. Rebeca, Judith, saluda a tu tía.

Detrás de él había una mujer bajita, bastante robusta y bonita. Sostenía a las niñas por las manos que intentaban esconderse detrás de ella. Ella las empujó hacia adelante.

–Hola, María, he oído mucho sobre ti –ella asintió con la cabeza.

–Somos una familia, ¡abracémonos! –María la abrazó cálidamente, luego se agachó junto a las chicas. – Rebeca, Judith, soy su tía, me llamo María.

Se rieron, confundidas.

–Siento que seremos amigas.

Se puso de pie, sonriendo radiantemente a todos los que la saludaron.

–Vamos, mi amor, te llevaré con mi padre. –Marta tomó su mano–. Te espera.

–Descansa, la gente y el equipaje me siguen. –Señaló a una caravana que se acercaba a la casa.

–Me ocuparé de ellos –afirmó Lázaro–. Ve con tu padre.

Se detuvieron en la puerta, donde Cyrus tenía una sala de trabajo.

–Me mudé a su habitación aquí –explicó Marta.

–Cuando sucedió, no pudo moverse. Le paralizó el brazo y la pierna. Tuvo grandes problemas para caminar. Recientemente, ya casi no se levanta de la cama, no tiene fuerzas. Entra, pero recuerda que se pone nervioso y se cansa rápidamente.

Marta abrió la puerta y la dejó entrar.

Estaba bastante oscuro en la habitación. Gruesas cortinas colgaban de las ventanas que una vez recibían tanto sol. Una pequeña lámpara ardía junto a la cama. El paciente estaba durmiendo.

Ella se sentó en el borde de la cama.

Miró su cara demacrada y sin afeitar. Incluso en la oscuridad se podía ver lo pálido que estaba.

Él abrió los ojos.

–¿María? –Levantó la vista con incredulidad–.

–Sí, padre. –Ella se inclinó hacia adelante y besó su mejilla–. Soy…

–Qué bueno. Te estaba esperando.

– Estoy de vuelta.

–¿Para siempre?

Ella lo besó de nuevo.

–Bueno, eso quisiera. –Miró hacia otro lado.

–Padre, aún no lo he decidido. Ya vine, aquí estoy. Disfrutemos la reunión. –Ella acarició su mano delgada–. Te extrañé mucho –agregó–. Te extrañé.

–Yo también, pero decidí no molestarte en Egipto. Si venía o te enviaba cartas, no podrías seguir tu propio camino libremente. Estarías abrumada con Israel aún más de lo que estás.

–Tengo a Israel en mi corazón. –Ella puso su mano sobre su pecho.

–¿Terminaste la escuela? –Quería saber todo lo antes posible–. ¡Habla!

–Me convertí en sacerdotisa de Isis –confesó, sabiendo que a él no lo complacería, pero prefirió decir lo que era más importante.

–Pensé que sería así.

Ella tenía miedo de que lo molestara, pero él no parecía demasiado conmovido.

–Es difícil para la hija y nieta de una sacerdotisa no convertirse en ella también. Pero ya sabes, no compartas esta información aquí. Puede que no aprecien tus logros.

–¿Es por eso que mi madre cambió su nombre?

–Adonaí gobierna aquí. El Supremo. No hay lugar para sacerdotisas. O lo que sea. Y recuérdalo. –Ordenó–. Tengo una hija sabia y educada –se rió con esfuerzo–. ¿Qué puedo hacer? Aparentemente Dios lo quería así.

– Aparentemente, padre. –Se alegró de que su llegada lo pusiera de buen humor y lo restableciera, o tal vez le diera fuerzas–. Dios lo quería, pero fue gracias a ti, Padre, que su voluntad se cumplió.

–¡Ayúdame a levantarme! –Se puso de pie sobre el codo que funcionaba, y cuando estaba sentado con la almohada debajo de la espalda–. ¡Mi hija ha llegado! Prepararemos una suntuosa cena –ordenó–. Vamos a disfrutar. Hoy me levantaré, afeitaré y vestiré. ¡Lázaro! ¡Marta!

María se arrodilló en la cama y lo abrazó.

–Padre, te extrañé mucho –confesó, y aparentemente durante su saludo con Marta, no lloró todas las lágrimas porque aparecieron de nuevo–. Te amo

Ella se acurrucó contra él y él la abrazó con su mano buena.

–Te amo, mi niña.

Y cuando lo besó y lo acarició, abrió la puerta.

–Marta, Lázaro, Ruth, niños, ¡vengan aquí!

Ante su llamada, aparecieron en la cámara casi de inmediato, y anunció con alegría:

–Nuestro padre se siente mejor. ¡Decidió levantarse para cenar hoy!

–Marta, gestiona los necesites, que preparen los pollos, ¡hoy celebraremos! –gritó Cyrus, tratando de hacer que su voz sonara sana y alegre.

***

Marta había estado manejando la cocina y toda la casa durante años, y debido a que era prudente y práctica, esperando que María viniera cualquier días, organizó una reunión con el shoichet[29] para que cuando le dijera que vendría a preparar a las gallinas, también traería consigo el hombro salado de un buey joven.

Ella sabía que era el plato favorito de su padre. Recordó cuanto se preocupaba por cada detalle, y cómo después de la cena, los juerguistas se animaban con vino bailando y cantando canciones judías. Ella sabía que le gustaban estos recuerdos. Entonces ella quería sorprenderlo sin decirle del plato principal.

Anteriormente, ella también ordenó preparar vino. Para niños y mujeres, se diluyeron en una proporción de una parte de vino por cada diez partes de agua con la adición de miel y canela. Para los hombres, se agregaron tres partes de agua por una parte de vino y se arrojaron bolsas de tela con tomillo y menta en las ánforas.

***

En Galilea, solo unos pocos comían en las mesas. Para comer, la gente se sentaba alrededor de la hoguera. Tampoco era

---

[29] Especialista calificado que realiza la matanza ritual; en un corte, atraviesa el esófago y la arteria (usando un cuchillo especial), diciendo la oración apropiada.

costumbre que las mujeres comieran con los hombres. Preparaban y servían platos, pero se sentaban por separado para comer. Era diferente en la casa de Cyrus. Desde que la esposa llegó allí del extranjero, muchas de las viejas costumbres que él cultivaba anteriormente cambiaron. Pero podía permitírselo, era el comerciante más rico de la zona. Tenía la propiedad más grande, conocía el mundo y, como se adhirió a los otros principios diarios más importantes de la halajá[30], en su propia casa determinó qué costumbres sobre la mesa deberían prevalecer allí.

Cuando los miembros del hogar y los invitados se reunieron alrededor de la mesa, los sirvientes trajeron cuencos de agua y toallas de lino. Todos se lavaron las manos. Entonces una bandeja de pan y un tazón de sal aparecieron sobre la mesa.

Cyrus, arrojando un puñado de sal sobre el pan, comenzó:

–Bendito, Adonaí, nuestro Dios, rey del universo, que hace que la tierra dé a luz al pan.

Los reunidos inclinaron sus cabezas. La cena había comenzado.

El padre cortó la comida y se la dio a los comensales. Marta podía decirles a los cocineros que comenzarían a servir platos.

Un plato y una copa para vino se colocaron frente a cada uno, y en el centro de la mesa había una bandeja con pepinos, jarras con vino y aceite. El aroma del ajo y el hinojo se extendió. Los pepinos vinieron de su propio jardín. Se cortaron dos horas antes de la cena, se pelaron cuidadosamente, se cortaron en octavos, se rociaron con salsa de eneldo picado, sal, ajo y aceite de oliva. Calmaron perfectamente el calor del día.

–Padre, ella es Sithathor, seguramente la recuerdas. Mi maestra y guardiana en Egipto –María, volviéndose hacia Cyrus,

---

[30] Halajá: una colección de mandamientos religiosos, una interpretación generalmente aplicable de la Torá.

decidió que había llegado el momento de presentar a su acompañante.

–Estoy agradecida de que ella haya decidido dejar que la acompañe. –Dijo Sithathor asintiendo con la cabeza hacia Cyrus y los otros miembros de la familia.

Ella los observó atentamente. Especialmente Marta. Así la imaginó ella. María siempre ha hablado de ella con deleite. Entonces escuchó sobre lo hermosa, inteligente, buena e ingeniosa que era. Más tarde, cuando Cyrus estaba en Egipto, se enteró de que administraba dos propiedades, una en Magdala y la otra, más pequeña, en Betania.

Y que no se casó para cuidar a su padre y hermano. La admiraba a distancia. Y ahora tenía la oportunidad de conocerla y, al ver su habilidad en acción, la moderación y el rigor que se imponía a sí misma, a los miembros de su hogar y a los sirvientes, estaba aún más encantada con ella. Ella pensó que era similar a ella. Ella prefería estar sola, sin un hombre, independiente. Profesional en cada palabra y gesto, perfecta, le gustaba un mundo propio y bien organizado. Sithathor tenía claro que Marta, como ella, había elegido el camino conscientemente y estaba muy complacida con ella. No cambiaría su dignidad refinada y armoniosa por nada más.

–Sithathor está en nuestras tierras por primera vez.

Cyrus estaba contento con su llegada, además, desde el momento en que vio a María con ella, le agradó.

–Sería bueno decirle a la huésped algo sobre nuestras costumbres.

–Estaré agradecida –ella agradeció su sugerencia.

–Viajé mucho por el mundo y sé lo importante que es conocer las costumbres del lugar al que vienes. Sin embargo Sithathor nunca estuvo aquí, y María se fue cuando era una niña, por lo que necesitará un pequeño recordatorio.

–Padre, escuchamos atentamente. –María adivinó que Cyrus quería sensibilizarlos, especialmente a ella, para que se contuvieran y recordaran la rigurosidad de las reglas locales y le recordaran cuánto difieren de las egipcias.

–Ahora, como probablemente sepan, somos el pueblo elegido de Dios. Nos da protección especial, pero tenemos muchas obligaciones con él. Comienzan desde el nacimiento. El octavo día después del nacimiento, el niño debe ser circuncidado, una señal de entrada en la comunidad judía. La mujer que dio a luz al niño está contaminada durante siete días, la que dio a luz a la niña durante catorce. La edad adulta comienza para niñas a los doce años y para los niños a los trece. A partir de este momento deben cumplir con la halajá. Es nuestra ley. Regula todo. Nos dice cómo orar, qué comer y cómo tratar a los demás.

–Las cosas son mucho más fáciles cuando la ley regula muchas áreas de la vida –señaló Sithathor cortésmente.

–A veces es un dolor. ¿Sabes que un judío no puede admirar la belleza de las mujeres, hablarles en público, escucharlas cantar, ni siquiera puede oler sus perfumes?

–Escuché que las relaciones homosexuales están prohibidas.

–¿Homosexuales? No hay tal cosa con nosotros. Todos deberían tener una esposa y tantos hijos como sea posible. Además, no hablamos sobre cuestiones de sexo en público.

–Oh lo siento.

–La advertencia es una de mis reglas favoritas: a los padres no se les permite oponerse, avergonzarlos o, Dios no lo quiera, llamarlos por sus nombres, ¡es inaceptable!

–Claro. - María sonrió-. Nadie se atrevería a tener una idea así.

–Todos deberían rezar tres veces al día*. Y mantenerse kosher. Solo comemos lo que es kosher.

Por la mañana, se reza un shacharit, por la tarde un mincha y por la noche un maariv.

–Hoy no tenemos más que manjares preparados, padre. Por supuesto, todo kosher –Marta intervino, orgullosa de lo que los cocineros habían preparado bajo su guía.

–Tus pepinos son los mejores del mundo –elogió María a su Hermana, mientras comía otra pieza–. Simplemente rico, rico. Aunque tengo que decirte que aprendí de amigos griegos que hacen algo similar, pero con leche agria y espesa. Excelente para clima caluroso.

–Los conozco, también los hacemos a veces, pero hoy no pudimos hacerlos, porque según kashrut no se pueden combinar carne y platos lácteos, y estamos a punto de comer carne en un momento.

–Interesante –Sithathor comentó cortésmente de nuevo.

Era de buena educación que en un lugar nuevo, escuchara atentamente, sonriera, alabara la cultura del lugar donde se encontrara y la cocina de la anfitriona. De vez en cuando, pero no demasiado intrusivamente, era necesario hacer preguntas que los anfitriones pudieran responder con placer.

–La leche y sus productos, derivados de una madre, simbolizan la vida –explicó Cyrus–. La carne simboliza la muerte. Es por eso que Adonaí nos prohibió comer estos productos simultáneamente. Están separados, así como la vida y la muerte, pero ambos provienen de Dios, por lo que son buenos y necesarios.

Mientras hablaba, los sirvientes tomaron la bandeja de pepino ya vacía.

–Trae las gallinas –ordenó Cyrus.

Casi de inmediato apareció una gran bandeja de carne y verduras sobre la mesa. Los ojos de Cyrus se iluminaron.

–Marta, ¡sabes cómo complacerme! –exclamó, mirando el centro de la bandeja.

Entre los trozos de pollo dispuestos en los bordes de la bandeja había un hombro de buey guisado con verduras aromáticas. Era un manjar para Cyrus. Tubérculos de hinojo, cebollas enteras y raíces en salsa lo rodeaban. Se roció todo con cilantro picado, pimienta y vinagre de vino.

Cyrus se levantó. Llegó a la bandeja y, a pesar de las restricciones derivadas de la enfermedad, repartió la carne y la distribuyó a los comensales. Sus ojos mostraban alegría.

–Hija, me diste una muy buena sorpresa. Después de tales manjares estaré aún más saludable.

–¡Qué así sea, padre! –Marta estaba claramente complacida con los elogios.

Todos estaban encantados con la apariencia, el aroma y pronto el sabor de los platos. Hubo silencio porque los comensales empezaron a comer. La excelente carne se deshacía en la boca, las verduras estaban tiernas, lo que absorbía la salsa.

Marta miró con alegría a su radiante padre y comensales satisfechos, y él la miró. Orgullosamente.

Solo ellos sabían que para obtener un plato así, había que hacer un gran esfuerzo en la cocina. Marta recordó cómo su padre gritaba repetidamente a los cocineros que se suponía que debían usar una espátula con las verduras, no con la sopa. Se alegraba cuando su plato quedaba excelente.

Su alegría fue doble porque también estaba preparando una sorpresa para el día siguiente.

Como su padre muchas veces antes, Marta agregó patas de pollo al caldero sobre la hoguera con carne y hierbas. No fueron servidos en la mesa. El colágeno de las patas aumentaron el sabor de la salsa, y el padre afirmó que este plato aumentaba la flexibilidad del cuerpo. Sin embargo, la adición de patas de gallo al caldero provocó que las sobras de carne de la fiesta, dejadas durante la noche, se quedaran atrapadas en los tazones. Si los platos estaban previamente engrasados, era suficiente con ponerlos al revés al día siguiente, golpearlos en un tablero o plato y un plato delicioso estaba listo. Cuando la gelatina se vertía con salsa de hinojo picada, ajo, vinagre de vino y aceite de oliva, era excelente en un día caluroso.

***

La cena estaba llegando a su fin. Frutas: melones, uvas e higos. Cuando se sirvieron los pasteles, el olor a canela se extendió. El manjar favorito de Cyrus también apareció en la mesa: biscocho horneado en piedra con miel, sal y pimienta. Su sabor dulce y picante atrajo incluso a los niños.

Cuando sonaron los crujidos, María se levantó de la mesa.

–Y ahora es momento de regalos.

–Por supuesto, regalos –se rió, feliz. Finalmente, tuvo a todos sus parientes con él, se sintió mejor y comió una excelente cena. La llegada de María le dio fuerzas y casi lo puso de pie. Todavía tenía un problema con su mano, pero logró cortar la carne, a pesar de que el día anterior no pudo mover su extremidad superior o inferior. Ya no sentía tanto dolor. Es cierto que Lázaro lo trajo a la mesa, pero no necesitaba la ayuda de María, quien, como invitada de honor, se sentó a su derecha y estaba lista para apoyarlo en cualquier momento.

–Recuerdo cómo nos traías regalos de cada viaje cuando era niño –Lázaro suspiró–. Siempre te acordaste de nosotros.

–Sí, María y yo siempre hemos tenido los atuendos más bellos de Magdala –agregó Marta.

–No, pero siempre vestías de gris y negro –Cyrus comentó casi con reproche.

–Como pueden ver, mi padre realmente se siente mejor porque está empezando a molestarme –ella correspondió un poco, pero el ambiente era tan agradable y estaba tan feliz de que su padre estuviera mejor, que inmediatamente agregaron suavemente:

–Como todos sabemos, hay lugares donde las mujeres se sienten más seguras de gris.

María notó que la conversación estaba entrando en terreno escabroso. Ella no quería dejar que eso sucediera. Al menos no durante la primera cena de gala. Recordó que Marta nunca se rendía ante su padre cuando era niña, y que comunicaba su opinión clara y firmemente. Marta era una mujer madura, su padre era un hombre anciano, enfermo y poco a cambiado en sus relaciones. Se querían, entraban en pequeños enfrentamientos, pero se querían mucho, se respetaban y, lo más importante, se amaban.

–Ahora he vuelto de un viaje. –Se acercó a las cajas que había ordenado colocar en el comedor contra la pared–. Y tengo regalos. ¡Para todos!

Las más alegres fueron las chicas. Se movieron hacia ella, y cuando su abuelo asintió, dejándolas hablar, comenzaron a saltar.

–¡Yo, yo! –Gritaron una tras otra y, sin ser controladas por su madre, corrieron hacia María.

–Esto es algo para Rebeca. –María sacó un saco rojo alargado y decorado de un material blando del cofre y se lo entregó a la niña–. Y este para ti. –Le entregó al anciano una caja de madera, bellamente decorada.

Ambos se sentaron en el suelo y comenzaron a desempacar los regalos.

Al cabo de un rato, Rebeca sacó al hombre del saco alargado. Partes de su cuerpo de madera estaban conectadas por cuerdas. Se podía mover su cabeza, brazos, piernas e incluso su torso.

–¿Es una niña o un niño? –Preguntó la pequeña.

–Depende del nombre que reciba –explicó María, arrodillándose a su lado–. Ves, ¿tal vez hay algo más en la bolsa?

Rebeca buscó más profundo y sacó algunas ropas pequeñas. Cuando se dio cuenta de que eran vestidos para niña, aplaudió y saltó de alegría. Agarró el regalo y corrió hacia su madre.

–¡Ve lo que tengo! Una niña de madera. –Puso el saco y la muñeca en su regazo.

–Gran regalo –Felicitó a Ruth–.

–¡Gracias tía!

La niña corrió hacia María y le echó los brazos al cuello.

–Nunca se me ocurriría algo así. –Cyrus sacudió la cabeza con incredulidad–. He viajado tanto y nunca he visto una criatura tan hábilmente construida.

–¿Quizás no prestaste atención a las muñecas? –Lázaro excusó a su padre.

La niña mayor miró el regalo de su hermana, y cuando la alegría por la muñeca se calmó, ella cortésmente dijo:

–Ahora es mi turno. –Y, para ver si la atención de todos estaba en ella, desempacó la caja.

Judith era similar a Lázaro. Al igual que él, era delgada y tenía una cara larga y bastante seria. No hablaba mucho, pero cuando hablaba, se sabía que era una niña inteligente que miraba el mundo vívidamente.

–¿Qué es esto? –estaba sorprendida.

Tomó más figuritas con dedos pequeños.

–Esto es Senet –Cyrus explicó–. El juego favorito de tus tías. El mío también.

–¿Es demasiado pronto para que ella juegue a algo así? –Ruth se preocupó.

–Nunca es demasiado temprano para el Senet. –María le dio unas palmaditas a Judith en la cabeza–. ¿Cuántos años tienes?

–Casi seis.

–Tu tía María ganó contra mí cuando era más joven que tú ahora. –Marta se acercó a Judith y se agachó.

–Marta con su bondad me dejaba ganar –María se rió.

–No ¡Para nada!

–Pero tía, podemos hacer arreglos para que yo gane también, ¿de acuerdo? –sugirió la pequeña.

–Sí, tienes razón –admitió Cyrus–. A juzgar, debe dominar rápidamente las reglas del juego. ¿Quieres que te enseñe?

Había llegado el momento de más regalos.

Cyrus recibió una jarra de bebida entregada por Aida y Karim.

Lázaro se desplazaba por los escritos de Platón, su esposa abría una pequeña caja con aceites corporales fragantes, y Marta sostenía una maravillosa bufanda roja de seda fina y algunas telas hermosas.

–Bueno, escuché que prefieres los vestidos grises, pero ¿tal vez es hora de cambiar un poco? –María se excusó dándole regalos a su hermana–. Después de todo, el mundo debe estar abierto de una buena vez a las mujeres.

–No contaría con eso demasiado rápido –respondió sarcásticamente–. Pasarán siglos y todavía nos esconderemos detrás de los grises.

–¡No te quejes así! –El padre golpeó la mesa con el puño–. Una sola casa independiente es suficiente.

–Marta, regresó –María la consoló, besando a su padre en la mejilla. – ¡Ahora traeremos el gobierno de las mujeres aquí! –Ella se rió a carcajadas.

–Estos no son asuntos sobre los que puedas bromear aquí...

Marta sabía que solo su hermana menor podía burlarse de su padre de esta manera. También sabía que Cyrus conocía el mundo. Estaba en todas partes y lo veía todo, y después de todo, eligió a una mujer de Egipto, en donde los vestidos coloridos no solo son bienvenidos, sino que comúnmente se encuentran a diario. Después de todo, envió a su pequeña hija a estudiar al «lugar de la corrupción», como se le decía en Galilea al país del Nilo. Y lo hizo conscientemente.

–Bueno –María resumió–, Rebeca vestirá su muñeca con ropa colorida, y mañana comenzaremos a aprender a jugar Senet, ¿sí, Judith?

–¿Por qué a partir de mañana? –la niña estaba sorprendida–. ¡Lo podemos hacer hoy! El abuelo lo prometió.

–¡Por mi sangre! –Cyrus estaba feliz–. Comenzaremos hoy, tienes razón. El abuelo te enseñará ya que lo prometió.

–¿También me puede enseñar? –Ruth lo pidió amablemente.

–¿Lázaro no? –Cyrus estaba sorprendido–. ¿Qué haces por las tardes?

–Te aseguro, padre, que lo pasamos bien –Lázaro no seguía a su padre.

–Nuestro mundo está terminando –concluyó Cyrus–. Esto es suficiente para que me enferme, los niños me responden, mis hijas y nietas juegan al Senet, incluso mi nuera quiere aprender. Además, en lugar de vestidos grises y decentes, ¡quieren usar coloridos de un mundo roto!

Todos sabían que bromeaba y maldecía, pero en realidad no se quejaba. Está feliz y orgulloso de su familia. Y finalmente, después de unos meses en cama, el dolor disminuyó tanto que pudo ponerse de pie, sentarse, comer e incluso cortar carne en la cena. Se prometió a sí mismo que si estos fueran los últimos momentos que Dios le había dado en este mundo, quería pasarlos con los que más amaba, y era el momento para él.

–Y ahora algo más –gritó María, pidiendo atención levantando su dedo–. Quiero presentarte a alguien.

Sithathor, que dejó la sala por un momento, se paró junto a ella con una cesta considerable.

–¿Qué tienes ahí, tía? –Judith corrió hacia ella y Rebeca la siguió.

–¡Atención, atención! –María tomó la tapa de la canasta, y cuando todos miraban en su dirección, la levantó.

Leo asomó la cabeza por la canasta y miró alrededor de la habitación con curiosidad.

–¡Un tigrito! –Judith estaba encantada.

Rebeca comenzó a chillar de alegría y a saltar.

–Este es Leo, mi gato –explicó María–. Lo he tenido por mucho tiempo. Ya está viejo, pero es especial.

Leo salió de la canasta y estudió los alrededores con curiosidad. Tenía un collar con piedras preciosas en el cuello.

–Con esa gema en su cuello, probablemente podrías comprar la mitad de un pueblo –señaló Cyrus.

–Este es un regalo de Aida y Karim.

–Y así, el mundo corrupto de Egipto ha llegado a nuestro humilde hogar. –Cyrus se rió y recogió la copa de vino.

–Los gatos son nuestros amigos –dijo Sithathor–. Ha sido así durante siglos. En Egipto, los amamos, consideramos los mensajeros sagrados de la diosa Bastet. Viven con nosotros, son miembros de nuestras familias. Cuando mueren, el dueño se afeita las cejas en señal de luto, y el cuerpo del animal es momificado.

–Es un sacrilegio –Marta estaba indignada.

–Digamos que es un mundo extraño –Cyrus suavizó lo que dijo.

–Los gatos siempre conocen nuestro estado de ánimo – Sithathor continuó sin impresionarse–. Ellos puede encontrar lugares que nos lastiman, y al recostarse sobre ellos y a menudo masajearlos, elimina las molestias de nuestros cuerpos. Y además, son los ojos de Bastet, a través de ellos, la diosa mira nuestro mundo.

–¿En serio crees eso? –Marta no se rindió.

–Es cierto, y por siglos. Como saben, Egipto fue construido sobre magia –bromeó, pero nadie se rió excepto María.

Cyrus tomó un sorbo de su vino y pensó en ello. Recordaba a Aset y el momento en que ella entró en esta casa para cambiar su mundo para siempre. Mencionó el gato que estaba con ella entonces. Bastet desapareció cuando su amante se fue. Un día salió de la casa y nadie la volvió a ver. Más tarde, descubrió, por accidente, que Joanna, la esposa de Chuza, el gobernante de Herodes Antipas, la había acogido.

Marta estudió a su padre. Se imaginó que el gato de María podría haberle recordado el animal perteneciente a su esposa egipcia. Ella observó los ojos de su padre vidriosos.

–¿Quizás quieres irte a la cama ahora? –preguntó en voz baja.

2

Como la mitad del cuerpo de Cyrus se paralizó, el médico lo visitó cada pocos días. Estudió y observó los cambios que ocurrían. El estaba preocupado. Las cosas no iban en la dirección correcta. El paciente no trató de mejorar, sino que cedió al juicio divino y esperó pasivamente lo que sucedería después. No quería comer, no se movía amenos que fuera necesario. El médico lo alentó a que ejercitara la parte paralizada del cuerpo pero no tenía ganas. De los tratamientos que el médico le recomendó, solo aceptó compresas hechas de bolsas calientes llenas de sal del Mar Muerto.

La situación cambió después de la llegada de María. El paciente recuperó el deseo de vivir, comenzó a exigir comidas nutritivas, se levantó de la cama, se apoyaba en un bastón, caminó por la casa y el jardín. Como prometió, le enseñó a su nieta a jugar Senet e incluso a leer. Sin embargo, no tenía suficiente paciencia para esto, y Judith, aunque muy inteligente, no coincidía con la infancia de María, por lo que abandonó esta ocupación. Incluso comenzó a practicar. Con la ayuda de Lázaro, hizo los ejercicios y le permitió al médico masajear los lugares doloridos.

–Veo que el paciente decidió volver a la vida –dijo el médico alegre, indicando un claro progreso en Cyrus.

María habló con él en el jardín. Según la sala, una niña que tenía más de tres años no podía estar sola con un hombre en una habitación cerrada. La misma regla también se aplica a los niños. Solo que la edad era diferente: no podían estar en la habitación con una persona del sexo opuesto desde los nueve años. María conocía esta ley, pero invitó al médico al jardín no por eso, sino porque no quería que Cyrus hablara.

–Médico, ¿qué le pasa a mi padre?

–Si Dios quiere, vivirá.

–¿Sea más específico?

Él la miró atentamente. Decidió que la franqueza y falta de respeto que acababa de mostrarle se debía a su educación, por lo que no hizo comentarios sobre sus groseras palabras.

– El cuerpo de tu padre está maltratado. Durante la sangría la sangre comenzó a fluir más rápido que en la otras ocasiones – explicó tan simplemente como pudo, tratando de que ella, una mujer, entendiera bien sus palabras.

Estaba convencido de que estaba pensando lentamente, no entendía lo que le decían y si le daba algo demasiado complicado, la confundiría y quería evitarlo. Sabía lo orgulloso que estaba Cyrus de ella. Afirmó que ella era tan inteligente que logró enseñarle a leer cuando tenía cinco años. El médico fingió creerlo, ¿por qué ofender a su paciente más rico? Había escuchado tanto sobre ella desde su enfermedad que pensó que la conocía como su propia hija, que nunca tuvo, por cierto. Él tenía un hijo, así que estaba orgulloso.

Ahora esta infame María estaba frente a él. Ella era hermosa, lo cual notó con placer. Sin embargo, al verla, él estaba aún más convencido de que, dado que ella ya había recibido un don de Dios en forma de belleza, todavía no podía ser sabia. Tales fenómenos rara vez, como pensaba, van de la mano.

–Por lo que sé, el ángulo caído de la boca, el cuello rígido, los ojos adoloridos, la fotofobia y solo un lado paralizado del cuerpo testifican que la sangre inundó su cabeza, ¿verdad?

Él la miró sorprendido.

–Sí.

–¿Es bueno que haya sobrevivido?

–Dios estaba con él.

–Esto puede suceder nuevamente, ¿verdad?

–¿Por qué tal conocimiento de una persona tan joven?

–Estudié un poco. –Recordó que su padre le había dicho que no mencionara a File ni a las sacerdotisas a nadie.

–Escuché cosas de diferentes mujeres. Me gusta escuchar de manera más inteligente. –Ella lo señaló y bajó la cabeza.

Prefería encontrar su respuesta satisfactoria, aunque le pasó por la mente que esta chica estaba ocultando algo y que probablemente tenía más conocimiento que el pequeño fragmento que acababa de revelar.

–¿Qué hierbas propusiste para el tratamiento de la sangre? – preguntó inocentemente, parpadeando como una niña que quiere cautivar a un interlocutor.

Sin embargo, no se dejó engañar.

–Eso fue demasiado! ¿«Tratamiento de sangre»? Estaba indignado. ¿Cómo puede una mujer joven conocer esos términos? Señoras, con el debido respeto hacia ti y a aquellas de quienes obtuviste tu conocimiento: sé lo que hago. Mi abuelo y mi padre eran médicos y probablemente mi hijo también lo será. No revelamos los secretos de nuestro arte.

–Solo quería saber qué hierbas –se disculpó, deseando no haberle hecho una pregunta. No sabía que te afectaría así. Pero entiendo que si les dijera a todos qué medicamento usa, en un momento no tendría nada con qué vivir, porque todos podrían curarse a sí mismos –decidió que sería más seguro aligerar el ambiente con una broma.

A él le gustó. Era bonita e inteligente, esa conexión era rara. Y ella era la hija del hombre más rico de Magdala. Se frotó las manos ante el pensamiento en su cabeza.

Ella se rio. Decidió que era mejor terminar la conversación antes de hacer otra, en su opinión, una pregunta inocente, como resultado de lo cual el médico vería su competencia.

Estaba tan tentada de compartir con él el conocimiento que había obtenido de Charmion, mostrarle su baúl lleno de medicinas. Para hablar con él y conocer su opinión. Era un hombre sabio, de eso estaba segura. Y, sin embargo, al principio la trató como a una niña hermosa, y luego, cuando resultó que ella tenía algo que ofrecer además de su apariencia, se sintió amenazado.

***

–Tu padre me dijo que sabías sobre medicina.

Samuel la miró casi como lo hizo una vez. Ella conocía esa mirada. Ella la vio en muchos hombres.

En Alejandría, en lugares públicos donde siempre aparecía con su abuela o Sithathor, también la miraban. En el barco que navegó a Galilea, intensas miradas la acompañaron a cada paso.

Si no fuera por la presencia de un griego y Sithathor, contratados por sus abuelos y custodiándola, que no la dejaban ni por un momento, quién sabe si las hubiera devuelto. A veces sentía que se estaban pegando a ella, que la estaban arrastrando su alma a un abismo. A veces eran agradables, expresaban admiración, pero todas tenían algo en común. Cada vez que se sentía como un sabroso bocado, la miraban con apetito y se relamían al pensar en su sabor. Al principio, la acosaron, luego se acostumbró a ellas y finalmente dejó de reaccionar por completo ante ellas.

Samuel la miró con ojos llenos de curiosidad y deleite. No eran azules como los de Marco, pero brillaban y atraían con igual fuerza. Alto, delgado, moreno, tenía el pelo negro y grueso; y dedos largos y delicados. Su túnica estaba impecablemente limpia.

Decidió investigar con quién estaba tratando.

–Escuché un poco, vi un poco. Y ahora, sobre todo, estoy preocupada por mi padre. Intento apoyarlo en su enfermedad, así que me gustaría saber lo más posible sobre el tuyo. Tu padre, ha sido médico por generaciones, tiene un conocimiento poderoso. ¿Lo has acompañado en la práctica durante mucho tiempo?

–Desde siempre. –Se sintió halagado de que estuviera interesada en él. Como a la mayoría de la gente, le gustaba hablar de sí mismo.

–¿Aprendiste en alguna parte o lo extrajiste de un rico tesoro familiar?

–¿Tesoro? –se rio–. Hablas bien nuestro. Lo hablas tan… –buscó la palabra correcta– elegante.

–Gracias.

No quería explicar que lo aprendió leyendo la Torá por las tardes. Ella sabía que estaba restringida a los hombres. Ella estaba segura de que no le agradaría. Además, a pesar de que sentía un alma gemela en él, era demasiado pronto para que ella le revelara esos secretos.

–Escuché que volviste de un viaje. ¿Dónde has estado si puedo preguntar?

–Como sabes, soy hija de un comerciante.

–El más rico no está en Magdala.

–Tal vez. Para mí significaba que viajaría siguiendo los pasos de mi padre.

–Suena misterioso.

–Creo que todos aquí saben que mi madre era de Egipto, ¿no?

–Eso dicen.

–Así que pasé los últimos años allí, en la casa de mis abuelos. Esa fue la última voluntad de mi madre.

–Has visto el mundo –dijo–. Te ves y hablas de manera diferente a las mujeres aquí.

–Pero te aseguro que me siento local.

–Bien, que bueno.

–¿Por qué?

–Porque… – dudó si en la primera reunión podía decir lo que pretendía– porque mi padre piensa que serías una buena esposa para un futuro médico.

–¿Tu padre está buscando una esposa? –fingió no entender de qué estaba hablando.

–No, tal vez no fui muy claro: mi padre piensa que serías una esposa perfecta para un –enfatizó la palabra que iba a decir, levantando su dedo– «futuro médico».

–¡Ah si! –se rio–. ¿Sabes que tu padre me vio una vez?

–A él le agradaste mucho.

–¿Casi tanto como a ti? –se cruzó de brazos coqueta.

Era una sacerdotisa de Isis, sabía cómo a agradarle a los interlocutores.

–Admito que eres intrigante. Y como dije, bastante diferente de las mujeres de aquí.

–Entiendo que debido a la enfermedad de mi padre y al hecho de que soy diferente de las mujeres que conoces, ¿serás una visita frecuente aquí?

–Si me dejas.

Estaba sorprendido por su franqueza. Nunca se ha encontrado tal seguridad en ninguna de las mujeres.

–Te daré la bienvenida con mucho gusto. Por supuesto, si estás de acuerdo con las costumbres locales, que aún no he entendido completamente.

***

Estaba pensando en Marco. Ella lo extrañaba.

–Cuánto anhelo se puede soportar cuando extrañas a alguien –suspiró.

Se preguntó dónde estaba y qué estaba haciendo. A quién conoce, qué le hace. ¿Por qué no da una señal de vida? Habían pasado casi cuatro meses desde que supo que tenía que irse a Galilea lo antes posible, y guardó silencio desde entonces. Necesitaba saber qué le estaba pasando, y ella le envió una larga carta antes de la expedición. Él no estaba en el puerto de Alejandría cuando ella se fue, y ella contaba mucho con eso. Estaba preocupada por si algo le iba a pasar. ¿Quizás estaba enfermo o herido en batalla y ella no lo sabía? ¿Quizás sucedió algo terrible en su vida y ella no estaba para apoyarlo?

Cuando se durmió en la antigua habitación de su padre, que tomó al llegar a Magdala, pensó en su amado. ¿Es posible que se olvide de ella? ¿Los juramentos de amor eterno que se hicieron el uno al otro no significaron nada? ¿Eran verdaderas sus palabras que ella era la mujer de su vida y que nunca amaría a otra verdad? Ella sabía que sí. Ella lo amaba y él la amaba. Ella sintió con todo su corazón que lo que los había unido era real. Entonces, ¿qué pasó que estaba en silencio?

Al mismo tiempo, las palabras de la anciana de la posada: «Tu primera esposa morirá», «Tú eres la elegida», «Tienes alas» todavía se deslizaron y resonaron como un eco. Y las otras advirtiéndole que no ame a una mujer que... Ella los ahuyentó, pero regresaban persistentemente.

***

–¿Dónde guardas las cosas que te traje? –María entró en la cámara de la hermana.

No ha cambiado mucho desde que vivieron juntas de niñas. Si se pone su cama de bebé, todo se vería como solía ser.

–Sithathor puede coser muy bien, ella podría hacerse cargo de los vestidos nuevos para ti. –Se sentó a su lado.

Marta verificó el cálculo de los gastos de la casa. Hizo líneas, las combinó en docenas y estas en cientos. Ella sumó, restó, multiplicó. Cuando escuchó a María, bajó el lápiz.

–Los guardé. Están aquí. –Fue al baúl parado junto a la pared.

–Te ayudaré a abrir. –María agarró la tapa pesada.

El cofre escondía verdaderos tesoros.

–¡Ah! ¡Tienes todo un botín aquí!

–Lo he reunido por años...

María se arrodilló, comenzó a extraer el contenido y lo dejó en el suelo. Había mucho: bufandas, telas, vestidos, joyas e incluso sandalias, carteras y una caja formas extraña y botellas exquisitamente decoradas.

–¿De dónde es?

–Padre trajo regalos de sus viajes. Y como los tesoros de tu madre también están aquí, el cofre está lleno de cosas preciosas.

–¡No las usas en absoluto! –María no solo se sorprendió, sino que casi se indignó–. ¿Qué estás esperando?

–¿Dónde debería usarlo? ¿Dónde debo ir con vestidos hechos con las mejores telas? ¿Cuándo usar collares, pulseras y pendientes? ¿O sandalias doradas? Bueno dime tu ¿Cuando vaya al mercado con mi criada o cuando cuide el jardín? ¿O tal vez cuando conozca mujeres en Magdala? ¿O tal vez cuando masajeo la pierna paralizada de mi padre?

María la interrumpió.

–Sí

–¿Sí?

–Sí. ¡Tienes que ponerte hermosos vestidos para cada una de estas ocasiones!

–No bromees. ¡Eso es cruel!

–Son para ti, no tú para ellos. No esperes por oportunidades mejores y más adecuadas. Puede que nunca vengan. Aprovecha lo que tienes. Use ropa hermosa, sandalias doradas, usa joyas. ¿Por qué no?

–Porque aquí es diferente de donde creciste. No entiendes esta realidad. Es cruda y gris. Como yo.

María se sentó en el suelo junto a su hermana.

–Hay un mundo hermoso y distante en este baúl. Le pertenecía tu madre. Tú también eres de allí.

María la abrazó.

–Tu madre era como una noble mariposa colorida. ¿Sabes que ella fue la primera persona en decirme «cariño»? Eres la segunda. La mío nunca se dirigió a mí de esa manera, y yo soy como ella. Me recuerdas a Eucaris.

–¿Sabes que se llamaba Aset?

–Lo se. Le prometí que nunca revelaría su nombre a nadie. Ella me lo pidió. Su padre y ella sabían cómo la tratarían si supieran su pasado. Aquí la gente es despiadada. Tienes suerte de haber vivido en Egipto.

–Marta, soy sacerdotisa de Isis. –Se apartó el cabello del cuello y le señaló dónde tenía la marca tatuada–. Quiero que lo sepas.

–Tu madre tenía la misma marca y en el mismo lugar, por lo que casi siempre llevaba el pelo suelto. Ella era tan hermosa y buena. Ella amaba a todo el mundo, ¿sabes? Y el mundo la amaba. Tenía paz y poder, como si estuviera segura de que iba por el camino correcto. La recuerdo de esa manera. Lloré mucho cuando ella se fue. Sentí que estaba sola en el mundo.

–Nadie te consoló, ¿verdad, cariño? –María entendió su dolor.

–Solo te tuve a ti. Pero eras tan pequeña. Tan indefenso. Y bastante independiente también.

–Gracias a que me criaste. Eras como una madre para mí.

Se abrazaron, balancearon y lloraron.

–Mi querida, valiente Marta –María le susurró al oído.

–Mi maravillosa, maravillosa hermanita. Mi pequeña.

La abrazó, queriendo compensarla por una infancia solitaria, madurez forzada, severidad y falta de interés por parte de su padre. Ella quería agradecerle por el amor que le dio, el cuidado, la atención y su corazón. Por cuidarla y asumir el papel de madre, ella dio su propia infancia. Y ella solo tenía diez años.

–¿Puedo interrumpir? –Sithathor preguntó tímidamente mientras abría la puerta–. Toqué, pero no me escuchaste.

María se acercó a ella.

–Solo estábamos aquí llorando –bromeó entre lágrimas.

–Puedes unirte a nosotros, ¡bienvenido!

Marta se levantó del suelo y se ajustó el vestido.

–Revisamos el contenido del cofre y nos llegaron los recuerdos de la infancia –se excusó.

–Entiendo –Sithathor la calmó–. Yo también soy una mujer. Me imagino, Marta, lo difícil que fue para ti cuando asumiste tantas tareas domésticas cuando eras niña. Te admiro.

–¡Basta! –protestó ella–. No estoy acostumbrada a esto. Nadie me ha dicho tantas palabras bonitas y conmovedoras como ustedes en los últimos días. Es demasiado.

–¡Puedes superarlo! –María la besó.

–¡Veo que encontraron tesoros en el maletero! –Sithathor buscó uno de los vestidos en el piso.

–Unos pocos, sí.

–Debes comenzar a usarlos. ¡Y lo antes posible! –Sithathor miró por el suelo–. ¡Incluso puedo ver una túnica de hombre de lino fino[31]! Que elegancia.

–¿Es un bis? –María se interesó.

–Vi algo similar en una fiesta en el palacio de Cleopatra. Los dignatarios los usaban. Quienes conocen de esas cosas saben cuánto vale.

¿Fuiste al palacio de Cleopatra? –Marta tenía los ojos bastante abiertos.

–Sí, pasé por ahí. Pero, déjame decirte, el rastro de la reina ha desaparecido hace mucho tiempo.

–Supongo cuánto has visto estos años.

–Tendremos mucho tiempo para historias.

–¡Estoy cumpliendo tu palabra! Y me alegra que sepas qué es un lino fino. Porque, como puedes ver, lo tenemos, pero para ser honesta, no sospecharía que es tan valioso como dices. Solo una simple túnica larga para hombres, pero extremadamente agradable al tacto. Es inmediatamente evidente que este no es una simple tela. Probablemente es por eso que se encuentra en este cofre entre otros objetos de valor –se explicó a sí misma.

---

[31] El tejido más caro de la antigüedad. La llamada: seda marina. Hecha de hilos obtenidos de secreciones de moluscos. Puede durar hasta cinco mil años.

–Es el material más valioso del mundo –explicó Sithathor–. Está hecho de hilos producidos por mejillones de mar.

–¿Algo que vive en el mar produce hilos? ¡Increíble! –Sí. Este material puede sobrevivir una eternidad.

–Dásela a tu padre lo antes posible –decidió María.

–Indudablemente, tu padre sabe qué es este material y cuánto vale, –les avisó Sithathor.

–Lamento decir esto, pero ¿tal vez lo preparó para su último viaje? Ofrézcanla muy gentilmente a él. Está en estado grave, no se sabe cómo puede recibir ese regalo.

–Lo haré –decidió María–. Se lo traeré de inmediato.

Ella tomó el traje.

–¿Y si él no lo quiere? Él sabe de su existencia, lo usaría si quisiera. Él fue quien lo compró –se preguntó Marta.

–Si no lo quiere, siento que cuando llegue el momento, habrá alguien que será igualmente digno de el. –María abrazó el traje.

Y entonces sucedió algo extraño. Ella gritó. Sintió una conmoción. Era tan fuerte que ella cayó al suelo inerte. Cayendo, presionó el traje contra su pecho. Ella cerró los ojos y un pensamiento molesto, pesado y desesperado cruzó por su cabeza. Se refería a la muerte venidera. Fue tan doloroso que sintió una puñalada en el corazón. Ella anunció algo violento y poderoso que sacudiría la tierra.

Se congeló. Ella sabía que era una visión. Las sacerdotisas le describieron el momento cuando lo sentiría. Lo tenía muy claro cuando llegó la visión. Comprendió que lo que le había sucedido antes y lo que esperaba que fueran visiones no eran li mismo en absoluto. Esas solo eran premoniciones. Ahora había un gran zumbido en la cabeza, luego un destello e inmediatamente después, como un rayo, más imágenes. Vio a un hombre con una larga túnica de lino fino. Sus manos estaban levantadas. Su rostro estaba lo suficientemente radiante como para ver sus rasgos. Ella solo vio la figura. Estaba llegando al cielo… ¿Estará pidiendo algo? ¿Está renunciando a algo? Y al mismo tiempo se veía triunfante.

Ella sintió una gran ansiedad asociada con esta visión. Estaba temblando. Dejó de respirar.

Cuando abrió los ojos y recuperó el aliento, no tuvo dudas de que vio algo que estaba por suceder en el futuro cercano. De hecho, ella no vio, pero sintió porque había más ansiedad en su corazón que una imagen específica. Ella entendió que el que había visto jugaría un papel importante en su vida. Ella no sabía quién era él, no sospechaba qué lo conectaría, pero su corazón ya lo presentía. Empezó llorar.

***

Rav Isaac rara vez visitaba. Aquellos dispuestos a buscar su consejo o pedir bendición, con mayor frecuencia acudían a la sinagoga, y en una emergencia –a su hogar. Sin embargo, Cyrus hizo una excepción sin dudarlo. El comerciante apoyaba constantemente a la sinagoga y a la comunidad, hacía sacrificios generosos siempre que podía, estudiaba con la Torá junto con otros y, de acuerdo con los principios de la halajá, celebraba fiestas y celebraciones. Era un buen judío. Al Rav Isaac le gustaba hablar con él. Cyrus conocía el mundo y la gente, estaba en muchos lugares, veía mucho en su vida. Podría haberse mudado a otro lugar hace mucho tiempo, más digno y más rico, donde, tal vez, sería más fácil para él vivir. Pero él eligió Magdala. Solía decir que nació allí y desde ahí quería partir. El Rav agradeció lo que Cyrus hizo por la comunidad.

Cuando se enfermó, Isaac lo visitó de inmediato. Le entristecía que un hombre tan respetable ya se estuviera preparando para ir al otro lado. Le hubiera gustado tenerlo cerca por mucho tiempo, trabajó bien con él. «Los juicios divinos no se discuten», pensó. «Lo que será, será».

Cuando a Magdala llegó a la noticia de que su hija había regresado a casa y se que había puesto a Cyrus de pie, el Rav decidió visitarlo nuevamente. Quería ver a quién se decía que se veía y actuaba como una extranjera, atraía los ojos de los hombres, se vestía descaradamente, tenía un gato con un collar de oro y visitó a su padre en una caravana ostentosa, a la cabeza montando un caballo y trayendo regalos lujosos. Las historias de sus regalos han crecido hasta casi alcanzar la fama de los regalos que una vez la Reina de Saba le dio a Salomón.

Isaac fue a la casa de Cyrus en compañía de su hijo David. El joven ya tenía veinte años, leía libros, estudiaba con los escribas de los sabios en Jerusalén. Conocía el Pentateuco casi de memoria. Podía escuchar atentamente pero también discutir. Fue considerado, cuidadoso y siguió las palabras divinas cuidadosamente. Isaac creía que con la ayuda del Altísimo, su hijo, como él, algún día se convertiría en Rav. David conocía a Cyrus, Lázaro y Marta, e incluso tuvo algunas disputas con Lázaro sobre la sabiduría del Libro. Sin embargo, la diferencia de edad, las enfermedades frecuentes de Lázaro, más tarde su matrimonio y la mudanza a Betania, a la herencia de su padre significaron que su relación no se convirtió en amistad. Isaac se arrepintió un poco porque pensó que los niños sabios y ricos deberían estar en contacto unos con otros, porque algún día reemplazarían a los padres en este mundo, por lo que sería bueno para ellos formar vínculos útiles cuando eran pequeños. «Ser sabio y rico es un regalo de Dios», pensó el Rav. «Y si ya lo tiene, también tiene obligaciones con Dios y la comunidad, con aquellos que son peores y más duros. Al estar juntos y sentir el apoyo de otros receptores fuertes y generosos, pueden hacer mucho más por el bien del mundo que si actuaran solos».

–Conoces bien al Rav, Marta y Lázaro. También conociste a Ruth y su hija –Cyrus lo saludó en el jardín–. Y esta es mi hija menor, María.

Como era costumbre local, inclinó la cabeza con modestia y esperó a que su padre le dijera que viniera. Tenía la intención de seguir los rígidos principios judíos para complacerlo y no lastimar al resto de la familia.

–Doy la bienvenida a María a nuestra tierra. –El Rav asintió con la cabeza.

Miró a su padre como una hija bien educada, esperando su consentimiento. Y cuando él confirmó y apreció sus esfuerzos, ella se acercó lentamente al Rav, aún sin levantar la vista.

Isaac la miró con aprobación. «Ella era bonita como decían. No le sorprendió que atrajera los ojos de los hombres y aumentara la ansiedad entre las mujeres. Sin lugar a dudas, esta joven fue un maravilloso regalo del Supremo para su padre, su familia y toda su comunidad. Tal vez ella no era la mejor vestida, su colorido vestido y su bufanda escarlata tenían que ser un desafío para las mujeres locales, pero ¿cuál es el atuendo? De todo lo malo, es lo más fácil de cambiar».

–María, hija, estás en casa. Dios te bendiga. –Él levantó la mano y ella se inclinó aún más, aceptando la bendición–. Eres un consuelo tu mi padre enfermo y para todos nosotros.

Se inclinó de nuevo y regresó, sin decir una palabra a su padre, donde había estado antes.

–Y este es David, mi hijo, orgullo y consuelo para mi viejo corazón. –Señaló al joven alto que estaba a unos pasos detrás de él.

–¿Se quieren sentar? –Cyrus, apoyado en su bastón, mostró a los invitados lugares.

Cuando el Rav se sentó, los otros hombres también lo hicieron. Las mujeres se pusieron de pie, como era costumbre, listas para partir.

–Pueden irse ahora. –Cyrus giró la cabeza en su dirección, pero en primer lugar agradeció a María.

Apreciaba su esfuerzo. Sabía que ella estaba contenida por todo el respeto y amor hacia él.

Después de una conversación no muy larga pero agradable, el Rav se despidió de Cyrus:

–Me alegra haberte encontrado con mejor salud y haber podido conocer a tu hija. Deja que te consuele. Alguien como ella ciertamente disfruta del amor de su padre. Es bueno que ella haya vuelto a nosotros. Me voy ahora, pero Dios me inspiró a hablar con ella y darle algunos consejos. ¿Qué piensas al respecto?

–Le agradecería, Rav, si quisiera tratarla como a su propia hija.

–Tienes razón, Cyrus, todos los niños son nuestros hijos. –El viejo se acarició la larga barba–. Que linda es tu María. Creo que, ya sabes –dijo en voz muy baja–, que si Dios quiere, ¿tal vez tu hija y mi hijo…?

Miró fijamente a David.

–¿Quién de nosotros conoce las intenciones del Señor? –Cyrus comprendió de inmediato lo que estaba sucediendo, no tenía la intención de arruinar los sueños del Rav, pero tampoco vio a su hijo como su yerno.

Contaba con alguien mucho más alto. Se prometió a sí mismo que tan pronto como mejorara iría a Jerusalén por este asunto, porque ya había tenido varias ideas. Sabía que su hija tenía la edad en que se esperaba que tuviera pretendientes, y que al mismo tiempo era hermosa y tenía una dote significativa, se imaginó lo tentador que sería la fiesta.

–Hablé con tu padre, hija mía –comenzó el Rav cuando, convocado por Cyrus, se inclinó nuevamente–. No has estado aquí por muchos años. Creciste fuera de casa en una cultura y costumbres diferentes. Por la amistad y el respeto que tengo por tu padre, y porque perteneces a nuestra comunidad, tengo un consejo para ti; consejo paterno. Si tuviera una hija, hablaría con ella con el mismo cuidado que lo hago contigo ahora.

Ella se paró frente a él, con la cabeza gacha y escuchó sus palabras según lo ordenado por la tradición. Junto a ella se sentaron su padre, hermano e hijo del Rav. Se preguntó qué oiría.

–El loro es un animal hermoso. Colorido, llamativo… La gente la mira con placer. Lo aman. Algunas personas están preocupadas por su apariencia, porque admitirán que es bastante inusual. Pero así es como el Señor lo creó. La gente se pregunta: «¿de qué sirve el loro? No es un pájaro útil». Y si alguien la tiene en casa por algún motivo, la mantienen en su jaula o le cortan las alas para que no se vaya volando.

Ella adivinó lo que iba a hacer, pero no se indignó. Le divirtió su argumento. Ella sabía el final, pero, con la cabeza humildemente baja, escuchó sus palabras hasta el final.

–Otras aves, las grises, vuelan libremente sin restricciones. Hacen sus nidos, tienen pequeños, cantan y vuelan a voluntad para la gloria del Señor. No atraen a nadie con el color de sus plumas, son felices y están seguras. Nadie piensa en cortar sus alas o encerrarlas en una jaula. Nuestras mujeres son como estos pájaros grises. Modestas, casi invisibles. Tenemos nuestras reglas aquí y obedecemos la ley de Dios. Tememos a Dios y somos modestos, y las ropas coloridas nos molestan. María, vienes de un país donde la vida es diferente a la de aquí. Por respeto a tu padre, a quien amas y a la familia que tienes aquí, adáptate a nosotros. No te opongas a nuestras costumbres. Se una de nosotros. Ponte un vestido gris, como tu hermana Marta. Y reemplaza el chal escarlata por uno más discreto.

***

–No creo que me sienta cómoda aquí. –Sithathor tomó una decisión–. Este no es mi mundo, señora. Estoy aquí contigo para que no te sientas sola. Me alegra poder apoyarte durante los primeros meses de tu estadía en la casa familiar, pero quiero regresar a Egipto. Siento que me marchito aquí, soy una extraña. No quiero cambiar mis hábitos y costumbres. No tengo la intención de convertirme al judaísmo, quiero poder adorar a la Diosa libremente y usar vestidos coloridos.

–¿Escuchaste al Rav? –María adivinó–. Admiro que escuchaste humildemente lo que tenía que decir.

–Lo dijo con amabilidad –aseguró–. Al principio estaba indignada por lo que escuché, luego me divirtió, pero finalmente entendí donde realmente estoy. Ni el Rav ni nadie de mi familia es culpable de vivir aquí.

–María, tu hogar, Egipto, siempre puedes volver en cualquier momento. –Sithathor se arrodilló frente a ella y apoyó la cabeza en su regazo–. Querido hijo, sabes que te vi crecer. Estaba contigo cuando te convertiste en mujer. Vi tu desarrollo. Lloré cuando te convertiste en sacerdotisa. Eres sabia y sensible, tu mundo es Egipto. Serás realmente libre allí. El Rav tiene razón, te cortarán las alas aquí o te meterán en una jaula. Sal de aquí lo antes posible. Pronto. Este país no es propicio para mujeres como tú. ¡Eres especial!

–Estaré aquí mientras mi padre viva. Es mi deber para con él. Y pase lo que pase, no cambiaré de opinión. Cuando se vaya, y quiero que esté con nosotros el mayor tiempo posible, pensaré qué hacer a continuación. –Ella le dio la mano y la ayudó a ponerse de pie–. Entiendo tu decisión. Es un lugar difícil para mujeres como nosotras. Te agradezco que estés conmigo, que me apoyes y que realmente confío en ti. ¿Sabes que?

–¿Sí?

–Creo que eres la única persona en esta casa que me comprende completamente.

–Todos te apoyan.

–Sí, pero solo tú sabes realmente qué vida viví antes y quién soy.

–Leo también lo sabe –Sithathor se rió.

–Claro. ¿Cómo podría olvidarme de él?

***

–¡María, María! –El grito de Marta se escuchó temprano en la mañana.

Vino de la cámara de su padre.

Al amanecer, como todas las mañanas, Marta acudía a él con el desayuno. Ella lo encontró muerto. Según el médico que llegó rápidamente, la muerte ocurrió por la noche y fue rápida.

Los hijos del fallecido le cerraron los ojos y la boca y le dieron el último beso en la frente. Las ventanas y los espejos de toda la casa estaban cubiertos de materia oscura. El cuerpo fue lavado y ungido con aceites fragantes, y el olor a mirra y aloe vera se extendió por toda la casa. Estaban envueltos en una sábana funeraria llena de hierbas aromáticas, la cara estaba cubierta con una tela perfumada. La ley dictaba que debía ser enterrado lo antes posible, preferiblemente el mismo día.

El funeral de Cyrus se celebró de acuerdo con los principios eternos. Después de una breve vigilia al cadáver, el cuerpo fue colocado en la camilla funeraria, que fueron llevados por amigos y familiares del difunto. Siempre había mujeres frente a la procesión fúnebre. Después de todo, eran las hijas de Eva, a través de cuyo acto las personas fueron expulsadas del paraíso y la muerte apareció en el mundo. Marta y María, y con ellas Ruth y sus hijas, llorando, caminaban con dignidad, vestidas de luto, con túnicas negras. Les seguían mujeres de la ciudad, entre ellas plañideras a las que se les pagó muy bien para llorar por el difunto. Lloraron, gritaron y, como era habitual, se rasgaron la ropa, uniéndose dolorosamente a la familia y los amigos del difunto. Los hombres eran conducidos por Lázaro. Como dictaban las costumbres, tenía la cabeza y las mejillas cuidadosamente afeitadas como señal de luto. Los músicos siguieron a los hombres.

Después de colocar el cuerpo de Cyrus en una cueva de piedra y cerrarlo con una gran piedra plana, Lázaro invitó a los dolientes a su casa a tratarlos con el pan del llanto, y vino diluido con agua.

***

–Ya nada te retiene aquí. –Sithathor estaba en la habitación de María. La muerte y el funeral de Cyrus retrasaron su viaje. ¿Vendrás a casa conmigo?

María, con un vestido oscuro y la cabeza cubierta, estaba sentada junto a la ventana. Apenas había salido de la cámara desde el funeral de su padre.

–Sithathor, siento que mi hogar también está aquí.

–Por supuesto, cariño, sí.

–Quiero quedarme aquí todavía. No se cuanto tiempo. Pero ahora no puedo pensar en viajar o en Egipto. Me siento mal, me siento deprimida. Esperaba que mi padre se recuperara. Ya se sentía tan bien.

–Dónde está ahora no hay dolor. Él es feliz.

–No sé a dónde lo llevaron. ¿Y es Sheol una tierra de felicidad? Según los judíos, hay almas esperando la venida del Mesías. Es solo cuando el Mesías aparezca en la tierra que las puertas cerradas del paraíso se separarán para que puedan entrar en ellas.

–No conozco esa religión. Pero si pienso en lo que dijiste ahora, me gustaría saber por qué se cerraron las puertas del paraíso.

–Porque Adán y Eva cometieron un pecado grave. Se comieron la fruta del árbol prohibido. Como castigo, Dios los desterró de allí y les ordenó vivir con esfuerzo, trabajo y dolor.

–¿Este es un árbol de la vida como el nuestro? ¿En el cuál se registra todo el pasado y el futuro?

–Algo así.

–Bueno, independientemente de la razón, entiendo que después de su muerte, ¿sus almas esperan en el Seol la llegada del Mesías?

–Si bien. Los judíos están esperando la venida del Mesías, gracias a lo cual podrán renovar el pacto con Dios y las puertas del paraíso se abrirán nuevamente para ellos.

–Bueno, lo sé. En resumen, ¿están todos los vivos y muertos esperando que venga el elegido?

–Sí.

–Qué hermoso. Espero que llegue lo antes posible –bromeó–. En serio, estoy convencido de que tu padre está feliz donde está ahora.

–Eso espero, cariño. –María agradeció las palabras de Sithathor, pero también entendió cuánto esfuerzo le costaba vivir en Magdala–. Sé que querías irte antes, pero las festividades te detuvieron. Gracias por quedarte conmigo.

–No puedo imaginar dejarte en esta situación. Perdóname por dejarte ahora, pero realmente extraño Egipto.

–Ve y deja que la Diosa te guíe. –María se levantó e hizo una reverencia a Isis tres veces, tocándose la frente, los labios y el corazón.

Sithathor hizo lo mismo, luego la abrazó con fuerza.

–María, no reveles tu marca a nadie. Te estoy pidiendo mucho por eso. No muestres el anillo, no te inclines ante la Diosa cuando estés entre ellos. Ella está en tu corazón, no se enojará porque le estés rezando en silencio. Esta es la única oportunidad para que vivir pacíficamente. Y cuando llegue el momento, regresa a Egipto. Ahí está tu lugar.

3

Ha pasado un mes desde la muerte de Cyrus. Lázaro y su familia decidieron regresar a Betania. Su hogar estaba allí, vivieron en él inmediatamente después del matrimonio. La pequeña propiedad perteneció a la familia durante mucho tiempo, pero aparte de Cyrus, ninguna de las familias rara vez estaba allí. Desde la distancia, Marta manejaba la casa, a la que llegaba allí una vez al mes y se quedaba varios días. Muchos años antes, cuando Lázaro se casó, su padre decidió que sería mejor si el joven viviera allí. Su hijo podrá trabajar de forma independiente, y Ruth demostrará ser la dama de la casa.

Durante la enfermedad de su padre y después de su muerte, Lázaro y Ruth y sus hijas se quedaron en Magdala. Sin embargo, cuando terminó el primer período de duelo, decidieron volver juntos y María los acompañó.

Betania estaba cerca de Jerusalén. Había cinco millas hasta las puertas de la ciudad[32]. No había muchas casas, pero todas estaban construidas en piedra y parecían sólidas. La mayoría de ellos tenían aceite y prensas de uvas, algunos también tenían baños rituales. Las casas a menudo tenían un patio interno, rodeado por un lado por la casa del propietario, y por el otro por los pisos de los criados y los cuartos de servicio.

María casi no recordaba a Betania. Lázaro le dijo que cuando era niña la había visitado dos veces, pero fue solo cuando llegaron allí que realmente se convenció de había estado allí antes. Ella reconoció la casa; La prensa de uvas tallada en el suelo rocoso, conectada a través de los canales que drenaban el jugo al depósito inferior, también le parecía familiar. Incluso pensó que recordaba las poderosas jarras de arcilla que estaban tapadas con corcho de arcilla. Siempre quedaba un pequeño agujero, a través del cual salían los olores del vino.

–Oh, hay un jardín, ¡los árboles y los bancos todavía están en el mismo lugar! –exclamó con alegría en algún momento.

–Imposible que puedas recordar eso –dijo Lázaro riendo–. Cuando eras pequeña, estos árboles aún no estaban aquí. También puse un banco aquí. Muy recientemente.

Sin embargo, ella parecía conocer el jardín. Que ella lo había visto en alguna parte. Ella abrazó estos árboles y ya estaba sentada a su sombra. Además, recordó la presencia de alguien

---

[32] A unos ocho kilómetros.

más allí. Alguien a quien amaba mucho. ¿Quién podría ser? ¿O tal vez había soñado alguna vez con este lugar? ¿O tal vez lo que sentía por el jardín no era sobre el pasado, sino sobre el futuro? Se hizo muchas preguntas que no pudo responder. No importaba dónde viera estos árboles o este jardín, estaba segura de que los conocía.

Ruth y las chicas recogieron frutas y las prepararon para secarlas. Estaban sentadas en el fresco de la cámara principal de la casa.

–A veces, cuando estoy enfermo, un amigo me visita –dijo Lázaro–. Básicamente un amigo. Bueno. Se sienta aquí conmigo y hablamos. El es inteligente. Conoce de política y habla de sus planes. Como si supiera todo lo que podría pasar. Lo valoro mucho.

–Es bueno que tengas a alguien así.

–Está fuera de disputas políticas. Da la impresión de despreciar lo que sucede a su alrededor.

–Como si lo hubiera superado. Él sabe mucho sobre fariseos y discute sus puntos de vista. Tampoco está de acuerdo con muchos puntos de vista saduceos.

–¿Tal vez es un esenio de Qumran?

–Hermana, ¿no has estado en el país por tanto tiempo y sabes esas cosas?

–Estaba interesada en lo que estaba pasando aquí. Soy de aquí.

–¡Pero eres una mujer!

–Vamos…

–Lo siento –se disculpó–. Lo olvido.

–Soy como todas las demás, excepto que pude estudiar.

–María, las mujeres generalmente tienen mentes más débiles y no pueden comprender la política.

–¡Lázaro, eres mi hermano y dices tales absurdos! Si los niños no tuvieran la oportunidad de leer la Torá, debatir y hablar sobre política, ¿crees que sabrían algo? Brinda a las mujeres la oportunidad de aprender y ve qué sucede.

–¿El mundo se terminará? –bromeó, sabiendo bien que María tenía razón.

–Sí, cierto el mundo terminará. En el que algunos pueden aprender y otros no, donde algunos tienen derechos y la voz de otros no se tiene en cuenta ni siquiera en los tribunales.

–Hay cosas en Egipto que son estúpidas, hermana.

–Lázaro, ¡aquí una mujer ni siquiera puede hablar con un hombre!

–Te diré: mi amigo piensa que los hombres y las mujeres están hechos de la misma arcilla. Cuando me visita, habla con Ruth e incluso con las chicas. Trae paz, armonía y calidez. Cuando estoy aquí me recupero.

–¿Es un médico?

–No.

–¿El sacerdote?

–No.

–¿Quién es entonces?

–Dice que está esperando una señal. Y luego comenzaría su misión.

–Este es un hombre misterioso.

–Inusual.

Me alegra que tengas un amigo así.

– Espero que lo encuentres algún día.

–Si le cae tan bien a mi querido hermano, no puede ser mala persona. Nuestros caminos seguramente se unirán algún día. – Cogió una pluma blanca, que yacía en el medio de la cómoda junto a la larga pared.

–Esto es de él. Me las dejó cuando estuvo aquí la última vez.

Se rosó los labios con la pluma y sintió temblor, ansiedad interna y anticipación. «Busca la señal», era su voz, las palabras de la sacerdotisa Agnes aparecieron en su cabeza. «Te guiarán por el camino correcto».

–¿Qué fue eso? –Se preguntó. Esta es la segunda vez en los últimos tiempos que sintió algo extraño. ¿Palpitaciones del corazón, miedo indefinido? ¿Anhelo? ¿Anuncio de algo que estaba por venir? Ella sentía que su condición estaba relacionada con el hombre del que hablaba su hermano.

–¿Cómo se llama?

–Jesús.

***

María acompañó a Lázaro durante casi un mes.

Cuando regresó a Magdala, Marta fue allí. Durante la enfermedad de su padre, ella no había estado en Betania, por lo que quería ir allí y ver cómo era la propiedad después de su larga ausencia. También tenía la intención de ver cómo Lázaro estaba lidiando con las deudas. Aunque su hermano había sido adulto durante mucho tiempo y tenía una esposa con la que tenían una casa en Betania, ella todavía los ayudaba, los apoyaba no solo con consejos, sino a menudo con dinero, porque Lázaro no estaba entre los hombres más ingeniosos.

En ausencia de Marta, un invitado inesperado llegó a Magdala.

María estaba en el jardín cuando escuchó el sonido de los caballos que se acercaban. Un momento después, cinco soldados romanos se detuvieron frente a la puerta.

–¿Lucio? –Dijo reconociendo a su compañero en una feliz expedición desde Alejandría, uno de las amigos más cercanos de Marco.

Casi sin creer lo que veía, corrió hacia él.

–¿Eres realmente tú? –se regocijó, agarrando su caballo por la brida.

Saltó al suelo. Se abrazaron como viejos amigos.

–Estos son mis subordinados –presentó a los otros hombres, dando sus nombres–. Estamos estacionados en Nazaret, pero ahora, como puedes ver, estamos patrullando. Mis otros soldados están recorriendo el lago. Decidí visitar Magdala con ellos.

–Debes tener sed –supuso–. ¡Bienvenido!

Los subordinados de Lucio fueron alojados en el jardín, y él siguió a María a su casa.

–¿Cómo sucedió que te convertiste en soldado? –preguntó mientras se sentaban; bebidas y bocadillos aparecían en las mesas.

–Mi padre me dio un ultimátum: o me caso o comienzo una carrera en el ejército.

–¿Realmente prefieres el ejército?

–¡Si vieras quién se quería casar conmigo… –Se sacudió con disgusto–. Te aseguro también elegirías al ejército.

Ella pensó que no le estaba diciendo la verdad, ¡pero igual le alegró hablar con él! Sentía como si los viejos tiempos hubieran regresado, y estaba nuevamente sentada en la sala de recepción en la finca de sus abuelos en el Nilo o en una de las casas lujosas de Alejandría. Ella era una dama. Bellamente vestida, entretenida, distinguida. Podía hablar libremente sobre casi todos los temas, no tenía que mantener la cabeza gacha y fingir que no tenía cara. Podía mirar al interlocutor a los ojos y disfrutar de su discreto interés, pero sin disimular. Gracias a Lucio, ella estuvo en su mundo nuevamente por un momento. Ella respiraba libertad. Hacía juegos de palabras, bromeaba ingeniosamente, no tenía miedo de demostrar su feminidad.

Recordaban tiempos pasados, Alejandría, expediciones nocturnas, disfraces, viajes a templos, juegos, carreras y todo de lo que había disfrutado hasta hace poco.

–He vivido aquí solo unos meses, y a veces tengo la impresión de que esto nunca sucedió –confesó–. Como si ese mundo existiera solo en mi imaginación.

–¿Estás aquí sola?

–Sithathor, mi guardiana, no sé si la recuerdas, pero Galilea no le agradó. Se fue casi inmediatamente después de la muerte de mi padre. Estoy agradecida de que me haya apoyado durante tanto tiempo.

–Se fue, y te quedaste. ¿Te dejó sola?

–Tengo un gato –bromeó, pero sonó tan triste que cuando se dio cuenta de eso, apenas pudo contener las lágrimas.

–Si es tan malo, ¿por qué sigues aquí?

–Eso es correcto. Esa es una buena pregunta. –Ella recordó la fecha–. No lo se. Siento que estoy esperando algo. Todavía estoy en suspenso, como si algo importante estuviera por suceder y por eso debería estar aquí.

–Presentimiento, ¿verdad?

–Algo así.

Estaba sorprendida de no haberlo pensado antes. Había ansiedad en ella, tensa anticipación, pero ¿para qué? Ella no lo sabía. Estaba segura de que debía estar de guardia en Galilea.

–Encantado devolverte a ver. Tienes una casa hermosa, no te pensaría aquí. Buena charla y nos gustaría quedarnos más tiempo, pero los deberes llaman. Siempre me gustaste mucho y me sigues gustando mucho, pero bueno… preferiste a Marco.

–Claro… Marco. ¿No sabes cómo le va?

–A decir verdad, vine aquí por su culpa.

–¿Ah si?

–Tengo una carta para ti. Él sabe que estás aquí y ya que tiene un colega oficial en Galilea, decidió usarme como mensajero. Ha llegado recientemente. –Sacó un pequeño rollo–. Es de una oficina de correos de Roma.

–¿De Roma?

–Está allí ahora. Probablemente te explicó todo en la carta. –Se puso de pie–. Me tengo que ir ahora. Gracias de nuevo por la cálida bienvenida.

–¿Me visitarás de nuevo? –preguntó, pensando solo en lo que podría contener la carta.

Él parecía estar esperando esta pregunta.

–Con mucho gusto. ¿En unos días está bien?

–¡Seguro!

–¿Esto no será un problema para ti? Las costumbres locales son bastante estrictas.

–¿Qué va a pasar?, a lo sumo ningún pretendiente cercano me querrá como esposa. –Ella lo acompañó hasta la puerta.

Ella esperó a que él se subiera al caballo y, saludándola al estilo romano, se fue con su gente. Se despidió y, cuando se fueron, corrió hacia la habitación. Se sonrojó y le temblaban las manos.

«María, te amo y siempre te amaré. Pienso en ti constantemente. Eres una mujer de mi vida y juro por todo lo que es importante y sagrado para mí que así será hasta el final de mis días.

»Cuando descubrí que tenías que irte debido a la enfermedad de tu padre, inmediatamente fui a despedirme. Aunque nos prometimos que nos veríamos después de un año, decidí que la situación requería que te visite de inmediato. Sin embargo, cuando llegué a File, ya estabas con tus abuelos en Alejandría y estabas navegando. Imagina cómo sufrí no poder verte.

»Decidí decirle a mi primo mi abuelo lo que siento por ti y cuáles son mis intenciones contigo. Su reacción me puso muy triste. Me dijo que volviera a Roma de inmediato y, hasta que fuera prudente. Te escribo exactamente cómo fue, no esconderé nada para que conozcas la situación.

»Cuando llegué a Roma, mis padres me enviaron a la Galia casi de inmediato. Dijeron que me haría bien, una vez que viviera un poco de molestia en la vida, aprendería lo que hacen los hombres de verdad y haría que mi cuerpo fuera más duro. Hice un largo viaje como mensajero del emperador. Llegué al borde del Imperio. Estuve allí donde comienzan las tierras de inviernos fríos. Vi Nove y ríos con hielo en las tierras británicas de Roma. Logré mi objetivo, aprobé las ordenanzas imperiales y regresé a casa.

»Ahora llevo en Roma dos días. Aprendí que Lucio se convirtió en oficial y fue delegado a Jerusalén. Está bastante cerca de Magdala, donde deberías estar ahora. Yo uso el correo imperial para darte esta carta. Espero que mi amigo te lo proporcione lo antes posible. Y que no se enamore de ti.

»Pienso en ti y en nosotros constantemente. Te amo Te estoy esperando. Tan pronto como mis palabras lleguen a ti, responde. Eres el amor de mi vida

»Por siempre tuyo

Marco»

¡La amaba, la extrañaba, soñaba con ella! Él está sano y salvo. Viajó y por eso no habló durante tanto tiempo. ¡Ah, su maravilloso Marco! ¿Cómo se suponía que debía enviar un mensaje desde el frío extremo del mundo? No pudo. ¡Qué maravilloso! Solo le preocupaba que la familia no pareciera aprobar su idea de involucrarse con ella. Sin embargo, con su carta de amor y su confesión, no quería pensar en eso.

Acostada en la cama, besó el pergamino que él tuvo en sus manos tan recientemente.

Según lo prometido, Lucio la visitó rápidamente. El día anterior, como un joven bien educado, envió a alguien preguntando a qué hora del día podría visitarla al día siguiente. Vino con dos jóvenes oficiales.

Ella estaba preparada. Por la tarde se dio un largo baño y ordenó a la criada que ungiera su cuerpo con aceites. Los sacó de uno de sus baúles y los mezcló en las proporciones recomendadas por las sacerdotisas. La casa olía a nardo y flores frescas. No había ungido su cuerpo desde la muerte de su padre. Ahora que han pasado más de noventa días desde la tragedia, ella ya podía hacerlo según la costumbre. Le pidió ayuda a la joven criada Ethel. Ella protestó, se negó, pero a pedido de María finalmente se rindió y, apoyada por instrucciones, por primera vez en su vida hizo algo que podría llamarse un masaje. No le gustaba lo que estaba haciendo, no quería mirar el cuerpo desnudo de María, pensaba que estaba cometiendo un pecado, pero hizo lo que la señora le dijo que hiciera. Sin embargo, se prometió a sí misma que hablaría sobre el desenfreno que estaba ocurriendo en esta casa, con alguien que fuera piadoso.

Para la reunión con los invitados romanos, María sacó su ropa egipcia del baúl y se preguntó durante mucho tiempo cuál elegir. Todavía estaba de luto, por lo que no podía usar nada provocativo. Entonces eligió, según ella, un vestido modesto y simple que cubriera los hombros y los codos, largo hasta el suelo, solo con pequeñas aberturas en los costados. Era de color verde oscuro. Ella decidió que para la reunión de Lucio y sus amigos, tal creación sería la más adecuada. Esperaba que incluso si el Rav Isaac la veía, la consideraría modesta y, como solía decir, lo suficientemente «ordinaria».

Ella casi renunció a sus joyas. Solo llevaba varillas plateadas en forma de ruedas grandes. No tenían piedras u otras decoraciones. Se adaptaba a su condición y estado de ánimo.

–Qué bueno conocer a una dama en este país salvaje. –Uno de los hombres que acompañaban a Lucio se inclinó.

Se llamaba Filipo.

–Lucio no exageró ni un ápice en las historias de la dama. –Un joven llamado Aurelio inclinó la cabeza respetuosamente.

Se divirtieron mucho hablando, riendo y comiendo. Resultó que Egipto está tan fuertemente asociado con Roma que fácilmente encontraron muchos amigos en común. Se querían, estaban bien el uno con el otro. Hombres jóvenes y educados, lejos de los hogares ricos de sus padres y una joven perdida en la realidad aún ajena a ella.

Ella se relajó con ellos. Durante la reunión, se olvidó del luto, la soledad, la tristeza y el hecho de que no debería reírse a carcajadas, quedarse en una habitación cerrada sin hombres y usar vestidos que no sean grises o negros.

Ethel, indignada, observó lo que sucedía en casa en ausencia de la noble y temerosa Marta. Trajo más platos y los puso en mesas bajas, sirvió vino a los invitados, pero su rostro era tan feroz y ofendido que en algún momento llamó la atención de Lucio.

–¿Por qué está tan insatisfecha esta chica?

Él no hablaba su idioma, por lo que ella ni siquiera entendió que se estaba dirigiendo a ella.

–Ethel, el invitado pregunta cuál es el motivo de su insatisfacción.

La criada se detuvo, la llevó de lado y dijo sin rodeos:

–Estoy seguro de que a Dios no le gustaría lo que está sucediendo aquí.

4

La situación en Israel era como una olla con sopa hirviendo con tapa hermética. El fuego estaba encendido, el plato burbujeaba con fuerza creciente, y el vapor, al no encontrar una salida, movía la tapa rápidamente. Para que la sopa hirviera, alguien puso una piedra pesada en la tapa. La ebullición se hizo tan grande que la presión podría reventar la olla. Era el momento en que, si no se reducía el fuego o no se quitaba la tapa, el recipiente explotaría por la presión interna.

El fiscal en Judea que gobernaba sobre el gobernador del Imperio era odiado por los judíos. Sus mayores ofensas incluyeron colocar imágenes romanas en Jerusalén, que se consideraba un pecado contra Dios, robar los tesoros del Templo y usarlos para construir un acueducto, y sobre todo, traer grupos de invasores. Cosa que a nadie le gusta. Continuó aumentando en los impuestos, y lo más importante, los intentos de influir en el cambio de la religión judía. Lo que hizo Roma querida en otros territorios conquistados, en el pueblo de Israel no tuvo ninguna posibilidad de éxito. Los judíos, con su fe inquebrantable en el único Dios invisible y todopoderoso, no permitían la posibilidad de adorar a otras deidades al mismo tiempo. Conociendo las profecías de la antigüedad, esperaron la venida del Mesías que los liberaría del dominio de los déspotas y restauraría la gloria del Templo.

La gente esperaba un cambio y la llegada de uno nuevo. La situación política era tensa. El país estaba hirviendo. Los romanos y los que los seguían no estaban entre los favoritos de los habitantes de Galilea, y María no solo llevó a los oficiales romanos a Magdala, sino que a menudo los acompañó durante varios días.

***

Una vez, cuando estaba con Lázaro en Betania, decidió regresar a Magdala con Lucio, Filipo y Aurelio, que acababan de regresar al norte con órdenes de Jerusalén, y sabiendo que estaba con su hermano y con la intención de irse a casa, decidieron llevarla con él. Con mucho gusto aceptó su oferta. A ella le agradaban. Estaba segura de que el viaje en su compañía pasaría agradablemente, y porque viajaban a caballo, también rápidamente. Decidieron llegar a Jordania e ir hacia el norte a lo largo del río. Estaban pasando por un lugar donde una pequeña pero única corriente que fluye hacia Jordania.

–¿Sabías que según las leyendas fue aquí donde el profeta Elías se escondió una vez? Vamos a parar –María arrinconó su caballo–. ¡Hay algo pasando allí!

–Me sorprendes con tu conocimiento. –Aurelio escuchó con entusiasmo todo lo que tenía que decir.

Estaba fascinado por la historia del pueblo de Israel, y María, aunque fue criada y educada en Egipto, era para él una fuente de conocimiento sobre la tierra en la que se encontraba.

–Elías fue un profeta y muchas de sus predicciones se hicieron realidad –ella se jactó su gran conocimiento–. Los judíos creen que Elías reaparecerá en la tierra y anunciará la venida del

Mesías. Los libros antiguos dicen que el nuevo Elías será asesinado de una manera vergonzosa.

–Algunos ven a Elías en Juan el Bautista –agregó Lucio.

–Si yo fuera él, no desearía que la profecía de los viejos libros se hiciera realidad. –Aurelio se rió.

–Todo es posible en este país –señaló Filipo.

–Los esenios, fariseos, saduceos, y demás fanáticos de todo tipo están locos. –Filipo no trató de entender las distinciones israelíes y las dependencias políticas.

– Algunos reconocen el Templo, otros no, algunos viven en celibato, otros tienen esposas, algunos obedecen rituales y leyes, otros se alejan de ellas. Todos discuten y pelean entre ellos, y además intentan meternos en sus juegos.

–Nosotros, valientes soldados que representamos al emperador Tiberio, no queremos derramamiento de sangre, porque no nos interesa en absoluto –concluyó Lucio, guiñándole a los demás.

Le gustaba enfatizar que, como romanos, eran mediadores en estas tierras.

Los tres se rieron.

–Debemos cuidar la paz y el orden. Que los impuestos fluyan al tesoro de Roma y que nuestro pueblo reciba los granos gratis a tiempo.

–No queremos ni tenemos que luchar contra ellos –agregó Filipo, que era al que menos le gustaba la realidad local de los tres–. Que se peleen entre ellos.

–Tienes razón, soldado –Lucio estaba de buen humor–. Nosotros, como los buenos, nos aseguramos de que no haya levantamiento. Así que, de hecho, somos mediadores pacíficos. Nos preocupamos por mantener un equilibrio frágil. Somos soldados del orden y podemos estar orgullosos de nosotros mismos.

Aurelio escuchó lo que decían sus colegas, se rió con ellos, pero al mismo tiempo estaba observando de cerca lo que sucedía en la distancia, en el lugar que María señaló.

–Este es Juan el Bautista, creo. –Se acercaron a caballo–. El que dicen es el Mesías. ¿Lo ves? –Señaló a un hombre sumergido en agua–. ¡Oh, ese!

–No, donde veas hay mesías –Filipo no iba a dejar de bromear–. Hay varios por cada codo de la tierra.

–Estos son asuntos serios, solo mira lo que está sucediendo allí. Lo tratan casi como un dios. –Lucio también estaba observando de cerca lo que sucedía en la distancia.

–Te dije que algunas personas lo llaman Mesías –le recordó Aurelio.

–¿Y qué? – preguntó Filipo.

–Que él es el elegido que anuncia la llegada de un nuevo paraíso en el que todos serán felices. No habrá hambre, ni esclavitud, ni enfermedades, ni calamidades, ya sabes, ese tipo de cosas.

–Esto es muy lindo Filipo. No es de extrañar que estén tan ansiosos por escucharlo. Si fuera tan pobre como ellos, también me agradaría saber que mejoraré pronto.

–Estoy preparando un informe para Roma. Tengo información precisa sobre él.

–Bueno, ¿qué pasa con nuestro Mesías?

–Cuentan historias sobre él a partir de mitos antiguos. Ya sabes, nación de una madre virgen y esas cosas.

–¿En serio?

–Entonces, nació en Judea. Su padre era el sacerdote Zacarías, y su madre era Elizabeth.

–¿Era virgen?

–Casi.

–Casi virgen, solo en este país loco.

–Estoy bromeando, por supuesto. No tuvieron hijos. Y ambos estaban en una edad la que la gente ya no espera hijos.

–No exageremos, los viejos pueden engendrar hijos. Pero en el caso de las mujeres, el embarazo en la vejez no es tan común.

–Los judíos conocen tales casos –intervino María–. La madre de Isaac era una mujer de unos noventa años, Sara. Su esposo Abraham tenía cien años cuando lo engendró.

–Imposible, la gente no vive por tanto tiempo.

–Sí viven –María aseguró–. Sara murió a la edad de ciento veintisiete años, y Abraham vivió a ciento setenta y cinco.

–¿De verdad?

–Interesante –Aurelio asintió con la cabeza, pero él mismo no creyó esa historia.

–Bueno, ¿qué hay de esta Elizabeth? –preguntó Filipo–. Un ángel le anunció a su esposo, Zacarías, que Elizabeth daría a luz a un Mesías, continuó –Aurelio.

–¿Y qué pasó?

–Poco después de la visita del ángel resultó que sí estaba embarazada.

–¿Y cómo lo tomó su esposo?

–En general, escéptico.

–Entonces, ¿no creía que su esposa había sido visitada por un ángel, a pesar de que este ángel le había dicho que vendría?

–Aunque era sacerdote, probablemente dudaba. Especialmente porque la esposa declaró que no fue el ángel el autor, sino Dios. El ángel solo anunció las buenas noticias. ¿Y sabes que? Su Dios, por su incredulidad, castigó a Zacarías con la pérdida de su voz.

–Conociendo su severidad, es bueno que haya perdonado su vida.

–Así es, Adonaí puede ser como nuestro Júpiter cuando se molesta.

–Ahora, ¿qué sigue?

–Luego, nació Juan, llamado el Bautista por la gente. Sus padres eran viejos, pero lograron criarlo, entonces murieron. Juan quería ser sacerdote, como su padre, hay indicios de que estuvo cerca de los esenios durante algún tiempo, pero en eligió la vida y la meditación en el desierto. Allí, al parecer, después de un largo ayuno, cuando comenzó a tener visiones por la inanición, Dios le dijo que limpiara a las personas bautizándolas en el Jordán, para pedir la conversión y proclamar la venida del Hijo de Dios. Así fue como Juan se convirtió en profeta.

Nadie comentó sus palabras. Se acercaron.

–Parece que no se ha afeitado desde su estancia en el desierto.

El Profeta permaneció sumergido hasta las rodillas en el agua, y una larga fila se extendía ante él. Todos querían la purificación, lavar los pecados y la conversión. Se concentraron en sus manos, y él, en nombre de Dios, los perdonó, los lavó y los bendijo.

–El mundo no dejará de sorprenderme –concluyó Lucio.

–Me agrada este tipo. –Filipo se rió a carcajadas–. Bautiza a cualquiera que venga, no rechaza a nadie. Todos tienen un camino abierto al paraíso.

–Creo que es más complicado de lo que pensamos. Al menos políticamente. –A Lucio siempre le ha gustado profundizar el tema.

Sabía bastante sobre las facciones y los grupos de lucha en estas tierras. Antes de llegar a Jerusalén, leyó y estudió los informes de los exploradores y emisarios del imperio entregados a Roma.

–Él recibe seguidores, y por lo tanto dinero, para los viejos sacerdotes, eruditos que se consideran los únicos autorizados para interpretar la Torá –explicó–. Los sacerdotes lo odian a él y a otros como él. Si estas divisiones se amplían, podría estallar una revolución o al menos un levantamiento. Entonces estaremos en una situación difícil.

María escuchó atentamente mientras miraba un punto. Un hombre estaba parado en la colina. Desde la distancia, no podía ver cómo era él, pero algo la atraía. Ella entrecerró sus ojos. Estaba mirando al cielo. En un momento, lentamente extendió sus brazos de lado a lado. Las manos abiertas se volvieron hacia el cielo. No podía ver su rostro, pero imaginó que tenía los ojos cerrados. Se quedó quieto y ella lo miró fijamente.

De repente ella levantó la vista. En el cielo, directamente sobre él, como suspendida, una paloma blanca agitaba sus alas.

–Dios mío, ¿qué quieres decirme? –María susurró.

Sintió temblores y escalofríos. Un escalofrío recorrió su cuerpo.

–¿Todo bien? –Lucio se alarmó por lo que le estaba pasando.

–¿Ves ese pájaro de allí? –señaló.

–La veo. Es una paloma blanca. Agita sus alas en el aire.

Entonces no tenía alucinaciones, el pájaro estaba allí.

–¿Ves a este hombre? –señaló de nuevo.

–Sí. ¿Delgado en una túnica de tela brillante?

–No es la tela lo que brilla, el brillo lo rodea. Este hombre es alguien extraordinario.

Lucio golpeó ligeramente los costados del caballo con los talones. Decidió que habían estado de pie al sol demasiado tiempo porque María tenía alucinaciones.

–Creo que es hora de continuar.

A su señal, todos montaron los caballos.

–Sí, vámonos.

–Ella los siguió.

Sin embargo, la imagen de la paloma no le dio paz. Ella detuvo al caballo y miró la colina donde había visto por última vez al hombre. Ya no estaba allí. Acababa de entrar al río.

Ella lo miró. Él dio la vuelta. Sus ojos se encontraron. Sintió la promesa de algo desconocido, distante y atractivo. Se estremeció.

El hombre se acercó a Juan el Bautista e inclinó la cabeza hacia él.

–María, ¿vienes? –gritó Lucio.

5

–Iremos a Magdala – propuso un día Marta.

En principio, no era una oferta, pero la decisión de la hermana mayor, y como tal, no estaba sujeta a discusión.

–Vístete apropiadamente y para ir a la ciudad –le alentó–. Deja que te vean. Deben ver por que eres igual que ellos.

–¿Salir así? –María dudaba que fuera una buena idea.

–¿O te sientes superior? –A Marta no le gustó el tono de su voz–. ¿Porque eres más bonita? ¿Porque sabes más? ¿Porque tienes trajes coloridos hechos de telas delicadas? ¿Eso no te enorgullece?

–No, solo digo que soy diferente.

–¡Diferente no significa mejor! –Marta se paró frente a ella como para pelear.

–¡Diferente no significa peor! –María tomó la misma actitud–. Y como estoy aquí, todavía siento que me tratan como un mal necesario. Me soportan, creyendo que finalmente eliminaré los rastros de corrupción egipcia.

–Eres tan joven –Marta no iba a pelear con ella–. Pero no quisiera que confundieras mi tolerancia con aceptación. Veo bien lo que está pasando. No quieres adaptarte, quieres que el mundo se adapte a ti.

María guardó silencio, bajó la cabeza y luego extendió las manos hacia ella.

–Puede que tengas razón. Quizás incluso tengas un poco más de lo que me gustaría admitir. Puedo ser presuntuosa, pero tengo buenas intenciones.

Y cuando Marta sonrió en son de perdón, agregó:

–Vamos, abracémonos, somos hermanas después de todo. No debemos discutir. Solo nos tenemos la una a la otra.

***

Al día siguiente fueron a la ciudad.

Marta eligió personalmente el vestido de su hermana. Era gris, cubría su cuerpo y dejaba ver solo para la cara, las manos y los pies. También eligió para ella un pañuelo negro para cubrirse la cabeza.

–La pañuelo es de mi abuela Aida. El rojo no es tan llamativo.

–El duelo ha terminado, pero las buenas hijas deben llorar a su padre y enfatizar esto con su vestido durante al menos un año –explicó Marta–. Esta es la costumbre. Lo dicta el halajá.

–El luto se lleva en el corazón.

–Por supuesto, pero incluso en tu Egipto progresivo, y lo sé muy bien, dura noventa días.

–Noventa días han pasado hace mucho tiempo.

–No estamos en Egipto, sino en Israel.

–Déjame usar el escarlata es un regalo de la abuela.

–Bien, si te hace feliz –Marta abrazó a su hermana.

Caminaron y se inclinaron ante las personas que pasaron. Algunas mujeres, se detuvieron para una conversación larga o corta. Marta la presentó a pesar de que todos sabían exactamente con quién iba.

–Recuerda, no hables primero que los ancianos, y cuando un extraño te llame, no lo mires a los ojos –le indicó Marta–. Sé amable, sonríe y no hables demasiado. ¿Entiendes?

Llegaron al pozo, era un lugar de encuentro para mujeres. Todas sacaban agua de allí. La vida social se desarrollaba ahí. Allí intercambiaron información, se consultaban, hablaban sobre lo que sucedía en la ciudad y en el mundo.

–Esta es mi hermana. ¿Tal vez ya has oído hablar de ella? –Marta le habló a la mayor de las mujeres.

–Marta, eres decente. Como nosotros. Es cierto que no tienes un esposo o hijos, pero temes a Dios. Te sacrificaste por tu padre y hermano, es encomiable. Así debería ser la mujer.

–Pero tu hermana no es así –agregó otra–. ¿Cómo lo sé? Mírala. No se parece a nosotras.

–Diferentes cosas dicen de ella.

– No muy buenas –otra intervino.

–¿Qué por ejemplo?

–Que acepta a los romanos –dijo una.

–Que usa vestidos como una reina y se comporta como si este fuera su reino –agregó otra.

Las quejas fluyeron una tras otra.

–No tiene vergüenza, habla con hombres, lee libros, habla diferentes idiomas y lo hace especialmente para que sus sirvientes no entiendan, conspirando con los romanos, le llegan cartas de lejos, quién sabe qué hay en ellas…

–Los mira a los ojos y ríe a carcajadas.

–Trajo el espejo con ella y lo mira durante horas, por lo que probablemente se trata de magia. ¿Y de qué color es la bufanda?

–Además, tiene un gato que trata como un humano.

–Tiene un collar que vale diez burros o más.

–Ora a dioses extranjeros.

–Unge su cuerpo con aceites lujosos. ¿Y de qué color es la bufanda? ¿Quién ha visto esto?

María se quedó con la cabeza gacha, como Marta le había ordenado. Tenía la intención de escuchar humildemente las quejas, pero se volvieron más y más dolorosas; se convirtieron en un ataque.

–Esta es María, mi hermana. Está parada aquí delante de ustedes ahora

Marta las interrumpió, haciendo que su voz se calmara a pesar de que hervía por dentro.

–¿Eso piensan de ella? Sin conocerla, sin intercambiar ni una sola frase con ella, ¿la juzgan? ¡Es un pecado! ¡Dios las está mirando! –Levantó su dedo, apuntando al cielo.

Su voz todavía estaba baja, pero la traicionó su agitación.

–¿Quién son para juzgarla? –les reprochó, tomando la mano de su hermana–. ¿Creen que por ser un poco diferente, entonces es peor que ustedes? ¿El orgullo habla a través de ustedes?

Les dirigió las mismas palabras que había usado el día anterior a María. Cuando se dio cuenta de esto, inclinó la cabeza hacia la mujer mayor, asintió con la cabeza a algunos de ellas, tomó de la mano de su hermana y se dirigieron a casa.

***

–Adáptate o muere. Estas son las reglas del mundo –ella levantó la voz cuando llegaron a casa.

–Es hora de despertar. Ya no estás en Egipto. Aquí los estándares son realmente estrictos. Incluso una bufanda debe ser gris. Viste a las mujeres aquí. Ellas juzgan sin saberlo. Critican a pesar de que no intercambiaron una palabra contigo. Condenan porque escucharon algo de alguien.

–Esto es humano. Está en todas partes. Galilea no es diferente a este respecto de ningún otro lugar. Todos somos iguales. Nos gusta juzgar y criticar sin saberlo. Aquí es más difícil, porque el mundo es bastante hermético y cerrado porque te han despojado de algo muy valioso. Quizás es por eso que eres tan crítica con otras mujeres.

–Tal vez tengas razón. Pero, sin conocer otro mundo, en el que tenemos, somos buenos. Cada uno de nosotros lo hemos encontrado de alguna manera y cuando alguien quiere destruir el orden, nos resistiremos.

María admiraba a su hermana. Era muy inteligente y, sin embargo, no fue educada en ningún templo.

–¿De dónde sacas tanta sabiduría, Marta?

–Paso mucho tiempo pensando. Como sabes, mi padre rara vez estaba en casa y su habitación estaba llena de libros. Los leo todos. Sin excepción.

–¿Sin la ayuda de nadie?

–¡Con ayuda divina!

–Eres muy independiente. Has creado tu propio mundo.

–Me siento bien en él.

–Eres un poco como Lilit. Un poco. Principalmente por el tema de la independencia.

–¿Lilit?

–No sabes de ella, porque no hay rastros de ella en la habitación de tu padre. Sin embargo, nuestros libros más antiguos hablan de ella. Algún día te contaré sobre ella.

–¿Dijiste «nuestro»? ¿En serio? –Marta no estaba intrigada por el hecho de que podía aprender algo sobre una mujer de la que nunca había oído hablar, ¡sino que María, probablemente por primera vez desde su regreso, ¡usó la palabra «nuestro» para referirse al lugar donde nació! Y esto sucedió después de esta terrible reunión en el pozo. Después de todo, podría ofenderse, decir que está harta, que se va, que no es su mundo en absoluto, y que dice «nuestro» y quiere hablarle de Lilit. Una chica increíble con un alma muy complicada–. ¿Quién es ella realmente? –Se preguntó.

–Dije «nuestro» porque soy de aquí. Yo nací aquí. Aquí está mi casa, pero al mismo tiempo siento que mi casa también es de Egipto. Como sabes, soy la sacerdotisa de Isis, aunque también adoro a Dios. No veo esta discordia, no hay falta de armonía. Mi madre eligió el lugar para mi nacimiento conscientemente. Ella sabía lo que estaba haciendo. Estaba destinado a nosotros, y mis caminos de adultos también me llevaron a Galilea. Te contaré sobre Lilit y también le contaré a otras, porque las mujeres locales me necesitan más que ellas. No hay sacerdotisas aquí, por lo tanto, la Diosa fue expulsada. Lilit no ha vivido aquí hace mucho tiempo. ¿Quizás necesite invitarla de nuevo o al menos decirle lo que se ha perdido?

–¿Quieres una revolución aquí?

–Le enseñé a mi sobrina a jugar Senet.

–Sí.

–Lees, porque puedes y lo disfrutas. Has estado leyendo libros en secretos por años. Pero admítelo, honestamente, cuando viste lo que había en la caja, me pareció que probablemente no querías que le enseñara a la hija de Lázaro a jugar. ¡¿Por qué?!

–Estás equivocada. Desearía que pudieran aprender. Pero tienes razón. Tal vez no quería que fueran demasiado inteligentes, porque sé qué dolor está asociado con el conocimiento. Deja que las personas fantaseen y sufrirán. Enséñales a leer y aprender de nuevos mundos y posibilidades. Es más fácil para aquellos que no tienen el conocimiento y no saboreaban el placer de pensar. ¿Para qué sirve el Senet? Desarrolla el pensamiento. Cuando una persona no piensa, es más fácil vivir.

–¿Tan amargada eres? –dijo ella sorprendida–. Quizás precisamente porque hace mucho tiempo una sacerdotisa de Isis, tu madre, me enseñó a jugar Senet. Ella abrió mis ojos. Me di cuenta de lo poco que había logrado.

– Todos crean el mundo más cercano en su nivel. Depende de cada uno de nosotros.

–Oh, cariño, recuerdo que siempre quisiste ser un ave.

–Lo soy Marta, lo soy.

***

–Sé el destino de aquellos que traen malas noticias –Lucio vino solo y sin previo aviso.

–El estaba agitado. –Era obvio que no le dio descanso al caballo.

–Sentémonos –pidió–. Pensé que debería darte esta información. Somos amigos, quiero estar contigo, sobre todo en tiempos difíciles como estos.

–¿Qué pasó? –El corazón de María latía tanto que todos parecían escucharlo.

Desde la desafortunada primera visita de soldados romanos, según Marta, María nunca ha estado sola con ninguno de ellos. Ella le prometió esto a su hermana y mantuvo su palabra hasta ahora. Así que ahora, tan pronto como Lucio saltó de su caballo,

María envió a buscar a su hermana, quien pronto dejo lo que estaba haciendo en la cocina y se unió a ellos. Así que María, Marta y Lucio se sentaron en la recámara, un lugar donde los invitados siempre eran bienvenidos.

–¿Qué pasa? Te escucho –María se sentó derecha, con la sonrisa de una dama en su rostro.

Se parecía a su abuela Aida, recibiendo invitados con el conocimiento de que traían información que preferiría no escuchar. Supuso que se trataba de Marco. El comportamiento de Lucio no implicaba que su amigo estuviera en apuros. Ciertamente vivía y estaba sano. Si no fuera así, Lucio no habría actuado de esta manera. Con todo, probablemente esperaba lo que escucharía en un momento, por algún tiempo sintió que algo estaba sucediendo que no le gustaría. Sin embargo, ella estaba tranquila, al menos en apariencia.

–María, tengo noticias de Roma.

Ella lo animó audazmente. Marta se sentó a su lado y le tomó la mano. Ella conocía la historia de la relación de su hermana con Marco.

–Brevemente, Marco está casado –dijo Lucio–. Se casó, presionado por su familia –excusó a su amigo.

Estaba mirando a María porque aún no había dicho todo. Ella se veía tranquila. La única muestra de lo que escuchó la afectó fue que sin darse cuenta, y lentamente, giró el anillo en su dedo izquierdo, como si eso la ayudara a mantener el equilibrio.

–Quieres decir algo más, ¿verdad? –Ella sonrió con tristeza.

– Será mejor que sepas de inmediato. Tarde o temprano te llegará de todos modos.

–Habla.

–La mujer con la que se casó está embarazada. Por eso tuvo que hacerlo. Es una cuestión de honor.

–Pobre. – María mencionó las palabras de una anciana de un pub.

–Pobre?

–¿No te acuerdas? «Tu primera esposa morirá».

–¡Es verdad! Una horrible anciana de Alejandría que pretendía ser una sacerdotisa. Claro, lo recuerdo –dijo cuando él asoció lo que ella quiso decir.

–Así es. –María miró a otra parte.

–¿No creerás que esta profecía se hará realidad?

–Sí, espero que ella no se equivoque.

***

Pronto lo que dijo Lucio fue confirmado por la carta de su abuela.

«María, cariño, ¿sabes cuánto te extraño? La casa está vacía sin ti, mi corazón está llorando. Iría para abrazarte. Créeme, me subiría a un barco y navegaría al país salvaje donde estás. Sin embargo, no puedo hacerlo. Me arrepiento mucho de esto. Estoy atrapada en la cama. Me encontré con un malestar físico, pero cuento con la ayuda de Sithathor y los sirvientes.

»Fue así: una mañana llegó un mensajero con una carta de tu abuelo. Raramente escribe. Y si lo hace, significa que algo importante ha sucedido. Ese fue el caso esta vez. Karim, como sabes, a menudo va a Alejandría. Los negocios lo retienen allí. Estefanía cuida de él y de la casa muy bien, así que estoy tranquila. Recientemente, Karim está allí con más frecuencia que antes, pero la situación requiere tu presencia. Probablemente recuerdes que él tiene muchos contactos con Roma. Él conoce a todos los que son algo en esos entornos. El abuelo del primo de tu amigo Marco tiene todas las de ganar y todo lo relacionado con el comercio con Roma depende de él. Debido al hecho de que a Marco le gustaste mucho, tuvimos algunos problemas. Sin embargo, no quiero molestarte con eso, especialmente porque tu abuelo logró lidiar con la situación. Ahora, después de muchos esfuerzos y acciones que supuestamente aliviarían la situación bastante acalorada, todo volvió a la normalidad.

»¿Seguramente recuerdas tu viaje desde Alejandría cuando tenías prisa por conocer a tu padre? Por supuesto que lo recuerdas. Sabía que esperabas encontrarte con Marco en el puerto. Ya sabemos por qué no estaba allí. Cuando le enviaste información de que tu padre estaba enfermo, inmediatamente fue a File. Te extrañaba mucho. Cuando llegó a nuestra finca, ya estabas en el barco.

»Sé de buenas fuentes que Marco le confesó a su abuelo lo que sentía por ti. Desafortunadamente, no se encontró con la reacción que esperaba. Además, fue enviado a Roma, y desde allí, por orden del propio emperador, fue a algún lugar al norte para proporcionar algunos documentos importantes a las tropas estacionadas allí. Cuando regresó... Bueno, cariño, me pregunto cómo expresar este mensaje. Puede ser doloroso para ti, pero creo que las cosas siempre salen como la Diosa quiere, y que lo que deba pasar, pasará; lo queramos o no. Recuerda, una vez me contaste una profecía que Marco escuchó de una anciana. Que su esposa no disfrutará de una larga vida. Admito que cuando me lo dijiste, constantemente rezaba a Isis y le hacía sacrificios generosos para que no te convirtieras en su esposa. Tal vez sea cruel, tal vez despiadado, tal vez cuando lo leas, me odiarás, pero créeme, eres la persona más importante del mundo para mí. Te amo mucho, quiero que seas feliz, que tus sueños se hagan realidad, sigas tu misión de vida. Marco es un joven extremadamente agradable, pero no pensé que te estuviera escribiendo. Una chica con tu destino no puede estar casada con un romano. Incluso si fuera el más guapo.

»Entonces, cariño, la noticia es que Marco, por necesidad, se casó con una mujer de la familia Julio. Ella estaba embarazada Estas cosas pasan. Seguro estaba escrito.

»De todos modos, cuando leí la carta de tu abuelo, me puse un poco nerviosa, me puse de pie descuidadamente y me caí, me rompí la pierna. También me lastimé la cadera. Al final, no me muevo por completo, me acuesto y todos me miman con golosinas. Si continúo así, me convertiré en una poderosa y gorda matrona. Por supuesto que estoy bromeando, nunca dejaré que eso suceda. Quiero que mi sabia y hermosa nieta se sienta orgullosa no solo de la mente de su abuela sino también de su apariencia.

»Querida, me recuperaré pronto. ¿Y luego iré a buscarte o tal vez para entonces volverás a casa? Mientras tanto, recuerda tu camino. No te alejes de él. Escucha tu voz. Él siempre te dirá qué es lo correcto y en qué dirección debes ir. Confía en ti misma. Y recuerda que el poder de la Diosa está contigo.

»Tu abuela Aida que más te quiere

»PD: Le confié la administración de la propiedad a Sithathor, lo hace muy bien. Tu pequeña Dobrawa está creciendo y desarrollándose cada días. Habla con bastante fluidez, también en griego. A menudo te menciona».

María puso la carta en el baúl. Encendió la lámpara roja, la colocó en el centro de la habitación y se arrodilló. Hizo el signo de la Diosa tres veces, inclinó la cabeza, tocó el suelo con la frente y rezó en silencio.

Le pidió a Isis salud para la abuela, fortaleza y sanación de sus fracturas. También pidió una bendición para sí misma para poder caminar con confianza y valentía en el camino que le dio la Diosa.

Ethel la miraba por la puerta entreabierta. Ella estaba aterrorizada.

6

A Leo no le gustaba cuando la casa estaba llena de invitados. Siempre le causaba confusión en la que no se sentía bien. Le gustaba esconderse en algún rincón apartado, pero no siempre era posible. Sucedió que los invitados querían admirar los modales de su sofisticado gato, admirar su mirada inteligente y el collar con tachuelas de piedras preciosas. María lo tomó en sus brazos para mostrarlo.

Durante algún tiempo, los invitados iban a casa a menudo. María decidió que ni el lugar ni el momento deberían limitarla. Ella pensaba que no estaba haciendo nada que considerara reprensible. Ella solo quería vivir las costumbres a las que estaba acostumbrada. Por supuesto que no era del todo posible, pero pensó que valía la pena intentarlo.

Entonces, aunque sabía que esto no se veía bien en Magdala, invitó a Lucio y sus colegas a cenas, que a menudo duraban toda la noche. Aceptaron sus invitaciones con alegría, sintiendo que gracias a María funcionan en el mundo de la civilización en la que crecieron, o al menos era un sustituto. Todos eran jóvenes, sanos, hermosos y llenos de fuerza. Les gustaba su compañía. Hablaron de todo. Eran directos, entusiastas y tenían mentes abiertas. Pronto Samuel, hijo de un médico de Magdala, y David, hijo del Rav, se unieron a ellos. Ambos, al principio bastante sobrios y sentados a un lado, encajaron rápidamente en la reunión. Además, aparentemente, carecían de un intercambio creativo de pensamientos, disputas y discusiones acaloradas a diario. Y como provenían de mundos diferentes, había muchos temas que los alejaban.

En un momento, Berenice, hija del comandante del ejército romano en la parte norte de las tierras del pueblo de Israel, se unió a ellos. A veces uno o dos amigos venían a Magdala con ella. El grupo estaba creciendo.

–Te diré cómo lo veo. –Aurelio quería mostrar su conocimiento del tema, pero también confrontar su conocimiento directamente con los interesados–. Bueno, en mi opinión, y los informes romanos también hablan de eso, hay varios grupos en Galilea. Los más importantes son tres: fariseos, saduceos y esenios.

–No tienes que ser un oficial romano para saber eso –bromeó David, quien no pertenecía a ninguno de los grupos mencionados por Aurelio, pero tenía sus simpatías.

Como hijo de un médico y futuro médico, sintió que no debía revelarlos. Después de todo, se preocupaba por la salud de las personas con diferentes puntos de vista y todos le pagaban lo mismo. Entonces, trató de mantener la moderación al revelar sus simpatías políticas a diario. Por si acaso.

–No lo interrumpas –Samuel lo reprendió–. Quizás valga la pena escuchar a los invasores.

–Primero, no somos invasores.

–Oh, ¿en serio? –Berenice se rio.

Su padre comandaba el ejército romano y, dijo, era una misión de paz, pero ella no tenía dudas del papel que desempeñaba Roma en el mundo local. Y a ella no le gustó en absoluto. Ella habló repetidamente sobre esto con su padre, y él culpó de las opiniones de su única hija a su corta edad, la falta de experiencia y la rebelión juvenil. Estaba convencido de que cuando ella se casara, su visión del mundo cambiaría.

–Vinimos aquí por invitación de Herodes para ayudarlo a mantener la paz. –Lucio decidió que, dado a que era el del rango más alto, era responsable del buen nombre del ejército y de Roma.

–Realmente se mueven –Berenice se rió–. El ejército romano ha estado respondiendo invitaciones de varios gobernantes locales durante siglos y va a sus países para apoyarlos en el mantenimiento de la paz allí. ¿Eres realmente tan ingenuo para creer eso? –Se levantó y comenzó a caminar alrededor de la recámara.

Fue a la jarra con vino y la vertió en la copa.

– ¡Viva el pacífico ejército de Roma! –Ella lo levantó.

–Berenice ahora nos presenta el comportamiento típico de un hijo rico de un padre rico e influyente. –Filipo se paró junto a ella y también volvió a llenar su taza–. No le falta nada, no se preocupa gracias a la posición de su padre, pero también, a su valentía, su belleza, encanto e inteligencia, tiene una amplia gama de admiradores. Vive como quiere, hace todo lo que quiere. En su tiempo libre, está nerviosa porque su padre es un ocupante y pertenece a un grupo privilegiado. ¡A tu salud, Berenice! Soy tu admirador.

–¡Filipo, te odio! ¡Un momento! –Ella le entregó la taza, riendo a carcajadas, y cuando tuvo las manos libres, lo golpeó en el pecho primero, y cuando la miró con ojos encantadores, lo besó en ambas mejillas–. Qué bueno que estés aquí. Es bueno que todos lo estén porque probablemente me volvería loca de aburrimiento aquí.

–Bueno, ya conocemos la posición de Berenice –concluyó Lucio–. ¿Entonces tal vez volveremos y escucharemos lo que Aurelio tiene que decir sobre estos asuntos?

–Seguro, déjalo hablar, me encantaría descubrirlo también. – Berenice se sentó en su asiento, enderezó la espalda, juntó las rodillas y sonrió como una dama, demostrando así que estaba lista para escuchar la conferencia.

– Entonces, como dije, los tres grupos principales son fariseos, saduceos y esenios. –Aurelio sabía que las interrupciones como esta podrían ocurrir con mayor frecuencia.

No le molestaba en absoluto. Le gustaba este ambiente. Las discusiones activas, a veces variadas con eventos alegres, eran su elemento.

–Los fariseos tienen más seguidores, la gente simple y pobre los ama –dijo con convicción–. La mayoría de los aristócratas y los ricos se encuentran entre los seguidores de los saduceos. Los esenios viven según el Qumran. Son escribas, fanáticos radicales, siarios y herodianos. También hay partidarios de Juan el Bautista, que llama a todos a la conversión. Recuerda al greñudo que vimos cuando bautizó en Jordania.

–Muchos de estos grupos –agregó Filipo–, siempre lo he dicho, son difíciles de comprender.

–Solo mencioné los más importantes –explicó Aurelio–. Y por el simple hecho de agregar, la mayoría de los judíos piadosos no se identifican con ninguno de ellos. Simplemente creen en Adonaí y tratan de cumplir con sus reglas.

–¿En qué crees que difieren estos grupos? –preguntó David, quien había escuchado por primera vez una situación en su país tan claramente presentada.

–La principal diferencia entre los fariseos y los saduceos es que los primeros creen que Dios le dio a Moisés no solo la Torá, sino también la tradición oral, transmitida de generación en generación[33]. Los fariseos creen que después de la muerte un hombre resucitará en su propio cuerpo, que tiene un alma inmortal que, según sus méritos, llega al infierno o al cielo. Reconocen que Dios dirige todo lo que le sucede a las personas y al mundo, y también reconocen la existencia de los ángeles. Los saduceos, sin embargo, proclaman que Dios no interviene, o muy raramente lo hace, en lo que está sucediendo en la tierra o en la vida personal del hombre. El bien y el mal, la prosperidad y la infelicidad dependen, en su mayor parte, de la voluntad del hombre y todos eligen qué camino seguir. Al mismo tiempo, rechazan la inmortalidad de las almas y no creen en la resurrección. De la Biblia solo reconocen el Pentateuco, rechazan completamente la tradición oral.

–¿Y los esenios? – preguntó Filipo–. Dime, deja que estos asuntos se resuelvan en mi cabeza una vez.

–Están sobre todo restringidos y atados por los rigores. Primero, evitan el contacto con el Templo y, por lo tanto, fariseos y saduceos, viven en pequeñas aldeas alejadas del resto y, lo que es más interesante, dicen que todos sus bienes pertenecen al público en general. No tienen esposas, se adhieren estrictamente a las reglas de la pureza ritual y todo lo que concierne a la halajá. En

---

[33] M. Rosik, «Tras las huellas de fariseos y saduceos», http: // www. mariuszrosik.pl/

sus aldeas alrededor de Qumran, reescriben libros sagrados y los almacenan en cuevas, que consideran casi sagradas.

–Resumiendo, son fanáticos y conocemos un conjunto de los más importantes. No hables de los demás, porque lo que dijiste ya me ha confundido lo suficiente.

Los fanáticos están luchando con nosotros. Y no solo con nosotros. También atacan a quienes consideran colaboradores, es decir, básicamente a todos los demás grupos. Ellos creen que quien sea fiel y obediente a Roma traiciona a Dios. Creen que al luchar acelerarán la venida del Mesías que liberará a su nación de la esclavitud romana. En resumen, son fanáticos.

–No, ya sabemos lo que está pasando –Berenice, como los demás, escuchó sus palabras con atención–. Explica ahora, ¿quién, aparte de los fanáticos que luchan contra todos, guerrea con quién, y por qué se necesitan fuerzas de paz romanas aquí?

–Ellos están listos para dar sus vidas por la libertad y la independencia, pero ellos y todos los demás están luchando principalmente entre ellos –Aurelio tenía una respuesta lista, porque se la dio a Roma muchas veces–. Por influencia, dinero y obediencia entre las personas.

–¿Entonces es como en todos lados?

–Más o menos.

–¿Nos aseguramos de que no se maten entre ellos? –intervino Berenice.

–Ciertamente no, pero de hecho, como dice Lucio, somos una especie de fuerza de conciliación.

–Con la ocasión de asegurar que el grano y los impuestos regularmente y en grandes cantidades alimenten el tesoro de Roma –Samuel no se pudo resistir.

–La precisión de tus observaciones, Samuel, me conmueven –Berenice se rió–. Ya pensaba que ninguno de ustedes, los oprimidos por Roma, hablaría. ¡Bravo, bravo!

–Roma nos trata como una fuente de materias primas –continuó Samuel, alentado por sus palabras–. Esto no es secreto para nadie. La autoridad suprema está en manos del prefecto romano, Poncio Pilato, y aunque se crean apariencias de autonomía, aunque Herodes tiene un gran poder, todos saben cómo es. Roma decide sobre la mayoría de los temas más importantes. Estamos bajo ocupación. En general, no me sorprenden que los fanáticos que quieran una revolución, pero personalmente creo que este no es el camino.

–Me gustaría recordarte nuevamente –Lucio trató de conservar la verdad objetiva–. Solo mantenemos el orden y recaudamos impuestos aquí.

–Que Samuel termine –protestó Berenice–.¿A dónde crees que conduce este camino?

–Debemos trabajar, aprender y hacernos ricos mientras llegamos a un acuerdo mutuo porque estamos muy en desacuerdo. Tal como nosotros gobernamos fácilmente. Se necesita una tregua, alguien que nos una. Por ahora, no veo tanta fuerza.

–Puede aparecer –dijo María.

–Qué quieres decir –Berenice saltó en su silla.

Ella no había hablado con personas de su edad durante mucho tiempo. La reunión en este grupo le dio un gran placer.

–Nada específico, tengo un sentimiento vago, veo en la distancia algo que viene, emerge lentamente y es claridad. Este es nuestro futuro.

–Hmmm… hablas crípticamente como si tuvieras visiones. Afortunadamente, optimistas, lo que significa que podemos esperar. Estamos esperando el próximo brillo porque algo cambiará. –Berenice tomó otro sorbo de vino.

–Creo que así será.

El presentimiento de María no era fuerte. Como ella dijo, era solo un anuncio velado de algo que se avecinaba. No podía mirar más profundo, no estaba concentrada en el mensaje que le llegó. Ella necesitaba verlo más claramente. Era una sacerdotisa pero no se concentró en su misión. Además, casi no se acordaba de ella.

Las palabras de la iniciación de que ella era la Guardiana de la Puerta de la Luz, que iba a seguir un camino despejado, zumbaba en algún lugar de su cabeza, pero solo eran como un eco de un lugar y un tiempo distantes.

Ahora, aquí en Magdala, en la casa de su familia, se ha convertido, como su abuela Aida, en la que recibe invitados, inicia discusiones y dirige conversaciones. Se destacaba con los huéspedes, era su estrella indiscutible y le gustaba. Aunque echaba mucho de menos Egipto, gracias a sus amigos, en su casa de Magdala y como dama mundana, se sentía bien.

Ella creó un lugar que era un enclave de paz, placer, discusión de alto nivel y, a pesar de las frecuentes diferencias de puntos de vista, simpatía mutua de todos los que participaron en este sustituto de la vida mundial en el lago Genesaret.

Marta, inicialmente muy reacia a lo que estaba sucediendo, observaba y escuchaba atentamente las reuniones. Ella apenas dijo una palabra. No era algo que el Rav Isaac hubiera alabado. Al mismo tiempo, sin embargo, ella también sabía bien que él ciertamente no podía condenarlo claramente. Después de todo, María era casi una extranjera y, además copropietaria de Magdala, lo que la puso en algunas áreas casi a la par de los hombres. Y ella era una adulta. Aunque no tenía esposo, estaba en una situación completamente diferente a todas las demás mujeres de esta ciudad. Por lo tanto, Marta no solo participó en las reuniones, sino que incluso le gustaron, especialmente porque se les unió la hija del comandante de los romanos, cuya unidad estaba estacionada temporalmente en Nazaret. Berenice se comportaba como María. Era casual, risueña, amaba las discusiones, los juegos y era una mujer joven, educada y bien arreglada.

Marta nunca ha conocido a nadie así antes. Hasta ahora, pensaba que su hermana estaba sola en su comportamiento. Le recordaba mucho a la Eucaris, que, a pesar del paso del tiempo, Marta todavía recordaba con la mayor ternura. Sithathor, la tercer egipcia conocida por Marta, que vino de File junto con

María, se parecía a Marta en su moderación y severidad. Y aquí, al unirse al grupo Berenice, resultó que hay otras mujeres en el mundo que se comportan y visten casi como su hermana. Marta dio un suspiro de alivio.

***

–Escuché que una vez en Alejandría, disfrazado de sirviente, fuiste a una casa de placer –ella preguntó.

Berenice una noche, cuando Marta ya no estaba con ellos, que se fue a dormir, y David y Samuel, que decidieron que ya era hora de despedirse y se fueron a sus casas a pie.

Solo ellos se quedaron. Se sentaron los cinco: María, Lucio, Filipo, Aurelio y Berenice. Se suponía que todos debían pasar la noche con María. De hecho, también se iban a la cama, estaban bastante somnolientos. Bebieron mucho vino, se divirtieron. Era casi medianoche cuando Berenice, riendo, todavía con energía, recordó lo que Lucio le había dicho una vez.

–Te pedí que no se lo contaras a nadie –Lucio se rió.

Berenice se opuso.

–¡Te sorprendería cuántos ya lo saben! Visitar un lugar así siempre me ha tentado.

–¿Por qué no lo hacemos? – Aurelio siempre estuvo dispuesto a asumir nuevos desafíos. Y porque le gustaba mucho Berenice, estaba listo para cumplir su deseo.

–María, ¿tienes ropa adecuada? –Filipo también estaba interesado.

–¿Iremos con novatos? –Lucio dejó la decisión de María–. No conocen el mundo en absoluto. No sé si serán capaces de comportarse correctamente –bromeó, mirando a Aurelio y a Filipo, de quienes estaba muy al tanto, de que habían visitado el hogar del placer en Magdala más de una vez.

–Este no es el lugar más adecuado para una señorita –María miró a Berenice con elocuencia–. Tu padre no estaría muy contento si descubriera que fuiste allí.

–¿Y qué? ¡No lo descubrirá!

Berenice se puso de pie.

–María, ¿no me dejarás ir sola con los muchachos?

–Eh, cariño, si supieras lo estrictas que son las costumbres locales.

–Solo me gustaría ver como son.

–Elegiste un mal lugar para empezar. Ya sabes, Moisés prohibió a los israelitas la prostitución. No encontrarás locales. Hay principalmente extranjeros allí. Si encontramos a un local, significa que ha caído tan bajo que solo hay un abismo eterno de condenación.

–Suena alentador. Vamos allá María, ¡vamos por favor! ¡Vamos! –Ella la abrazó por la cintura.

–No te dejaré ir allí sola.

–¿Cómo sola? ¿Y nosotros? – Filipo se paró al lado de Berenice–. Cuando lo necesite, ¡la defenderemos hasta la última gota de sangre!

–Espero que no tengas que hacerlo –dijo María secamente.

–Ojalá pudiera –se rió Berenice–. ¿Por qué no? Sería algo para contar.

***

Una mujer mayor y obesa los miró de arriba abajo y los dejó entrar.

–¿Los jóvenes vinieron a mirar o a disfrutar?

Se miraron el uno al otro.

–Preferimos mirar. –Lucio se sintió como el jefe del grupo.

–Pero quién sabe… –Berenice se echó a reír.

–De todos modos, pagan por adelantado por la entrada. –La mujer extendió la mano– Y luego… quién sabe.

–Como puedes ver, pagar es lo más importante aquí. –María le explicó a Berenice cuando Lucio habló con el dueño sobre el precio.

–Las chicas aquí hacen su propio dinero. No todos tienen padres adinerados que los apoyan –escuchando las palabras de María, una mujer contaba las monedas que recibió.

–Así es como es en este mundo –Lucio no tenía la intención de entrar en una discusión con ella, solo venían a ver.

Entraron en una habitación oscura. María se acordó de Alejandría, Marco y la pequeña y asustada Dobrawa. Ella vio que Berenice estaba intrigada. Ella la entendió. Cuando entró en la casa del placer en Alejandría, se sintió similar. Ella se conmovió. No le gustó lo que vio, pero algo la hizo mirarla. Berenice reaccionó como solía hacerlo.

–Muéstrame tu sala de medicamentos –le pidió María, que quería ver lo que tenían una vez más.

–Esta chica tiene voluntad –la dueña se rió, por lo que su vientre se movió bajo su vestido y la llevó a una pequeña habitación en el interior del edificio–. Puede ver, ¡pero no mueva nada!

***

Cuando regresaron a la propiedad por la mañana, antes de acostarse, Lucio los detuvo por un momento.

–Nadie puede saber que estuvimos allí, recuerda eso. Probablemente saldrás de aquí pronto, y soy un hombre, por lo que visitar esos lugares por mí no indignará a nadie. Sin embargo, María vive aquí. Si las mujeres locales descubrirá que ella estuvo allí, no quisiera estar en sus zapatos.

–Diría egoístamente que preferiría que mi padre no descubriera dónde estuvo su única hija –le aseguró Berenice.

Ethel estaba de pie detrás de la puerta de la cocina. Ella escuchó. No entendía casi nada, pero por el tono de sus voces y disfraces en los que todavía estaban, concluyó que habían regresado de un viaje nocturno altamente sospechoso. Porque ¿por qué llevaban ropa de sirviente? Decidió averiguar a dónde habían ido, porque sintió que ciertamente no era un lugar que el Altísimo alentaría a visitar.

–¡Tuf! –escupió indignada, sabiendo que nadie podía verla– .¿Cómo vivir en un hogar donde las leyes de Dios son ignoradas?

***

Con el tiempo, los jóvenes se volvieron decidieron hacer otro viaje. Querían ver la fortaleza en Masada, considerada la más grande de esta región del mundo, y ver si el Mar Muerto realmente es tan salado que es posible flotar en sus aguas. Aurelio se sintió atraído por las soluciones técnicas por las que el edificio era famoso.

Masada era la fortaleza más poderosa y nunca ha sido conquistada. Se levantó al borde del pedregoso desierto junto al Mar Muerto. El acceso a ella fue muy difícil, ya que se construyó en la parte superior de la única meseta en el área rodeada de pendientes muy empinadas.

Al rey Herodes, padre de Herodes Antipas, le gustó este lugar y lo expandió significativamente. Fue llamado Gran por una razón. Dejó edificios tan maravillosos y modernos que, a pesar del hecho de que había pasado mucho tiempo desde su muerte, todavía se los veía con admiración, y su conocimiento de la construcción artesanal se hablaba ampliamente en el mundo.

Ni María ni sus amigos romanos que sirvieron en el ejército en la parte norte de los territorios judíos, ni siquiera Samuel y

David, que a menudo visitaban Jerusalén y desde allí estaban muy cerca del Mar Muerto, nunca estuvieron allí. Entonces, cuando Lucio propuso un viaje al sur, durante el cual se detendrían, entre otros lugares, en Masada, apoyaron la idea con alegría.

Tomaron sirvientes, equipo necesario y partieron. Planearon su camino para que el viaje tomara el menor tiempo.

No viajaron a través de Jerusalén, sino a través de Jericó, como dicen las historias, la ciudad más antigua del mundo. Se dijo hace unos siglos, cuando Josué, el sucesor de Moisés, vino con la gente a la Tierra Prometida, conquistó esta ciudad que nunca había sido conquistada porque escuchó atentamente las órdenes de Dios. Los muros de Jericó eran altos y fuertes. No podían ser cruzados y nadie podía destruirlos.

Sin embargo, como saben, quién tiene el apoyo de Dios y obedece sus leyes puede hacer mucho. Así fue esta vez. Dios le ordenó a Josué que caminara constantemente todos los días, temprano en la mañana, a la cabeza del ejército, alrededor de las paredes. Los sacerdotes debían dirigir El Arca de la Alianza, que acompañó a los israelitas en su camino desde Egipto a la Tierra Prometida, y tocó a todo volumen el shofar[34]. Sucedió como el Señor lo ordenó. Durante seis días, los israelitas rodearon los muros de Jericó, y los instrumentos sonaron con fuerza. Fueron apoyados por el Arca de la Alianza, en la cual vivía el poder de Dios. El séptimo día, de acuerdo con la orden de Adonaí, dieron vueltas alrededor de Jericó siete veces, tocando trompetas todo el tiempo y aún marchaban de manera uniforme, y cuando se detuvieron, lanzaron un poderoso grito de guerra. Entonces sucedió algo inusual: los enormes muros de Jericó se sacudieron y cayeron. Los israelitas tomaron la ciudad. Siempre les ha pertenecido desde entonces.

---

[34] Trompetas curvas de cuernos de oveja, que emiten un sonido muy fuerte.

Entonces estaban mirando las áreas que Josué había conquistado siglos antes. Las altas montañas del desierto de Judea los rodeaban. Los picos desnudos de color beige-burdeos eran cortados por profundos cañones. Hasta donde alcanza la vista, no había vegetación allí. De vez en cuando, empujado por el viento, aparecía un pequeño arbusto rodante en el desierto.

***

–Samuel, David, saben mucho acerca de sus antepasados, cultivan tradiciones –comenzó, cuando durante el descanso del viaje se sentaron en el mar sobre gruesas esteras, dispuestas para ellos por sirvientes –se jactaban de la sabiduría de Salomón.

–Fue el rey más inteligente que caminó sobre la tierra – aseguró David–. ¿Y sabes qué lo conectó con la Reina de Saba?

–Ella le dio tanto oro que es difícil de creer hoy –se rió Samuel–. Que buena mujer. Me gustaría conocer a una reina así.

–Me encantaría saber de ella –Lucio hablaba en serio.

–Me gustan sus historias también – Aurelio la animó.

–Conozco a muchos de ellas. Por supuesto, también he oído hablar de la Reina Saba, pero no la conozco.

Valoraban su educación y conocimiento. Han visto más de una vez que ella, aunque se esforzó mucho por no hacerlos sentir mal, estaba mucho mejor educada que ellos. Y debido a que su belleza era perturbadora, estaba tan intrigados por ellos que se sintieron atraídos por ella como si estuvieran bajo la influencia de alguna magia.

A Berenice también le gustaba escucharla. Además, la mayoría de las jóvenes y mujeres de su entorno, sin importar su edad, se comportaban como si fuera obvio para ellas que María tuviera mucha más experiencia.

–Claro, dime –alentó Samuel.

–Habla. – David, como Samuel, conocía la historia de Makeda, pero tenía mucha curiosidad saber de la versión de María.

–Se llamaba Makeda –comenzó–. Más que nada en la vida, amaba la sabiduría. Se decía que no había reina en el mundo más bella, más rica e inteligente que ella. Su país era famoso por su gran presa, que irrigaba huertos y jardines, y por el comercio; era donde pasaban las rutas principales que conducían a países del oriente. Saba proporcionó al mundo nardo y mirra de la más alta calidad. En la época de Makeda, su país se encontraba a ambos lados del Mar Rojo, era poderoso y rico. La reina lo gobernó sabiamente.

Ellos escucharon atentamente.

–Desde temprana edad, además de sabiduría y belleza, ella también tenía un don especial –hizo una pausa–. Ella tuvo premoniciones.

Todos, incluidos Samuel y David, levantaron la cabeza como si estuvieran a la orden y la miraron con interés.

–Sí, las visiones atormentaban a Makeda. Ella vio lo que estaba sucediendo en lugares distantes, o lo que estaba por suceder en el futuro. Ella conoció su destino desde una edad temprana. Ella fue con el Rey Salomón con la caravana más grande que el mundo había visto, porque lo dijo su voz interior. Ella quería conocer al gobernante y tomar el tesoro de su conocimiento. Ella pensó que la sabiduría era más valiosa que toda la plata y el oro del mundo. Como probablemente sabrán, Salomón también fue famoso por tener más de setecientas esposas y trescientas concubinas. Cada una de ellas era hermosa y estaba lista para cumplir cualquiera de sus caprichos. Entonces, ¿cómo podría hacer Makeda para que él se interesara por ella? Además, ella quería aprender de su conocimiento, ella también soñó con un tratado comercial que garantizaría la participación de Saba en las empresas y ganancias que el rey planeaba.

Aurelio sonrió para sí mismo. Era un aficionado a la historia. Mientras exploraba el conocimiento de estas áreas, escuchó sobre los tratados que hace mil años la Reina de Saba hizo con Salomón debido a su belleza e inteligencia. Sin embargo, no pensó que María también tuviera ese conocimiento, porque ¿de dónde lo sacaría? Sabía que ella estaba estudiando en el Templo de Isis. Escuchó que las mujeres educadas allí tenían extraordinarios conocimientos y habilidades, pero no creía que supieran de historia, mucho menos de tiempos y áreas tan remotas.

–Ella se presentó con un velo cubriéndole la cara, le dijo que resolviera acertijos y la pusiera a prueba, finalmente se enamoró tanto que él le ofreció un matrimonio. Como saben, Salomón es el autor de las más bellas canciones de amor. ¿Sabían que fueron inspiradas por el amor hacia Makeda? ¿Y que si no fuera por la Reina de Saba, no habría un Cantar de Cantares? Su amor era poderoso, resistieron la prueba del tiempo. Se separaron para que pudieran gobernar su reino, pero siempre se mantuvieron como compañeros perfectos el uno para el otro. Él era el único hombre de su vida. Ella lo amaba con amor hermoso y puro.

–Debió quedarse con él –Berenice suspiró–. Él pidió su mano, pero ella prefería ser una reina independiente en Saba. Ella amaba a su país y tenía un sentido del deber, por lo que tuvo que regresar. Además, resultó estar embarazada.

–¡Oh! –dijo una de las chicas.

–Así es –María se echó a reír–. El asunto se complicó por el principio de que una mujer podía sentarse en el trono de Saba, siempre que fuera virgen. Y Makeda, después de visitar a Salomón, ya no lo era.

–¿Qué hizo? –preguntó la misma que había gritado hace un momento–.

–La sacerdotisa de la Diosa de la Luna estaba cerca. Fue esta diosa la que se ocupó de Makeda y su país. Durante mucho tiempo sabían qué destino estaba escrito para su protegida, porque conocían sus puntos de vista. Como saben, las sacerdotisas pueden mirar detrás del velo del tiempo. Pueden mirar pasado y futuro. Entonces les quedó claro que el niño nacería por voluntad y por medio de la Diosa. Nada sucede en la tierra si no es voluntad de la Diosa. La reina dio a luz a un niño hermoso y regresó con este extraordinario regalo divino al país. Ella trajo numerosos regalos con ella, regresó triunfante. Entonces, el niño, que había sido llamado «El hijo de la Diosa» desde el principio, fue recibido con alegría, y la reina, ya que todavía era virgen, o al menos eso afirmaban las sacerdotisas, se sentó en el trono de Saba y gobernó hasta que le dio poder al heredero.

–¡Hermosa historia! –Berenice estaba encantada.

–No ha terminado, ¿verdad? –Aurelio estaba seguro de que continuaba.

–Cuando estaba embarazada tenía visiones especiales. La diosa le habló tres veces y le advirtió a la gente. Le ordenó al rey que las escribiera y difundiera para que se convirtieran en una advertencia para el mundo. Solomon lo hizo, inmortalizó las palabras de su amada con mucha precisión. Las profecías fueron terribles. Hablaron sobre lo que le espera a la humanidad si no sigue los mandamientos divinos. También hablaron sobre algo que cambiaría el curso del mundo: la venida del Mesías.

–Oh, probablemente se cumplan en estos tiempo –Aurelio estaba feliz–. Después de todo, aquí en Galilea, escuchas sobre los mesías en cada esquina.

–¿Recuerdas a Juan el Bautista? También lo llaman así.

–¡Es un loco inofensivo! Recuerda, lo vimos en el Jordán mientras bautizaba a personas que decían lavar sus pecados.

María se estremeció al recordar la figura del hombre que vio entonces y la paloma flotando sobre su cabeza.

De todos modos, muchos signos indican que el mundo realmente va a cambiar mucho.

–¿En qué consistirá ese cambio? –preguntó a Aurelio–. ¿Quién sabe esto? Sin embargo, esto se ha hablado ampliamente en todos los templos durante mucho tiempo. Lo que pase detendrá el tiempo.

–¡¿Qué?! –dijo Berenice asustada.

–El tiempo comenzara de nuevo. Se detendrá por un momento y luego comenzará desde el principio –explicó María.

–Esta es una visión optimista –dijo Lucio–. Como dicen los sabios, mucho depende del punto de vista.

***

Siguieron el camino hacia la cima, que la gente llamaba la Serpiente. El acceso a la fortaleza de Masada solo era posible desde este lado. Las otras pendientes eran tan empinadas que nadie en su sano juicio las intentaría subir.

La fortaleza tenía casi doscientos años, pero se convirtió en un lugar moderno y en orgullo para el pueblo de Israel desde la época de Herodes el Grande. Fue él quien lo expandió e hizo que todos los que lo visitaran quedaran (por el resto de sus vidas) impresionados por su encanto, funcionalidad, glamour y voluntad con el que fue construido.

Ahora Masada era una torre de vigilancia fronteriza. Los soldados estacionados allí cuidaban los intereses del emperador romano, pero también los de su gran partidario, Herodes Antipas.

Desde la época de Herodes el Grande, Masada nadaba en lujos, al menos en la parte destinada al gobernante y sus invitados, y era allí donde los viajeros debían detenerse. Como la fortaleza fue abandonada por dignatarios, Berenice logró pedirle a su padre que usara su influencia y conocimiento para que pudieran usar las cámaras destinadas a invitados especiales.

Ya en el acto, preventivo y capaz de hablar con la gente, Lucio quería decir que por una tarifa razonable podían ver las partes más importantes del palacio. Solo fallaron en llegar a las cámaras del rey. Ninguno de los sirvientes se atrevió a compartirlos con ellos. Herodes Antipas gobernaba con fuerza. Nadie quería ser arrestado, y dejar que alguien entrara a sus apartamentos podría ser severamente castigado.

Desearon poder ver la cámara más famosa de esa parte del mundo. Sabían que estaba construido al borde del acantilado y pertenecía a las partes más protegidas del Palacio del Norte. Se decía que este lugar tenía, según las necesidades, pisos calentados o enfriados con los mosaicos más bellos del mundo, así como paredes decoradas con pinturas de colores inusuales (pintura traída de las partes más distantes del mundo) y enriquecida con piedras preciosas y minerales. Los sofás de estilo romano estaban forrados con plumas de cisne, cojines cubiertos de seda y pufs que servían como reposapiés, mientras que las mesas estaban hechas de oro puro y nácar.

Al gobernante, a quien le encantaba bañarse, tenía la piscina más hermosa del mundo con un fragmento de acantilado. Había una gran vista de las montañas circundantes y el Mar Muerto. Se decía que Herodes el Grande descansaba con placer al borde del abismo, bebiendo los mejores vinos en compañía de las mujeres más bellas que caminaron por la tierra.

–No sé si lo sabes, pero estamos a más de mil trescientos pies[35] sobre el mar Muerto –Aurelio se jactó de conocer el terreno.

–Me imagino lo difícil que fue erigir todo esto. –Berenice miró a su alrededor.

Estaban en la cima. El Camino de la Serpiente los condujo a una puerta estrecha a través de la cual un guardia les había advertido de su llegada. Solo los invitados previamente anunciados podían ingresar a la fortaleza.

–¡Mira! –Aurelio señaló los edificios–. El Palacio del Oeste es el más grande, ¡oh! Los pequeños edificios frente a nosotros son una cuarta parte del palacio, seguidos de una sinagoga. Muy a la

---

[35] Unos cuatrocientos metros.

izquierda, como pueden ver, al final está la Fortaleza Sur, y aquí, más cerca de nosotros, a la derecha, hay, como pueden ver, una torre de vigilancia. Luego están los tanques para recoger agua de lluvia, y detrás de ellos, un poco más lejos, se cultiva grano. La tierra fue traída de campos fértiles. A la derecha, donde probablemente nos llevarán de inmediato, veremos enormes depósitos y baños. Eran el orgullo de Herodes el Grande. Los baños tienen sistemas modernos de calentamiento o enfriamiento de agua, y se almacena tanta comida en los silos que si tuviera que defenderse, sería suficiente para toda los funcionarios y sus familias durante cien años o más. Bueno, al menos eso dicen.

–Aurelio, Lucio, David y Samuel se rieron.

–¿Qué valientes quisieran conquistar esta fortaleza? –David se puso de su lado–. El único camino que conduce a la cima es tan empinado que yo, y no soy un debilucho, debo admitir que me siento realmente cansado después de entrar.

–Tienes razón, el camino parece haber pasado factura a todos. ¿Quizás, para relajarnos un poco, usaremos los famosos baños de Herodes? –Berenice, aunque no estaba cansada en absoluto, soñaba con bañarse.

Siguieron al soldado que les mostró el camino. Solo que María no se movió. Nadie notó que se sentía mareada. Se apoyó contra la pared. Y cerró los ojos.

Como en un sueño, vio escenas terribles. Hombres desesperados, llorando, mataron a sus esposas e hijos. Perforaron sus corazones para que la muerte fuera lo menos dolorosa y rápida posible. Eran fanáticos defendiendo la fortaleza contra los romanos, que construyeron una torre de asedio tan alta y, además, la colocaron en un terraplén que lograron romper el muro. Los defensores sabían que no tenían ninguna posibilidad. Cuando quedó claro que resistir no tenía sentido, eligieron el suicidio en lugar de la esclavitud.

Ella sabía que tenía una visión, y que las cosas podrían suceder en el futuro. También escuchó las palabras: «No moriremos como esclavos de nuestros enemigos, sino que, junto con nuestros hijos y esposas, nos separemos de la vida como personas libres»[36]. Inmediatamente después, vio a los defensores quemar todo lo que podría convertirse en botín de los romanos, dejando solo graneros llenos de comida, como una señal de que su acto no fue causado por el hambre. Cuando los hombres mataron a sus familias, sacaron a diez de ellos para matar a los demás. Cuando estos hombres completaron la misión, uno de ellos atravesó los corazones de sus compañeros, y finalmente los suyos.

María vio cientos de cuerpos apilados uno al lado del otro. Sabía que había novecientos sesenta[37].

–¿María? –Lucio le tocó el hombro–. ¿Estás bien?

Ella abrió los ojos. Sabía que tenía una visión y que algo terrible podría pasar en este lugar algún día.

Pero también estaba segura de que no era necesario que se lo contara a su amiga.

***

–Eres una sacerdotisa de Isis, los placeres del cuerpo no te son extraños.

Los ojos de Lucio se estaban haciendo más grandes. Él contempló su cuerpo sumergido en agua. Llevaba un vestido, pero la tela húmeda se le pegaba a la piel y pareciera que estaba desnuda.

–No son…–murmuró ella.

---

[36] J. Flavius escribió sobre esto en la Guerra Judía; se dice que son las palabras del líder defensor Eleazar ben Jair.

[37] Hoy, en Masada, los soldados israelíes hacen su juramento militar. Las palabras aparecen en su texto: Masada nunca será conquistada nuevamente.

Había una fuerte lucha femenina en ella. Ella entrecerró los ojos y sintió la ferocidad de la diosa Bastet. Ella flexionó su cuerpo. Ella extendió sus brazos, estirándose.

–Tienes razón: tienes que aprovechar los momentos que los dioses nos dan. La vida es tan hermosa y al mismo tiempo tan corta –se rió.

Vino fuerte circulaba en su sangre, bebían mucho. Estaba sazonado con hierbas que relajaban el cuerpo. Como aseguraron los sirvientes, Herodes el Grande usó lo mismo. Hicieron que sus invitados y él siempre lo pasaran muy bien. Berenice, sin el conocimiento de los demás, pidió a los esclavos que condimentaran el vino con porciones dobles de estas hierbas. Primero les dieron para cenar, comieron con apetito, y luego nuevamente, cuando fueron a los baños termales.

Tres baños los esperaban. En cada uno, gracias a un diseño inteligente, el agua y los pisos tenían una temperatura diferente. Las piscinas fueron calentadas por hornos externos, mientras que los postes se colocaron debajo de los pisos, entre los cuales fluía agua fría o tibia. Las soluciones técnicas modernas los deleitaron, así como la belleza del interior en el que se encontraron. Mosaicos coloridos, paredes decoradas con pinturas, flores frescas, el olor a aceites fragantes y vino espeso y aromático, que todavía estaban vertiendo en copas, los relajaron rápidamente, y el cansancio fue reemplazado por risas, bromas y ganas de jugar.

La temperatura del aire, la música que fluía detrás de las paredes, las miradas de deleite de los hombres, la risa de Berenice y sus amigas y, finalmente, el toque de la mano de Lucio, que le acariciaba el cuello, hizo que María también quisiera divertirse. Quería olvidar la visión que la recibió tan pronto como cruzó la puerta de la fortaleza, finalmente rechazó sus penas, anhelando lo desconocido, pensamientos de soledad, dilemas de corazón y alma, y disfrutar de la diversión. Sin restricciones, recordando las posibles consecuencias, sin preocuparse por las convenciones y costumbres. Ella sentía que podía hacer cualquier cosa y que debía hacer lo que quisiera. ¿Por qué no? Estaban lejos del resto del mundo, en un lugar seguro, y todos se conocían. Se sentían bien juntos, se querían y respetaban.

Ella decidió que le daría voz a su feminidad, deseos, necesidades y anhelo. Ya no estaba limitada y retenida. Quería divertirse. Ella es una sacerdotisa, pero no lo era todo. Ella no solo debería preocuparse por elevar el espíritu a un nivel superior, después de todo, el cuerpo también tiene sus derechos y exige que lo cuiden o deje que otros lo hagan. Y luego... dejar que pase lo que tenga que pasar. Dejar que el mundo termine al día siguiente. Ella sentía eso solo en los términos de Herodes y ahora era importante.

–María, les gustas mucho –dijo Berenice, salpicándola con agua.

Berenice no prestó atención al hecho de que «ellos» estaban a su lado y escuchaban cada palabra. Incluso por el contrario, parecía ser extremadamente divertido para ella y un incentivo adicional para provocar y doctrinar.

–¿Quién te gusta a ti? –María estaba encantada con lo que hacía Berenice, pero pensó que sería bueno establecer sus preferencias cuando se trata de hombres para que no se interpusieran accidentalmente durante los juegos.

–¡Todos ellos! –exclamó, sentándose en la orilla.

–Míralos, ellos son muy guapos, ¿verdad? ¡Jaja!

Ella se rió y volvió a rociarla con gotas de agua.

–¡Divirtámonos! Como el mundo se está cayendo, no hay nada que esperar. ¿Quizás podamos volvernos locos antes de que termine? ¡Jajaja!

Su túnica, completamente mojada, enfatizaba sus formas. Ella sabía que era hermosa. Podía verlo en los ojos de los hombres, todos los cuales, si solo asentía, estarían listos para dar sus vidas por ella en este momento.

–Realmente estoy encantada con cada uno de ellos. ¡Mira qué maravillosos son! –Ella extendió la mano y señaló a la vez–. ¡Filipo, Aurelio, Samuel y Lucio! ¡Incluso el futuro Rav David!

–¡Eres codiciosa! –María se rió–. Deja al menos uno para nosotras.

–Bueno –Berenice se hizo la amable–. Chicas, digan a quien quieren.

Los hombres se rieron, les gustó este juego. Solo David estaba sentado en la orilla. Solo sus pies estaban sumergidos. Tal vez bebió muy poco vino, porque lo que estaba sucediendo no le agradaba en absoluto.

Una de las chicas no estaba contenta con lo que vio, por lo que dejó la piscina.

–Te dejo, esto no es divertido para mí –dijo.

–¡No bebiste suficiente vino! –dijo Filipo decepcionado, a quien aparentemente le gustaban más las chicas.

–Vamos, me quedo –dijo la otra, extendiéndole la mano–. Te cuidaré.

–No, si es así, entonces tienes razón, déjala ir. –Se acercó a ella, tomó su mano extendida y la besó.

–Iré a la cama también. –David sacó las piernas del agua–. Samuel, ¿te quedas?

–Sí, me sentaré un rato. ¿Tal vez como médico seré útil si me quedo cerca?

–Que no haya necesidad…–David estaba decepcionado con su respuesta. Él creía que lo que comenzaba a suceder no solo le gustaba al futuro Rav, a la chica que acababa de salir de la habitación, sino también a Samuel. Ambos venían de Magdala y profesaban principios morales similares que estaban lejos de ser promiscuos tan cerca de los romanos y, como él observó, también de María.

–¿Y alguien se desmaya? El agua esta muy caliente. –Samuel trató de justificarse Samuel, porque se sintió tentado por lo que estaba comenzando a suceder–. Me quedaré, seré útil aquí.

–Vete ahora, aburrido –le instó Berenice a irse–. Ah, estás ahí! –le gritó al criado que esperaba en la puerta–. ¡Trae más vino! ¿No ves que tenemos copas vacías?

Entonces las cosas siguieron su curso.

María no se dio cuenta de cuándo y cómo Lucio se acercó tanto a ella que sintió su aliento en el cuello. Estaba temblando cuando la besó por primera vez. Y luego, ella no sabía cómo y por qué, lo besó. Inmersa en el agua, ella le rodeó las caderas con las piernas. Ella se fundió con él, y más tarde, cuando estuvo bien, gritando de placer, le clavó las uñas en la espalda y los dientes en el cuello. El estaba complacido. Él se rió y la besó sin pensar. Le pareció, pero no estaba completamente segura que Lucio había sido reemplazado por Filipo, luego Aurelio, y más tarde no sabía qué estaba pasando ni dónde estaba. Ella lo sintió fluir. Por el rabillo del ojo, notó que Berenice estaba acostada en el cálido suelo. Ella se estaba riendo. Lucio comía fruta dispuesta sobre su cuerpo desnudo y lamía vino espeso mezclado con hierbas y miel de su piel.

Le gustaba lo que estaba sucediendo, aunque no estaba segura de si lo que estaba experimentando era solo producto de su imaginación. Ella estaba bien. Se sentía relajada. Finalmente, el cuerpo descansó completamente.

Saludó a la diosa Bastet, que estaba sentada debajo de una de las columnas y los observaba con su misteriosa sonrisa de gato.

–María, deberías ser mi sacerdotisa –dijo con voz melodiosa–. No es tarde, cariño. Sube al barco, regresa a Egipto, mis templos te están esperando. Eres hermosa e inteligente. Serías una excelente sacerdotisa del amor.

***

El sol se fue hace mucho tiempo, y una gran luna brillante tomó su lugar. Soplaba un viento suave del mar.

Después de los juegos en los baños termales, quienes participaron en ellos durmieron todo el día. María no se despertó hasta el atardecer. Cuando se dio cuenta de lo que había sucedido la noche anterior, quiso que fuera solo una de sus visiones. No podía recordar cómo había llegado a la cámara destinada para ella, y cuando se dio cuenta de que Lucio estaba acostada a su lado en la cama, se puso rápidamente el vestido y salió.

Ella fue a dar un largo paseo. Al final de la enorme colina en la que se encontraban había un muro. A partir de ahí, había una vista perfecta de toda la zona. Pasando a los soldados, llegó a un lugar donde no había nadie. Ella se sentó en una piedra. Abajo, debajo del azul zafiro, el Mar Muerto era parte de las piedras de oro amarillo del desierto.

–María, nos conocemos desde hace mucho tiempo… – dijo Lucio.

Ella se dio vuelta sorprendida. Él se paró detrás de ella.

Cuando ella salió de la habitación, él abrió los ojos, y cuando se dio cuenta de que estaba solo, fue a buscarla. La encontró rápidamente.

Esperó mucho tiempo el momento adecuado. Se había prometido a sí misma hace mucho tiempo que hablaría con ella, y después de lo que había sucedido en la noche, decidió que no solo tenía todo el derecho, sino que era su deber.

Las tardes en esta época del año ya eran frías, así que se cubrió la espalda con el abrigo que había traído con él. Dio las gracias.

–¿Recuerdas las palabras de la anciana?

–¿Qué anciana, Lucio?

Miró la escultura de roca a lo lejos, que le pareció una figura de piedra llamada La Esposa de Lot, iluminada por la luna. Se alegró de que él no mencionara lo que sucedió en la noche.

Ambos actuaron como si este no fuera el caso.

–El del bar en Alejandría, la adivinación.

–Oh, sí. Claro. También pienso en lo que nos contó entonces.

–Recuerdo perfectamente lo que le pensó a Marco. Lo pensé más de una vez. –Ella le advirtió.

–¿Crees?

–Sus palabras fueron como una canción. «No te enamores de una chica que lee. No te enamores de una chica perdida en la música. No te enamores de una chica que…».

–Lucio, ¿qué quieres decirme? –Ella no quitó los ojos de la esposa de Lot.

–María, eres una mujer así. Que lee, escribe, baila, canta, se mueve, piensa. La anciana hablaba de ti.

–¿Eso crees?

–Entonces supe que estaba hablando de ti. ¿Sabes por qué? –Él la tomó de la mano, queriendo hacerla apartar la mirada de las colinas opuestas–. Porque ya te amaba entonces. Me has encantado desde la primera vez que te vi. Sabía que solo tú importas y que haría cualquier cosa por ti. Pero entonces estabas con Marco. No veías a nadie más. Cuando se fue, y más tarde cuando se casó, pensé que tal vez tenía una oportunidad…

Ella lo miró sorprendida y no dijo nada.

–¿Por qué crees vine aquí? ¿De verdad crees que soñé con ser un soldado imperial en Galilea? ¿En serio? Solo estoy aquí por ti. Estaba esperando el momento adecuado para decirte esto.

Ella se arrodilló ante él. Y le acarició la mejilla.

–Gracias Lucio.

–¿«Gracias, Lucio»? Eso es todo ¿Después de lo que te dije y esta noche? ¿Fingiremos que no pasó nada? ¿Quieres eso?

–Por ahora, sí.

–¿Todavía amas a Marco y a pesar de lo que te hizo?

–No. Ya le dije adiós. Me alejé de Marco porque no entendía mi camino. No pude reconocerlo. Lo quería mucho, pero ahora sé que luego, en Alejandría, después de las palabras de la anciana, sentí que nunca estaríamos juntos. Quería estar con él, créeme, pero algo me decía que no estábamos hechos el uno para el otro.

–¿Y yo? Estoy aquí para ti. Te amo. Di una palabra y me casaré contigo. Mañana. Incluso hoy. Y viviré contigo donde quieras. Podemos quedarnos aquí si es tu voluntad, podemos vivir en Egipto o ir a Roma. Mi familia te recibirá con las manos abiertas. Hablé de ti, mi madre y mi padre. ¿Y sabes qué? Siempre lo supe, pero después de lo que sucedió ayer, estoy absolutamente seguro de que eres la mujer de mi vida.

–Quizás Aurelio, Filipo y yo no sabemos quién más estuvo allí ayer, porque créeme, realmente no sé lo que estaba pasando, ¿ellos podrían decir lo mismo? –ella fue cruel con él y ella misma–. Sabes que algunas hierbas se agregaron al vino. Lo que estaba sucediendo se salió de control para todos nosotros. Será mejor para cada uno de nosotros si lo olvidamos.

–No me arrepiento de nada. Te amo y quiero casarme contigo. Eres maravillosa, y no dejaste que Aurelio y Filipo te tocaran. Lo digo para que lo sepas.

No sabía si la última oración era para calmarla, o si en realidad fue así. Ella prefería no preguntar. Se quedó en silencio. Sentía que él la amaba realmente. Todo lo que acaba de decir y lo que ha hecho en los últimos meses lo atestigua.

–Lucio, cariño –gritó con emoción.

Desde que Marco ha olvidado que alguien podría amarla. Ella se cerró a los sentimientos. No los vio. Ella, que alguna vez leyó con tanta facilidad esas emociones e intenciones humanas, pensó que lo que la conectaba con Lucio, incluso después de la última noche loca, es sobre todo amistad. ¿Cómo podía estar tan equivocada? Aquí oye que vino a la provincia por ella, se instaló en un campamento militar por ella, la visitó y la cuidó. Y además, se lo contó a sus padres.

–Oh Diosa, ¿cómo podía estar tan ciega? ¿Cómo podía acercarme tanto al mundo que no me di cuenta del amor que él me dio?

–Lucio, sé que valoro mucho lo que dijiste. Estás especialmente cerca de mí. Me conmovieron fuertemente. En mis pensamientos más salvajes, no sospeché que fuera como tú dices. Tu sentimiento es un honor para mí. Eres un gran hombre.

–¿Honor?

–Pero no sé cual es mi camino. Estoy en una encrucijada. No sé a dónde me llevarán los dioses. No puedo y no quiero tomar decisiones ahora. Su hora aún no ha llegado. Me honras con tus sentimientos. Este es el mejor regalo que se puede ofrecer a otras personas. Yo también te amo, pero mi amor no es suficiente para tomar una decisión sobre vivir juntos. No sé qué pasará después y lo digo con todo mi corazón: ¿tal vez necesito tiempo? No sé, perdóname.

7

María fue a la ciudad ese día sin razón. Algo la atraía hacia allí. Se puso un vestido sencillo, se echó la bufanda sobre la cabeza y se fue. Cerca de la sinagoga, en la plaza, se reunieron muchas personas. Se preguntó qué estarían haciendo allí. Estaba tranquilo. No gritaban, como suele ser el caso en tales ocasiones. Escuchaban, miraban a una persona.

Se detuvo y se llevó la mano a la frente para protegerse los ojos del sol y ver mejor al mismo tiempo. Lo miró hasta que en algún momento pensó que lo que vio fue un sueño. Que no estaba parada en la calle debajo de una de las casas de piedra de Magdala, sino un lugar que se le parecía. Que se despertaría en un momento y la imagen que ella tenía ante sus ojos desaparecería.

Se paró entre la gente en la plataforma. Estaba rodeado de varios hombres que formaban una especie de cordón a su alrededor. Dijo algo. Ella no podía escucharlo, él estaba muy lejos, pero podía ver claramente el aura dorada brillante y centelleante que lo rodeaba, que acompaña solo a los elegidos.

Casi parecía una estatua. Hizo un gesto moderado. La gente lo miraba en silenciosa admiración.

Ella cerró los ojos. El viento soplaba. Sintió un suave destello en su cabeza, como un rayo de luz. Vio la figura de un hombre parado en una colina sobre el lago Genesaret y una paloma sobre su cabeza. Un momento después, el recuerdo del lino fino apareció en la punta de los dedos y recordó el atuendo que estaba esperando en el cofre al desconocido. Otro destello le hizo darse cuenta de que el que estaba parado en Magdala y hablando con la gente era el que Lázaro le había contado y cuya presencia había sentido una vez en el jardín de Betania. Él también fue el que vio en la colina sobre el lago.

–Sí es el. El que se llama Jesús. –Ella lo miró concentrada. Ella oró.

Y más tarde, cuando, en compañía de sus compañeros, continuó su viaje y la gente comenzó a separarse, ella, para que nadie se diera cuenta, dio gracias a la Diosa. Miró nostálgicamente al hombre que se alejaba y regresó a casa.

***

Marta había estado visitando a Lázaro durante varios días. En su ausencia en Magdala, visitó a María.

–David.

–Sé que lo que digo es inusual –comenzó tímidamente–. Sin embargo, no eres una mujer común.

Estaban sentados en el jardín. Cuando David la visitó, sabiendo que su hermana no estaba en casa, tuvo especial cuidado con la halajá. Como hijo de un Rav y, como futuro Rav, vivía de acuerdo con los principios y la ley mosaica. Así que no podía y no quería estar solo con la mujer en una habitación cerrada. Era diferente cuando estaban en un grupo más grande. En ese momento, aunque estaba un poco en desacuerdo con sus hábitos y valores, le habló a ella como a los demás, libre y abiertamente.

Fueron estas reuniones a las que asistieron sus amigos romanos y lo que notó durante ellas lo que lo impulsó a actuar.

Le pareció que Lucio había dirigido sus sentimientos hacia quien le gustaba. También tenía motivos para creer que Samuel, hijo de un médico, tenía serias intenciones con María. Entonces, tratando de no recordar lo que vio en los baños termales de Masada, o tal vez por lo que vio allí, no queriendo que nadie le reclamara, decidió hablar con ella. Primero, en general, para averiguar su actitud hacia él, y más tarde, si todo salía bien, su padre hablaría con su hermano al respecto. Aunque Lázaro vivía en Betania, él era el único hombre de la familia, por lo que era con él que se debían acordar tales asuntos.

–Sé que creciste en otro lugar, pero no me importa –dijo–. Nos conocimos un poco y no es un problema para mí que seas extremadamente abierta y educada en nuestras condiciones. Esto es incluso interesante y puede ayudar en el futuro. Conoces la historia, la geografía, lees las obras de los maestros. Parece que incluso has aprendido los conceptos básicos medicina. Para ser honesto, te admiro por eso, eres la única mujer que conozco que sabe tanto. Además, realmente me gustas.

–Yo también te valoro, y estoy feliz de que nos hayamos hecho amigos –respondió con neutralidad, con una sonrisa animándolo a seguir hablando.

–Como sabes, soy hijo de un Rav. Mi padre es fariseo. Aunque no soy tan conservador como él, a veces mis simpatías se vuelven hacia los saduceos, y a veces tengo otros pensamientos completamente independientes. Los suprimo. Sé que ser un erudito es una gran obligación. Tienes que luchar contra las tentaciones mentales, tratar de no sucumbir a las voces falsas y engañosas. Estoy siguiendo los pasos de mi padre y, como sabes, estoy educado para ocupar su lugar algún día.

–Eres muy consistente en lo que haces. Eso es admirable.

–Me alegra escuchar eso. Especialmente de ti, una mujer, que en mi opinión, extraordinaria. Gracias. Como probablemente sepa, ya estoy en la edad en que un hombre debe buscar a su esposa.

–¿De verdad? –se sorprendió amablemente de lo que sería otro estímulo para que él continuara.

–Sí. ¿Ya has decidido qué vas a hacer a continuación?

–Todavía estoy en la encrucijada.

–¿Te quedarás aquí o volverás a Egipto? –hizo la pregunta e inmediatamente se alarmó por su franqueza.

–Me quita el sueño. Entiendo que preguntas como amigo. Entonces te responderé como un amigo. Me gustaría volver a la casa de mis abuelos, los extraño mucho, pero al mismo tiempo algo me mantiene aquí. Todavía me siento extraña en Magdala, por un lado, y por otro, como si tuviera algunos compromisos poderosos con la gente y los lugares aquí con anticipación. Me cuesta mucho vivir con eso. Todavía no puedo decidir, pero creo que la solución llegará.

–Dios te los mostrará.

–Cuento con eso.

–María, necesitas apoyo y protección masculina. Tal vez si tuvieras a alguien, ¿vivirías mejor aquí? Un hombre que sería un refugio para ti finalmente podría hacerte sentir como en casa aquí.

–¿Te refieres a alguien específico? –preguntó ella, completamente segura de sus intenciones.

–No –mintió torpemente–. Aunque en principio, admito sí. Después de todo, como futuro Rav, no puedo alejarme de la verdad. Sí, me refiero a alguien específico.

–David, no creo que debamos hablar de eso, ¿de acuerdo? – Decidió que ya no fingiría que no entendía.

–María, si me das tu consentimiento, le pediré a mi padre que hable con tu hermano.

–No le preguntes.

–Cómo quieras.

–Es un honor para mí que quieras cuidar de mí, pero todavía no estoy lista para tomar una decisión. A decir verdad, no sé qué hacer con mi vida, y mucho menos quién debería ser mi esposo. Por favor, apóyame, lo necesito mucho. Me alegra que me veas y que siempre pueda contar con tu simpatía y amabilidad, pero te pido paciencia.

–Rezaré para que Dios te muestre el camino.

–Le agradeceré en mis oraciones –lo tomó de la mano–. Gracias por estar aquí.

Cerca de ellos estaba Ethel, sosteniendo una bandeja de bebidas. Se suponía que debía ponerla sobre la mesa frente a ellos, pero cuando vio lo que estaba sucediendo, se detuvo. Mirando las manos entrelazadas de María y David, ella gritó tan fuerte para que no solo ellos, sino también todos los sirvientes pudieran escucharla:

–¡Lo que veo en esta casa es pode venganza del cielo! –Regresó a la cocina con la bandeja sin darles bebidas. María la siguió.

–¿Qué está pasando, Ethel? ¿Qué significa tu comportamiento?

–¡Estoy harta de esto! ¡Dejo el lugar donde los mandamientos de Dios no significan nada! ¡Esto es peor que Sodoma y Gomorra! Estaban tomados de la mano, ¡lo vi! ¡Son pecadores!

–Lo que dices, tu lengua lanza veneno… –María estaba tranquila.

–Mi lengua cuenta lo que mis ojos han visto y mis oídos han escuchado.

–No siempre tienes que creerles porque tal vez no tienen la imagen completa.

–¡Vi y escuché!

–No acuses ni condenes si no conoces el caso.

–Lo sé.

–¡El testimonio de tus sentidos no es suficiente para acusar a nadie! El lenguaje humano puede ser la herramienta más peligrosa del mundo. Puede lastimar e incluso matar. Úsalo sabiamente. No lastimes a otros con chismes y falsas acusaciones. Mantenlo bajo control. Doma los pensamientos que quieren dar forma a las malas palabras. A veces es mejor no decir nada que decir una palabra demás. ¡Un discurso es plata y el silencio es oro!

–¡Serás condenada!

–Mira con el corazón, ve más que tus ojos. ¡Y no hagas falso testimonio contra tu prójimo!

Ethel no quería seguir escuchando. Empujó a María y salió corriendo de la casa.

***

Ella se apresuró a la ciudad. En el pozo, escupió lo que se había estado acumulando durante meses. Las mujeres la escuchaban ansiosamente.

–Sodoma y Gomorra no son nada –gritó, y más y más personas se reunieron alrededor–. Ella recibe hombres, habla con ellos, comen juntos, habla idiomas extranjeros para que nadie los entienda. Los demonios viven en esta casa; los guarda en cajas, que ella trajo consigo de los bárbaros. Tiene hierbas diabólicas y piedras envenenadas en ellos. También tiene vestidos que atraen a los hombres allí, tiene joyas que el mundo nunca ha visto. A través de los ojos de su gato, un demonio mira el mundo, que nos espía y nos destruye. Donde se encuentra este gato, las flores se marchitan. ¡Y ella no conoce la vergüenza! Ella sedujo a David. ¡Lo he visto! ¡Cosas terribles están sucediendo en esta casa! ¡Mujeres junto a hombres, reuniones nocturnas, risas inapropiadas, romanos! ¿Han visto su bufanda? Es carmesí ¡Es el color de los soldados del invasor, el color de la vergüenza!

Ahuyentando a las moscas, que recientemente se han vuelto extremadamente molestas, grupos de mujeres sacudieron sus cabezas sobre lo que estaba sucediendo en su vecindario. Algunas murmuraban amenazadoramente y otras gritaban algo. Todas escucharon a Ethel con interés y creciente indignación. Durante mucho tiempo, la ciudad susurraba sobre lo que sucedía en la casa de Cyrus desde que partió.

***

Cuando la situación en el pozo se volvió cada vez más tensa, y Ethel arrojaba nuevas acusaciones de vez en cuando, un mensajero a caballo llegó a María. Él trajo una carta.

Tan pronto como se fue, ella lo abrió.

«¡Querida y amada María!

No sé cómo transmitirte este trágico mensaje, pero soy consciente de que debería hacerlo.

Nuestra maravillosa Sra. Aida, una mujer con un gran corazón, tu maravillosa abuela se fue.

Sucedió de manera bastante inesperada.

Como sabes, ella tuvo un accidente hace algún tiempo. Ella te escribió sobre eso. Se rompió la pierna y se rompió la cadera, pero todo salió bien. El médico afirmó que el hueso estaba sanando bien y que la cadera, aunque todavía la estaba molestando, también estaba en mejor. Le molestaba que debía acostarse. Ya sabes, como siempre, ella era muy activa. Se estaba levantando más y más recientemente. El médico dijo que no debía hacer esto, pero no lo escuchó.

Una mañana se levantó de la cama sin la ayuda de nadie. Más tarde me dijo que lamentablemente se había resbalado. Se cayó y, desafortunadamente, su fractura de muslo se recuperó. El hueso se rompió en el mismo lugar que antes. Corrí hacia ella tan pronto como escuché un grito. El médico también apareció lo antes posible. Fue tratada, le dimos analgésicos porque estaba sufriendo mucho. También llamé a Charmion desde el templo porque el asunto me parecía serio. La sacerdotisa estaba muy preocupada. Ella dijo que romper el mismo lugar de nuevo no sería un bueno. Miró las tablas que el médico había preparado, añadió sus mejores ungüentos, los hechos de hierbas, en los que las sacerdotisas realizan rituales tres veces al día, rezó por la recuperación de Aida y prometió venir al día siguiente.

Llamé al médico y a Charmion nuevamente por la noche. Tu maravillosa abuela tenía una temperatura muy alta, se alzaba y gritaba. Le dieron la medicina. La fiebre disminuyó por un momento, pero pronto regresó aún más alta. Charmion, el médico y yo estuvimos con ella todo el tiempo. Ella no recuperó la conciencia. Charmion dijo que cuando el cuerpo se debilita, las fuerzas malignas a menudo invaden el cuerpo y no pueden ser expulsadas.

Aida se nos fue por la mañana.

Le envié un mensaje a tu abuelo. Definitivamente está en camino. Estaba con Estefanía en Alejandría. Se ha quedado allí casi constantemente desde que te fuiste. Debes saber que tu abuela no lo culpó. Ella me dijo muchas veces que tantos años después del matrimonio se alegra de poder vivir en amistad con él. Y finalmente, ella eligió a Estefanía y se lo sugirió personalmente. Ella siempre decía de ella que no solo era hermosa, sino también una buena chica. Te escribo para que no te preocupes de que Karim se quede sin supervisión. Como sabes, Estefanía siempre ha sido extremadamente atenta con él.

Querida, querida María, estoy y estaré en la finca. La he estado manejando desde mi regreso de Galilea y parece estar funcionando bien. Espero que, a pesar de los trágicos cambios, me quede aquí y te espere. Tu abuela siempre dijo que no solo era de ella sino también tu hogar y que después de su partida lo heredarías. No sé si lo sabes, pero ella hizo un documento hace mucho tiempo en el que te dio la propiedad. Entonces eres su dueña.

Perdóname por escribir esto ahora. Me imagino lo impactante que es para ti la muerte de nuestra gran Aida, porque todavía no puedo recuperarme, pero me gustaría preguntarte cuáles son tus planes relacionados con la herencia. Como te escribí, ahora eres su dueña. Por supuesto, puedes venderla si ese fuera su deseo, pero espero que no sea así y pronto vuelvas a nosotros, para nuestra gran alegría. Mientras tanto, me ofrezco para administrar tus activos. Puedo manejarlo para que traiga ganancias de jardines y huertos hasta ahora. Por favor, por favor, querida María. Estoy esperando tu decisión.

¿Podemos esperar tu regreso en el futuro cercano?

Por supuesto, me ocupé de la momificación y todo lo relacionado con el funeral con el mayor cuidado.

Querida María, te beso fuertemente, rezo por fuerza y salud para ti en estos tiempos difíciles.

Tuya por siempre, dedicado a ti

Sithathor»

María leyó hasta el final, dejó caer la carta y se desmayó. Cuando ella abrió los ojos, David se arrodilló sobre ella. La acarició y le habló con ternura.

–¿Qué pasó? –preguntó ella, despierta–. Estabas aquí cuando vine –explicó–. Regresé porque pensé que debería apoyarte en tu confusión. Debes saber que Magdala es el lugar para ti. Tu casa está aquí y en ningún otro lado. Vine a decírtelo, pero te encontré desmayada.

Ella recordó el contenido de la carta.

–Me enteré de que mi abuela murió.

–Lo siento mucho por ti.

De repente, su conversación silenciosa fue interrumpida por un grito.

–¡Te maldigo, María y a toda esta casa! –escuchó.

Era Ethel quien, dejando a las mujeres en el pozo, vino por el resto de sus pertenencias. Ella se paró en el jardín, mirando lo que estaba sucediendo. No podía saber sobre la carta o que María se desmayó y David la salvó. Como muchas veces antes, ella reaccionó a lo que vieron sus ojos.

–¡Esta mujer está poseída! –El grito de Ethel se convirtió en un lamento–. Seduce a cualquier hombre que se interponga en su camino. Dios, ¿lo ves? –Levantó la cabeza y las manos al cielo–. Ella incluso poseyó al hijo de su sirviente, el Rav Isaac. ¡Sodoma y Gomorra!

Gritó, los amenazó con el puño, se dio la vuelta y, olvidando su paquete, corrió hacia la ciudad.

–Ethel, no es así, ¡escucha! –David la llamó. Ella ni siquiera se detuvo por un momento. Ella estaba corriendo. Finalmente, se sintió obligada a hacer algo sobre los pecados públicos de los que fue testigo.

–Nada bueno saldrá de eso... –David conocía bien las costumbres locales–. Debería correr tras ella antes de que ella grite la versión absurda a toda la ciudad.

–Tengo una imagen tan mala en Magdala que nada la empeorará más –lo calmó, poniéndose de pie y sacudiéndose el vestido.

–Tienes razón. Sin embargo, déjame sentirme mejor, aunque hayas tenido tantos problemas, iré a la ciudad. Siento que me necesitarán allí. Es mejor que la gente escuche no solo de Ethel lo que ha sucedido aquí. Primero se lo explicaré a mi padre. Prefiero que lo sepa de mí. Y es mejor que no salgas de casa. Cierra la puerta y no la abras a nadie. Te aconsejo sobre esto como amigo.

***

Ethel se quedó sin aliento. Mientras estaba parada en el pozo, gritó llorando:

–¡Pecado! Lo vi. Lo vi hace un momento. Con mis propios ojos. ¿Cómo estoy parado aquí delante de ti? ¡Ella sedujo a David! Ella está poseída por demonios. ¡Tenemos que salvarnos a nosotros mismos! ¡Traerá destrucción a nuestra ciudad y a todos nosotros! ¡Hagamos algo antes de que sea demasiado tarde! ¡Lo vi, lo vi! Lo juro. ¡Ven conmigo! ¡Debemos actuar antes de que Dios nos castigue a todos!

–Tienes razón. ¡Abajo con ella! –gritó una de las mujeres.

–Es extraño, ¡que vuelva a la cordura! – gritó otra.

Voces posteriores se fusionaron en un solo grito alentador a tomar el asunto en sus propias manos.

–¡Que practique sus hechizos en el lugar de donde vino!

–¡No la queremos aquí!

Caminaron hacia la casa de María, amenazando con los puños y agitando lo que tuvieran en sus manos. Hombres y mujeres que no se saben cuándo se unieron al grupo se convirtieron en uno, una fuerza incalculable que nadie controlaba. Gritaron mientras caminaban.

– ¡Nos maldice!

–¡Puta!

–¡Ramera!

–¡Poseída!

María escuchó gritos. La gente ya estaba fuera de su casa.

Lamentó no haber escuchado a David y cerrar la puerta, pero ya era demasiado tarde. Corrieron hacia el jardín y luego a casa. Acelerando, volcando los muebles, sin prestar atención a las pequeñas cosas colocadas contra las paredes.

Ella los enfrentó. Sorprendidos, se detuvieron, pero solo por un momento.

–¿Qué quieren? – Ella se cruzó de brazos.

Todo sucedió muy rápido. La rodearon, comenzaron a escupir y patear. Alguien la agarró del pelo, otro le abofeteó la cara, alguien le tiró de la ropa.

Arrastraron a María fuera de la casa y la arrojaron al suelo. Ella se levantó.

–¿Qué les hice?

–¡Fuera! ¡No te queremos aquí!

–¡Perra!

Estaban gritando. Alguien recogió una piedra y la arrojó. Otro le siguió. La gente la escupió, pateó y le arrojó lo que tuviera a la mano.

Leo apareció de repente. Se paró frente a su ama y comenzó a gruñir con todas sus fuerzas para asustar a los atacantes.

–¡Bruja egipcia!

–¡Está al servicio del gato!

–¡Este es un demonio!

–¡Fuerza impura!

Las piedras también cayeron hacia Leo. Una de ellas lo golpeó en la cabeza. La sangre brotó y el animal cayó. Su cuerpo convulsionó antes de morir.

María lo tomó en sus brazos y lo protegió.

–Mi amor… –susurró ella.

La diosa Bastet miró a la odiosa multitud.

–No es lugar para ti, mi pequeño –le susurró al oído y le dio unas palmaditas con su mano divina para aliviar su sufrimiento–. Te llevaré a Egipto. Siempre serás bien recibido allí.

Sus ojos se nublaron, lamió la mano de María y luego de un rato ya estaba muerto. Y la multitud, en lugar de calmarse tan pronto como vio sangre, procedió a intensificar el ataque. María, abrazando a un gato muerto, trató de levantarse.

–¡Bárbaros! –ella gritó.

Volaron más piedras.

–¡Bruja! – ella escuchó.

–¡Bruja!

Vio a alguien sacar sus cosas egipcias de la casa y otra las prendió fuego, pero estaba completamente indiferente. Con el resto de sus fuerzas se levantó y salió de la puerta de la finca.

Las maldiciones la persiguieron y más piedras la alcanzaron. Ella huyó.

Cuando se dio la vuelta por un momento, vio a Ethel parada en la puerta. La estaba amenazando con el puño.

***

–Cuando entré al jardín, ella estaba inconsciente. –David le explicó a su padre–. Luego había una carta de Egipto. Miré. Parece que su abuela murió y María heredó la propiedad en el Nilo.

–Si heredara tal riqueza, probablemente también me desmayaría –Isaac asintió con la cabeza.

–Estaba fuertemente apegada a su abuela. Pasó casi toda su vida anterior con ella. Se desmayó cuando descubrió que estaba muerta.

–Los juicios divinos no se investigan. Qué bueno que la hayas despertado. Deberías cuidarla, ¿quién sabe si Adonaí conectará tus caminos? ¿Dices que nuestra María heredó su fortuna? Era la virgen más atractiva en Magdala hasta ahora, a pesar de que su padre le dejó solo la mitad de la propiedad. Ahora su valor ha aumentado aún más. Es bueno que la hayas ayudado. La gente debería ser ayudada.

–Padre, cuando la estaba tentando, Ethel vino. Sabes como es ella.

–¿Devota?

–Yo también lo pienso.

–Nunca es «demasiado» cuando se trata de la piedad.

–Ella comenzó a gritar que Sodoma y Gomorra, y la ofensa divina. Llamó a María de lo peor y corrió a la ciudad.

–Oh –el Rav estaba preocupado por el giro de los acontecimientos.

–Nada bueno saldrá de eso.

–Por eso, padre, vengo a ti. Hay que hacer algo para calmarla. Ella está lista para agitar a toda la ciudad contra esta pobre chica.

–Los juicios divinos no se investigan. Pasará lo que tenga que pasar.

–Iré a la plaza y veré qué pasa. Una gran multitud se reunió allí. Incluso aquí puedes escucharlos gritar.

–Gritan. Déjalos. La gente tiene que expresar sus emociones. Una pequeña fila hace un buen trabajo de vez en cuando en la comunidad.

–¿Qué nos enseñan libros divinos?

–Sí, nos enseñan eso también. Hay mucha sabiduría para cada ocasión. Eres joven, eres impetuoso. Vivirás, estudiarás las Escrituras por más tiempo y sabrás que participar en disputas humanas, especialmente cuando están involucradas las emociones más elevadas, nunca es correcto.

–Pero la tragedia puede suceder, padre.

– Será mejor que te mantengas en silencio y veas desde la distancia. Esta es también la sabiduría de no involucrarse.

–Pero no hay duda. María es calumniada injustamente.

–No te veo con esta chica.

–Padre, tú mismo me acabas de alabar por ayudarla.

–No hay nada que discutir con una multitud. Se debe permitir que la multitud expulse sus emociones. Si María debe entender por qué le gritan. Ella está descarriada. Vale la pena ponerla en su lugar, será una mejor esposa entonces.

–¿Qué aconsejas entonces?

–No salgas de casa, espera a que ocurra lo que tenga que ocurrir. De todos modos, ¿oyes? Los gritos se calmaron. Se separaron.

Al ver la cara de disgusto de su hijo, agregó:

–Hablaré con Ethel.

***

Cuando se despertó, vio el cielo cubierto de estrellas. Ella yacía en los arbustos. No sabía cómo llegó a este lugar y dónde estaba. Todo le dolía y su cuerpo estaba cubierto de heridas. Ella no podía moverse. Ella tenía sed.

–Mi señora, sálvame –susurró y perdió el conocimiento. Cuando volvió a abrir los ojos, amanecía. Ella miró a su alrededor. Estaba en el lago, pero no sabía dónde. Ciertamente no muy cerca de casa, porque ella no exploró el área.

Ella recordaba los acontecimientos del día anterior. Una carta de Sithathor, su desesperación ante la noticia de la muerte de su abuela, luego la cara de David se inclinó sobre ella, gritando las maldiciones de Ethel y todos los horrores que le siguieron.

Le dolía todo el cuerpo. Se tocó la cara magullada. Entonces oyó voces, se estaban acercando. Pertenecían a los hombres. Estaban borrachos. Probablemente regresarían de un pub. Ella se encogió y se quedó quieta.

–Oye, mira, creo que el lago nos dio un regalo –gruñó uno de ellos.

Se acercaron. María se acurrucó aún más. Ella no pudo escapar. No tenía la fuerza para arrastrarse: el dolor y el miedo la paralizaron. Ni siquiera podía ahuyentar a las moscas que descansaban sobre su dolorido cuerpo.

–Si un lago arroja algo bajo nuestros pies, significa que es un regalo para nosotros. –Uno de ellos se inclinó para verla–. Tensa, pero bastará.

–Pide placer –dijo otro.

–Si lo pide, no nos negaremos…

El siguiente se paró frente a ella.

–Yo primero.

Eran siete de ellos. Apestaban a cuerpos sin lavar por mucho tiempo. Aliento a alcohol, labios irregulares y dientes cariados. Dos la tomaban de las manos. Ella trató de soltarse, pero sabía que no tenía ninguna posibilidad. Le faltaba la fuerza para defenderse, así que dejó de luchar. Ella yacía casi muerta. En parte estaba muerta. Ella no estaba allí. El alma nadó hacia las tierras altas y se disolvió en el espacio.

Y la violaron, uno tras otro, y no les importó si estaba respirando o sintiendo algo, o si estaba viva.

Cuando terminaron, se pusieron de pie, cada uno escupió despectivamente en su dirección y continuaron.

No sabía cuánto tiempo estuvo inconsciente y cuántas veces cayó en la oscuridad. Cuando abrió los ojos, vio una botella de agua y un trozo de maca. Alguna buena alma, al ver su condición y desgracia, los dejó para ella. Ella tensó toda su fuerza. Los dedos heridos se negaron a obedecer. Cuando por fin, con el mayor esfuerzo, tuvo éxito, se desmayó de nuevo. Cuando volvió a la conciencia, recordó la botella. Afortunadamente, él estaba a su lado, y el agua no se derramó fuera de ella. Tomó con avidez. Luego rompió un pedazo de masa y se lo puso en la boca. Masticaba lentamente.

Su cuerpo destrozado no tenía fuerzas para desesperarse. Sus muslos estaban cubiertos de esperma seco mezclado con su sangre. Le palpitaban las sienes, le dolía la piel, le dolían las marcas, estaba magullada y herida. Sin embargo, no pensaba en eso.

Recordó las palabras de Charmion desde el templo: «El pájaro de Isis es una cometa. Cuando sus hijos están en peligro, la madre envía una señal para fingir que está muerta. Lo hacen tan bien que el depredador los pasa por alto». Ella decidió esconderse en caso de que los violadores regresaran. Con esfuerzo sobrehumano, ella comenzó a gatear hacia los arbustos. Rezó todo el tiempo, pidiéndole apoyo a Isis.

–Señora, sálvame, por favor, o ten piedad y llévame a casa. No tengo más fuerza.

Sintió que pasó una eternidad, y ella, arrastrándose, finalmente llegó a un lugar seguro. De hecho, se alejó a solo unos pocos codos y volvió a caer en la oscuridad.

Cuando abrió los ojos, logró beber agua. De alguna manera, la botella de piel estaba atada a su cintura y se arrastraba, arrastrándola inconscientemente con ella. Esta vez no perdió el conocimiento como antes, pero por primera vez desde que estaba en el lago, simplemente se quedó dormida.

Mientras dormía, los violadores se pararon sobre ella nuevamente. Volvieron.

–¿Ves? Nos estaba esperando.

–Le gustó tanto que decidió no moverse.

–Bueno, ¡hemos llegado!

–¡Hola mi niña, estamos aquí!

Sin embargo, ninguno de ellos la tocó. No tuvieron oportunidad.

Una figura vestida de negro apareció ante ellos. Bajo las capas de tela no pudieron reconocer su género. Parecía un hombre grande y fuerte. Sacó un cuchillo grande de su cinturón.

María estaba dormida. En el sueño vio la brillante figura de un hombre. Se paró en la colina, con los brazos extendidos. Él la llamo. Ella quería ir hacia él, pero no podía, sus piernas eran demasiado pesadas. Ella trató de volar, pero no tenía alas. Quería levantarse sin ellas, sabía que podía, pero algo la estaba limitando, un peso que no podía soportar, algo que no podía levantar, algo que no la dejaba ir a la luz. Ella trató de romper el techo invisible que colgaba justo por encima de su cabeza, limitándola. Estaba luchando e intentando, pero parecía inútil. Y cuando iba a rendirse, hubo un destello familiar le permitió ver las cosas claramente. Ella entendió cuál era el problema. «Deshazte del cuerpo y tu espíritu se liberará». Recordó las palabras de la sacerdotisa Agnes y vio su figura, su colorido vestido y su bufanda multicolor ondeando al viento.

Y luego Isis se acercó a ella. Tenía la cara de una suma sacerdotisa. La tocó y ocurrió un milagro: después de un tiempo, María flotó en el mismo espacio y esplendor en el que el hombre iluminado apareció un momento antes. La diosa la protegió de lo que podría haber sucedido.

Cuando despertó estaba en una cueva. Nefer se arrodilló a su lado.

–No, no estás soñando. Realmente soy yo –explicó suavemente.

–La Diosa me envió. Ella siempre se preocupa por sus sacerdotisas. Le puso una pequeña botella debajo de los labios.

–Bebe –le pidió–. Te ayudará. Te quedarás dormida y yo estaré aquí contigo. Estás a salvo ahora.

–Nefer, ¿te has convertido en una valiente hemet?

–Esa fue la voluntad de la Diosa. –Nefer hizo el signo tres veces.

–Que buena que eres. Gracias.

–La gran sacerdotisa vio que algo malo te estaba pasando. Estaba preocupada de que dejaras este mundo antes de que pudieras cumplir tu misión. Hay tantas fuerzas malvadas contra ti. Querían evitar que completaras tu misión. Están entre las personas ahora más que nunca, no quieren ver qué abras nuevamente las Puertas de la Luz. Están confundidos, tramando, perturbados. Están sorbiendo veneno en sus corazones. Enjambres de moscas negras son su marca. Probablemente los viste muchas veces. La sacerdotisa me ordenó que te apoyara y te dijera que recuerdes que lo que no te mata te hará fuerte y definitivamente te cambiará irreversiblemente. No te rindas, eres la elegida. Ve. –Ella inclinó la cabeza.

8

Marta, después de regresar de Betania, encontró la casa como si hubiera pasado un huracán.

Los criados aterrorizados no tocaron nada hasta su regreso, temiendo que si limpiaban y eliminaban el daño, no se daría cuenta de cuán grande había sido la maldad allí.

Cuando regresó, David apareció de inmediato, lleno de remordimiento.

–He estado buscando en todas partes durante cinco días –afirmó. Incluso contraté personas para ayudar. –Se hundió como una piedra en el agua.

–David, los sirvientes dicen que estuviste aquí un momento antes de que sucediera. ¡Di lo que sabes!

Marta no se dio cuenta de que estaba sola con él en una habitación cerrada. Tampoco parecía molestarle. La situación era inusual. Marta estaba temblando de nervios y tenía la mandíbula apretada, era militante y estaba preparada para la batalla. Ni él ni ninguna de las doncellas la habían visto así.

–¡Dime qué pasó aquí! –ordenó y lo empujó hacia la silla.

Le contó todo hasta el último detalle. Ni siquiera olvidó que había examinado la carta de Sithathor. Sabía sin duda que era importante, y con razón le pareció que después de lo que había sucedido en casa, podría haber desaparecido en algún lugar, tal vez incluso irremediablemente.

–Mi pobrecita María… –Marta cruzó sus manos–. ¿Dónde está ella ahora?

–Realmente la he buscado por todas partes –aseguró–. Las pistas conducían al lago, pero en un momento se dispersaron.

–¡Voy en camino! –Ella se puso de pie–. Haz algo para que las personas se arrepientan por el daño. ¡Es tu deber para con ella!

–Lo intentaré.

–No «lo intentaré», ¡lo harás! Dios te está mirando, ¡recuerda!

***

Marta buscó a fondo todos los lugares donde creía que su hermana podía esconderse. Primero fue al lago. Exactamente donde la encontraron una vez con su padre, cuando de niña vagaba sola desde su casa. Ella no estaba allí. Buscó en los arbustos y arboles junto al lago. Miró cada hueco en las rocas de las colinas, pero no encontró ninguna señal en ninguna parte.

Ella notó mucha sangre en un solo lugar. Estaba salpicada de piedras.

«Alguien tuvo que haber pelado aquí, con mucha violencia», pensó. Luego, en su cabeza, frente a sus ojos internos, inesperadamente, una figura vestida de negro estaba parada con un gran cuchillo en la mano. Ella pensó que también vio a siete hombres repulsivos y al mismo tiempo asustados. «¿Qué es eso?». Se sorprendió. Nunca había experimentado algo así antes. Después de un momento, vio una escena sangrienta: la figura negra cortó a cada uno de ellos y lo hizo tan rápido que incluso aquellos que la hicieron tuvieron problemas para entender lo que estaba sucediendo.

Aterrorizada, cayó de rodillas. Pero este no fue el final de la visión. Ahí había una mujer vestida de negro, porque Marta ya sentía que la figura luchadora era una vengadora, presionó a cada uno de ellos en la boca con pedazos sangrantes de lo que recientemente había sido parte de sus cuerpos.

Marta se tumbó sobre las piedras y comenzó a sollozar. Su llanto se convirtió en un gemido, luego un fuerte aullido. Ella ya sabía lo que le había sucedido a su hermana en este lugar, así como qué castigo recayó sobre los violadores.

También sabía que, María ya estaba segura, debía regresar a casa y necesitaba la mejor atención posible. Y que recuperaría a su hermana pronto.

***

Esa misma noche algo la despertó. Parecía haber sido llamada por una mujer vengadora de su visión. Corrió a la habitación de María. Su hermana estaba cuidadosamente cubierta en la cama. Había numerosos signos de golpes, heridas, contusiones y rasguños en la cara y las manos, pero dormía tranquilamente.

A su lado yacía un bolso lleno de viales y bolsas de hierbas. La alforja tenía la misma marca que María tenía en el cuello.

Desde ese momento Marta no dejó entrar a nadie en su habitación. Ella misma cuidaba de su hermana. La cuidó, la alimentó, lavó y limpió la habitación. Ella no quería que nadie más viera su condición.

***

Marta miró los ojos suplicantes de Lucio.

–Mucho ha pasado recientemente.

–Por eso estoy aquí.

No sé si ella querrá verte. Desde que sucedió, no sale de la habitación.

–Déjame entrar. Sabes que soy su amigo.

– También está en esta condición por tu culpa.

– La sacaré de aquí. Este lugar es malo para ella. Iremos a Egipto o Roma. Me casaré con ella. Sabes que la amo.

Ella lo llevó a la habitación de María, le dijo que esperara fuera de la puerta y entró.

–Lucio está aquí –anunció.

–No quiero ver a nadie.

–Es tu amigo.

–Lo sé.

–¿Lo dejo entrar?

–Es mejor para él no verme.

Como Marta le había dicho, él estaba parado en la puerta y que estaban entreabiertos, escuchó cada palabra. Llamó y entró sin esperar respuesta.

–Aprendí lo que pasó y decidí tomar un descanso del ejército. –Se paró al lado de su cama.

Estaba oscuro en la habitación. María yacía en el medio de la cama, acurrucada. Cuando él entró, ella se encogió aún más.

–No quiero que me veas –sollozó–. No lo haré si no quieres. Pero me prometí a mí mismo que no te dejaría hasta que estuvieras bien. Aquí no estás segura, necesitas protección. Le pediré a tu hermana que me dé un rincón. Te protegeré de este desierto.

–Quédate si lo necesitas.

–Lo necesito –resopló.

–Si quieres, quédate. Pero no quiero que vengas a verme. Por favor respeta eso.

–Puede estar seguro de que no haré nada que no esté de acuerdo a tu voluntad.

–Gracias, eres muy noble.

–Te amo.

Lucio durmió en la antigua cámara de Cyrus. Esperó pacientemente a que María lo invitara, pero ella todavía no salía de la habitación. Marta afirmó que sus heridas estaban casi curadas, pero su alma estaba tan destrozada que todavía necesitaba mucho más tiempo para recuperarse. Tanto que nadie pudo evaluar cuánto. Y no quiso esperar tanto tiempo.

Antes de irse, volvió a llamar a su puerta. Ella no respondió. Entonces la abrió y entró.

Se tumbó en la cama con los ojos abiertos. Ella miró al techo. Parecía casi tan hermosa como siempre, pero sus ojos estaban completamente ausentes. Se acercó. Ella se encogió.

–¿María?

Nada. Marta decía la verdad, no estaba bien. Las cosas probablemente fueron incluso peores que el día que vino aquí para protegerla.

Estaba preocupado por su condición, pero estaba orgulloso de uno: como vivía en esta casa, nadie de Magdala se atrevió a cruzar las puertas de la finca.

Los habitantes de la ciudad actuaban como si nada hubiera pasado. No hablaron de eso entre ellos, e incluso en casa, cuando nadie podía escuchar sus conversaciones, también lo evitaban con cuidado. Después del linchamiento que habían hecho, el mal aire que se había acumulado durante mucho tiempo cayó. Incluso las moscas, que volaban alrededor del pozo, de alguna manera se dispersaron por la ciudad y regresaron a las casas donde normalmente vivían. Sucedió como el Rav Isaac había predicho: las fuentes de las emociones negativas del grupo, que ocasionalmente deben encontrar una salida en alguna parte, estaban agotadas y la sed de sangre satisfecha.

Lucio se inclinó hacia delante. Mirando la cara de María, que de cerca parecía una máscara y no expresaba ninguna emoción, dijo:

–Me voy pero te estaré esperando. Siempre. En Jerusalén, Alejandría, Roma, donde quiera que esté. Todo lo que tienes que hacer es avisarme y vendré por ti. Te amo. Ahora que no sé a dónde fue tu espíritu. Nunca me detendré. Una mujer como tú es para toda la vida. Si tengo que hacerlo, esperaré, incluso si es por siempre. Soy tuyo. Siempre lo seré.

***

Estaba harta de náuseas. No lograba salir de la cama, y las tripas la tiraron con tanta fuerza que se inclinó y vomitó al suelo.

Ella no tenía fuerzas para ponerse de pie. Cada partícula de su cuerpo protestó contra lo que estaba sucediendo. Se le partió la cabeza, se le quemó la piel y se le salió el pelo en un puñado. La cama estaba llena de ellos. Algunos se le cayeron mientras dormía, los otros durante el día. Ella miró su estómago. Estaba rasguñado, con sangre. También había sangre seca debajo de las uñas, sus marcas en la sábana.

Ella tenía pesadillas en la noche. Vio los rostros terribles y distorsionados de los hombres sobre ella, sintió su horrible y repugnante hedor. Estaban sobre ella otra vez, la destrozaron, la empujaron, asesinaron su cuerpo y alma. Y de nuevo, como entonces, mordió, rascó, pateó, arrancó, aulló de terror, humillación y dolor.

Ella se despertó más tarde. Mojada, caliente, aterrorizada y temblorosa. Tocada por Marta.

–Mi bebé, mi amor, estás bien –dijo, acariciando su cabeza.

–Marta, no puedo soportarlo, no puedo soportarlo más, ¡me estoy volviendo loca! –se quejó–. No tengo más fuerza. Estoy enferma

–Todo lo malo pasará, olvidarás y estarás bien.

***

Pero no fue así. Ella se sentía peor y peor. Un día se dio cuenta de que estaba embarazada. Que los bandidos que la habían atacado habían plantado semillas en ella, y que era tan terrible para ella que no podía vivir con eso. No tenía fuerzas para pensar, pero sentía con todo su ser que estaba tan devastada y mutilada que no podía soportar la próxima desgracia; el fruto de lo que le sucedió.

Se sintió asqueada consigo misma. Ella no podía mirar su cuerpo, herida y rasgada, y además llena de lo que los violadores habían dejado atrás. Cayó en la desesperación y aulló con una voz inhumana. Se arrancaba el pelo. Primero tiró de sus sienes, queriendo lastimarse y castigar su cuerpo por lo que había sucedido. Más tarde, cuando no ayudó, los agarró en un puñado y los sacudió hasta que salieron de la cabeza con pedazos de piel. Cuando las heridas resultantes comenzaron a sanar, arrancó las costras y se rasguñó porque no quería que sanaran. Gracias a la petequia y la sangre, sintió aún más su desesperación.

Para castigarlos aún más, para recordar lo miserable y débil que era, infligió más heridas. Ella cortó la piel en el interior de sus muslos con una cáscara afilada. Observó las gotas rojas corriendo por sus piernas... y continuó cortando. Las heridas eran cada vez más profundas y largas. Ella no las dejó cicatrizar. La sangre goteaba de las heridas y luego apareció pus. Tan pronto como se secaron un poco, las cortó de nuevo y, llorando, las miró, desesperada por su dolor e impotencia.

Tan pronto como Marta se dio cuenta de lo que estaba sucediendo, decidió no perderla de vista. Se sentó a su lado e intentó acariciarla y abrazarla. Mayormente sin éxito. Había noches en que estaba tan cansada que se quedaba dormida sin sentir nada y nada podía despertarla. Finalmente, cuando estaba completamente sin fuerzas, decidió que cada dos noches pasaría con ella un sirviente de confianza que juró que no le diría a nadie lo que vería o presenciaría. Mantuvieron el secreto.

***

Una noche, María recuperó la conciencia lo suficiente como para reflexionar sobre lo que había sucedido. Regreso a sus cabales. Ella miraba las cosas como lo hacía cuando no tenía una experiencia trágica.

Se dio cuenta con todas sus fuerzas de que había sido violada, embarazada y que debía hacer algo al respecto. También sabía que no podía contarle a nadie sobre eso, porque la apedrearían. Nadie puede averiguarlo, nadie, ni siquiera Marta. Si su hermana incluso sospecha algo, entonces no tiene derecho a acusarla con información tan terrible. Bastaba que ella sufriera sola. Se vio obligada a proteger a su hermana.

La criada que la vigilaba por la noche salió de la habitación por un momento.

María se preguntaba frenéticamente qué hacer. Sabía que en uno de los cofres que había traído de Egipto, también había hierbas que podrían ayudar en un callejón sin salida. Le daban esperanza a las mujeres que estaban embarazadas sin desearlo. Ella aprovechó la situación de que estaba sola. Con dificultad, logró levantar la pesada tapa. Sin embargo, para su horror, el cofre estaba vacío.

Se sentó en el suelo y suspiró impotente. Ella quería llorar. «Las chicas de Magdala no lloran», recordó las palabras de su padre. Él las dijo cuando la dejó con sus abuelos en Egipto, y ella sintió que se acumulaban las lágrimas. «¿Y qué hacen cuando quieren llorar?», Preguntó entonces. «Miran las estrellas».

Entonces ella miró a los ojos y miró al cielo. Estaba salpicada de puntos brillantes. Brillaban como si nada. Inmutable, frío, sin compasión, como si no supieran qué desgracias había experimentado. Se quedó allí y las miró con asombro que sin importar lo que le sucediera y las tragedias que la afectaran, aún brillan de la misma manera, no caen, los truenos no vuelan y el cielo no cae sobre las cabezas de los villanos.

Luego recordó que cuando la multitud la sacó de la casa, lo más probable es que Ethel llevara a las mujeres hacia el cofre y diría con confianza que había venenos que María agrega a los pasteles y bebidas para atraer a los hombres. Recordó cómo lo había dicho en broma a David, y Ethel lo había presenciado. Y que ella entendía todo literalmente con su pequeña mente, probablemente pensó que era verdad.

También mencionó que cuando la arrastraron fuera de la casa, por el rabillo del ojo vio cómo las mujeres que aparentemente habían vaciado el contenido del baúl habían quemado todo lo que encontraron en él.

Entonces fue privada de sus hierbas y botellas con mezclas. Ella pensó que no había rescate para ella.

–Se acabó. No puedo vivir así. Estoy contaminada, deshonrada y me quitaron mi dignidad. Y además llevo un recuerdo trágico de un crimen.

Sin embargo, ella era una sacerdotisa, una de esas famosas que nunca se daban por vencidas, incluso en situaciones que parecían no tener salida. En su vida lloró más de una vez, aunque era de Magdala, se desesperaba porque no sabía qué hacer, pero siempre estaba buscando una solución. Ella no se rindió; ese no era su estilo. Así fue esta vez.

Cuando su tutor regresó, ella fingió estar durmiendo tranquilamente. Respiró uniformemente y no se movió. El criado se tumbó en la cama junto la suya y se durmió.

Luego, María se puso en silencio un vestido negro, largo y suelto, se envolvió la cabeza con un chal oscuro y salió de la casa. Era tarde en la noche. La ciudad estaba casi dormida, pero la vida apenas comenzaba en el distrito al que se dirigía.

Huyó de las calles laterales, manteniéndose cerca de las paredes.

–Déjame entrar, necesito hierbas. –Puso una moneda en la mano de la chica que estaba parada junto a la puerta trasera del tabernáculo.

Ella recordaba este lugar, hace poco lo visitó con amigos. Fueron solo un momento, pero el tiempo suficiente para compararlos con lo que vieron en Alejandría. Ella preguntó entonces dónde guardaban la medicina. Recordó que le había dado la moneda al dueño, quien personalmente la llevó a una habitación similar a la que había visto en la casa de placer en Egipto.

Ella iba a este lugar ahora. El dueño la miró de cerca. Después de un momento, se sorprendió al reconocerla como una mujer que le había pagado recientemente para ver la medicina. Fue cuando fue visitada por verdaderas damas en compañía de hermosos jóvenes por primera vez en la historia de su santuario. Entonces supo que recordaría esta extraña visita durante mucho tiempo.

–¿Qué necesitas?

–Ayúdame.

–Escondete. – Ella asintió, adivinando lo que estaba pasando.

–¿Qué podría desear una niña hermosa hasta hace poco, sabia y liberada, rica y abierta al mundo, pero ahora, en términos suaves, no en la mejor forma, y para decirlo simplemente, en un estado bastante deplorable? Algo que tenía consecuencias tenía que sucederle.

Entraron en una pequeña habitación que María conocía de su visita anterior.

–Esto lo beberás por la mañana. –Una mujer le entregó una botella llena de liquido verde–. Y esta en la tarde. Terminará en tres días como máximo. Dolerá Sangrarás, incluso puedes perder el conocimiento, pero todo lo que no quieras saldrá de ti.

María le abrió un bolso. La mujer tomó tres denarios de ella. Era mucho, tres días de trabajo de la bodega. Normalmente tomaría uno, pero sabía que su invitado podía pagarlo. Entonces, ¿por qué no aprovechar la oportunidad? María estaba en tal estado que no le prestó atención.

–Es mejor que alguien esté contigo –agregó la mujer.

–Después, beba mucha agua. Y en todo caso, ven, te ayudaremos.

Del mismo modo, sin que nadie lo note, María regresó a su casa. Atravesó de puntillas su habitación. Su tutora aún estaba dormida. ¿O solo estaba fingiendo? De todos modos, el cuerpo de la mujer no se movió.

María se acostó y se durmió de inmediato. Ella durmió por primera vez desde la violación, sin interrupciones, sin el uso de hierbas anestésicas, hasta la mañana.

–Creo que dormiste mejor hoy, ¿no? – Marta le preparó el desayuno.

– Sí, estaba más tranquila.

–Por un momento en la noche, parecía como si alguien estuviera caminando por la casa. ¿Has oído?

–Acabo de despertar.

Me alegra que estés mejor, cariño.

La sirvienta de guardia junto a su cama se inclinó sin decir una palabra y salió de la habitación. María pensó que esta mujer sabía de su viaje nocturno, pero que podía estar tranquila, porque nunca se lo contaría a nadie, ni siquiera a Marta.

Y Marta, sonriendo por primera vez en muchos días, se alegró de ver a su hermana devorar dos huevos, un trozo de maca y beber un vaso de leche. Estaba feliz porque era la primera comida en días que la convaleciente comía casi con apetito.

–Creo que volveré a dormir... –María apoyó la cabeza sobre la almohada.

–Dormir. Esta es la mejor medicina. –Marta tomó la tabla de la que traía el desayuno y salió de la habitación de puntillas.

Tan pronto como se cerró la puerta, María tomó la botella. La sacudió, la abrió y bebió el contenido. No hubo más de diez sorbos. El líquido era tan desagradable que tuvo que esforzarse mucho para no vomitar.

–Es tu sangre, Isis, tu poder es, Isis, tu magia es... susurró.

–Cuídame, señora.

Hizo triple el signo de la Diosa y se durmió.

Se despertó cuando el sol estaba alto en el cielo. No sintió dolor ni náuseas. Ella estaba mirando al techo.

–¿Qué pasa si la droga no funciona? –Se preguntó. Quería liberarse del terrible veneno que envenenó su cuerpo y alma. Marta no podía enterarse de nada, o que llevaba un recuerdo después de la violación, o que había tomado una medida para retirarla. Su hermana ha sufrido lo suficiente por ella. Ella fue muy amable y comprensiva con ella. ¡Esta maravillosa Marta, temerosa de Dios, bien organizada, trabajadora, meticulosa, profesional y con un corazón tan poderoso, bueno, tierno y sensible! La salvó, cubrió su cuerpo y finalmente buscó al mejor médico. No podía decirle lo que había sucedido, incluso si realmente quería, porque con cada momento que pasaba estaba convencida de que tenía el deber de proteger a su familia de las noticias más perturbadoras.

–Y este caldo para mi amada hermana –escuchó.

Marta trajo sopa en un recipiente de arcilla y la colocó en una tabla ancha frente a ella.

–Come, te hará bien.

–Un buen sueño y platos nutritivos siempre se ponen de pie.

Se comió todo, para satisfacción de su hermana, y sonrió agradecida.

–Creo que me volveré a dormir. –Se arropó de pies a cabeza.

Ella quería desaparecer.

–Duerme cariño, duerme.

Cuando se despertó de nuevo, estaba oscuro. No había nadie en su habitación.

Abrió la segunda botella de líquido verde y volvió a beberla. Era tan insípido como el primero.

Acostada, hizo el triple signo de la Diosa, le pidió protección y se durmió nuevamente.

Por la mañana se despertó con fiebre. Estaba mojada de sudor. Le dolía el estómago. Marta estaba con ella y le refrescó la cabeza con toallas húmedas y frías.

Al mediodía, el dolor era tan fuerte que tuvo que esforzarse mucho para no gritar. Sintió que cientos de cuchillos le cortaron el estómago, y luego sintió algo dentro de su herida. Ella comenzó a sangrar. Al principio, pequeños hilos de color marrón oscuro fluyeron lentamente. Más tarde, cuando se retorcía de dolor y mordía la almohada para no gritar, sintió que algunas conexiones se desgarraban dentro de ella. Se levantó un poco para mirar lo que rezumaba de ella. Se puso las manos sobre el estómago, queriendo calmar el terrible dolor. Seguía amordazada. Un coágulo de sangre apareció en la sábana. Sorprendida, extendió la mano entre sus muslos y lo tocó con los dedos. Era de color marrón oscuro, gelatinoso y cálido.

Marta, que previamente se había arrodillado junto a su cama, rezó y se puso de pie de un salto. Parecía aterrorizada, pero estaba tranquila.

–Respira, mi amor. Todo estará bien, aseguró, sosteniendo las manos de su hermana.

El terrible dolor que sintió María se fue en la mañana. Se sintió aliviada y levantó el codo para ver qué estaba pasando entre sus muslos. Ella no lo hizo porque estaba enferma. Su cuerpo liberó los restos del veneno acumulado en su estómago. Junto con ella llegaron la bilis y la saliva con un olor muy agrio. Le dolía el cuerpo, temblaba alternativamente con sudor, pero supuso que lo peor había pasado.

Marta sabía que con el cambio de una camisa sucia y ropa de cama María descansaría un poco. Entonces la envolvió en sábanas frescas, cubriendo lo que estaba manchado con sangre y vómito. También abrió la ventana. Estaba casi segura de que María ya no gritaría, por lo que no estarían expuestos a que la escucharan extraños.

A pesar de que las ventanas estaban abiertas, la cámara seguía tapada y el olor a sangre se mezclaba con el hedor a vómito. Sin embargo, Marta sabía que esto no es lo más importante, lo que importa es que la crisis ha terminado y lo peor está detrás de ellas. Ella se sintió así. Ella quería aliviar mucho su sufrimiento.

Ella enfrió su frente húmeda. Se sentó a su lado y, esperando que la temperatura bajara aún más, se acarició las manos. Solo más tarde, cuando decidió que las cosas iban en la dirección correcta, se agitó en silencio, ordenando el campo de batalla. Ella no comentó sobre la presencia de un coágulo de grande y gelatinoso. Enrolló la sábana sucia y volvió a colocar el colchón, segura de que debía quemar la suciedad, para que ninguno de los sirvientes pudiera verla. Más tarde, puso una camisa limpia para María. Su hermana recuperaba fuerzas con cada momento que pasaba, y cuando se aseguró de que respiraba casi completamente tranquila, porque la temperatura había bajado, se acomodó a su lado y se durmió.

–Relájate –dijo ella.

9

Una docena de días después de este evento, María estaba sana en su cuerpo, pero su espíritu todavía no se sentía tranquila.

Y nuevamente los demonios se metieron en sus cabezas.

Tenían los rostros horribles de sus violadores y se rieron burlonamente. La rodearon y se burlaron de ella, sorbiendo maldiciones en sus oídos, jadeando sobre su rostro con un olor terrible, cortando su cuerpo, penetrando dentro de todos los agujeros y quemándola con veneno desde adentro.

Ella los ahuyentaba, pero en vano. Los demonios se escondieron en algún lugar por un momento, en silencio, y cuando ella comenzó a respirar con calma, aparecieron de nuevo, croaron burlonamente, temblando con su impotencia e impotencia.

–A veces eran poderosas y parecían enormes nubes antes de la tormenta –ella estaba encogida en ese momento porque no había escapatoria de ellas. A veces caían del tamaño de un ratón y se arrastraban sobre sus pies descalzos, o se sentaban en algún lugar de la esquina y observaban eventos o los provocaban.

–Mira, todos ya lo saben –siseaban como un coro infernal en su oído.

Y gracias a ellos, vio a Ethel mientras corría hacia el Rav Isaac y le contaba sobre los terribles pecados de María. Que había dado vino hechizado a los hombres para poseerlos, que era una bruja, que tenía una caja llena de venenos y planeaba matar a los habitantes de Magdala. También le rezaba a Isis, y sin embargo se sabe que ella es un demonio, usa un anillo con sus símbolos y realiza gestos secretos que la hacen inmortal, unge su cuerpo, y las mezclas que usa para esto son obra del propio Demonio. Además, tiene vestidos coloridos y bufandas que contienen veneno y todos los que los toquen permanecerán bajo su encanto pernicioso.

También escuchó a Ethel contarle al Rav sobre el viaje a casa. La doncella testificó que Marco, Lucio e incluso Samuel y David habían sucumbido a su encanto demoníaco, que los había seducido sin que ellos lo supieran. Que tienen alas que esconde en cajas y se pone de noche para volar sobre el área y beber sangre de los niños recién nacidos. Que su segundo nombre secreto es Lilit. En el bárbaro Egipto, donde fue entrenada para ministrar a los demonios, todos tienen un segundo nombre secreto. Sí, María es una Lilit rebelde, y fue castigada por Dios porque mató lo que llevaba en su propio cuerpo, bebiendo la mezcla secreta que compró de los mismos pecadores que ella. Debido a que no cumplió con la ley, no inclinó la cabeza y no quiso ser como las mujeres que la rodean. «¡Ella es Lilit!», Gritó Ethel en su cabeza, y el Rav Isaac se levantó y asintió, conmovido por lo que escuchó.

María también vio cuando Ethel repitió lo mismo que le dijo el Rav a las mujeres del pozo.

–Tienes que ponerle fin, este es una pecadora. Seduce a nuestros hombres, deprava a las mujeres. ¡Organiza una Sodoma y Gomorra aquí y quiere enseñarles a nuestras hijas este maldito juego de Senet!

Las mujeres de la plaza sacudían escobas, morteros, hoces y antorchas. Los hombres tenían trinchetes, cuchillos y martillos en sus manos. Incitados por Ethel, se dirigieron a la propiedad que conocían.

Los demonios le mostraron el camino al público y los animaron. Se rieron de María, que estaba involucrada en sus asuntos con el Rav. Y en la sinagoga, cargada en los rollos sagrados, fingió no escuchar lo que sucedía en la ciudad. Su hijo lo ayudó a estudiar las Escrituras.

–¡Nadie te ayudará, nadie! –se burlaron los demonios. Más tarde vio a Marco. Estaba sosteniendo a su esposa embarazada de la mano. Le acarició el estómago abultado y saludó a María.

–¡Siempre te amaré! –gritó–. Eres una mujer de mi vida, pero lees, escribes, sabes contar y conoces la longitud de los ríos. Sabes los nombres de las reinas del pasado. No puedo estar con alguien así.

Ella también vio a Lucio. Montaba un caballo en el grupo de un oficial romano, su casco brillaba al sol. Estaba orgulloso de sí mismo. No tenía defectos ni debilidades, se convirtió en un ideal.

–Siempre estarás en mi corazón. Te estoy esperando. Y siempre estaré esperando. –Él le mostró un lugar frente a él en un caballo.

Sabía que podía saltar allí en cualquier momento, que él, como en las historias de chicas, la tomaría con sus brazos fuertes y que siempre estaría a salvo con él. Sin embargo, a ella no le importaba el cuento de hadas. Ella quería vivir en su forma más verdadera.

Los demonios se rieron.

–¿Lucio no es adecuado? ¿No serías independiente? ¿Terminarían las travesuras?

Hombres y mujeres se acercaban a su casa. Esta vez cerró la puerta y cerró la puerta, luego se encerró en su habitación y se acurrucó en un rincón. Estaba preparada para lo que sucedería. Se puso el vestido más hermoso que trajo de Egipto, un collar caro, largos aretes de oro y las mismas sandalias de cuero decoradas con metales que usaba solo durante las fiestas más importantes. Se ató un bolso lleno de monedas al cinturón y una pequeña botella de agua. También se armó con el cuchillo que toda sacerdotisa siempre llevaba consigo. Se cubrió la cabeza con una bufanda carmesí de su abuela. La envolvió con fuerza. Después de un rato escuchó los golpes en la puerta, y luego un fuerte crujido de madera rota. Las puertas se hicieron añicos y la multitud irrumpió. La gente subía las escaleras a toda velocidad, pisoteando todo lo que encontraron en el camino. Tirando de su cabello, arrastraron a Marta durmiendo desde la cama.

–Oren, le gritaron.

– ¡Tu hermana es un demonio! La echaremos de aquí pronto. ¡No la queremos aquí!

–¡Déjala, bárbaro! –Marta trató de defender la cámara de su hermana.

La empujaron y empujaron, y cuando cayó de nuevo, la ataron y amordazaron boca. Ella se apartó y se sacudió, pero en vano.

Los demonios abrieron la puerta a los verdugos, que María cerró desde el interior. La multitud le gritó. No podía reconocer quién era, solo se cubría la cabeza con las manos para protegerse de los golpes que le infligían. La sacaron de la casa. Igual que antes. Escupieron, empujaron, arrojaron piedras y le dijeron que se fuera de la ciudad.

Se apresuró sin esperar las próximas veces. Ella corrió con todas sus fuerzas. Ella se escapó sin mirar atrás. Sabía que si lo hacía, Dios la convertiría en piedra tal como lo había hecho la esposa de Lot.

10

Ella cayó en la oscuridad.

Ella no estaba allí. Había Desaparecido. Dejó de existir. Ella cayó en un abismo sin fin desprovisto de paredes, pisos y techos. No había edificios, carreteras, plantas ni nada del mundo que ella conociera. Gran inexistencia. Nada. No era una casa del bien o del mal ni nada que ella pudiera nombrar. Y ella tampoco existía. Ella estaba allí, sin sentir si estaba o no. ¿Murió? Ella ni siquiera lo sabía.

Y luego el negro se abrió. Sintió el hedor del miedo y la desesperación. Escuchó gritos dramáticos y dolorosos, gritos insoportables, gritos casi inhumanos. Un fuego quemó quemo todo. Devoró la existencia. Uno del que no hay escapatoria. Sus lenguas casi la alcanzaban, y entonces ella notó que tenía alas. Ella las extendió. Ella quería volar lejos, escapar de este terrible lugar. Vuela, regresa al mundo que conocía y vuelve a intentarlo. Levántate, levanta la cabeza, vive, siente la plenitud de la existencia. Pero las alas estaban débiles y rotas, destruidas en la lucha. Pequeñas plumas permanecieron en ellas.

En algún lugar muy alto vio la luz. Ella lo extrañaba desesperadamente. Fue el brillo que se les da a todos cuando nacen. Ella le tendió las manos.

–El cambio es un secreto –escuchó a la Suma Sacerdotisa–. Al principio, no sabes cómo tratarlo, pero el amor te permite verlo como una oportunidad. Cuando perdemos algo, nace algo nuevo. Sin el amor que tienes dentro de ti, no podrías descubrir por ti misma lo que viene. Permítete una metamorfosis, prueba un secreto. No le temas. Acéptalo. Deja que se convierta en tu mundo. El cambio es una bendición de amor.

La vida de todos consiste en experiencias. Hay violaciones físicas y espirituales, traiciones, abandonos, heridas corporales, insultos, humillaciones y violencia. Convierte la tragedia en algo útil. Tu cuerpo es solo una concha, es como un vestido que te pones mientras estás aquí. Cuídalo adecuadamente y te servirá bien. Los dramas que se encuentran en el camino, se convierten en fuerza y, armados con poder, apoyan a aquellos que aún no pueden hacer frente solos.

Date el derecho de enojarte por el dolor que alguien te ha causado. Al perdonar el mal, no lo borras, te ayudas a ti misma. La ira incitada constantemente es como la impureza. Cuanto más los acumulamos, más olor emiten. Oblígate a estar más allá de lo que te cierra y lo que te lastima. Pídele fuerza a la Diosa, y cuando ella venga a ti, acéptala con gratitud. Fortalece tu corazón, ponte de pie y sé un poderoso guardián de la fuerza femenina.

Cuando la Suma Sacerdotisa desapareció, María escuchó otra voz, que también conocía bien.

–Te curarás cuando entres en el camino que conduce a la iluminación. –La sacerdotisa Agnes surgió de la nada, como siempre con un vestido colorido–. Abre los ojos y mira. Deja que tu curación, el mayor regalo de amor que puedes darte, sea para que puedas reinventarte. Cuando alcances la voz interior y te conectes con la Diosa, conocerás la plenitud del ser. Entonces sentirás la alegría indescriptible de tal anastomosis. Y al conocerte a ti misma, también sentirás la presencia de Dios en otras personas y en todo el mundo.

María levantó las manos hacia el sol.

–¡Ayúdame! –ella gritó.

Sin embargo, el fuego ya había alcanzado sus alas. Se encendieron de inmediato. Se tiró al suelo, gritó y rodó para extinguirlo, pero ya era demasiado tarde. Ella controló todo su cuerpo. Ella se retorcía de dolor. Sus brazos y piernas estaban ardiendo, su torso estaba encogido. Ella dejó de sentir. Y luego se convirtió en una serpiente. Eterna. La que creó el mundo. Ella realizó la última danza de la muerte antes de desaparecer. Ella sabía que todo había terminado. El fuego la consumió.

Desapareció.

El mundo ha terminado.

***

Y luego renació.

Ella estaba en el medio del círculo. Ella estaba completamente desnuda. Enrollada como un bebé recién nacido. Asustada. Ante ella, dentro y alrededor de ella, todo era desconocido. Quería gritar, pero lo que llenaba su boca y garganta evitaba cualquier sonido.

Ella vio figuras femeninas. Había doce de ellas. Ella sabía que venían de diferentes direcciones, cada una representando el nivel más alto de iniciación. Han alcanzado brillo. Tal se llamaron Sacerdotisas de la Luz. Nada era un secreto para ellas. Eran uno con todo lo que los rodeaba. Eran el mundo. Eran una diosa.

Se pararon sobre ella, con los brazos extendidos, bendiciéndola y dándole su poder.

–Los que estaban antes que nosotros están aquí ahora –dijo la sacerdotisa en un lenguaje áspero con la cara pintada de rojo y con plumas de colores en el pelo–. Ya está hecho. Aquí está la línea femenina, todas estamos aquí.

El cielo nocturno brillaba intensamente. Sus puertas se abrieron. La luz alta apareció directamente sobre la cabeza de

María. Su corriente fluyó hacia abajo y la rodeó cuidadosamente, creando un capullo suave a su alrededor.

–Guardiana de la Luz, ¡despierta! –exclamaron juntas, cada una en su propio idioma.

Ella entendió todas las palabras que dijeron. Sabía que le estaban diciendo que la estaban llamando, pero no podía responder, ni siquiera podía moverse. Ella todavía estaba atrapada, fuera del tiempo y el espacio. Tenía miedo de abrir los ojos, mirar a su alrededor, levantarse. El capullo la envolvió y le dio una sensación de seguridad. Ella se sintió bien. Ella no quería dejarlo.

–Nos preocupamos por el equilibrio del universo –anunció una mujer con ojos oblicuos en su idioma–. No podemos permitir que la armonía sea sacudida.

Se inclinó y dibujó un círculo en el suelo, lo partió con un signo de serpiente y puso un punto en cada parte. Eran una imagen especular y formaban el símbolo del yin y el yang.

–La divinidad está dentro de nosotras.

Una sacerdotisa vestida con pieles de lobo dio un paso adelante.

–Y en cada ser vivo. –Ella levantó la cabeza y aulló como un lobo.

En algún lugar lejano la manada le respondió.

–El cuerpo es un templo para el espíritu –dijo la mujer griega con gestos graciosos–. Tratémoslos como santidad. Que la energía del amor prevalezca siempre en él. Lo que le demos nos dará.

– Manasa Devi te da un regalo. –La que sostenía las serpientes en sus manos se inclinó–. Aquí hay una pluma de pavo real. Es una señal del beneficio del veneno y la capacidad de tomarlo sin dañar el cuerpo. Manasa Devi enseña cómo transformarla en buen karma. La ira, la lujuria, los encantos, los celos y todo lo demás que no nos sirve es ella. No solo el pavo real no muer, sino que al aceptarlo, fortalece su dignidad y belleza, usando veneno para obtener el color único de sus plumas. Cada una de nosotras puede hacerlo también.

–Una mujer tiene el poder de materializar todo lo que quiere. La condición es que lo haga con una intención sincera y en comunicación con el poder. –La sacerdotisa descalza en una corona de ramas de manzana giraba alrededor de su eje, tomó una flor de su cabello y la puso al lado de María.

–Cada una de nosotras es un árbol de la vida. –Una anciana con un simple vestido azul estaba sosteniendo un higo[38].

–Deberíamos saber cuáles son los frutos de nuestro árbol. ¿Con qué alimentamos a los que amamos? ¿Qué le damos a los seres queridos? ¿Qué fruta disfrutamos del mundo que nos rodea?

–¡La fuerza está dentro de nosotras! –exclamó la de ébano negro, una mujer alta y hermosa cubierta solo por un taparrabos y decoraciones de concha en su cuello–. Podemos vencer a cualquiera si es necesario. La magia nos favorece. La tenemos en nuestras manos y no le daremos poder a nadie.

Después de ella, más sacerdotisas hablaron, y María, con cada palabra que pronunció, se hizo más fuerte.

–La energía que da vida circula entre el cielo y la tierra –cantó la que parecía un ángel translúcido–. La mujer, como templo, puede acumular esta energía. La energía femenina es pura luz. Afecta todo lo que concierne a las entidades vivientes. Si es reprimida, encarcelada o confinada, no controlaremos las calamidades, el mundo se verá abrumado por la guerra, el fuego y la muerte.

–La mujer conoce el secreto del nacimiento, participa en el milagro de la vida. Su corazón y matriz son rosas. Tienen el poder de convocar luz. Donde está la diosa, el olor de sus flores se eleva. La energía femenina blanca y vivificante huele igual. Nuestra tarea es cultivarla.

---

[38] Considerado por muchos como una fruta del paraíso prohibido, con el que Eva tentó con Adán; símbolo de Isis.

–Una sacerdotisa con caderas anchas y enormes pechos, con un puñado de plantas en sus manos, colocó una rosa a los pies de María.

–Esta es un símbolo de poder que transmitió Lilit. –Una mujer madura con un pañuelo en la cabeza se arrodilló y colocó una cadena con un símbolo de estrella frente a María–. Ahora la abuela del pueblo de Israel está escondida, pero cuando llegue el momento, ella bajará nuevamente y limpiará su nombre. Este es un signo de masculinidad y feminidad siempre conectadas e inseparables. Se lo entrego al Guardiana de la Luz. –Lo colocó con María.

Tit y Jet[39], como la estrella de David, yin y yang, triqueta y otros símbolos que unen a los sexos, son poderosos, dijo unidas, la Suma Sacerdotisa. –Por separado, también tienen un gran poder, pero si se juntan, son una fuerza que nada ni nadie puede vencer.

María seguía acostada en el luminoso capullo, pero lentamente comenzaba a abrir los ojos.

Las sacerdotisas se tomaron de las manos. Manos juntas levantadas.

–Guardiana de la Luz, ¡despierta! –gritaron tan fuerte como al comienzo de la reunión.

Paredes invisibles temblaron. El suelo sobre el que se pararon comenzó a agrietarse. El cielo brilló.

–Guardiana de la Luz, ¡despierta! –gritaron por tercera vez.

Entonces el capullo desapareció, y ella, lentamente, como después de un largo sueño, comenzó a enderezar el cuerpo. Cuando sintió el poder en cada parte de su cuerpo, se puso de pie, levantó las manos y de su garganta dio un grito tan poderoso estremeció el mundo.

---

[39] Símbolos egipcios de masculinidad y feminidad, equivalente chino de yin y yang.

Estaba desnuda y fuerte en medio del espacio estrellado. No había nada a su alrededor y estaba todo. Ella escuchó una música celestial.

Entonces la abuela de Aida salió de la nada. Una mujer joven y bella caminaba a su lado. María sabía que esta era su madre. Detrás de ellas venían otras mujeres que vivieron antes que ella.

–Sé fuerte. Nunca te rindas. Estás aquí, disfrútalo. La vida es el mayor tesoro que podemos recibir.

La rodearon, la abrazaron, la acariciaron, la besaron, y cuando sintieron que ya estaba de pie firmemente, sonriéndole con ternura, una por una, comenzaron a desaparecer. El olor a rosas quedó en el aire.

Ella estaba sola.

–¡Nací de nuevo! – exclamó tan fuerte que su voz se escuchó en el universo. –Soy una sacerdotisa, ¡Guardiana de la Luz!

Capítulo III

APOSTOL

1

Ella cayó sobre su rostro y abrazó sus pies. Estaban cubiertos de polvo del desierto, y las sandalias estaban tan polvorientas que su color original se convirtió en un misterio. Estaba caminando desde lejos. Acaba de entrar a la ciudad.

Alzó la mano. Unos hombres con se pusieron de pie y la rodearon. La miraron, curiosos por la reacción del Maestro.

Algunos de ellos sabían quién era ella. María, señora de Magdala. Hermana de Marta y Lázaro. Educada en los templos egipcios, una mujer mundana, independiente, segura de sí misma, segura de su sabiduría, convencida de que puede hacer cualquier cosa. Intrigante, controvertida, depravada. Rica, rebelde y libre. Y hermosa al mismo tiempo. Hasta hace poco se ha dicho durante varios meses que espíritus malignos han entrado en ella. Que ella estaba loca, inestable, anormal. Fue vista en el desierto y en la costa, en los distritos no mas infames de la ciudad, vagando sin rumbo, llorando y riendo sin razón. Ella gemía en silencio y sollozaba como una niña o gritaba, rascando, pateando y desafiando a todos los que intentaban acercarse a ella. Violada, golpeada, escupida, despreciada. Mujer marginal. Paria. Poseído.

Ella aullaba como un animal gravemente herido. Lanzaba arena sobre su cabeza, gritaba sin dudarlo, tiraba de su cabello, se rasgaba la cara, rompía los restos del vestido. La saliva mezclada con espuma escapaba de su boca.

Sus ojos inyectados en sangre mostraban pánico, miedo, sufrimiento y confusión, pero también desesperación mezclada con resignación e impotencia.

Una vez, un magnífico vestido de seda estaba deshilachado y pegado al cuerpo demacrado. María Magdalena estaba adolorida y magullada. Viejas y frescas heridas cubrían su piel. El cabello largo, tan cuidadosamente arreglado, no ha visto un peine o aceites durante mucho tiempo. Enmarañados, despeinados y sucios, completaban la imagen desgreñada.

La multitud estaba creciendo. Aquellos que le habían arrojado piedras y le habían escupido hasta hace poco ahora estaban mirando al Maestro.

La fama del hacedor de milagros, el sanador y el maestro lo siguieron durante mucho tiempo. Algunos lo proclamaron como el Mesías o incluso el Hijo de Dios. Los alumnos y los espectadores se preguntaban cómo el que seguía el amor como mandamiento más importante debería haber sido apedreado hace mucho tiempo.

Ella no tenía fuerzas. No podía quedarse más tiempo. Se escapó como una paloma malherida. Con alas rotas, plumas arrancadas y el pico roto. Acurrucada a sus pies, quería alejarse de la crueldad, la injusticia, la falta de comprensión y el destino que durante mucho tiempo le había parecido inevitable. Ella estaba al límite. Herida hasta los límites de la resistencia humana, quería morir.

Al mismo tiempo, tuvo que hacer el último esfuerzo. Ella misma se lo debía. Por ella, su abuela, la Suma Sacerdotisa, su padre, madre, hermana, hermano, pasado e ideales, a los que permaneció fiel hasta hace poco. Las Sacerdotisas que le enseñaron mucho pero no dijeron cuán cruel es el mundo, cómo rechazaban la otredad y condenaban a quienes no cumplen con las reglas. «Adaptarse o morir debería ser el principio que enseñan a los jóvenes en los templos», pensó.

Y ella quería mirar a los ojos de quien no tenía miedo de vivir a su manera. Como antes, en el lago Genesaret, cuando sus ojos se encontraron por primera vez, cuando vio en ellos la inmensidad del espacio y la libertad que echaba de menos. Ahora quería que él la mirara de nuevo, la tocara, la limpiara o la rechazara, condenándola a la inexistencia. Era su última oportunidad de una nueva vida o la muerte, finalmente terminar con su sufrimiento.

Jesús se agachó. Él se acercó a ella. Ella se arrodilló. Él puso ambas manos sobre su cabeza. Las mantuvo ahí por un momento.

–¡Estás curada! –anunció.

Ella se levantó y lo miró a los ojos. No había más locura en su rostro.

–Encontré mi alma amada, lo agarraré y no lo soltaré…

2

Después de que Jesús calmó su espíritu, ella abrió los ojos. Vio hombres que no había notado antes porque solo lo estaba mirando al vacío. Ella se había dirigido hacia él durante mucho tiempo, y era ella quien se encontraría con él. Él debía ayudarla a limpiarse finalmente de los demonios del pasado.

No recordaba cómo llegó a la ciudad, no sabía cómo llegó a la plaza. Mientras caminaba, solo pensó que para su limpieza y dejar el abismo completamente, tenía que encontrar a un hombre sobre quien la paloma extendiera sus alas.

Cuando terminó y abrió los ojos, vio el mundo como lo había conocido antes. Vio personas, animales, plantas, casas, pero ahora todo existía en una dimensión diferente, estaba cubierto por un aura que no había notado antes. Era un elemento de un poderoso y eterno todo. Era una pequeña semilla en tiempo y espacio. Ella lo sintió como una parte reunificada de este mundo, ella entendía más que nunca. Su corazón estaba abierto. Tocar, oler, la capacidad de ver, oír y sentir; sus sentidos le dieron placer que nunca antes había experimentado. Ella nació de nuevo. Ella estaba aquí y ahora. Podía sentir el cuerpo en cada pequeña mota, y su espíritu renovado encontró un hogar maravilloso en él. Ahora ella podía apreciarlo. Vivía. Ella entendió que este era el mejor regalo que había recibido y sabía lo poderoso que era para ella desafiar y comprometerse.

Cuando volvió a ver el mundo, cuando se le apareció en dimensiones de existencia que no entendía antes, abrió las manos para huir. Como solía ser cuando era una niña pequeña. No le importaba que los compañeros de Jesús la estuvieran mirando, que estuviera parada en una multitud de personas que recientemente la habían expulsado de su propia casa. Ella abrió las manos, lentamente y con placer sensual, sintiendo las alas invisibles enderezarse. Echó la cabeza hacia atrás, sintió el viento, que traía el aroma de las rosas. Ella sonrió al mundo. Ahora era completamente ella misma: María Magdalena. La que solía ser, pero ahora más fuerte, seguro de su poder, y al mismo tiempo humilde.

***

Cuando Marta supo que su hermana había aparecido en la plaza de Magdala y que Jesús había expulsado a los demonios de ella, corrió hacia allí inmediatamente.

Se encontró con María en el camino mientras caminaba hacia su casa.

–¡Cariño! –Se apresuró hacia ella. Ella corría rápido, la alegría la llevaba. Sin embargo, después de un rato ella disminuyó la velocidad. Algo le dijo que se detuviera.

La hermana fue cambiada. Había un resplandor en ella, que la rodeaba. Ella no estaba caminando, sino flotando. Sus pies apenas tocaban el suelo.

–¡Dios bendito! –exclamó, aturdido. María levantó la mano a modo de saludo–. ¡Estoy de vuelta!

Sí, era su hermana, a la que tanto amaba. Entonces, ¿qué cambió tanto?

Se arrojaron en los brazos del otro.

–Mi querida Marta –susurró.

La mujer alrededor de la cual acababa de ver el brillo extraordinario era la misma chica que había abrazado recientemente en sus brazos. La que echó de menos durante muchos años cuando se fue a Egipto, que regresó como una dama del mundo. La que sufrió tanto mal y cuyo cuerpo y alma sufrieron tanto que, defendiéndose, huyó a la locura, se arrojó a ciegas y se escapó la nada antes de que los demonios la alcanzaran. Y que finalmente regresó del abismo infernal. Más fuerte que nunca, liberada. Con alas que la levantaron del suelo.

María se conmovía fácilmente, pero esta vez Marta era la que estaba llorando. Ambas se balancearon, acurrucadas la una con la otra, tal como lo hicieron en la infancia. Y estaban bien.

–Llora, llora, amor –susurró María–. Las lágrimas femeninas tienen poderes curativos.

***

Había estado arrodillada frente al espejo redondo plateado desde la mañana y lo miraba fijamente. Sintió que las estrellas en sus manos y pies destellaban cada vez más. Le han estado ardiendo desde que Jesús puso sus manos sobre su cabeza. Como si algo se hubiera desbloqueado, roto y una pared se derrumbó que la separaba de lo que estaba destinado para ella. Estaba del lado por el que luchó todo el tiempo. ¿Sería ella la puerta por la que conducía su camino? ¿Tenía que tocarla para hacerla realidad? ¿Fue por eso que se convirtió en una Sacerdotisa de la Luz? ¿Para comprender todo y conectarse con todo el mundo a través del amor y alcanzar las energías primarias de la vida? ¿Era él su elemento perdido?

Ella estaba flotando. Pudo abandonar el cuerpo y conectarse con el universo, sentir su ritmo, escuchar palabras divinas dirigidas directamente a ella. ¡Sí! Sabía y veía, conocía el pasado y el futuro, se unió a quienes vivieron antes que ella.

Finalmente, lo que había estado esperando también sucedió: mirando al espejo, escuchó las palabras de la Suma Sacerdotisa. La alcanzaron como a través de una niebla, desde lejos, pero ella podía verlos claramente.

–Deja el pasado y ve en busca de la verdad. Trata a todos los que se encuentran en el camino como maestros. Deja que lo bueno o lo malo te suceda como una valiosa lección. Perdona a los demás y sus errores. Mírate a ti misma y al mundo. ¡Sirve la verdad!

Ella sabía que había hecho contacto. Los canales de comunicación de los que alguna vez había oído hablar en el templo siempre se habían abierto para ella. Los que ella soñaba estarían disponibles para ella cuando era niña. Eran las formas más antiguas del mundo para unirse a aquellas sacerdotisas que alcanzaron el más alto nivel de iluminación.

–El pasado está detrás de mí. Sí, deliberadamente lo dejo atrás. Las debilidades anteriores se convirtieron en mi fuerza – susurró.

–Has liberado tu energía blanca. Usa el poder de una rosa y una poción de lágrimas –dijo la Suma Sacerdotisa–. Se acerca el fin de los tiempos. Tienes una misión que cumplir. Ve, la Diosa te guiará.

La Suma Sacerdotisa hizo una triple señal de bendición y desapareció.

María abrió los ojos. Estaba sentada en el piso de su habitación en Magdala. Ante ella yacía un espejo redondo plateado, y el olor a rosas se alzó en la habitación. Sus lágrimas gotearon sobre la superficie del objeto. Se derritieron para formar una imagen. Ella lo miró. Era el mismo símbolo en su anillo y en su cuello, el que las sacerdotisas reconocen en todo el mundo.

***

La ropa gastada en la que apareció María en Magdala fue quemada.

Marta también cuidó el cuerpo de su hermana. Personalmente, la ayudó en el baño, la peinó y ungió su piel, lavó sus uñas y masajeó sus pies dañados. Y cuando su exterior volvió a su estado anterior, decidió que se irían a Betania.

–Visitaremos a Lázaro –anunció–. Estaba tan preocupado por ti que se enfermó. Ruth escribió que nuestro hermano no tenía fuerzas para levantarse de la cama. Durante un mes mientras estabas fuera, luchó con las alas negras nuevamente. Iremos allí No solo nosotras, sino también las personas en Magdala. Volveremos cuando el estado de ánimo se calme. Ahora no hay nadie más en la ciudad que diga que Jesús desterró a los demonios y te curó. Aquellos que te arrojaron piedras y abusaron de ti, desafortunadamente, todavía piensan que tenían razón, porque al hacerlo, lucharon no contigo, sino con demonios. El Rav Isaac no hizo nada para que supieran cuánto daño le habían hecho. Solo te culpan por lo que pasó. Al mismo tiempo, se sienten aliviados de que ya estés curada, los demonios han desaparecido y, según ellos, todo ha vuelto a la normalidad, por lo que no tienen que sentirse culpables. Querrán verte ahora como evidencia de que existen milagros. No lo permitiré. Nuestro dolor es suficiente.

***

Antes de irse, llegaron Samuel y David. Cada uno por separado. María los recibió en el jardín. Es cierto que todavía no veía nada inapropiado en el hecho de que dos personas de diferentes sexos se quedaran juntas y hablaran en un espacio cerrado, pero decidió que nunca más volvería a causar problemas a nadie conscientemente.

–Me alegro de que hayas vuelto –Samuel comenzó con incertidumbre. No sabía cómo recibirla y cómo hablar con ella, y se sintió obligado a visitarla. Después de todo, ella era una joven con la que había viajado, jugado, hablado y pasado un buen rato hasta hace poco. Cuando ella se enfermó, él no sabía cómo comportarse. Estuvo de acuerdo con el diagnóstico realizado por su padre, quien, aunque no vio a la paciente, después de los síntomas de su impotencia, de los que se hablaba ampliamente en Magdala, creía que no estaba afectada por la enfermedad del cuerpo sino del alma. Y que en tales casos un Rav sería más útil que un médico.

Cuando supo que Jesús ahuyentó a los espíritus malignos de ella, decidió que sería decente de su parte si confirmaba su amistad. Entonces él estaba sentado frente a ella y la miraba con curiosidad.

Ella todavía era hermosa. Quizás incluso más hermosa que antes. Era la misma María que él había amado tanto que pensaba en el matrimonio, pero ahora sintió y vio cuánto había cambiado. Todavía se distinguía, sonreía maravillosamente, pero completamente diferente. Estaba iluminada por una luz interna, mucho más fuerte que lo que había visto en ella antes. Cuando la miraba, no se atrevería a pensar por un momento que ella podría ser su esposa. Todos sus movimientos y oraciones le hicieron darse cuenta de lo mucho que era una criatura fuera de este mundo.

–¿Quizás te gustaría que mi padre te vea?

Él sugirió, confundido, sin saber de qué hablar con ella.

–Aprecio tu preocupación, Samuel, pero no necesitaré ayuda médica. Estoy saludable.

–¡Gracias! – Bajó la cabeza y se levantó. María, debería irme ahora. Tengo muchas responsabilidades como sabes, ayudo a mi padre.

Estaba perplejo y tenso.

Por supuesto, ella no quería prolongar sus momentos difíciles.

–Mejórate y deja que Dios te guíe donde sea que vayas.

–Que así sea. –Ella le dio una mano para despedirse.

Aunque había conocido este gesto en su casa antes, todavía no estaba acostumbrado. Las mujeres en su entorno no lo hacían, pero él tomó sus pequeños dedos largos, tal como lo hicieron Lucio y sus colegas romanos. Él inclinó la cabeza. Y mientras estaba frente a ella, sintió con todas sus fuerzas que María era una mujer a la que todos deberían mostrar respeto.

Ella hizo la señal de la Diosa sobre él.

***

–Dicen que Jesús expulsó a los demonios que te oprimían… –David la saludó con una pregunta no formulada.

–Eso es correcto.

Al igual que Samuel, ella también recibió a David en el jardín.

–Este hombre es un hacedor de milagros –estaba realmente encantado.

–Dicen que es el Mesías.

–Admiro lo que hace, pero los fariseos no están contentos con él.

–Tenle miedo.

– Dicen que es un contrabandista.

– ¿Tú también lo crees?

–Mi padre dice…

Ella hizo una pausa antes de que él terminara.

–Y tú, ¿qué piensas?

–No lo sé.

Ella se calló y cerró los ojos. Ella se sentó derecha. Puso sus manos en el hueco de los muslos unidos, uno encima del otro, formando una canasta. Respiró hondo. Estaba segura de que no debía hablar.

Se sentía que algo estaba sucediendo, a pesar de que había estado estudiando la Torá durante años, no solo podía experimentar sino incluso comprender.

–Te convertirás en un Rav, David, hijo de Isaac –dijo sin abrir los ojos–. Condenarás a Jesús al igual que otros escribas. Luego lo verás, pero será demasiado tarde, porque el tiempo se detendrá y comenzará de nuevo. Habrá una nueva era.

–María… ¿Tienes visiones? –quería asegurarse cuando abrió los ojos.

–Hasta ahora, solo había leído o escuchado sobre eso. Personalmente, no conocía a nadie que realmente tuviera el don de ver el futuro.

–David, no te sientas culpable por no haberme salvado de lo que pasó –ella no respondió a su pregunta, pero él sabía que tenía razón–. Gracias por lo que no hiciste y por lo que tu padre no hizo. No me defendiste. Gracias a ti hoy estoy en el camino correcto. Te has convertido en mis maestros. Estoy muy agradecida contigo.

Ella extendió la mano y él, como Samuel antes, se inclinó tan bajo que casi le toca la mano. No hizo esto, sin embargo. No se atrevió. Sabía que no merecía tal honor.

***

Amaneció. Se despertó cuando la luna estaba alta. Todavía estaba tratando de conciliar el sueño, pero como solo estaba girando de lado a lado, se levantó de la cama. Llevó sus piernas llevaron al techo. Sacó un viejo Senet del María y preparó los peones. Se sentó y estudió el tablero.

El viento soplaba. Trajo un aroma que ella conocía.

La abuela Aida usaba tales aceites.

Se dio cuenta de que desde su muerte, no había tenido tiempo de llorar, decir adiós y extrañarla. Se concentró tanto en su sufrimiento que se olvidó de la mujer más cercana. Y sin embargo, ahora se daba cuenta de que sus desgracias, las más grandes, comenzaron cuando se enteró de su muerte.

–¿Cómo es posible que cuando ella murió no me dio ninguna señal? –se preguntó–. ¿O tal vez ella estaba hablando conmigo, pero estaba tan ocupada con mis propios asuntos que no la escuché? Solo estaba enfocada en mí misma.

Recordó la visita de David, la carta que había recibido de Sithathor un momento antes, el desmayo y todo lo que había sucedido después.

Ahora, sentada en la terraza de Magdala, cuando el sol comenzó a salir y el viento sopló un olor que conocía tan bien, comenzó a llorar. Se envolvió en un cálido chal más fuerte y mencionó la ternura con la que su abuela la abrazó cuando la cubría con el edredón antes de acostarse, cuando era pequeña, cantaba canciones y besaba su mejilla. Extrañaba su toque y voz, su amabilidad, paciencia y comprensión.

Luego mencionó a su padre. Su fingida sequedad, bajo la cual había una buena alma y un gran corazón. Ella recordaba haber estirado las mejillas, y cuando hacía él «Brrrr» a petición suya. Se dio cuenta de que él debe haber extrañado a su madre toda su vida. Cómo la extrañaba. Y, sobre todo, cuánto la amaba. Después de ella no tuvo mujeres. Ella se imaginó cuánto calor, amor, ternura y caricias tenía. Ella entendió que cuando un día se puso de rodillas, obligándolo a enseñarle a leer, lo trajo de vuelta a la realidad y lo impulsó a aceptar el mundo sin Aset. Echaba de menos sus argumentos sobre Adonaí, cómo él delicadamente llamó su atención sobre el hecho de que la mentalidad de los judíos era diferente de la egipcia y le pidió que tuviera cuidado. También estaba agradecida de que él la llevara con sus abuelos y la dejara estudiar en el templo, él podía encontrar fácilmente una razón para no hacerlo.

Ella lo amaba mucho y tenía muy pocas oportunidades en su vida para estar cerca de él. Ella no podía decirle tanto.

Más tarde vio a Marco. Ella entendió que él había seguido su propio camino y que nunca estarían juntos, porque desde el principio no era para ellos. Una vez, al hablar con Lucio, dijo que probablemente no amaba a Marco tanto como había imaginado. Pero eso no era cierto. Ella solo quería consolarse. Ella lo amaba como nadie más en el mundo. Ella se entregó a él, en cuerpo y alma. Ella creía que estaban hechos el uno para el otro, y cuando descubrió que estaba con otro, su corazón se rompió en pedazos pequeños. Estaba mintiendo entonces, diciéndose a sí misma que era solo una aventura. Se estaba engañando a sí misma porque quería salvarse a sí misma. «Ponte una máscara de indiferencia en la cara y arma el corazón con la muerte para no morir de dolor y desesperación».

Solía ser así. Ahora que ha pasado un tiempo y ha pasado por tanto, entendió a Marco. En algún lugar debajo de la piel tenía miedo de estar con ella. Encontró dificultades y oposición de su familia. No quería derrotarlos, a pesar del hecho de que habló y probablemente pensó que quería hacerlo. La amaba, pero no tenía la intención de luchar contra sus padres y abuelos, pero sobre todo, su espíritu no era capaz de resistir fuerzas más fuertes que él. Ambos no nacieron para estar juntos. Solo Ahora entendía esto y humildemente inclinó su cabeza sobre la sabiduría de la Fuente.

Finalmente, ella también pensó en el abuelo Karim y en el hecho de que él estaba con Estefanía. Para Sithathor era obvio que María lo sabía. Y ella no tenía idea. Se preguntó cómo era posible que nunca lo hubiera notado. ¿Cómo podría algo como esto escapar de ella? Ella consideraba a los abuelos como un modelo de matrimonio. La información que Sithathor le había dado en la carta fue como un duro golpe en la cabeza. Sin embargo, ahora, después de un tiempo, María entendió las razones de su indulgencia y aceptación de esta situación por parte de su abuela. Ella quería mucho que él fuera feliz, y que su amor por ella, a pesar de su cercanía con Estefanía, no disminuyera ni un poco, ella aceptó lo que estaba sucediendo. Porque ella amaba. Ilimitadamente.

Ahora María entendía mejor el mundo. Ella no juzgó, ella era solo una parte de eso. Podía escuchar los pensamientos y conocer los sentimientos de los demás, incluidos los que ya no estaban vivos.

Estaba envuelta en una tela agradable. Ella se balanceaba de lado. Tantas desgracias cayeron sobre ella en tan poco tiempo, pero estaba segura de eso ahora, lo que su gente había hecho era en gran medida una consecuencia de su comportamiento. Según los habitantes de Magdala, Dios y tradición indecentes, ofensivos, es decir, todo lo que era sagrado para ellos. Ella entendió eso ahora. Una vez, no le gustó su estilo de vida, el parroquialismo, el mundo cerrado. Odiaba que vivieran como su familia y amigos en Egipto. En espíritu, despreciaba a las mujeres que nunca habían conocido a ninguna sacerdotisa y casi no tenían conocimiento de un mundo tan cercano. Ella actuó como si los desafiara. Y ella sufrió las consecuencias. Recordó las palabras de la Gran Sacerdotisa: «Aprendemos toda nuestra vida. Lo que no te mata te dará fuerza y definitivamente te cambiará irreversiblemente».

Ha cambiado, eso es seguro. Era humilde y ahora era realmente tan fuerte como siempre.

«Entraré mañana fortalecida por mis debilidades ayer», pensó, orgullosamente levantando la barbilla.

Entonces vio la sombra de su madre. No la había visitado por tanto tiempo. Ella era hermosa. Se recordaba a sí misma desde el momento en que llegó a su infancia. Ahora, como antes y en la misma terraza, se acercó a ella y se sentó enfrente. Tocó nostálgicamente los peones por jugar Senet. De su rostro, María leyó paz y satisfacción. La egipcia silenciosamente informó que ahora todo estaría bien, luego le sonrió tiernamente a su hija.

María la miró por un largo rato, luego extendió su mano hacia ella. El calor del alma de su madre lentamente lo llenó todo. Cuando llegó a su corazón, Aset la miró con orgullo y se disolvió en el aire.

María se levantó y volvió la cara hacia el sol, luego extendió los brazos como para volar.

Un nuevo día comenzaba.

***

Ruth las saludó en la puerta de la casa. Las chicas se pararon a su lado. Al ver a las tías que se acercaban, comenzaron a saltar felices.

–¡Puedo jugar Senet ahora! –Judith se jactó antes de que pudieran salir del coche.

–¡Yo también, yo también! –Rebeca le hizo eco.

Desde la última vez en que las vio, parecían haber crecido, pero todavía eran solo niñas. María y Marta se inclinaron para que sus rostros estuvieran al nivel de la vista de sus interlocutores. Ruth se unió a ellas y se abrazaron, gritándose la una a la otra.

Estaban alegres, estaban contentas con la llegada de sus tías, pero también porque por algún tiempo Lázaro se sintió mejor.

–Parece que estás conectado de alguna manera. Siempre se enferma si algo malo te está sucediendo –resaltó Marta mientras lo saludaba.

–Soy la protectora de María desde la infancia –se rió–. La defendí cuando las alas negras la atacaron, luché con ella.

Creía que era así, pero Marta y Ruth recibieron sus palabras como una broma. Y que cuando hablaba de alas negras sonreía con picardía, estaban casi seguras de que lo que estaba diciendo era solo un juego de palabras.

–Ahora, con gusto te daré todas mis fuerzas. –Tomó la mano de su hermana–. Sé que la necesitas mucho.

–Cariño… –María besó su frente–. Me has protegido desde la infancia. Gracias. Pero ahora piensa solo en ti. Soy fuerte y lo seguiré siendo.

–Sabes mejor cómo usar bien el poder.

Ella siempre ha estado segura de que su hermano la sostiene con energía y que cuando está amenazada, él la siente y la protege de las alas negras, porque se imagina el mal contra el cual la defendió. Así se lo describió a él en su infancia, cuando fue atacada por primera vez, y él lo vio. Cuando era un adulto, no se movía desde la distancia, cuando sintió que algo la amenazaba, luchó para protegerla. Estaba muy agotado.

Ahora seguía débil después de las últimas largas luchas, pero la fuerza volvía.

Cuando llegaron, se sentó en la cama, demacrado y pálido, pero complacido. Estaba contento de tener a sus hermanas con él. María esperaba que mejorara todos los días, aunque algo en sus ojos la perturbaba mucho. No le gustaban las palabras de que él le daría su poder. Ella creía que lo que se dijo podría convertirse en realidad. Ella protestó.

–Ahora te apoyaré. Es hora de que saques fuerzas de mí.

–María, cuando eras joven, cuando fuiste atacado, ¿recuerdas? Todos dijeron que te salvé. Pero los dos sabemos que me salvaste. Si no fuera por tu poder, no sobreviviría a su ataque.

–Estamos conectados por lazos de sangre. Este es un compromiso poderoso que funciona en ambos sentidos. Y así será hasta el final de nuestros días.

***

Le gustaba cuando lo visitaba. Las conversaciones con él eran el mayor placer que conocía. Las palabras fluyeron como música, calmaron y calentaron su débil cuerpo. Después de cada visita sintió que su fuerza aumentaba.

Ahora estaba esperando invitados fuera de la puerta. Se inclinó ante los que llegaban. Jesús lo abrazó cordialmente y, al invitarlo a entrar, cruzó el umbral alto, pero no dio ni dos pasos.

María estaba parada en medio de la casa, justo detrás de la puerta. Jesús se detuvo. Se miraron a los ojos.

Y sucedió algo asombroso. Todo a su alrededor desapareció. El tiempo se había detenido. Eran los únicos. Huele a rosas, el aire se calmó y las lágrimas corrieron por sus mejillas. Él abrió los brazos y la abrazó.

–Fui a ti por tanto tiempo… –Ella se acurrucó en él–. Es bueno que estés aquí, María –su voz calmó sus expectativas, acarició su anhelo y fue una promesa.

Lázaro, María y Rut los miraron sorprendidos. María y Jesús se habían conocido solo una vez y en circunstancias inusuales, por lo que era bastante inusual que se saludaran de esa manera. Sin embargo, sabían que María estaba viva y gracias a él. Él desterró a los demonios del pasado y la devolvió al mundo.

Al mismo tiempo, no pudieron evitar notar que los dos estaban conectados por un hilo encantador, algo fugaz, intemporal, que desafía el juicio humano. Parecían haberse conocido desde hace siglos, como si fueran almas gemelas, y su vínculo se estableció más allá de ellos y siempre existió.

Jesús se limpió las lágrimas y ella le besó la mejilla.

Rabbuni[40], gracias.

–María…

Olía a rosas de nuevo.

Ella lo condujo al jardín.

---

[40] Del hebreo: el Rav es un maestro, el rabbuni es un diminutivo, similar a: «maestro amado».

Los estudiantes lo siguieron. No sabían lo que estaba sucediendo detrás de la puerta, no vieron la escena del saludo de María a Jesús, pero esperaron pacientemente a que el siguiente Maestro les hiciera saber que podían entrar.

Había doce de ellos. Andrés, Simón Pedro, Jacobo, Juan, Felipe, Bartolomé, Tomás, Matías, Simón Cananeo, Jacobo, Tadeo y Judas. Cuando se instalaron en el jardín, María pudo observarlos más de cerca por primera vez. Anteriormente, cuando Jesús ahuyentó a los demonios de su cabeza, ella estaba en un espacio diferente y demasiado aturdida por lo que estaba sucediendo para prestar atención a las personas y al mundo que la rodeaba. Ahora estaba en el hogar amigable de Lázaro, con su esposa e hijas, con Marta, y sobre todo, se había cambiado.

Miró a estos hombres: simples, estrictos, confundidos con ella, un poco torpes en sus movimientos. Todos asintieron con la cabeza. Se establecieron para descansar después de vagar. Marta, Ruth, sus pequeñas hijas y criadas estaban ocupadas preparando la comida. María se paró junto a Lázaro, quien en silencio, para no molestar a los que descansaban, le explicó quién era quién.

Algunos de ellos fueron discípulos de Juan el Bautista, y cuando él desapareció, se unieron a Jesús. Ella había escuchado de Lázaro antes que eran personas simples, y ahora su apariencia y comportamiento confirmaron esto. Lázaro dijo que al igual que casi todos los otros niños en el área, terminaron sus estudios en las sinagogas y pudieron leer la Torá, y hasta siete de ellos estudiaban en Capernaúm. Y, como se dijo, no había mejor escuela en Galilea que esa. Sin embargo, ciertamente no era el tipo de personas que María podría conocer en cualquiera de las mansiones o palacios durante las discusiones intelectuales o los juegos en Egipto.

–Este es Andrés. –Lázaro le mostró un hombre bastante sombrío y bien formado– él es el hermano de Pedro y una especie de gerente de este grupo. Jesús tenía treinta y tres años cuando Jesús lo eligió. Es el más viejo, probablemente el más responsable y mejor organizado. Dicen que casi nada sucede sin su conocimiento y consentimiento. Además de su hermano, tiene tres hermanas y, dado que aún no se ha casado, vive con Pedro. Ambos son pescadores. Al igual que Jacobo y Juan, oh, esos. - Señaló a dos hermanos–. Estos cuatro están pescando juntos. Son socios.

–Simón Pedro no parece estar cansado de un largo viaje… - María observó a un hombre con músculos sólidamente desarrollados y barbas gruesas hablar vívidamente sobre algo, gesticulando fuertemente.

–¿Que habla tanto? Le gusta hablar, a veces más rápido de lo que piensa –se rió suavemente–. Pero lo valoro. Él tiene puntos de vista valiosos.

–Se ve como un hombre serio.

–Es bueno y honesto. Y tres años más joven que Andrés, afortunadamente a veces lo escucha. Si fuera de otro modo, su franqueza probablemente lo habría perdido. Está casado, tiene tres hijos, vive en Betsaida. Como te dije, también me ocupo de la pesca.

–Algún Jesús dirá que es una roca. Y que él construiría su iglesia sobre ella.

–¿Eso crees?

–Lo sé –sonrió y le acarició la mano con ternura.

– ¿Y ese joven, lo ves, también es discípulo? –estaba sorprendido.

–Este es Juan. Tienes razón, es el más joven del grupo. Este es el hermano de Jacobo, te lo dije.

–Todavía es un niño, ni siquiera tiene vello facial… –Ella sonrió cariñosamente.

–Es inteligente y extremadamente sensible. Te agradará.

–Ya me gusta.

Ambos se rieron. Juan era bastante agradable. Era, por edad, no muy alto y todavía frágil, más bajo y más delgado que María.

La cara con rasgos delicados estaba rodeada de cabello semi largo, no muy grueso y bastante claro. Sus ojos soñadores brillaban.

Jesús tiene muchos discípulos, pero estos doce aquí están más cerca de él. Hay mujeres entre quienes lo siguen, él les enseña, ¿ sabías?

–Sí, lo mencionaste. Y estoy sinceramente sorprendida de que sea posible. Me pregunto cómo funcionan entre tantos hombres y cuánto los condenan aquellos que los ven.

– Llegará el momento, tal vez conocerás a la madre del maestro. Esta es una mujer increíble, verás lo tranquila y modesta que es. Pero no solo ella está con él. También está, por ejemplo, Susana, hija de un Rav de Jerusalén, o Joanna, esposa de Chuza. En cierto sentido, ella es similar a ti. Sofisticada, independiente, educada. Ella siempre sabe lo que está diciendo. De hecho, los discípulos, de alguna manera toleran, pero no les gusta hablar en público, por lo que realmente cuentan con ella. Además, ella es rica y los apoya generosamente con su riqueza. Jesús prohibió las donaciones, pero la gente se siente obligada a agradecerle de alguna manera. También lo hace transfiriendo fondos a Judas, quien lleva las finanzas del grupo. Además de lo que se puede decir mucho, su presencia les da esplendor. Después de todo, ella es una dama de la corte real. No es cualquier persona. Ya no es la esposa de un pescador, carpintero o pastor. Es una gran dama y, sin embargo, sigue al Maestro, escucha sus palabras y, además, pertenece a sus seres queridos.

–Lo escuché y todavía no puedo creerlo. Me imagino lo que debe haber sucedido en la vida del gran señor Chuza, el mayordomo de Herodes, dejó que su esposa vagara tras alguien así. Supongo que ni él ni Herodes pertenecen a los devotos de Jesús...

–¡Eso es un eufemismo! Recuerda, una vez te dije cuál es la situación. Todos han estado hablando acerca de la venida del Mesías por algún tiempo. De vez en cuando se revela, entre ellos hay muchos locos. Bueno, después de todo, Juan el Bautista no estaba loco. Le tenían miedo y por eso se deshicieron de él.

–Escuché la historia de cómo murió, fue terrible. Todavía no entiendo cómo puede suceder esto.

–Pregúntale a Joanna cuando la conozcas, te lo dirá con detalle. Ella fue testigo ocular. Creo que también es por eso que abrió los ojos y vio la corrupción del lugar donde vivía.

–Las antiguas profecías se están cumpliendo. Los videntes los han predicado por mucho tiempo. Muchos dicen que el tiempo se está acabando.

El profeta Isaías dijo que cuando llegue el verdadero Mesías, los ciegos recuperarán la vista, los sordos su oído, los mudos las palabras y los enfermos la salud[41]. Esto es lo que ha sucedido desde que Jesús está entre nosotros.

–Más que eso. ¿Sabías que la venida del divino Salvador también fue pronunciada por la reina de Saba, Makeda?

–¿Qué más te enseñaron en Egipto, hermana?

A pesar de que la valoraba enormemente, todavía se preguntaba cuánto conocimiento tenía.

–He escuchado mucho sobre varios temas. –Ella lo besó–. Estoy realmente orgulloso de tener una hermana así.

–Y me alegro de tener un protector en ti. Eres una persona sabia y buena.

–Si estuviera sano, no estaría sentado en casa, sino que seguiría al Maestro.

–Sí, tienes suerte, porque él viene a ti –lo apoyó con una broma discreta, porque entendió lo débil que estaba.

–Cada palabra es como un bálsamo invaluable para mí. Realmente. Me parece que he esperado toda mi vida par escucharlos. –El reino es lo que está dentro de ti y lo que está fuera de ti. Como te conoces a ti mismo, serás conocido y sabrás

---

[41] Isaías 35.

que eres un hijo de Dios. Y si no te conoces, entonces existes en la pobreza y tú mismo eres pobreza[42].

–Dime, ¿no es eso hermoso?

–Como dicen los romanos: nosce te ipsum, que los griegos traducen en: gnothi seauton, y nosotros: conócete a ti mismo.

–No, suena bien en griego y latín.

–Dios está en todas partes, cariño. También en Grecia y Roma. –Ella lo besó de nuevo y se fue.

Él pensó que tiene una hermana completamente única. La vio acercarse a Jesús. Apoyado contra un árbol, miró hacia otro lado. Descansó. Ella asintió con la cabeza y le mostró el lugar junto a él. Ella se sentó a sus pies.

El era hermoso. Alto, guapo, armoniosamente construido. Tenía brazos fuertes, dedos delgados y una cara llamativa. Todos los que lo miraron notaron sobre todo el equilibrio y la paz.

María también lo miró encantada. Ella no parecía ver más nada.

–Dios está en todas partes. En cada pequeño elemento de lo que vive –pensó, mirando en la misma dirección que él estaba mirando. Ella sabía que él tenía todo el conocimiento, que había alcanzado el nivel más alto posible de conciencia. Él sabe lo que es la Luz, porque esta Luz es todo, construye el mundo sobre el amor, porque proviene de él, es y se dirige hacia él.

Apartaron la mirada sin decir nada, sus pensamientos giraban más allá del tiempo y el espacio.

Entonces Marta se les acercó. Ella trabajaba en la cocina con otras mujeres preparando una comida.

–Señor, ¿no te importa que mi hermana me haya dejado sirviendo sola? ¡Dile que me ayude!

—Marta, Marta —le contestó Jesús—, estás inquieta y preocupada por muchas cosas, pero solo una es necesaria. María ha escogido a la mejor, y nadie te la quitará[43].

---

[42] Evangelio de Tomás, 3.

–Si no tiene que hacerlo, no uses energía para cosas que no te gustan. Los sentimientos de hoy crean tu mundo futuro María – agregó–. No te gusta el servicio, déjalo. Siéntate aquí con nosotros, medita, mira, escucha.

–Ni siquiera sabes lo feliz que estoy de que seas tú otra vez – Marta besó su frente.

Realmente no le molestaba que ella corriera, intentara lo mejor posible, prepara comida y sirviera a los invitados. Ruth y las criadas la apoyaron. Es cierto que con mucho gusto se sentaría en el jardín, reflexionaría, escucharía las palabras del Maestro, pero sobre todo le agradeció que le devolviera la vida a su hermana. Y María, por ella, no podía hacer nada, mirar al cielo durante días, leer pergaminos o tomar notas. Para ella, más importante que cualquier otra cosa, ya estaba sana. También sabía que nadie cuidaría a sus invitados mejor que ella, así que ¿cómo podría fallar? Le gustaba el orden y la cocina. Servir a invitados tan sobresalientes y su satisfacción le dio placer.

–Nunca me sentí más como yo en mi vida que ahora –María respondió a Marta, pero estaba mirando al Maestro.

–Sí Estoy feliz. Estoy bien.

–Me reuniré contigo pronto –dijo Marta–. Y voy a escuchar, escuchar, escuchar...

***

Con Matías, Lucas, Bartolomé y, sobre todo, con Juan, María encontró rápidamente un idioma común. Ya en la primera noche en el jardín de Betania, la escucharon ansiosamente, discutieron con ella, apreciaron la experiencia, la educación y la visión del mundo. El orgulloso Simón Pedro, el inaccesible, Judas sentado a un lado o Jacobo instruyendo a otros, la rechazaron. Primero, se

---

[43] Lucas 10: 38–40.

sorprendieron de que   estuviera con ellos. La culparon por acaparar   al Maestro, por alejarlo, y por tomar toda su atención. Desde el principio toleraron su presencia solo por el bien del Maestro.

Cuando vieron que sus ojos lo miraban con absoluto amor, estaban seguros de que una nueva y fiel alumna había acudido al Maestro que lo seguiría como lo hacían. No estaban encantados, pero ¿qué podían hacer? Su opinión era la más importante. Además, los demás la trataron amablemente. Aunque era una mujer, no era la primera vez. Tenían que aprender a lidiar con esto hasta hace poco, una situación inusual y vergonzosa.

Cuando oscureció y las estrellas aparecieron en el cielo, Juan se sentó para   meditar solo.

¡Qué joven era! Y al mismo tiempo hermoso y delicado. Estaba mirando su rostro, en el que, de hecho, incluso de cerca, ni siquiera había rastros visibles de vello facial. Sus ojos radiantes decían cuánto estaba involucrado en lo que sucedía a su alrededor y totalmente dedicado a Jesús y lo que trajo a su vida.

–Decir sí al Señor es el coraje de aceptar la vida tal como es, con toda su fragilidad y pequeñez, y a menudo con todas sus contradicciones y falta de sentido. Él buscó a tientas con un palo en el hogar y miró las chispas que volaron hacia el cielo.

Habló con María, pero ella entendió que se estaba hablando a sí mismo ante todo para resolver las cosas en su cabeza en las que a menudo pensaba.

–Vivir de acuerdo con los principios que proclama significa aceptar nuestra patria, nuestras familias, nuestros amigos tal como son, también con sus debilidades y mezquindad. También significa: aceptar cualquier cosa que no sea perfecta, pura o filtrada, pero que valga la pena amar. ¿Alguien porque está discapacitado o de alguna manera diferente, no es digno de amor? ¿Alguien que es extranjero, enfermo o prisionero es digno de amor? Jesús abrazó al leproso, ciego y paralítico, abrazó al fariseo y al pecador. El mundo no es solo fuerte, hermoso, saludable y rico[44].

–Juan, pienso exactamente lo mismo. Gracias por decir eso Todavía no nos conocemos, pero desde el primer momento en que te vi, sé que me agradas.

–María, tú también. Bienvenida a nuestro grupo.

***

Tumbados en la casa y el jardín sobre las alfombras dobladas, la mayoría de los discípulos se quedaron dormidos.

No María, sin embargo. Salió de su habitación y fue al final del jardín. Se paró debajo de un árbol, y mientras miraba la luna, un Maestro apareció a su lado.

–Aquí Dios se hizo hombre, ese hombre se convertiría en Dios –dijo en voz baja y pensativa.

Por primera vez se dio cuenta de que estaba viviendo en una época en que Dios apareció en el cuerpo del hombre y fue testigo de ello. Ella estaba parada justo al lado de él, a su alcance.

–Hay un Dios –dijo–. Alfa y omega, el principio y el fin, el Absoluto abarcando todo y siendo todo. Es el principio y el fin, lo es todo en todas partes. Aquellos a quienes consideramos dioses a quienes rezamos son sus hijos e hijas. Dios nos da tales emanaciones que podemos comprender. Antes, de que apareciera en el mundo, sus hijos nunca fueron humanos. Siempre han sido dioses. En Egipto, teníamos a Amón, Atón, Osiris, Hathor, Isis, y en otras partes del mundo el poder sobre las almas era ejercido por dioses locales, pero ninguno de ellos era humano, caminó por la tierra entre nosotros. Fue el primero en ser enviado como ser humano, igual que nosotros, y nos enseñaría el camino del amor.

---

[44] Una declaración basada en un discurso del Papa Francisco en 2019 durante la Jornada Mundial de la Juventud en Panamá.

Muestras una nueva forma a todos. Aquellos a quienes elegiste y aquellos que te buscaron, como lo hice yo, toda mi vida, y finalmente te encontraron. Seguiremos el único camino correcto indicado por ti. Tenemos un grupo. Me gustaría hablar sobre el amor divino, como tú, en un lenguaje claro y simple. Primero quiero hablar con las mujeres, mostrarles que la divinidad es un gran poder de la luz brillante que hay en ellas. Quiero hablar con claridad y sencillez.

Él la miró a los ojos. Y ella nunca miró hacia abajo.

–Tienes un gran don. –Él sonrió cuando ella recibió en la puerta de la casa de Lázaro–. Hay una luz en ti de la que hablas tan hermosamente. La obtuviste de Él, y Él te guía. Deja que se cumpla. Habla con la gente, predica el Evangelio. Ven conmigo Vamos juntos.

La tocó por primera vez desde que expulso los demonios fuera de ella. Fue un toque purificador, un sello divino colocado en su corazón. Entonces el brillo prevaleció por completo sobre el abismo de los poderes del mal. Luego se abrazaron en la puerta durante el saludo, fue como un renacimiento de una antigua relación que había durado desde el comienzo del mundo. Confirmación de unidad y convivencia.

Ahora volvió a alcanzarla.

Ella le dio el suyo. La agarró con firmeza. Estaba segura de que nunca la dejaría ir de nuevo. Se sintió segura y llegó a su destino.

Entonces la tierra tembló y el sol estalló en su cabeza. Sus rayos se propagan a la velocidad de la luz, llegando a cada partícula del microcosmos del cuerpo. Su calor la invadió y ella sintió que se elevaba sobre el suelo. Ella se elevó, llevada por su poder conjunto. Entre las estrellas, sus almas se entrelazaron y se convirtieron en una. Se completaron el uno al otro.

–He esperado mucho tiempo por ti –dijo su alma–. Vine a ti por caminos llenos de baches. Fue un largo camino. Estaba hambrienta de belleza de mi vida, saqué un puñado, conocí sus encantos y miseria. Estudié y abrí mucho los ojos, preguntándome por la complejidad y la simplicidad con que estaba compuesto el mundo. Me encantó y perdí. Me caí y no tenía fuerzas suficientes para levantarme. Estaba en las profundidades más oscuras de la perdición. Tuve visiones, mi mente se abrió para conectarse con el universo. Me convertí en la Guardiana de la Puerta de la Luz. Fue mi camino hacia ti. La seguí para finalmente conocerte. Te vi junto al lago cuando la paloma extendió sus alas sobre ti, cuando Juan el Bautista te rindió homenaje. Cuando escuché tu nombre por primera vez, fue aquí, en la casa de mi hermano Lázaro, que cuando nos conocimos, nunca nos separamos. Escuché voces y vi señales que me llevaron a ti. Y aquí estas.

3

Desde que Jesús y sus discípulos abandonaron su hogar, Lázaro se debilitó. Con cada día que pasaba se podía ver cómo su alma se escapaba de él.

–Retoma las fuerzas que me has dado; las necesitas –le ordenó María cuando no había nadie más en su habitación–. Te las doy todos los días, pero se reflejan como los rayos de un espejo. No volverán a ti a menos que quieras recibirlos.

–María, eres la elegida. –Estaba descansando en el reposacabezas–. Ambos lo sabemos. Estoy orgulloso de poder protegerte a medida que creciste. Realmente es un honor. También sé que en el futuro cercano tendrás un camino difícil, necesitarás mucha fuerza, por eso te la di. Es una causa por la que vale la pena dar tu vida. Lo hice completamente consciente, créeme. No solo por ti, sino también por él. Porque él te necesitará ahora. No sé qué sucederá ni qué camino te llevará, pero no será fácil. Así que quédate con él, apóyalo. El es la claridad. Como tu. Y una cosa más: prométeme que te asegurarás de que aquellos que no se hayan despertado hasta ahora en el futuro no te convenzan de que la verdad que ves es una alucinación. Ambos conocemos de cada persona iluminada y sensible que hay cosas en el cielo y la tierra que incluso los filósofos con las cabezas más poderosas no solo no piensan, sino que nunca soñaron.

María cerró los ojos y miró los días por venir. Sus visiones eran sangrientas, llenas de dolor, sufrimiento y tan terribles que no perdió su deseo de conocer el futuro. Se sacudió e hizo una promesa a su hermano:

–Cualquier cosa que vea y cualquier cosa inusual que presenciaré, le daré fe a mis ojos y a mi corazón. Qué así sea.

***

En Betania, estaban llorando. Lázaro se ha ido. La gente vino de Jerusalén, Magdala y otras ciudades para estar con Marta, María y Ruth después de perder al único hombre en la familia.

–La muerte no es el final, ni es una oración, sino el nacimiento de una nueva vida. Es la luz al anochecer. –María consoló a las mujeres cuando se despidieron de Lázaro y al atardecer, la noche después del entierro, se sentaron en una casa oscura–. La vida no fluye, no sale. Los vivos no mueren[45].

***

Cuando Marta se enteró de que Jesús se acercaba a Betania, el cuerpo de Lázaro había estado enterrado en su tumba durante cuatro días.

Ella salió a encontrarse con el Maestro. María se quedó en casa –estaba demasiado débil.

---

[45] PS 17:15.

–Señor, si estuvieras aquí, mi hermano no habría muerto –Marta, llorando suavemente, saludó a Jesús–. Pero ahora sé que Dios te dará todo lo que le pidas.

–Tu hermano se levantará de nuevo –respondió con convicción.

–Sé que resucitará de entre los muertos el último día –dijo para sí misma.

–Soy la resurrección y la vida. Quien crea en mí, incluso si muere, vivirá. Todos los que viven y creen en mí nunca morirán.

Ella lo miró con los brazos cruzados sobre el pecho. Ella no sabía qué pensar sobre lo que escuchó.

–¿En verdad? –solicitó confirmación.

Los discípulos la miraron a la cara. Conocían su poder para influir en las personas. Los miró, habló y confiaron en él por completo. También fue esta vez. Marta ya no dudaba. Ella asintió con la cabeza.

–¡Sí, Señor! Creo firmemente que eres el Mesías, el hijo de Dios, que vino al mundo.

Ella se arrojó a sus pies, y cuando él la bendijo, corrió a su casa para decirle a su hermana sus palabras.

María recuperó la fuerza en un instante. Ella lo siguió para saludarlo en el camino. Como Marta antes, ella cayó a sus pies. Junto con ella, vinieron personas de todas partes que antes habían venido a llorar a Lázaro y consolar a sus amadas mujeres. Ahora querían ver al que predicaba palabras asombrosas sobre el amor, sanaba a la gente, hacía milagros, tenían curiosidad sobre lo que podía pasar.

–Señor, si estuvieras aquí, mi hermano no habría muerto. –María se echó a llorar, todavía abrazando sus pies–. Te amo mucho.

–¿Dónde pusiste su cuerpo? –Él le estrechó la mano y la ayudó a ponerse de pie.

La abrazó. Reunidos en su aliento. Por tal confidencialidad moral en un lugar público, casi nadie se atrevía, pero él era un

Maestro, Rav, sanador, el recibió dones especiales de Dios. Pensaron que podía permitirse mucho más de lo que cualquiera de ellos tenía derecho a hacer.

Cuando lo llevaron a la caverna con una gran piedra, como era costumbre, Jesús se levantó y lloró.

–Seguro, deben haberlo amado –susurró entre la multitud.

–Vean como lo amaba la gente –dijo.

–¿Podría el que abrió los ojos ciego hacer que no muera? –se preguntaron.

–Quita la piedra –ordenó Jesús.

–Señor, ya apesta. Lleva allí cuatro días –lloraba Marta.

–¿No te dije que si crees verás la gloria de Dios?

Entonces la piedra fue removida. Jesús levantó los ojos y dijo:

–Padre, gracias por escucharme. Sabía que siempre me escuchabas.

La gente lo miraba y esperaba lo que sucedería. María y Marta estaban arrodilladas.

–¡Lázaro, ve afuera! –Jesús gritó en voz alta.

La asamblea se congeló, pero no pasó nada. Finalmente, después de un rato, en el silencio que cayó, escucharon sonidos provenientes de la cueva. Y luego, lentamente, como si acabara de despertarse, Lázaro salió con paso incierto.

Nadie se movió para ayudarlo. Algunos dieron un paso atrás. No podían creer lo que veían. Las mujeres cayeron de bruces y se cubrieron la cabeza con las manos con miedo. Solo María se levantó y miró con admiración a su hermano que había vuelto a la vida, luego al Maestro que acababa de realizar otro milagro extraordinario. Ella los amaba a ambos. Ilimitadamente.

El Lázaro resucitado se paró frente a la gruta. Las telas y vendas en las que estaba envuelto después de su muerte le impidieron moverse.

–Suéltalo y déjalo caminar –ordenó Jesús.[46]

---

[46] J 11, 11-44.

4

Jesús visitó Capernaúm con mayor frecuencia. La gente decía que era su ciudad. Fue allí donde llamó a Simón Pedro, Andrés, Jacobo y Juan como sus primeros y más fieles apóstoles. Vivió allí, enseñó en la sinagoga, sanó a la suegra de Simón Pedro, un leproso, un paralítico, resucitó a la hija del Rav y expulsó al espíritu maligno de los poseídos. Allí, para indignación de los discípulos, invitó a la mesa odiado por casi todos por su profesión de oficial de impuestos Matías. Fue allí donde caminó sobre las aguas del lago.

Y allí, donde más, dio uno de sus sermones más bellos.

–Bienaventurados ustedes, pobres, porque el Reino de Dios les pertenece. Bienaventurados los que se mueren de hambre ahora, porque serán saciados. Bienaventurados los que lloran ahora porque reirán[47].

Las hojas de los árboles que daban sombra zumbaban alrededor, y cerca del agua del lago susurraron encantadas con sus palabras.

A los pies de Jesús se sentaron los apóstoles y discípulos, y un poco más abajo, vinieron personas de todas partes del área. Un poco más allá, rodeada de una corona de mujeres, María Magdalena encontró un lugar. Como siempre, escuchó atentamente cada palabra del Rav. Todas cayeron profundamente en su corazón. Ella sabía que eran una señal de los tiempos por venir.

Cuando la gente se enteró de que venían el Maestro y los discípulos, fueron al lugar donde él se hospedaba. También fue esta vez. Se alinearon en largas colas, esperando la curación, pidiendo bendición, o simplemente sentados en algún lugar a la sombra, esperando un sermón. Y el Maestro habló. Tenía una voz melodiosa, cálida, fuerte y cristalina. Sus palabras fueron directas

---

[47] Mt 5, 3–6.

al corazón. Actuaron sobre la imaginación, alentaron, advirtieron y difundieron hermosas visiones. Se hizo el silencio mientras hablaba.

Era inusual para la gente que también hubiera mujeres entre sus discípulos. Ningún Rav les ha enseñado nunca. Jesús fue el primero. Se preguntaban por qué lo hizo. Después de todo, un judío piadoso agradecía a Dios todos los días por no haberlo formado como pagano, esclavo o mujer. Las mujeres no fueron creadas para enseñarles, no leen la Torá, ni siquiera podía ser testigos en la corte. No podían participar en servicios completos ni rezar las oraciones de Sem. Incluso en los hogares donde estaban sus reinos y donde servían en la mesa, no podían sentarse con los hombres. Y con Jesús se convirtieron en sus discípulas, lo seguían y él les habló como si fueran iguales a él. Era incomprensible para los extraños, pero los discípulos se acostumbraron. No todos estaban encantados, pero ¿quién se atrevería a contradecir la voluntad de Jesús?

A María le gustaba mirar las caras de los oyentes. El foco estaba en ellos, era a menudo deleite mezclado con ansiedad de que por primera vez en sus vidas escuchaba palabras que daban un nuevo significado a su existencia. Algunas cosas Jesús las repitió tan a menudo que los oyentes se las sabían de memoria: «Amarás a Dios con todo tu corazón, con toda tu alma y con toda tu mente. Amarás a tu prójimo como a ti mismo», dijo. Y se preguntaban si estas palabras significaban que si alguien las lastimaba, a pesar del dolor y el arrepentimiento, lo amarían. «Inconcebible», pensaron. María entendió su ansiedad. Debido a que a alguien criado en un sistema criminal implacable le resultaba difícil comprender que incluso podría intentar pensar de manera diferente.

***

En ese momento, ella se llamaba cada vez más comúnmente María Magdalena o María de Magdala. Algunos, especialmente mujeres, la llamaron apóstol. Cada vez más personas se reunieron a su alrededor. Se decía que podía curarse con el tacto, también tiene hierbas y ungüentos que aliviaban el dolor. Se decía que era sabia y fuerte, que podía hablar tantos idiomas que de dondequiera que viniera alguien que le pidiera dar consejo, lo recibiría de ella en el idioma en que hablara.

Nunca mencionó que era una sacerdotisa. Ella no dijo con quién estaba estudiando. No habló sobre los miles de años de experiencia acumulada y escribiendo conocimiento de sus predecesores, no mencionó los nombres de sacerdotes, sacerdotisas, eruditos, poetas y maestros de los viejos tiempos. Ella sabía que sus alumnos no lo necesitaban. Ella usó un lenguaje del corazón que cada uno de ellos entendió perfectamente. Eran, mayormente, una comunidad femenina. Comenzó en algún lugar, hace algún tiempo, hace siglos. Cada uno de ellos lo sintió.

Casi nadie sabía que en lo alto de la nuca, donde comienza la línea del cabello, María tenía un signo de amor eterno. Sin embargo, esto era irrelevante, porque cada una de ellas, sin saberlo, tenía lo mismo en su corazón. De siempre. Solo tenían que alcanzarlo, aspirarlo, suavizarlo, pulirlo, mostrarse al mundo y llevarlo con orgullo.

Ella les enseñó gentil y pacientemente, cada una de ellas tocándola y dándole calor. No disminuyó. Todo lo contrario: con cada toque, había más y más en ella.

–Puedes fortalecer lo que es bueno en el mundo –dijo, caminando entre ellas–. Tienes tal poder. Eres un milagro y una flor. Nuestros corazones y matriz son una herramienta divina.

La estaban mirando y sus palabras sonaban como una revelación para ellas. Nadie se había dirigido a ellas tan directamente antes, sobre cuánto podían hacer y qué tan fuertes eran. Nadie dijo que son como flores, que pueden respirar por el futuro del mundo, que transportan la energía del amor.

Ella les enseñó cómo respirar, cómo dejar que la luz blanca las atravesara, para que se convirtieran en la energía del afecto sincero.

–Mírame ahora. –Ella hizo un movimiento suave de la mano, giró, lo repitió, y luego una y otra vez–. ¿Sabes qué señal es esta?

Incluso aquellas que sabían lo que significaba prefirieron guardar silencio para no asustar a quienes podrían no reconocerlo.

–Este es el símbolo del infinito. Así es como se registra la Divinidad. Dura para siempre, lo que significa que no hubo un momento en que comenzó y no habrá uno en el que termine –les explicó de la misma manera que lo hizo una vez la sacerdotisa Agnes en el Templo de File–. Haz este movimiento como yo lo hago. ¿Sientes el placer que obtienes?

Las mujeres, riendo y comentando, repetían sus gestos.

–Siéntate cómodamente. Para que nada te distraiga. Toma la mejor posición para ti. Respira. Cierra los ojos. –Ella las miró, y cuando se dio cuenta de que todos se hundieron el uno en el otro, continuó–. Imagina que tu corazón y tu matriz son rosas. Cada una es diferente, tienen diferentes colores, pétalos de diferentes grosores, sus hojas brillan en muchos tonos, incluso sus espigas no son las mismas. Son diferentes, como nosotras, pero todas son flores.

Respiraron cuando ella ordenó.

–No abras los ojos. Recuerda ahora el signo de la Divinidad eterna que te mostré. Lo conoces. Te pertenece a ti. Hazlo ahora en tu corazón. Deja que lo que te molesta y lo que es malo se quede atrás, tíralo, déjalo atrás. El movimiento infinito te ayudará. Realízalo en tu alma para que el corazón sea el punto central donde se cruzan las líneas infinitas. Ahí es donde está tu rosa. Hay una parte de la Divinidad.

Las vio balancearse ligeramente, siguiendo los movimientos que hacían en sus mentes. Muchas parecían haber dejado su cuerpo por un momento.

–Y ahora que sus corazones ya llenos de brillo, sepan que pueden irradiar esta energía afuera y dársela al mundo. No abras los ojos todavía. No ha terminado. Seguimos trabajando. Haremos lo mismo con la otra rosa. El útero. La ves. Está ahí y esperando tu símbolo del infinito. Hazlo. Deja que el aliento brillante se convierta en la energía que el mundo está esperando. Dáselo a otros, pero hazlo con precaución. Se dice que la energía del amor viene si la damos. Pero recordemos que el mundo no es solo la energía del amor. Hay poderes que intentan destruirlo, y las fuerzas en nuestros cuerpos mortales, débiles y frágiles son limitadas. Nuestro espíritu y energía brillante son eternos y durarán para siempre, pero los cuerpos son solo jarras, conchas, materia, vestidos. Tal como los obtuvimos una vez, viniendo aquí, entonces llegará el momento en que los dejaremos. Cuidemos lo mejor que podamos. Cuidemos que sean el mejor refugio para una chispa divina. Nuestros cuerpos son el templo del alma.

Sus palabras fueron escuchadas por chicas jóvenes y sus hermanas más jóvenes que recién comenzaban, así como madres, abuelas e incluso ancianas que casi se despedían del mundo. Entre ellas había mujeres educadas y de hogares adinerados, esposas e hijas, que buscaban su propio camino, inspiración o guía, también había quienes vivían su vida cotidiana junto a sus esposos, padres, hermanos y abuelos, sin sobresalir de la multitud. Eran pobres, que solo tenían tanto como estaba en sus bolsillos. Todos la escucharon con igual entusiasmo.

***

Un día, cuando hablaba de armonía y equilibrio, y muchas mujeres estaban sentadas a su alrededor, otra mujer vino al grupo. Actuaba como si no estuviera segura de que no la echarían.

–Te invito –María la animó a sentarse lo suficientemente cerca como para escuchar bien sus palabras.

Insegura, ella vino y se sentó.

–Resumiendo lo que dije, –María continuó, asegurándose de que la recién llegada descansara entre las otras–. Concéntrate en tu vida. Esto es bueno para los demás y para ti. Tienes una cierta cantidad de energía. Dedícala a dar amor y acciones positivas. Cualquier pensamiento malvado daña tu cuerpo, y los claros te dan salud. Así que abandona lo que es malo, lo que no te da alegría, controla los poderes malignos que quieren dominarte. Tú puedes. ¡Puedes hacerlo, eres fuerte! No calumnies, no trames, no envidies, no digas mentiras sobre tus semejantes. Puedes estar con otros sin competir y comparar. Haz lo tuyo, encuentra tu propio espacio y tu propio camino. Ve con ella, hazla hermosa. Sé una mujer de la que estarás orgullosa y deja que los que admiras sean tu inspiración.

María miró a las personas a su alrededor. Pensaron en lo que escucharon.

Entonces la que llegó última habló.

–Quiero decir algo –habló tímidamente, pero lo suficientemente fuerte como para que todas la notaran.

–¿La dejaremos? –María miró a su alrededor inquisitivamente.

–Deja que se levante primero y se presente –gritó una de las que estaban sentadas. Quiero verla.

Al llegar, se levantó y se ajustó el vestido.

–Mi nombre es Ethel. Yo vengo de Magdala. –Bajó la cabeza como si confesara su culpa.

–¿Ethel? ¿No era la que hizo sufrir a nuestra Magdalena?

–Sí –admitió ella, encogiéndose.

–¿Qué estás diciendo? ¡Más fuerte que no se oye aquí! –dijeron en algún lugar muy lejos.

–Soy yo. Soy esa Ethel. ¡Yo! –La joven levantó la cabeza y miró audazmente a su alrededor–. María sufrió por mi culpa.

–¿Te atreves a venir aquí? ¿Qué haces aquí? ¿Cómo no te da vergüenza? –voces indignadas la atacaron.

María las detuvo con un gesto de la mano. No de inmediato, pero se callaron.

–Qué termine –ella preguntó.

–He actuado mal. Fui estúpida e imprudente. No pensé que estuviera haciendo mal, por el contrario, pensé que estaba haciendo lo correcto. No entendí lo que estaba pasando. Pensé que María estaba pecando contra Dios. No sabía que no estaba haciendo nada malo. La odiaba, pero créanme, algo dentro de mí me hizo querer ser como ella. La envidiaba: era libre, sabia y buena con todos. Ella se reía, bailaba, cantaba y estúpidamente pensé que era malo. ¡Oh, cuánto quería ser como ella! Pero no tuve la fuerza para hacerlo. Tenía miedo, prefería tener cuidado de que nadie pecara a mi alrededor. En todas partes vi los errores de alguien, incluso donde no estaba. La condené por todo. No me gustaban sus acciones. Entendí mi error al escuchar a Jesús. Sus sermones sobre el amor me abrieron los ojos. Sé que lastimé no solo a María sino también a mí misma. La miré en lugar de mirarme. Vi sus errores, sin ver los míos. Entendí mis errores y ahora vine a disculparme por ellos. Lo que estoy diciendo es ¡He hecho tanto daño que vengo a pedir perdón!

Hubo silencio durante su largo discurso. Las mujeres, cuando supieron quién era ella, quisieron expulsarla, pero cuando el Maestro las calmó, escucharon. Después del discurso, esperaron a que María reaccionara.

Ethel estaba lista para aceptar humildemente cada oración.

–Es hora de comprender tus errores en cuanto a todo en la vida. Eras joven, enojada, rebelde, no sabías del daño que puedes hacer a los demás y a ti misma. Fue similar conmigo, también pequé. Como tú y cada uno de nosotras. En Magdala era orgullosa y engreída, carecía de humildad y comprensión para los demás. Pensé que era mejor y más inteligente porque sé más, vi más y conozco el mundo. Y solo tenía mi pequeña verdad y no quería reconocer que los demás no solo no tienen que compartirla, sino que tampoco son inferiores. ¿Quién de nosotros no se equivoca ni peca? Todos tienen fortalezas y debilidades. Cometemos errores para que podamos entender más. Conocer a otros, pero sobre todo a uno mismo. Nuestra alma, en la búsqueda de la perfección, necesita experiencias difíciles. Cada uno de nosotros cae. Es humano. El truco es levantarse, admitir errores, perdonarse a sí mismo y a los demás. Ese era tu camino. Ese también era el mío. Cada uno de nosotros tiene el nuestro, generalmente bastante irregular. Ahora te has encontrado a ti misma. Me alegra que estés aquí.

–¿Me perdonaste? –Ethel todavía no se movía–.¡Has sufrido tanto por mí!

–Gracias por eso. Fue una lección para mi. –María se acercó a ella.

Y ella, levantando un poco su vestido para no enganchar a nadie, se abrió paso entre las mujeres sentadas hasta llegar a la Maestra.

–¿Entonces puedo quedarme? –Ella se paró frente a ella.

–Claro. – La abrazó.

–Y tu pañuelo en la cabeza, tu hermoso pañuelo en la cabeza... –Ethel no pudo terminar su oración, porque se tragó las lágrimas, pero se las secó, se paró y miró a María a los ojos– el rojo no es un color de vergüenza, como una vez pensé. Es el color de la fuerza. Gran fuerza real. ¡Es tu color!

5

Jerusalén se hizo moderna durante la época de Herodes el Grande. Ocho puertas conducían a ella: La Puerta del Jardín, Damasco, Antigua, Essens, Las Fuetes, Ovejas y Rybna. La ciudad estaba dividida en distritos. El Palacio, que era la residencia de los gobernadores romanos, estaba dirigido por la Puerta Essens por un lado y la puerta debajo de la Torre Hípica por el otro. Al lado estaba el palacio del sumo sacerdote Caifás, y detrás de él estaba el hermoso distrito de los ricos. Esta parte se llamaba la Ciudad

Alta. También se alzaba el palacio y el teatro de los Macabeos. Extendió aún más el distrito pobre, llamado la Ciudad Baja. El distrito comercial y artesanal, el gran mercado y el asentamiento del mercado se ubicaron en la parte baja de la ciudad.

Bajo régimen de Herodes, el Templo se expandió tanto que ocupó casi una sexta parte de Jerusalén. Un poco más lejos, pero aún cerca del Templo, en la puerta de la fuente, se construyó un hipódromo y la pista de carreras de caballos más moderna del mundo. Al mismo tiempo que el hipódromo, el teatro y el palacio real, también se estableció la fortaleza Antonia. Herodes la nombró en honor a Marco Antonio. Se decía que era una ciudad en una ciudad. Desde el comienzo de su existencia, las tropas romanas estaban estacionadas allí, que se sentían como en casa allí. Según los soldados de Roma, este era el centro de Jerusalén, pero la gran mayoría de los residentes no compartían sus puntos de vista. Para ellos, el edificio más importante era el Templo de Salomón. Es para todo judío piadoso un punto de peregrinación, preferiblemente con su familia, al menos una vez al año, y todos lo hacen, con mayor frecuencia durante la Pascua.

Fuera de la ciudad, detrás de los muros del Templo, se levantaba el Monte de los Olivos, y al otro lado de la metrópoli, casi desprovista de vegetación, Gólgota, llamada Lugar de la Calavera.

En ese momento, más de sesenta mil personas vivían en Jerusalén, dos veces más que antes de su gobierno. Había tantos que el suministro de agua de la fuente de Gihón no era suficiente, por lo que Herodes ordenó la construcción de docenas de nuevas cisternas en los que se almacenaban sus reservas. Su hijo, Herodes Antipas, heredó de su padre una ciudad con un sistema de riego altamente desarrollado, moderno y bien organizado, que sigue creciendo.

***

María rara vez visitaba Jerusalén, pero a veces cuando iba a lo de Lázaro y Ruth en Betania, o cuando regresaba, pasaba por ahí.

Ella estaba en la ciudad ahora. Se paró entre la multitud en el camino de Damasco y observó a los soldados romanos que pasaban. Ella notó a Lucio. Estaba montando un caballo a la cabeza de una pequeña unidad. Se dirigía hacia la fortaleza de Antonia. No tenía ninguna posibilidad de verla: los cascos del caballo levantaban tanto polvo y arena que, desde la perspectiva de los hombres a caballo, las personas paradas a ambos lados del camino parecían estar detrás de una cortina. Sin embargo, ella lo notó de inmediato. Ella se alegró. Tan pronto como el polvo se asentó, envió a Ethel a la fortaleza diciendo que estaba en la ciudad. Lucio respondió de inmediato. Sugirió una reunión.

La guarnición romana en Jerusalén generalmente contaba con quinientos soldados. Los oficiales que estaban estacionados en otras regiones a veces venían a recoger o aprobar órdenes. Ese era el propósito de la visita de Lucio a la ciudad.

Además de los cuartos y baños de los soldados, salas comunes, almacenes, comedores, establos y otras habitaciones que necesita el ejército, la fortaleza también tenía apartamentos de lujo para oficiales e invitados. Una de ellos, no muy grande pero cómoda, durante la estancia en Jerusalén, fue habitada por Lucio. La compartió con Aurelio y Filipo. Sin embargo, durante la reunión con María, sus compañeros no tenían la intención de molestarlo. El estaba solo.

Cuando recibió la carta de ella, esperaba que ella viniera a decirle algo que había esperado durante mucho tiempo, que la enfermedad y lo que ella había pasado la hizo cambiar de opinión sobre su futuro. Sin embargo, desde el primer momento en que la vio, supo que estaba equivocado. Él la miró sorprendido. La mujer que acudió a él no se parecía al objeto de sus suspiros, ni a María, atormentada por los demonios. Ella miró y actuó de manera diferente.

Tenía un vestido negro largo, hecho de buena, pero simple y casi sin decoraciones, un chal escarlata en los hombros y, que llamó su atención porque contrastaba con el resto, pero era un remanente de la antigua María, hermosas sandalias de cuero.

–Has cambiado tu atuendo, pero eres tan hermosa como siempre –la saludó alegremente, mirándola de arriba y hacia abajo–. También veo que tienes un gusto por los zapatos caros.

Seguía siendo una dama, pero sin ningún rastro de perversidad o acusación que alguna vez lo había atraído tanto. Se volvió aún más refinada, y al mismo tiempo tranquila y confiada. No había signos de auto exaltación, y sin embargo, se sentía en cada movimiento que hacía, su autoestima era fuerte. También le sorprendió la impresión de que ella estaba funcionando en alguna otra dimensión. Además, ella tenía una sonrisa inusual. Era como las sacerdotisas que a veces veía en los templos: calladas, felices y armoniosas. Ninguno de sus gestos eran forzados, sus palabras llevaban la verdad. Era una mujer completa, pensó en ella.

–Ahora camino mucho, las sandalias buenas son importantes y porque son hermosas... ¿Por qué no? –se rió suavemente, sentándose en el lugar que le mostró.

–¡¿Cómo estas?! –preguntó cautivado por la nueva María, quería saber todo lo posible.

–¿Recuerdas en qué condición estaba la última vez que me viste?

–Siento haberte dejado.

–Está bien que lo hayas hecho. Estuviste conmigo en el momento más difícil. Gracias por eso. Gracias a ti, Magdala sabía que tenía un protector, nadie se atrevió a molestarme.

–El desierto estaba indignado por el recuerdo de lo que había sucedido entonces.

–Es decir, «la ley del desierto». Defendieron el orden en su territorio. Es bueno que no me apedrearon. Pudieron. Solo se lo debo a la posición de mi padre, Marta, y a la protección de Dios.

Él asintió como si la entendiera, pero no fue así. Tenía su opinión sobre las costumbres del país en el que vivía temporalmente.

– Dime qué pasó cuando me fui. He escuchado cosas diferentes.

–No, porque era diferente. Lo más importante es que me ocupé de lo que me pasó.

–Te admiro. Eres muy fuerte.

–Si alguien viene a ti con un regalo y no lo aceptas, ¿a quién pertenece el regalo? –preguntó ella, aparentemente sin relación con el tema.

–Para el que lo regala –sorprendido por la pregunta, respondió solo después de un momento de reflexión.

–Lo mismo se aplica a la envidia, la ira y los insultos. Si no son aceptados, siguen siendo propiedad de quienes lo dan. Cuando entendí eso, estaba seguro de que el problema no es solo de un lado. Me ocupé de lo que pasó. Magdala todavía está trabajando en estos problemas en su sentido colectivo de lo correcto y lo incorrecto. Les llevará un tiempo. ¿O tal vez no van a hacer frente a esto durante la vida de esta generación? No lo se.

–¿Te fuiste para siempre?

–Escapé primero. Los demonios me perseguían.

–¿Demonios?

–Concretamente, demonios del pasado. Recuerda, tuve un momento particularmente difícil entonces. Mi padre falleció, recibí información sobre la muerte de mi abuela. Me enteré de que mi amado abuelo se separó de mi abuela puede que por otra mujer que tuvo durante mucho tiempo, mi tutora, con quien estaba estrechamente relacionado, y mi abuela lo aceptó toda su vida. Además, ella le dio una niña. Como sabes, poco antes, el hombre al que amé y me comprometí totalmente me dejó. En todo esto, todavía estabas con tu maravilloso y indulgente amor. También estaba David que quería que yo fuera su esposa, pero ni siquiera podía dar un paso sin el conocimiento y el consentimiento de su padre. También estaba Samuel, recuerda, te caía bien, lo que rechacé, lastimando su corazón. Estaba Marta, mi maravillosa hermana, que trató de ayudarme con todo su corazón, mi hermano más silencioso Lázaro y esta terrible ciudad, tan cruel conmigo. Destruyeron mucho, incluso mataron a mi gato, el último hilo vivo que me conectaba con Egipto. Estaba en el fondo de la desesperación. Ahora los entiendo «Me destaqué mucho, no respeté sus costumbres, comprometí todos los valores importantes para ellos. Tenían que reaccionar. Y creo que fue leve».

–¿Leve, dices? –dijo cuando ella estuvo callada por un momento.

–Cuando me expulsaron de casa, me violaron. Quedé embarazada. Sentí odio por mis torturadores. Si pudiera y tuviera fuerzas, no habrían escapado con vida. Sé que ya han pagado por lo que han hecho.

–¿Por qué estás tan segura?

–La mano de la diosa los castigó. Ella es estricta pero justa.

Cuando se enteró de la violación, apretó los puños y se prometió a sí mismo que conseguiría a los bandidos. Sin embargo, cuando ella dijo que habían sido castigados, él suspiró aliviado.

–¿Recuerdas la casa del placer en Magdala? Fui allí por un aborto. Lo tuve. Expulsé el fruto de la violación.

Él escuchó, sorprendido por su honestidad. Recordó lo mal que se sentía, pasó un tiempo en Magdala cuando estaba enferma, pero no podía imaginar que fuera tan trágico.

–Y me volví loca.

–¿Loca?

–Sí. Los demonios que te mencioné me atraparon. Los principales tenían la cara de violadores, y los otros se parecían a los que me arrojaron piedras. Estaba convencida de que me atacaron de nuevo, que estaban en mi casa, destruyendo todo lo que encontraron a su paso, me arrancaron el pelo, me escupieron, me desafiaron y patearon a Marta. Parecían enjambres de moscas arrastrándome fuera de la casa y arrojándome piedras. ¡Todo fue tan real! Me escapé y me escondí en el desierto. Sobreviví al infierno allí. Descendí a las profundidades más oscuras. Sufrí, grité de dolor y desesperación, morí muchas veces y volví a nacer. No sé cómo sobreviví. Más tarde supe que pasé más de un mes allí. Marta y Lázaro me buscaban por todas partes. En vano. Creo que literal y figurativamente colapsé en el suelo. No sabía donde estaba. Es un agujero negro en mi historia. Mi propio infierno. Estaba donde no hay nada debajo. Vi cosas terribles. No sé cómo pude regresar a Magdala más tarde el día que estuvo allí.

–¿Cómo saliste?

–Has oído hablar de él. Estoy con él ahora.

–¿Quién es Él?

–Es Jesús.

–¿Ese Jesús? ¿Estás con Jesús?

–Sí, Lucio.

Se detuvo. No sabía que decir. Su amada tuvo una pesadilla, y ahora ella estaba con uno de los hombres más buscados del país. Parecía que no se daba cuenta de que se había recuperado de una opresión y, sin saberlo, se metió en otra. Probablemente no sabía cuánto le temían las autoridades a Jesús. Era sal para sus ojos, doloroso, problemático y peligroso. Una vez inofensivo y tratado con desdén, después de una serie de supuestos milagros que realizó, fue una amenaza para el orden público. Se decía que era un rebelde y un agitador de las personas. Los fariseos ricos lo consideraban el peor enemigo e hicieron todo lo posible para deshacerse de él.

Y ella le acaba de decir que estaba con él.

–¿Estás con él? ¿En qué sentido? –Se preguntó, y no se atrevió a decirlo. Apreciaba que ella hubiera hablado tan honestamente con él. Estaba seguro de que cada palabra que ella decía era cierta. No coloreaba nada, no endulzaba nada, hablaba directamente como lo sentía. Toda su verdad.

–¿Sabes por qué te dije todo esto?

–Estoy agradecido de que hayas confiado tanto en mí.

–¿Sabes por qué?

–Francamente, no.

–Por que me amaste sinceramente, desinteresadamente. Te entregaste a mí por puro amor. Estábamos bien el uno con el otro. No dudaron en hablar de mí con su familia, me apoyaron en los momentos más difíciles. Me amabas tanto que no te importabas, honor, lo que la gente diría. El verdadero amor está por encima de todo esto. Y así es como me apoyaste en ese sentimiento. Te estoy muy agradecida y creo que puedo apreciarlo.

El no entendió. Ella estaba con él, le contó sobre sus experiencias más íntimas, estaba feliz con su amor y devoción, y al mismo tiempo anunció que estaba con otro. Fue complicado para él, pero desde que la conoció, se dio cuenta de que entender a una mujer era como entender al mundo entero. Sabía que no tenía sentido intentarlo.

–Te amo, Lucio –confesó–. Y siempre lo será. Tienes un lugar permanente en mi corazón. Me diste mucho bien. Gracias.

–Me amas y, sin embargo, estás con Jesús –a pesar de sus esfuerzos, no pudo soportarlo–.¿Dónde tiene sentido eso? Si dices que me amas, quédate conmigo. Creo que debería verse así?

–Me encanta que estés en el mundo y que hayamos tenido un sentimiento tan especial. Te amo y admiro. Y yo estoy contigo. De todo corazón. Pero no voy vivir mi vida contigo. Mi camino es diferente.

–¿Y mi camino? ¿Pensaste en eso? ¿Debería esperarte por siempre?

Ella cerró los ojos. Ella sonrió ante lo que vio.

–Berenice te está buscando. Ve con ella. Serás feliz.

–¿Berenice? –estaba sorprendido–.¿Cómo lo sabes?

–Lo vi hace un momento.

Él le creyó. Ella habló con tanta certeza y convicción que sí, él estaba seguro de que fue justo antes de que cerrara los ojos que lo vio a él y a Berenice juntos. Estaba convencido de que quien era su amada María, por quien sacrificaría y haría todo, realmente pertenecía a otra realidad. Ella vio lo que los mortales comunes no tenían oportunidad de experimentar incluso en los sueños más increíbles.

Se preguntó cómo despertó este don extraordinario en ella, ¿cuándo sucedió? Decidió que cuando ella estaba en lugares que ella llamaba «el abismo». Allí ella cambió. Siempre fue diferente, sabía y vio más, pero, tal vez, solo el descenso al abismo liberó sus poderes en ella durante mucho tiempo, probablemente incluso desde el nacimiento.

–María, así que sigue el camino que dices que es tuyo. Pero ten cuidado. Los tiempos no son tranquilos, y el hombre con el que estás asociado es considerado por muchos como el enemigo público número uno. Recuerda lo que le pasó a Juan el Bautista.

–Lucio, lo que será, será.

–Recuerda que si algo te amenaza, estoy aquí. Siempre para ti.

–Ve a Berenice. –Ella tomó su mano–. Prométeme eso. Quédate con ella, te hará bien. Y sal de aquí lo antes posible.

Tenía dudas, pero cuando lo tocó, estaba segura de que Berenice estaba destinada a él y se prometió a sí misma que la conocería el mismo día.

–Pronto llegará el momento, las profecías se harán realidad. Llegará el final, que se convertirá en el comienzo –añadió misteriosamente, besó su mejilla, se envolvió en su bufanda carmesí y se fue.

Se quedó quieto por un momento y se preguntó qué acababa de presenciar.

–Ella es la sacerdotisa de Isis y siempre será ella, es una dama. Pero ahora, después de todo lo que ha experimentado, se ha convertido en mucho más de lo que él pensaba.

–¿Quién y adónde va? –No pudo encontrar la respuesta a esa pregunta.

6

El esposo de Joanna, Chuza, administraba las propiedades del tetrarca Herodes Antipas. Cuando se convirtió en su esposa, era muy joven, y Chuza aún no era tan importante y rico. Ambos provenían de familias ricas. Los abuelos de su esposo llegaron a Galilea desde Petra. Trajeron con ellos una pequeña fortuna, que su hijo triplicó, y el nieto la multiplicó de tal manera que pronto se lo consideró el que tiene el jefe de negocios más fuerte en toda la región.

Cuando se conocieron, Joanna era hermosa y mimada. Podía leer, escribir, contar y conocía bien tres idiomas. Ella vivía con sus padres en Jerusalén. Su padre era uno de los comerciantes más respetados, y su madre era ama de casa. Dios los bendijo con tres hijas. Los otros tuvieron esposos durante mucho tiempo, y Joanna, como la más joven, todavía estaba con sus padres, que no tenían prisa por que se fuera, y que a ella tampoco le gustaba ninguno de los jóvenes que la pretendían, permaneció en libertad.

Para su padre, Chuza no era el yerno de sus sueños. No solo que su familia tenía raíces en Petra, y por lo tanto no pertenecía a ninguna de las familias de David, su padre y él eran famosos por hacer negocios en la corte de Herodes el Grande. Era conocido no solo por los magníficos edificios y los estrechos contactos con Roma, sino también por el hecho de que, como se decía, no le gustaban los judíos conservadores para que no quisieran ingresar a las Tiberíades que construyó, ordenó que se erigieran las puertas de la ciudad en lugar de las antiguas cementerio. Y como saben, el pie de cualquier judío piadoso que esté cerca de los viejos valores nunca se parará sobre su tumba.

Sin embargo, cuando resultó, para sorpresa de casi todos, incluido el propio Chuza, que Joanna estaba interesada en él, las cosas sucedieron rápidamente. El compromiso tuvo lugar, luego el matrimonio y Joanna vivieron en la casa de su esposo, cerca de Tiberíades, en el lago Genesaret.

Pronto dio a luz a un hijo y poco después a una hija. En ese momento, Chuza se convirtió en el gobernante de Antipas. Entonces vivieron en el palacio real y Joanna se convirtió en una dama de la corte.

María sabía quién era Joanna. La información sobre las mujeres que acompañaron a Jesús pasó de boca en boca. Suscitaron sorpresa, a veces admiración, y con mayor frecuencia travesuras. No era habitual que las mujeres no familiares acompañaran a los hombres en un viaje, se quedaran con ellas o incluso hablaran con ellas. Sí, los apóstoles fueron acompañados por esposas, pero incluso ellas se quedaron voluntariamente en casa durante los recorridos de sus esposos.

Joanna no solo no era la esposa de ninguno de ellos, sino que pertenecía a una clase completamente diferente. Fue un verdadero desafío para Jesús y sus discípulos. Ella vino del palacio real. Sus modales, sofisticación, vestidos, forma de hablar, a pesar del hecho de que ella se esforzó mucho por comportarse de tal manera que no los frustrara, se sorprendieron.

Cuando se conocieron por primera vez, Joanna miró expertamente el anillo de María.

–¿Qué significa este símbolo?

–Este es un símbolo de perfección, vínculo inseparable, eterno tres. Es el amor que crea el mundo, la unidad de todo lo que vive, incluido el hombre como elemento de la Divinidad eterna.

–¿Esta es una señal de Dios?

–El que lo es todo.

–Ya he visto este símbolo. –Joanna se inclinó hacia María–. ¿No es esto lo que llevan las sacerdotisas de Isis?

–Señora, tienes mucho conocimiento. –María inclinó la cabeza.

–Y un gran respeto por tus acciones. – Ella hizo una reverencia.

–Me alegro de conocerte. Escuché de ti hace mucho tiempo.

–Yo, por supuesto, sobre ti. –Ella se rio–. Me pregunté más de una vez qué aspecto tiene la privilegiada del Maestro. Con la que, dicen, comparte sus pensamientos y secretos más importantes.

–Oh, ¿verdad?

–En verdad. – Su sonrisa era confiable.

–Así que es un poco como si nos conociéramos antes. –María sintió un vínculo especial con Joanna.

Ella podía leer corazones como un libro. Ella sintió las intenciones, el estado de ánimo y el color del aura circundante.

En el aura de Joanna, María notó que un rojo fuerte se convertía en naranja intenso. El rojo brillante y enérgico, atestiguaba la vitalidad, la alegría de la vida y fuerza, y el naranja fuerte hablaba de entusiasmo, alegría y apertura al mundo.

–¿Sabes que mi esposo conocía a tu padre?

–¿De verdad?

–Estaba conectado por sus intereses. Cyrus era un hombre honesto. Me enteré de ti hace mucho tiempo. Acabas de nacer, y hace poco me casé con Chuza y viví junto al lago.

María miró a Joanna con cuidado. Se preguntó cuántos años podría tener. Ella contó en su mente y resultó que ya había pasado los treinta y cinco, tal vez incluso cuarenta. Esto es imposible. Ella se veía tan joven. ¿O tal vez se acaba de casar temprano?

–Eres una mujer hermosa. María, no puedes negar tu belleza, María –la llamó por su nombre, como lo hacían las mujeres de familias poderosas en relación con las jóvenes.

–Se inclinó como una dama, porque por un momento sintió como si estuviera entre los amigos de la abuela de Aida, quien la miró con simpatía y evaluó expertamente su apariencia y comportamiento.

Joanna, como la conocida de su abuela, conocía a las mujeres.

–Así que tenemos una sacerdotisa de Isis entre nosotros – dijo–. Dicen que quien la toque con el dedo será severamente castigado. Por ejemplo, como los siete violadores.

–¿Qué?

–¿Realmente no sabes de lo que estoy hablando?

Un escalofrío atravesó a María. Aprendió a vivir con el pasado e incluso la convirtió en su escudo, pero ahora, después de las palabras de Joanna, por un breve momento, volvió a ver los rostros horribles de sus torturadores.

–Se dice que en los palacios que fuiste violada, e Isis castigó a quienes les hicieron esto, privándolos de sus nacimientos y abriéndoles sus gargantas –explicó.

–No he oído hablar de eso. ¿Quizás nadie se atrevió a decirme eso? ¿O tal vez raramente visito palacios? –se rió para evitar recuerdos difíciles, pero no fue fácil.

Recordó a Nefer y sus palabras de que la Diosa siempre protege a sus sacerdotisas. Y ella ya lo sabía todo. Como en el tablero de Senet, las fichas están en los lugares correctos. Ella entendió cómo Nefer castigaba a sus violadores.

No me conmueve por primera vez el sentido de justicia de Isis.

–Veo que realmente no lo sabías. –Joanna conocía a la gente–. –Créeme que lo que dije no es invento. Conozco el caso. Yo personalmente vi a estos hombres. Uno de ellos milagrosamente contactó a mi esposo para contarle lo que les sucedió y exigir un castigo para el autor.

–¿De verdad? Recientemente, no he sido muy sociable, no sé qué estaba pasando.

–Chuza no se ocupa de tales asuntos, pero en ausencia de Antipas a veces se hace cargo de algunos de sus deberes. En este caso, no solo que él no ordenó enjuiciar al perpetrador, porque díganse, ¿a quién tendría que buscar, Diosa Isis? Más: los perpetradores de la violación ordenaron que se pagara por las mentiras sobre la diosa de un país amigo. Como sabe, él es un devoto de Roma, pero también de Egipto, es una provincia romana e Isis es adorada allí. De todos modos, lo siento, no tengo que explicarte dónde adoran a tu diosa –se rió–. Por supuesto, apoyé a mi esposo con todo mi corazón. El es un hombre sabio.

–¿Inteligente y te permite pasar tiempo con el alborotador y su grupo?

–María, le debo mi vida a lo que dices, entiendo que a pesar de eso, el alborotador. Y ciertamente cuerdo. ¿Sabes cómo y por qué llegué aquí? ¿Sabes por qué sigo al Maestro?

–¿Lo amas?

–Si por supuesto. Primero de todo. Lo adoro como hombre. Es hermoso, gentil, atento, indulgente y si es necesario, severo, y al mismo tiempo admitirás, completamente fuera de este mundo. Es maravilloso, estamos unidos por el acuerdo del alma.

María sintió una punzada de celos. Ella estaba sorprendida. Ella pensó que estaba libre de eso. Que, de acuerdo con las prescripciones de las sacerdotisas que había conocido, aprendió a estar con un hombre de forma amistosa, sin coquetear, sin pensar en la corporalidad, sin tendencias emocionales y, por lo tanto, sin celos. Estaba segura de que podía amar a Jesús de esa manera. Sin embargo, después de las palabras de Joanna, se dio cuenta de que estaba equivocada. Él era su hermano espiritual, eso es seguro, pero ¿tal vez todavía la atraía como hombre más de lo que pensaba?

No, ella no lo quería. Ella quería una relación pura solo a nivel espiritual.

–¿Has estado con él por mucho tiempo? –preguntó con cuidado–. Me curó hace seis meses. Lo he seguido desde entonces.

–¿De qué sufriste?

–Me estaba muriendo lentamente.

–Cada uno de nosotros está muriendo lentamente…

–Pero me estaba muriendo lentamente más rápido –dijo y divirtió su propio sentido del humor.

–¿Qué tenías? –María no se rió porque entendió el dolor de Joanna.

–Di a luz a dos hijos. Hoy ya son grandes, estamos buscando una hija para su esposo. Siempre estaba saludable, pero en algún momento algo cambió en mi vientre y comencé a sangrar en exceso. En los días de luna llena sentí dolor, mi útero estaba en llamas, me hinché. Algo creció dentro de mí, luego se agrietó y por muchos días un líquido marrón oscuro salió de mí. Sucedió que estuve sangrando durante medio mes. Más tarde hubo un descanso y todo comenzó de nuevo. Estaba tan débil que dejé de levantarme de la cama. El médico real me dio infusiones, hizo compresas de ingredientes extraños, mi esposo hizo sacrificios, nada ayudó. Duró varios años. Al principio estaba más delgado, y luego parecía una sombra. Estaba diciendo adiós a mi vida cuando escuché acerca de Jesús. Algo me tocó. Como hizo tantos milagros, curó tantos, tal vez hay esperanza para mí, pensé.

María olvidó la pequeña aguja de celos que la había picado un momento antes. Ella escuchó la historia de Joanna. La vio en la cama, débil, muerta, sin fuerzas. Ella vio a su esposo preocupado y a sus hijos llorando.

–Me llevaron a él en una litera. Vine sola, pero créeme, apenas podía soportarlo. Mis sirvientes me estaban apoyando. Cuando me arrodillé frente a él e incliné la cabeza, no me preguntó qué me pasaba. Puso sus manos sobre mi cabeza. Sentí que el calor me afectaba. Me desmayé. Cuando abrí los ojos, me dio la mano. No olvidaré su sonrisa por el resto de mi vida. «Estás sana». Me levante. Estaba curada.

–La hemorragia no ha vuelto a ocurrir?

–Ni una vez. La fuerza regresó, como si hubiera vertido una poción de vida en mí.

–Poción de los dioses. Néctar Olímpico. La luz de Dios.

Se sonrieron la una a la otra. Venían de los mismos mundos. Ambas eran educadas, bien leídos, sabían de literatura, eran inteligentes. Podrían nombrar el mismo concepto con muchas palabras diferentes, y fueron tomadas de diferentes culturas. Cada leían mucho y estaban entre personas educadas, y más de una vez participó en discusiones donde sobrepasaban a sus interlocutores.

–Has estado con ellos durante medio año, ¿cómo te tratan?

–Estoy en una posición bastante privilegiada –Joanna fue honesta–. Por supuesto que no estoy con ellos permanentemente, vengo de vez en cuando, estoy en su esplendor, escucho palabras y veo cómo habla. Me gusta y saco fuerzas de él. Y en segundo lugar, los apoyo con el dinero de Chuza, por lo que más bien me necesitan. Simón Pedro, por supuesto, me trata a distancia, pero debes haber notado su acercamiento a las mujeres. Es un simple pescador. Al menos Andrés puede abstenerse de comentar, pero también me ha dejado claro lo que piensa sobre mi presencia entre ellos. Antes de conocer a Jesús y sus compañeros, no creía que las mujeres fueran tratadas así en otro lugar. En el palacio, nadie pagaría las crisis que a veces escucho aquí.

Son hombres comunes, pero tienen buenos corazones. Y ellos lo aman.

En lugar de comentar, Joanna preguntó:

–¿Y tú? ¿Cómo llegaste aquí? ¿Sacerdotisa Isis, criada en Egipto, inteligente, independiente, rica? ¿Es cierto que posees la mitad de la propiedades de tu padre?

–Esa fue su voluntad.

–Cuando naciste, aprendí la historia de tu madre. Ella me conmovió mucho. Por amor, dejó un mundo hermoso y vino aquí...

–Aparentemente, ¿este es el camino que Isis o Adonaí la trajo? ¿Tal vez los dos lo hicieron?

–Dios, incluso esos extraños, egipcios, piensan mucho, planean por años. ¿Quizás tu madre vino a darte a luz aquí? ¿Quizás tengas una misión importante por delante?

–Los juicios divinos no se investigan.

–Tu madre tenía una gatita. ¿Sabes que ella vivía en mi casa?

–¿De verdad? Supe de ella por mi hermana. Ella me dijo que cuando murió mi madre, un día la gata se fue y nadie más la vió.

–Se fue conmigo.

–¿Así no más?

–Magdala no está lejos de Tiberíades, como sabes. Una de las criadas, al ver el collar alrededor de su cuello, la dejó entrar a la casa. Más tarde, gracias a este collar, descubrí de dónde venía. Quería devolverla a tu padre, pero él dijo que, dado que ella me eligió, debería quedarse conmigo. Bastet vivió con nosotros hasta el final de sus días. Un día se quedó dormida a mis pies y nunca más despertó.

–En mi infancia vi su espíritu en nuestro hogar, o eso pensé. El mundo es realmente asombroso. Han pasado muchos años y descubrí lo que le sucedió la gata de mi madre.

–Todo está entrelazado. Los fantasmas residen entre los vivos, incluidos estos animales. El mundo es uno.

–Hablas como una sacerdotisa de Isis.

–Soy seguidora de Adonaí, lo que no significa que no sepa qué está pasando en el mundo y cómo viven las mujeres en otro lugar. Por ejemplo en Egipto. ¿A veces piensas en volver?

–Lo pienso a menudo, pero ahora estoy aquí. Estoy bien aquí. Siento que este es mi lugar.

Joanna se ajustó el vestido. Se vistió modesta y moderadamente para encontrarse con Jesús. Estaba acostumbrada a cortejar el lujo, el esplendor y lo que la riqueza podía aportar, pero para recorrer en Galilea eligió atuendos que eran principalmente cómodos y frescos. Las noches eran frías, y ni una sola vez durmió bajo las estrellas. Siempre estuvo acompañada por sus doncellas, pero para no sobresalir demasiado, se llevó consigo solo dos, por lo que solo llevaba lo necesario durante el viaje, no tenía mucho, porque ¿quién los cuidaría y aseguraría a las mulas que transportaban?

–No, dime cómo llegaste aquí, porque hablo principalmente sobre mí todo el tiempo.

–Es extraordinario que la esposa del gobernador se encuentre entre estas personas. A todos les gustaría escuchar tu historia, no solo a mí. Te contaré sobre mí pronto. Solo dime, por favor, ¿qué dicen tu esposo y la corte real? ¿Cómo reaccionaron el tetrarca Antipas y su esposa al hecho de que pasas tiempo con personas tan simples que, además, lideran, locos hechiceros?

–Mi esposo es bueno y indulgente. Él piensa que mi salud y mi vida valen todo el dinero. El realmente me ama. ¿Sabes lo feliz que estaba cuando fui curada? Llenó el bolso de Judas Iscariote, que se preocupa por las finanzas de Jesús. ¿Y Herodes Antipas y su esposa? Consideran mis viajes como accesorios. Por supuesto que sienten curiosidad por Jesús. Especialmente Herodes. Le conté sobre el Maestro. Sobre su sabiduría, puntos de vista y milagros que hizo. Él dijo muchas veces que le gustaría conocerlo, pero recordando el destino de Juan el Bautista, preferiría no dejar que sucediera. Es suficiente para mi esposo y para mí que Herodes no haya prohibido estar en su compañía. El pudo hacerlo. Al principio, mis amigos se sorprendieron de que estuviera siguiendo al Maestro, pero como vieron cómo mejoraba mi condición, dejaron de comentar. Además, estoy sana y, sobre todo, soy la esposa de Chuza.

María asintió entendiendo.

–Sabes cómo es: si un hombre pobre hace algo inusual, dicen que está loco. Si un hombre rico hiciera lo mismo, lo llamaría extravagante o excéntrico. Tengo permiso de mi esposo para lo que hago, así que puedo hacer lo que me gusta. Además, María, como tú, tengo mi propia riqueza. Separada de mi marido. No es tan impresionante como la tuya, porque también he escuchado, no sé si es cierto que, aparte de Magdala y Betania, también tienes una propiedad en Egipto, pero si algo sucediera y, por ejemplo, Chuza dejara de quererme, no me moriría de hambre –se rió.

¡Tenía mucho sentido para María! Ella sabía lo importante que era la independencia financiera. Ella bendijo a su madre y a su abuela porque se encargaron de ella. En su juventud, la riqueza no era importante para ella, las cosas materiales siempre le parecían secundarias. Sin embargo, cuando descubrió el inmenso trabajo que Marta y Sithathor estaban haciendo, cuánto esfuerzo tuvieron que hacer su padre, sus abuelos y bisabuelos para reunir lo que tenían y la gran comodidad que le dio, se dio cuenta de lo agradecida que estaba. La seguridad financiera te da independencia. Sin ella, incluso si no somos esclavos, siempre pertenecemos a alguien. Solo cuando tenemos incluso los recursos más modestos, pero nuestros, podemos sentirnos independientes.

Ella, sin ningún mérito propio, tenía tal protección. Ella simplemente nació en una familia acomodada. Sabiendo que no todas las mujeres se encuentran en una posición tan privilegiada, se dio cuenta de que tal vez la obligación de sensibilizar a los demás y ayudarlos descansa en ella como parte de la misión de su vida de ser sacerdotisa.

–Estoy aquí desde que me curó –comenzó su historia–. Pero siempre fui con él. Como dices, nací en este lugar probablemente por alguna razón. ¿Quizás precisamente para conocerlo? Tienes razón, fui educada por sacerdotisas. Soy una de ellas. –Se apartó el cabello del cuello–. Mira. ¿Ves este símbolo? Es el mismo que en mi anillo. En el pasado, las sacerdotisas lo tenían en la frente. Ahora mostrar el símbolo, especialmente aquí, es peligroso. Te lo muestro porque estoy segura de que puedo.

–Puedes. – Tocó el cuello de María con la punta de su dedo.

–Adelante, él no te quemará –la animó.

–¿Quién más lo sabe? –Ella le dio unas palmaditas en la mano con una carcajada–. Todavía tengo en mi cabeza el castigo que ha sufrido tu violador.

–No puedo decir que no me lo olvidé –María estaba tranquila–. Pero tampoco vivo en el pasado. Lo que estaba detrás de mí. Lo dejé.

–Como se espera, eres una chica inteligente.

– Aprendí de las mejores.

–¿Me lo dirás? Me encantaría saber cómo te queda.

–Quizás algún día, ¿por qué no? Pero uno por uno...

***

–¿Qué esta materia? ¿Durará para siempre?[48]

El maestro respondió:

–Todo lo que nace, todo lo que se crea, todos los elementos de la naturaleza están entrelazados y unidos. Todo lo complejo se descompondrá. Todo vuelve a sus raíces, la materia vuelve a los primeros frutos de la materia.

–Eso es difícil de entender... –Simón Pedro a menudo expresaba en voz alta lo que otros estaban pensando.

–¿Tienes ojos y no puedes ver, tienes oídos y no puedes oír? –Jesús, a pesar de darse cuenta de lo difícil que era para ellos entender sus palabras, fue paciente–. Abran sus mentes y corazones.

–¿Cuál es el pecado del mundo? –Simón Pedro continuó.

–No hay pecado –Jesús no dudó–. Has que el pecado exista cuando actúas de acuerdo con las costumbres de tu naturaleza corrupta. Hay pecado en ella. Es por eso que este bien se interpuso entre ustedes. Interactúa con los elementos de su naturaleza para volver a conectarte con tus raíces. –Los miró a los rostros y cuando finalmente entendieron, continuó–. Por eso te enfermas y mueres. Es el resultado de tus acciones. Lo que haces te aleja de las raíces de la naturaleza. El apego a la materia despierta pasión contra la naturaleza, por lo que todo el cuerpo está atormentado. Por eso te digo: ¡mantente en armonía! Y si pierdes el equilibrio, inspírate en tu verdadera naturaleza.

---

[48] Evangelio según María Magdalena. Solo sobrevivió un pequeño fragmento de la traducción copta (siglo V d. C.); El original griego es del siglo III y está escrito en papiro.

–Lo que dices está claro, gracias por estas palabras –dijo Joanna.

–Quien tiene oídos, que oiga. –Jesús le sonrió y miró a su alrededor nuevamente. Por los rostros de los apóstoles reconoció que estaban pensando en lo que había dicho–. Que la paz esté contigo. ¡Deja que mi paz se eleve y se realice en ti! Estate atento y no permitas que nadie te engañe diciendo: «Aquí está» o «Él está allí» porque es en ti donde vive el Hijo del Hombre. Ve hacia él, porque los que lo buscan lo encontrarán. Predica el Evangelio del Reino.

Lo miraron atentamente y él, mirándolos a la cara, continuó hablando.

–Para el puro todo es puro, y para los contaminados e infieles no hay nada puro, pero su espíritu y conciencia están contaminados. No lo que entra en un hombre lo hace impuro, sino lo que sale de la boca y sale del corazón, porque los malos pensamientos, asesinatos, adulterio, fornicación, robo, falsos testimonios, maldiciones provienen de allí. Esto es lo que hace que un hombre sea inmundo[49].

–Señor, escribo tus palabras. –María levantó la vista de sus notas–. Quiero que lleguen a todas partes y sean predicados para siempre. Cuando termine, los llevaré a la gruta de Qumran, a los Esenios. Durarán por siglos.

–Soy la luz que está por encima de todo. Estoy lleno La luna llena salió de mí. La luna llena vino a mí. Partir un árbol, estoy allí. Levanta la piedra y me encontrarás allí[50] –Jesús terminó, se levantó y se fue.

Nadie se atrevió a seguirlo. Sabían que necesitaba soledad. Entendieron que él estaba regenerando su fuerza y hablando con Dios, y tuvieron tiempo de pensar en sus enseñanzas.

---

[49] Mt 15:10-20.

[50] Evangelio de Tomás, 77.

Los discípulos también se separan para sus lecciones. María finalmente pudo hablar con la madre del maestro.

María la vio por primera vez. Los alcanzó junto con su hermana y, obstaculizada por el camino, tan pronto como saludó a todos, mientras su hijo hablaba, se durmió en las sombras. Ahora se despertaba y se ocupaba de los preparativos para la cena. Fue preparado por la esposa de Andrés, las doncellas de Joanna y Ethel, quienes, después de que María perdonó su pasado, nuevamente se convirtió en su sirvienta.

–Señora, es un honor para mí conocer personalmente a la madre del Maestro, usted es una mujer extraordinaria –dijo y se inclinó.

–Hija, todos somos iguales a Dios. No conoce el sexo, la raza o el origen, no cuenta sus posesiones: es realmente rico y puede llorar con los que lloran y reír con las personas que se ríen. Lo más importante es lo que tenemos en nuestros corazones, ¿no?

Ella caminaba bien, estaba llena de amor. María lo sintió desde el primer momento. Hace mucho tiempo, se preguntaba quién era la que una vez lo llevó adentro, quien lo abrazó después de que él nació, lo alimentó, se secó las lágrimas y lo vio dar sus primeros pasos.

Y aquí estaba mirando a esta mujer bajita y pequeña. Si no fuera por las arrugas alrededor de sus ojos, se vería como una niña. Era delgada y flácida, se movía pulcramente y al mismo tiempo acumulaba inconmensurables capas de paz. Majestuosa y tranquila, pertenecía a mujeres que valoran quedarse atrás o al costado, como sombras, aquellas que no quieren sentarse en la primera fila y actuar en público. No le gustaba llamar la atención. Su atuendo también testificó de esto. Tenía un vestido gris, un pañuelo negro, no llevaba joyas en el cuello o las muñecas, pantorrillas, dedos u orejas. Su decoración más hermosa, una que atrajo la atención, fue una sonrisa. Honesta, no forzada, también presente en los ojos y en todo el cuerpo. Expresó amor por todos y todo lo que lo rodea.

María sintió respeto por ella, y luego admiración y apego.

–Tienes curiosidad, lo sé. –La madre del maestro le dio unas palmaditas en la mano–. Eres una buena chica, inteligente. Tienes claridad, puedo verlo de inmediato. Me alegra que estés con él. Alguien como tú es un verdadero apoyo para él. Lo amas inmensamente, ¿no?

–Sí, señora.

–Otras mujeres también lo aman, sus alumnos también lo aman. Pero veo que tu amor es diferente. Lo amas más allá del tiempo.

La madre de Jesús miró las manos de María. Ella los enderezó y miró las líneas. Ella notó la estrella.

–¿Quién eres mi niña?

–Soy yo quien lo ama más allá del tiempo, tienes razón, señora. Vengo de lejos, he recorrido un largo camino. Ahora estoy aquí y gracias a su hijo sé que el verdadero amor, así como lo que nace de él, es decir, la felicidad y la paz, son posibles en la tierra en nuestra vida mortal.

–Sí, bebé, el amor es lo más importante –asintió en voz baja–. Nada importa más. El amor de la madre, el amor por su esposo, padres, hermanos, amigos, compañeros y el mundo.

–El es amor. Ella la emana. Él está llena de eso. Es un conjunto. ¿Siempre ha sido así?

–Antes de que él naciera, él ya era así.

–¿Cómo?

–Él viene de Dios.

–Lo escuché decirlo muchas veces.

–Sí lo es. ¿Quién puede saber esto mejor que la madre?

–¿Cómo fue eso? ¿Me lo dirías por favor?

–Solo unas pocas personas conocen mi historia.

–¿Podré unirme al grupo?

–Sí, niña, confío en ti. Como dije, llevas luz en ti.

Las mujeres prepararon la comida de la noche, los hombres hablaron en pequeños grupos, algunos repararon las sandalias estiradas en su marcha y se sentaron lejos de ellos. Encontraron un lugar debajo del árbol desde donde veían a todos y todos podían verlos, pero nadie los escuchó.

–Yo era una niña. Todavía no conocía la vida «comenzó». Una noche, justo en la mañana, me despertó un brillo extraño. Cuando desperté, vi una figura luminosa. Aterrado. Nunca antes me había pasado algo así. Caí de bruces y no me moví. Era un ángel. Hermoso, luminoso y bueno. Me dijo que el Espíritu Santo me daría un hijo. Créame, no estaba feliz ni aterrorizado en el momento en que estaba dotado de una manera tan especial, simplemente acepté sus palabras con humildad y respeté la voluntad de Dios. No podría hacer lo contrario. ¿Cómo sería rebelarse o incluso discutir con la voluntad del Altísimo? Bueno, dilo tú mismo.

Sin esperar una reacción, ella continuó.

–Desde entonces, solo cosas inusuales han sucedido en mi vida. Pronto fui con mi pariente Elizabeth, quien se casó con el sacerdote Zacarías. Ambos han muerto hace mucho tiempo. Cuando los visité, pasaron muchos años después de su matrimonio y aceptaron que no pueden tener hijos. Sin embargo, sabía que pronto nacería su hijo y que sucedería, como en mi caso, a través del Espíritu Santo. Ella lo aceptó con verdadera alegría. También dijo que fui bendecida entre las mujeres y que mi nombre sería adorado durante siglos. Nunca me han favorecido las palabras amables, me criaron con modestia, pero admito que funcionó igual que la información que el ángel me había dado antes. Lo creas o no, realmente me sentí como una elegida y al mismo tiempo me di cuenta de cuánta responsabilidad tengo.

–Porque ser elegida es principalmente una responsabilidad – María interrumpió tan calladamente como si estuviera hablando solo para sí misma.

–Lo sabes bien, también eres una elegida.

–Intento hacer frente y ceder ante lo que sucederá. Creo en la infalibilidad de Dios.

Ya ves, y Zacarías, a pesar de ser sacerdote, no creía en el milagro que le sucedió a su esposa. Dios lo castigó por esto al perder su voz. Afortunadamente, solo por un momento. Después de nueve meses, nació Juan el Bautista, y Zacarías recuperó el habla.

María miró hacia Jesús. Él también la estaba mirando a ella. Observó a las dos mujeres más importantes de su vida hablar.

–José, el hombre más indulgente del mundo, sería mi esposo. Ya estábamos tras una palabra. Cuando compartí con él la noticia que el ángel me anunció, estaba indignado y quería enviarme lejos. No creyó mis palabras. No entendí por qué. Como te dije, era muy joven. En ese momento, no sabía qué significaba el embarazo para una chica sin esposo. A mi alrededor, tales situaciones no ocurrieron en absoluto, no he oído hablar de nada similar. Estaba convencida de que el niño aparece en la familia cuando Dios lo quiere. Y de hecho, esa es la verdad. Nada pasa sin su voluntad. Sin embargo, José no pensaba como yo. Él creía que, además de la voluntad divina, se necesitan algunas actividades para concebir un hijo. Yo era bastante ingenua. ¿Cuántos años han pasado desde entonces? Treinta y dos, casi treinta y tres años, y una niña embarazada sin marido todavía significa lapidación. En ese momento no estaba completamente consciente de esto. Estaba seguro y convencido de que todo estaría bien. Y así sucedió. Dios me estaba cuidando. Le envió a José un sueño que significaba que no solo no me abandonó, sino que se convirtió en el mejor padre para Jesús. No ha estado con nosotros desde hace mucho, y todavía lo amo. Nos cuidó y lo cuidó tan bellamente como pudo.

Jesús habló con los discípulos. Discutió algo vívidamente con Pedro y Andrés. Sin embargo, no le molestaba mirar de vez en cuando hacia las mujeres que hablaban. No solo sabía que estaban hablando de él, sino que escuchaba cada palabra que decían.

–Cuando se acercaba el momento de la disolución, se anunció un censo. César Augusto quería saber exactamente qué impuestos debería esperar de nuestra área. No teníamos salida, a pesar de la entrega próxima, fuimos a Belén. José era de allí, y todos tenían que aparecer en su lugar de origen. Estábamos montando un burro. Quiero decir, estaba sentada allí, y José lo guiaba. El camino no fue largo, pero extremadamente difícil para mí. Sin embargo, no la recuerdo mal. Cuando llegamos, resultó que, debido al censo, todas las tabernas y lugares donde podíamos quedarnos estaban abarrotados. Ya no podíamos buscar un lugar, no tenía más fuerza y el niño exigió nacer. Fuimos a la cueva de Belén, en el único lugar que logramos encontrar rápidamente. Créeme, fue una experiencia hermosa. Sostuve una pequeña miga en mis brazos, lo abracé contra mi pecho y lo amé más que nada en el mundo. Antes no creía que tal amor y felicidad fueran posibles. Es un vínculo dado por Dios, indestructible e incondicionalmente existente.

Ella miró a su hijo. Él le sonrió.

–Los pastores se inclinaron ante los pequeños como un rey. Estaba agotado por los viajes y el parto, pero lo recuerdo todo bien.

–Este fue un momento especial para ti, mi señora.

–No solo para mí. Alguien estaba esperando ansiosamente. Yo fui quien lo llevó y luego dio a luz. ¿Sabes lo que significa para una chica sencilla y modesta saber que es la madre del elegido? Me pregunté más de una vez por qué yo. ¿Qué me he merecido por este premio? Tal honor podría ser recibido por una reina, una princesa, tal vez un profeta o una sacerdotisa, lo entendería. ¿Pero yo? ¿Una chica simple? Es solo en retrospectiva que veo cuánto confié en Dios en ese momento. Sin esto, sin mi inocencia ilimitada, de la que a veces pienso que tal vez ingenuidad, no sería posible.

–Su fe, señora, deje que el Mesías venga al mundo. El te eligió a ti. Serás adorado durante siglos, cantarán canciones sobre ti y te rezarán. Los que te rodean todavía no lo sienten. Pero en la vida a veces nos encontramos con personas destacadas, extraordinarias y destinadas a un camino, y a menudo no entendemos el gran honor que es para nosotros estar junto a ellos.

–Esta es una de las debilidades humanas. Preferimos ponernos en el centro de atención. Creemos que nadie ni nada en el mundo es más importante que nosotros. Raramente prestamos atención a los demás.

–Lo sacrificaste todo por él. Te entregaste completamente a él.

–Él lo vale todo. No cuento. Yo solo lo vi venir al mundo. Es el mayor honor que el Altísimo me haya elegido para esto.

–Las mujeres, siempre serán un símbolo. Después de siglos, las personas no pensarán en sus dilemas, problemas cotidianos, y miedos. Te rezarán por ayuda.

–María, querida hija, ¿qué estás diciendo? Solo él cuenta. Nadie mas.

–Todos los que están con él siempre estarán con él. Las personas en el futuro, pensando y hablando de él, también mirarán a quienes lo acompañaron. Cada uno de nosotros tiene un papel que desempeñar. Estamos escritos en planes divinos. Las profecías deben cumplirse, también gracias a nuestras acciones. Pero Jesús abrirá las puertas de la luz.

–Puertas de luz, ¿dices? Cuando apareció, sucedieron cosas extrañas. Además de los pastores, tres sabios vinieron a nuestra humilde cueva. Dijeron que una estrella los guiaba, que su llegada había sido anunciada durante siglos, que el mundo lo estaba esperando y que allí estaba. Querían inclinarse y adorarlo. Hicieron regalos reales, le dieron mirra, incienso y oro. Aunque sabía quién era, el saludo me lo confirmó aún más.

–¿Qué pasó después?

–Según la ley, después de dar a luz, no pude tocar nada sagrado. Para restaurar mi pureza, hicimos un sacrificio con José en el templo. No podíamos permitirnos un cordero, así que le donamos a Dios en una sinagoga[51].

María miró a Jesús e imaginó cómo era él cuando nació. Ella fue tocada. Ella pensó que con gusto lo abrazaría y olería su delicada piel infantil.

–Creció sano y ganó fuerza. Cuando era un poco mayor, ayudó a José y aprendió artesanía. Era capaz, trabajador y muy minucioso, extremadamente inteligente en eso. Él sorprendió a todos. Te doy mi palabra de que no sé cuándo aprendió a leer y escribir. Al igual que los otros niños, obviamente fue a Beth ha-Séfer, la Casa del Libro, pero leyó la Torá desde pequeño, lo entendió e incluso explicó a los demás como si hubiera nacido con ese conocimiento.

María recordó sus comienzos. Vio a su padre sosteniéndola en su regazo y lo escuchó repetir las letras del alfabeto detrás de él. Él mencionó su orgullo cuando resultó tan fácil que su hija aprendiera. Volvió el olor a hogar, añorando a su padre y a Magdalena.

Ahora estaba mirando a esta buena mujer, la Madre del Maestro, quien, de niña, cedió a la voluntad de Dios porque ni siquiera pensaba que podía protestar. Ella se entregó, sin preguntas, dudas, con confianza en su poder. Sintió respeto por el poder sobrenatural. Si no fuera por su sumisión y convicción de que así es como debería ser, ¿cuál sería el destino del mundo? Dios escogió a la mejor persona como madre para su hijo en la tierra.

–Cuando tenía doce años, fuimos a Jerusalén para la fiesta de Pascua. Como saben, cada hombre judío tiene el deber de visitar este lugar y hacer sacrificios de animales a Dios allí al menos una vez al año. Como siempre en ese momento, había mucha gente allí. Estábamos a punto de regresar cuando resultó que Jesús no estaba con nosotros. Lo estábamos buscando por todas partes. No

[51] Lev. 12:6–8.

tenía un mal presentimiento, pero no estaba muy tranquilo. Finalmente, después de tres días, lo encontramos en el templo. Sabes lo maravilloso que es este lugar, impresiona a todos.

–Dicen que quien no la haya visto no entenderá el concepto de un «edificio magnífico».

–Tienen razón. Mis ojos nunca vieron nada más grande y Jesús estaba allí. Se sentó entre los maestros, los escuchó y les hizo preguntas. Se sorprendieron por la agudeza de su mente y las respuestas que dio a las preguntas que le hicieron. «Hijo, ¿por qué nos hiciste esto? Tu padre y yo te buscábamos con dolor de corazón», dije, feliz de verlo por fin. ¿Sabes lo que respondió? «¿Por qué me estabas buscando? ¿No sabías que debería estar con mi Padre?».

–Bueno, esa es su casa.

–No entendí completamente eso entonces.

–Ciertamente fue un gran niño. Lo amé antes y lo amo ahora. Si alguna vez tuve un esposo, debería ser él.

La madre del maestro sonrió gentilmente.

–Será como debe ser. Pero recuerde que él no nos pertenece a usted ni a mí, sino que al mismo tiempo forma parte de cada uno de nosotros. Nos pertenece a todos –explicó–. Siempre será así, porque él no es de aquí. Lo sé desde el principio.

–Ninguno de nosotros somos de aquí –María asintió. Cada palabra pronunciada por la Madre del Maestro era valiosa para ella. Aunque sabía bien cómo sonarían las siguientes oraciones, todavía quería que sonaran por completo. Ella quería hablar sobre su amor con alguien que, como ella, lo amaba sin límites e incondicionalmente.

–Sí, ninguno de nosotros somos de aquí –repitió las palabras que acababan de decirse–. Solo venimos aquí por un momento. Obtenemos el cuerpo como una prenda, que en algún momento nos quitamos porque se ha desgastado. Pero él va más allá que cualquiera de nosotros. Nunca he conocido a nadie con un poder tan poderoso. Sé que la fina prenda de lino estaba destinada a él: especial, preciosa, única. Está marcado, elegido, extraordinario.

–María, también llevas una bata así. Eres uno de nosotros, tu espíritu tiene un gran poder. Sabes eso, ¿verdad?

María sonrió y miró hacia abajo con modestia.

La madre del maestro continuó.

–Sí, eres uno de nosotros. Tu fuerza es indestructible y durará siglos. Úsala.

–Lo amo más que nada en el mundo. Lo quiero con todo mi corazón. Cada partícula de mi cuerpo y alma busca conectarse con él. Me gustaría ser su esposa, tener hijos con él y, a medida que envejecemos, verlos crecer. Me gustaría que él experimente lo que se le da a la mayoría de las personas.

Será lo que Dios quiere. Los hombres de su edad generalmente ya tienen muchos hijos. Aparentemente, el Señor había marcado un camino diferente para él.

–Lo que será, será. Soy madura, y los caminos de mi vida son lo suficientemente tortuosos como para comprender que realmente no sé casi nada, a pesar de que he aprendido mucho y experimentado mucho. Siento que tengo un largo camino por recorrer, lleno de sufrimiento y sacrificio, pero también fascinante y hermoso. Quiero seguirlo. Como tuve la suerte de estar aquí, recibí el regalo de la vida, lo disfrutaré al máximo y lo mejor que pueda. Seguiré el camino que se me ha dado. Haré todo lo posible para traer amor y dejar el rastro más hermoso. Caminaré como todos y cada uno de nosotros. Caeré y me levantaré, así es la vida. Amaré y perderé, lloraré con desesperación y me reiré de la felicidad, estaré indefenso, pero también seré la más fuerte del mundo. Puedo hacerlo Caminaré con la cabeza en alto, con gratitud y amor por todo el mundo. Lo que me espera en el futuro, cerca y lejos, pase lo que pase y cómo se desarrolle mi vida, nada cambiará mi amor por él. Donde quiera que vaya, lo seguiré. Siempre estaré con él. Mi papel es estar con él. En mi cabeza, de vez en cuando, escucho palabras del pasado que deberían ser la Guardiana de la Puertas de la Luz, que este es mi deber y mi destino, y sin embargo él es la Luz.

La madre del maestro escuchó atentamente.

–Sucederá, hija –suspiró.

–Siento que sucederá, madre. Mi corazón está llorando solo de pensarlo.

***

–Herodes Antipas es lo suficientemente hombre... Cómo decirlo... –Joanna buscó la palabra correcta, pero no la encontró–. Como sabes, él es el tetrarca de Galilea y Perei, o simplemente el rey. Su padre, Herodes, era un hombre realmente poderoso, y por buenas razones la gente lo llamó el Grande durante su vida. Construyó muchos caminos y erigió hermosos edificios, incluida la fortaleza de Masada. La conoces.

–Estuve allí, realmente impresionante.

Suspiró al recordar lo que había sucedido allí, pero Joanna pensó que había expresado su admiración por el estilo de Herodes.

–No está bien. A Antipas le gustaría igualar a su padre, pero no es fácil.

–Los hijos de grandes padres nunca lo toman a la ligera.

–Bueno, Antipas definitivamente no era ligero. ¿Qué diría ella sobre el hombre más importante de Galilea para quien trabajaba su esposo? Había caminado por el mundo demasiado tiempo, la mayoría de ellos en la corte real, para hablar de alguien que no podía repetir en público. Durante mucho tiempo se adhirió a esta regla y siempre lo hizo bien. –Aunque estaba convencida de que podía confiar en María por completo, estaba restringida por costumbre, pero también por temor a que sus palabras pudieran escuchar los oídos equivocados.

–Pero fue su orden que Juan el Bautista muriera.

María entendió su precaución, y que por fin quería escuchar de primera mano la historia de lo que había sucedido afuera, hizo la pregunta directamente.

–¿Estabas allí entonces?

–Lo estaba, desafortunadamente. –Joanna sabía que no evitaría volver a los eventos que habían mantenido sus ojos despiertos durante mucho tiempo y que aún causaban lágrimas–. Herodes Antipas recibió a Galilea y Perea para la gestión después de la muerte de su padre. En el territorio de estas tierras puede emitir la pena de muerte, y su autoridad no cubre solo a los ciudadanos romanos. En Perea se encuentra la fortaleza de Maqueronte[52], desde donde Antipas hizo su residencia.

–Aquí es donde decapitaron a Juan el Bautista.

–No. Como dije, estaba allí entonces. Sin embargo, antes de que ocurriera este crimen, porque tienes que nombrar lo que pasó, sucedieron muchas cosas. Te diré. La primera esposa de Antipas fue Facería. Ella era la hija de Aretes, gobernador en el reino nabateo, cuya capital es Petra. Este matrimonio le garantizó a Antipas una frontera tranquila en Perea, porque Aretes y su estado son, más bien, un amortiguador para los nómadas del desierto. Y ahora comienza la historia, así que escucha.

–Te escucho.

–Antipas viajaba a menudo a Roma. Durante uno de los viajes conoció a Herodías. Él se enamoró de ella a primera vista y, como dicen, ella también se enamoró de él. Maravilloso, ¿verdad? Gran alegría. El problema era que ella era la esposa de su hermano Felipe. Imagina cuán grande sería su amor si Herodías hubiera abandonado a su esposo y Antipas hubiera prometido regalar a su pareja.

–Piensa que podría ser solo una hermosa historia de amor no correspondido...

---

[52] Hoy es Jordania.

Joanna bajó la voz a un susurro y se inclinó hacia María.

–Cuando supe que Facería debía ser celebrada, no quería creerlo. Me gustaba, se sabía qué esperar de ella. Por supuesto, lo que sucedió fue un insulto mortal y ella huyó a su padre antes de que Antipas pudiera regresar a casa. Él vino con Herodías, quien se llevó a su hija Salomé con ella.

La garganta de Joanna se secó, tomó el frasco de a piel y tomó unos sorbos.

–Juan el Bautista apareció allí en ese momento. Él predicó sobre la venida del Reino de Dios, y cuando el rey regresó con su nueva esposa, muy enfáticamente, más de una vez, dijo públicamente lo que pensaba de ella. Sucedió rápidamente, y sé que ella no es una mujer amable y gentil.

–Escuché algo al respecto.

Detrás de sus indicaciones, el tetrarca ordenó el encarcelamiento de Juan el Bautista en las mazmorras de Maqueronte. Estábamos seguros de que solo quería asustarlo, porque ¿por qué mataría a alguien tan inofensivo? Sin embargo, se volvió diferente. Aunque estaba enfermo, recordaba mucho de ese día. Todo sucedió en el cumpleaños de Herodes. Muchos invitados, una gran fiesta, grandes disfraces. El primer evento social tan ostentoso desde el regreso del gobernante de Roma. Herodes quería mostrarse correctamente, Herodías también. La fiesta floreció, se proporcionaron muchas atracciones. Como dije, no me sentía bien en ese momento, pero tenía que aparecer allí, Chuza no podía venir sin su esposa. Quizás sea mejor para mí el no recordar todo exactamente. Por supuesto, recordé la actuación de Salomé, ya era famosa. ¡Y entendí por qué! Fue el baile más fascinante que he visto. Ella se retorció como una serpiente, dobló su cuerpo de tal manera que aunque he visto muchas cosas, no creo que pueda ser posible. Ella tenía sus ojos en su padrastro todo el tiempo. Usó magia, estoy seguro. De todos modos, dicen que ella aprendió danza y magia de las sacerdotisas. ¡Y sabes bien pueden hacer todo eso!

María quería negarlo, pero Joanna ni siquiera la miró, porque estaba pensando en el momento y el lugar del que hablaba.

–Es cierto lo que dice la gente: Herodes, insistiendo en que bailara, le prometió que cumpliría su deseo, sin importar lo que ella le pidiera, incluso si deseaba la mitad del reino. Cuando terminó, nadie pudo sacudir la impresión durante mucho tiempo. Este baile aturdió los sentidos, especialmente en los hombres, de tal manera que aquellos que lo vieron no podrían volver a liberarse de este recuerdo.

–Me pregunto en qué templo lo aprendió.

–No lo sé. Pero lo que sucedió después… María, no puedo decir… –La imagen fue tan clara que se cubrió la cara con las manos y se echó a llorar–. Como sabes, porque no hay nadie que no lo supiera, Salomé, a instancias de su madre, exigió que le trajeran la cabeza de Juan el Bautista en la bandeja.

–Dios.

–¡Herodes le concedió su deseo! –Se cubrió la boca para detener las palabras que estaban a punto de salir–. ¡Asesinó al profeta! A través de ella, a través de Herodías y Salomé. ¡Ambos son malos y uno es peor que el otro!

–¿Qué clase de persona hace tal cosa?

–Herodías se comportó como un demonio, como su hija. Ambas tienen un terrible abismo negro. Escuché a los sirvientes decir que ungen todo su cuerpo, especialmente la cara, con la sangre de los niños recién nacidos por la noche, y que en sus cámaras tienen que ahuyentar a las moscas, probablemente atraídas por olor a sangre.

–¿Los poderes del mal los gobiernan?

–No sé qué poder, pero ciertamente no es Dios. Se deshicieron de Juan el Bautista porque tenían miedo de lo que estaba diciendo. Y no era que hubiera llamado a Herodías pecadora muchas veces. Salomé actuó como si no estuviera pensando en su madre ofendida en absoluto. Como si se lo ordenara una fuerza que no podía soportar al Profeta y que tenía tantos seguidores y que estaba proclamando la venida del Mesías.

–No, el mal existe, debes contrarrestarlo, cuidar la luz. Solo en ella está el amor.

–La cabeza estaba en una bandeja… –Joanna se cubrió la cara otra vez– fue un mucho para mí. Me desmayé entonces. Chuza me llevó a casa. Le explicó al rey que me sentía mucho peor. De todos modos, todos sabían que había estado enferma durante mucho tiempo. Tenía la excusa adecuada para irme de este terrible lugar, con su promiscuidad, complaciendo los caprichos más salvajes y ridículos, este mundo aparentemente mejor en el que viví tanto tiempo. Regresé a casa. Ya sabes el resto, conocí a Jesús y él me curó. No solo por el sangrado. También me abrió los ojos. Siempre estaré agradecida con él.

***

«Amada, y maravillosa María,

Te escribo para brindarle información sobre la propiedad y lo que está sucediendo con nosotros.

Todos los días busco una carta tuya. No he recibido ninguna información en varios meses. Estoy preocupada. Los últimos mensajes que recibí de Magdala fueron de Marta. Ella escribió que estabas enferma pero que todo volvía lentamente a la normalidad. Ella también me informó que te mudarías a Betania por algún tiempo. Más tarde se calló.

Espero que todo esté bien. Me preocupa la información que nos llega de Jerusalén. Parece que hay una revuelta en Israel, ¿verdad?

María, todo está en perfecto orden. Cuidamos el jardín y los huertos. Todo está creciendo maravillosamente. Las ventas de productos también están a un nivel satisfactorio. Cuando regreses, espero que estés satisfecha con mis acciones y sus efectos financieros.

Tu abuelo Karim está sano. Raramente nos ve, pero vigila todo desde lejos. Estefanía todavía está a su lado y dirige una casa en Alejandría.

Tu pequeña Dobrawa ya es una niña bastante grande, inteligente y valiente. Le enseño a escribir y leer. Esta bien. A menudo hablamos de ti. Le prometo que cuando vengas te podrá mostrar sus habilidades. Por supuesto, también le enseñé a jugar Senet.

María, en el templo de la isla, para nuestra alegría, todo está como estaba. A pesar de las tormentas externas, los romanos nos tratan con el debido respeto. La diosa nos cuida a todos y a toda su casa, pero las sacerdotisas dicen que se acerca un momento difícil y que todos debemos prepararnos para ello. Como sabes, siempre tienen razón.

Por ahora, no sentimos amenaza, todo fluye al viejo ritmo. Nos levantamos, rezamos, trabajamos, nos acostamos. Y así todos los días. Todo en paz y enfoque. Gracias a Dios, los desastres nos pasan por alto. Durante años, el Nilo fluye regularmente, alimentando nuestros campos. Entonces vivimos y disfrutamos lo que tenemos.

Te extrañamos mucho. Esta es tu casa. Esperamos por ti.

Cariño, deja que la Diosa te cuide, deja que el Dios de Israel también te proteja. Donde quiera que vayas ahora, donde quiera que vayas en todas las direcciones de los caminos de la vida, recuerda que eres fuerte y sabia, que puedes manejar todo, porque la voz interior te guía.

María eres lo que más más quiero en el mundo, te extraño mucho, me gustaría poder saludarte algún día en la puerta de tu propiedad, besarte fuerte y saber que estás en casa de nuevo.

Con mucho amor
Sithathor»

7

Seis días antes de la Pascua, Jesús vino a Betania, donde vivía Lázaro, a quien resucitó de entre los muertos[53].

Se organizó una fiesta para él. Marta sirvió, Lázaro era uno de los que estaban sentados a la mesa, y María tomó una libra de precioso aceite de nardo, ungió los pies de Jesús y se los secó. La casa se llenó del olor a plantas.

–¿Por qué no se vendió este aceite por trescientos denarios y se lo dio a los pobres? –preguntó Judas–. ¿No crees que es un desperdicio?

Se ocupaba del dinero del grupo. Trató de manejarlos para que nunca se perdieran.

Todos los ojos estaban puestos en Jesús.

–¡Déjala! –reaccionó fuertemente–. Lo guardó para ungirme para el día de mi funeral. Siempre tendrás a los pobres, pero no siempre me tendrás a mí.

Entonces entró Marta, con un traje festivo en sus manos.

–Rav. –Ella se arrodilló frente a él–. Hemos estado sosteniendo esto por ti durante mucho tiempo–. Ella le entregó la túnica doblada.

–¿Veo claramente que esto es un bis? Das Judas fe de el noble gesto.

–Lo hemos guardado especialmente para ti, Rabbuni. Será adecuado para ti en el festival de la Pascua en Jerusalén –agregó María.

Anteriormente, empaparon la bata con aloe y mirra. Además, para que fuera suave y bellamente brillante, todavía tenía un olor asociado con las festividades.

Judas, reprendido por Jesús, no hizo ningún comentario sobre el regalo, pero en su cabeza contó cuántos denarios valía el atuendo que las mujeres acababan de entregarle al Maestro.

---

[53] Después: Jn:12, 1–8, Mt:26.6–13 y Mc:14.3–9.

***

–¿Sabes qué es diksha? –Judas se paró frente a María y la miró a los ojos.

–No conozco la palabra.

–¿Hay algo que no sabes?

–Eso es bueno lo que dijiste, gracias –no quería reconocer la malicia en su voz.

–Lo usan los sacerdotes en las lejanas tierras del este. Diksha es cuando el hombre se pone a disposición de Dios como una herramienta y Dios acepta este sacrificio. Lo más interesante es que el hombre no sabe cómo se usará. Y sin embargo, puede ser diferente.

–¿Qué estás diciendo?

–Me pregunto; Jesús, el elegido, y cuánto se dedicó a Dios sobre la base de diksha.

–Me pregunto hasta qué punto este concepto se aplica a ti, Judas. Hasta qué punto Dios te ha elegido para hacer lo que está escrito para ti. Y hasta qué punto te has dedicado a Dios.

–Me entregué a él. Le obedezco, escucho su voz y cumplo su voluntad para que suceda.

–Pobre Judas. –María besó su mejilla. Simpatizo contigo. Y gracias por ser tan devoto con el Maestro.

Mientras hablaban, Joanna se les acercó.

–¿Estás hablando de dinero?

–Como saben, tengo el honor de administrar las finanzas del grupo. Y diré descomedidamente que no me está yendo mal. También gracias a su ayuda y la generosidad de los demás.

–Recibiste gratis, da gratis –dijo Jesús–. ¡Apégate a eso, Judas! No cobres dinero por la curación.

–No hago eso.

–¡Me gustaría creerte! –Joanna se echó a reír.

– Además del hecho de que las bolsas que sostienes están llenas.

–¿De qué me estás acusando? –se enojó.

–Siento que te gusta el dinero más de lo que deberías.

–Te aseguro que soy honesto.

–Pobre Judas… –María besó su mejilla de nuevo–. Pobre.

Ella se volvió y se alejó. Solo Jesús notó la lágrima que fluyó por su mejilla.

***

Él y sus discípulos se sentaron en un lugar que, desde que pronunció un sermón memorable aquí, la gente comenzó a llamar al Monte de las Bienaventuranzas. Aquí, recientemente multiplicó cinco barras de pan y dos peces para alimentar a cinco mil personas, lo que por supuesto fue aclamado de inmediato.

Le gustaba este lugar, le tenía cariño. Durante el día, e incluso a menudo por la noche, en luna llena, cuando las estrellas no estaban cubiertas por las nubes, toda el área era visible: las aguas del lago Genesaret, Capernaúm, Kinéret, Magdalena e incluso Betsaida. También fue posible reconocer las luces distantes de Tiberíades en la noche.

–La fuerza que está dentro de ti es mía. Se te ha dado porque tú eres el que salvará al mundo entero. Te dije desde el principio que no eres de este mundo. Yo tampoco. Alégrate , y agrega más alegría, porque el tiempo se ha cumplido para que pueda usar mi túnica, que fue diseñada para mí desde el principio hasta el momento del cumplimiento. Alégrate, porque eres bendecido ante todas las personas en la tierra, porque tú eres el que salvará al mundo entero. ¡Que cualquiera que tenga oídos para escuchar que escuche! –Jesús terminó una discusión larga y profunda con sus discípulos y se levantó para dejar el fuego.

Básicamente fue una conferencia, no una discusión. Él habló y ellos escucharon. Les explicó repetidamente el contenido más complejo, pero también respondió pacientemente preguntas y aclaró problemas difíciles.

María no habló en absoluto. Ella ha estado en silencio desde que un día Pedro le dijo a Jesús:

–Señor, esta mujer es insoportable para nosotros porque nos priva de la oportunidad de decir algo porque habla muy a menudo.

De hecho, María no tuvo problemas para entender lo que Jesús decía, pero fue educada, sabía de libros, idiomas, y había leído y apreciado la poesía, la filosofía, el drama y la comedia durante años. Las sacerdotisas la prepararon bien para su papel en la vida. Cuando Pedro la criticó, decidió calmarse. Se dio cuenta de que los discípulos no estaban tan preparados como ella y que podrían tener dificultades para comprender las palabras del Maestro.

Lo que Jesús dijo no fue fácil de entender. Se requirió no solo concentración y concentración absoluta, sino también una completa apertura de corazones y mentes, haciendo un esfuerzo por llegar al fondo. Les dijo las verdades más importantes. Habló sobre el amor eterno, la trascendencia, otras dimensiones, sobre el Paraíso y el Infierno, sobre la esencia de la humanidad, las esferas celestiales, los misterios revelados al mundo, el alma, los profetas, las causas primordiales del universo, el Tesoro de la Luz. Usó palabras más simples, porque sabía que solo eso sería capaz de comprender. Es por eso que se convirtió en un hombre para hablar el idioma de las personas.

Jesús dejó el fuego y entró en la oscuridad. Se sentó debajo de un olivo y miró las estrellas. María también dejó el círculo. Todos estaban tan perdidos meditando las palabras del Maestro que nadie se dio cuenta cuando ella siguió sus pasos.

Ella casi caminó en silencio hacia el árbol debajo del cual estaba sentado y se sentó a sus pies sin pedir permiso. Ella permaneció inmóvil durante mucho tiempo, al igual que él, mirando las estrellas.

El suave sonido del lago Genesaret vino desde abajo. La luna estaba llena. Se reflejó en el agua.

Ella se levantó. Dio unos pasos y se detuvo en un lugar que daba a toda el área.

Después de un rato, escuchó que Jesús estaba detrás de ella. La abrazó gentil pero seguramente. Ella le dio la espalda, descansando la cabeza sobre su torso. Ella se sintió segura.

–Maestro, permite que hable abiertamente –pidió en voz baja.

–María, bendita, por todos los misterios del Alto, habla abiertamente, tú cuyo corazón atrae más al Reino de los Cielos que los corazones de todos tus hermanos.[54]

Ella siempre había querido decirle lo que él sabía perfectamente. Ella quería que se pronunciaran ciertas palabras. Que, a pesar del hecho de que ambos se dieron cuenta de que desde el primer momento en que se conocieron, estaban unidos por su sentimiento, pleno y perfecto, porque atemporal, a ella, como a todas las mujeres que estarían en su lugar, les gustaría nombrarlos, especificarlo, de la existencia de lo que ambos siempre habían sabido.

–Rabbuni, te quiero más que a nada en el mundo. He estado yendo a ti toda mi vida. Quiero estar contigo siempre.

–Te amo, María. Quédate conmigo como has estado y estarás por siempre. –La besó en el pelo–. Te abrazo y te abrazo. Siento cada parte de ti, toco tu alma, que es tan hermosa como tú.

Su calor la impregnó. Ella sintió que él estaba vertiéndose en ella y llenándola con un aliento divino y soleado. Estaba temblando. Las lágrimas corrían por sus mejillas.

–Somos uno, Rabbuni. Solo te quiero a ti. Siempre. Nací para estar contigo. Cada uno de mis pasos fue para poder conocerte, y ahora toco tu luz. La absorbo. Penetra. Me crea.

---

[54] Pistis Sophia, p. 32.

Sus sentidos se centraron únicamente en sentir la Divinidad. Ella ya no era solo una mujer, se convirtió en parte de él. Como si los dos elementos desconectados de la unidad intemporal se fusionaran.

–María, eres la plenitud que abraza todas las bendiciones que serán glorificadas por todas las generaciones[55].

–Siempre te amaré porque somos uno. –María, tu legado será todo el Reino de la Luz[56].

Ella tomó su mano. El lo permitió. Siguieron el camino hacia el lago en silencio. El camino iluminó la luna. Se sentaron en la orilla, sobre piedras cálidas. Las olas les lavaron los pies. Ya no usaban palabras, no tenían que hacerlo. Y sin embargo, hablaron. Transmitieron sus pensamientos en silencio. Ella: sacerdotisa, señora, apóstol, y él: Mesías, Maestro, al que ella llamaba Rabbuni.

–Soy una mujer que amaba a Dios. ¿Cómo debería pensar en ti, cómo desearte?

–Amor.

–Eres un ideal inalcanzable y una realización. ¿Cómo amarte, cómo estar contigo?

–Deseo.

–¿Cómo acercarme a ti? ¿Cómo hacerme sentir siempre y plenamente?

– Seamos uno.

8

–Gran sacerdotisa, ¿eres tú?

María pensó que tal vez se había puesto en contacto con su mentor a través del hilo plateado del cosmos. ¿Quizás fue

---

[55] Ibíd., p. 54
[56] Ibíd.. S.110.

convocada por ella y ahora tiene una visión tan real que piensa que lo que ve es una realidad?

–Sí, María, soy yo. –Una mujer con una larga capa negra y una capucha sobre su frente mostró su rostro–. No estás soñando.

María se acercó a ella. Estaban en una de las calles estrechas de Jerusalén. Parecía que la Suma Sacerdotisa la estaba esperando.

–Señora, perdóname por preguntar, pero ¿qué haces aquí? – Tomó su mano, abrió la puerta más cercana y la atrajo hacia adentro.

–Allí podemos hablar con seguridad. –Encendió una pequeña lámpara–. Este es el departamento de una de nuestras sacerdotisas. Lo usamos cuando es necesario.

Se sentaron en taburetes de madera.

–Vine a Jerusalén, como tantos otros, porque no podía perder lo que habían predicho «El comienzo». La Pascua de este año será un momento muy importante para todo el mundo. Vi sacerdotisas de todos los continentes. Se mezclan con la multitud; cada uno de nosotras puede hacerlo perfectamente; nadie nos notará, pero nos reconocemos mutuamente. También hay sacerdotes y sabios aquí, incluidos aquellos a quienes la estrella le trajo cuando nació. Vinimos de todos lados para ser testigos. Las señales han existido durante mucho tiempo, las predicciones muestran claramente el tiempo y el lugar. Estamos a la espera. La ciudad está llena de gente, la tensión está en el aire. Todos pueden sentirlo, pero ninguno de nosotros puede interferir en lo que sucederá aquí. Estos son asuntos divinos de la mayor importancia porque se relacionan con el equilibrio cósmico. El tiempo se detendrá pronto. Sí, Se detendrá –lo confirmó con su rostro.

–Lo sabes. Será un momento límite. La vejez terminará y comenzará una nueva. La gente dice algo como «fin del mundo». Sucederá aquí mismo en esta ciudad.

–Sí, yo también puedo sentirlo. ¿Sabes cuándo ocurrirá exactamente esto?

–¿Recuerdas mi visión de tu iniciación? Más tarde tuve varios más. Pero, para decirte la verdad, sé tanto como tú. Quizás incluso menos... –Ella pensó por un momento–. Sí, definitivamente menos, porque estás en el centro de los eventos. Entro en los mismos espacios cósmicos en los que también vas, pero lo hago desde lejos y solo lo miro. Ambas sabemos que lo más importante sucederá cualquier día, y luego cumplirás tu misión.

–Gran sacerdotisa, estoy en el camino correcto, lo sé. Lo he sentido en mi corazón, mente e instintos durante mucho tiempo. Tengo intuiciones y visiones inquietantes, incluso muy sangrientas y terribles, sin embargo, créanme, cumpliré mi misión, aunque todavía no sé en qué consistirá.

–Ya la estás cumpliendo. La verdad está en ti. Escucha la voz, te guiará. Desde que te vi, cuando eras una niña, me quedó claro que eres especial. Todos los signos y visiones lo confirmaron. Lo que haces ahora y dónde estás es otra prueba para la que has sido elegida.

–Ahora soy discípula y pienso ser la pareja de Rabbuni.

–Él tiene poder divino. Actualmente es el más poderoso del mundo.

–Me marcó con su sello. Me puso una mano. Soy parte de él y mi amor es puro. Soy un sacerdotisa al servicio del amor.

–Es como tú dices. Después de todo, te has convertido en la Guardiana de la Puerta de la Luz y siempre lo serás. Por los siglos de siglos. Esta no es tu única misión, pero sin duda la más importante.

– Sí, Guardián de la Puerta de la Luz. Todavía puedo escuchar estas palabras en mi cabeza.

–¿No recuerdas tu iniciación?

–Después de lo que he pasado recientemente, los años en el templo de Isis me parecen un sueño.

–Estabas en un espacio diferente como todas nosotras. Fuiste la primera de tu tipo en ir más allá de tu ser. Recuerda exactamente lo que viste entonces. Solo tú conoces tu misión exactamente. Aunque estábamos en el lugar más sagrado de nuestro templo todos juntos y conectados en el poder de la Fuente, ninguna de nosotras sabe lo que estaba sucediendo en los corazones de los demás. Incluso yo. La diosa solo te reveló tu propósito. Solo tú puedes recordarlo. Nadie tiene una idea de tus secretos a menos que elijas revelarlos. Cierra los ojos. Regresa a ese momento.

Desde que dejó el pozo, María ha podido mover sus pensamientos rápidamente en el tiempo y el espacio del universo. Así lo hizo ahora.

Se vio arrodillada ante el fuego sagrado que ardía en el trípode. Junto a él, formando un círculo, otras chicas rezaban. Ella escuchó las palabras de su himno. Vio un resplandor brillante que se cernía sobre ellas, convirtiéndose en una trenza luminosa que viajaba a través de las extensiones del cielo.

Ella recordaba todo. De nuevo, como en el templo entonces, oyó claramente la voz de la Diosa. Encontró las palabras, su significado y la explicación de lo que la había preocupado desde que había caído en el abismo de la perdición. Recordó lo que estaba esperando pacientemente dormida a tiempo, y lo que a veces con señales breves y sin éxito intentó entrar en su mente. Lo que en el corazón exigía un avivamiento, solo veía la luz del día. Se estiró y extendió sus brillantes alas de par en par.

Ahora no solo volvió a escuchar la voz de quién era, sino que finalmente entendió lo que significaba para ella.

Ella era la Guardiana de la Puerta de la Luz. Ella obtuvo todo el poder.

***

Berenice se paró frente a ella.

Se veía tan hermosa como cuando se encontraban en el lago Genesaret. Como entonces, ella estaba riendo, rubicunda y feliz con la vida. En Jerusalén, ella acompañó a su padre que estaba estacionado allí con soldados antes de la Pascua que se acercaba. Sus tropas fueron traídas a la ciudad desde el norte, porque, como siempre en tales ocasiones, las medidas de seguridad tuvieron que fortalecerse.

–María, descubrí que estabas en la ciudad y vine a agradecerte.

–Qué bueno verte, Berenice.

María vivía con Joanna con su hermana. Se detuvieron allí para las vacaciones. La ciudad estaba tan llena de gente que si tuvieran la intención de alquilar algo en el centro, cerca del Templo, no tendrían ninguna posibilidad. De todos modos, no era apropiado quedarse en otro lugar, tener una familia en la ciudad. Los padres de Joanna vivían en Jerusalén, y cada una de sus dos hermanas tenía una casa grande en el distrito más rico de la ciudad, y ambas estaban listas para recibir a Joanna y su amiga cada vez más famosa.

María señaló la silla y se sentó en la segunda silla de enfrente.

–Volveré a Roma pronto –dijo Berenice felizmente–. Lucio también. Nos casaremos allí. Mi padre estuvo de acuerdo, y los padres de Lucio son favorables.

–Te felicito con todo mi corazón. Coincides muy bien.

–Lucio me dijo que lo alentaste a dar este paso. Gracias.

–Serás feliz, puedes estar segura.

– ¿Sabes que siempre me a gustado? Pero no me atreví a acercarme a él porque pensé que te amaba. Incluso después de Masada y lo que sucedió allí, él te estaba mirando fijamente, siempre soñé que un hombre me miraría así y mejor si ese hombre fuera él.

–Realmente están hechos el uno para el otro. Cuida tu felicidad. Tienes sabiduría y alegría, así como bondad, sensibilidad y curiosidad por el mundo. Lucio está encantado contigo. Y tú, es decir, todo es como debería ser, ¿verdad?

–María, ¿sabes que das luz a otras personas? Siempre hubo algo extraordinario sobre ti que ni siquiera trataría de nombrar. Fue fugaz y muy sobrenatural. Como si no fueras de aquí. Y ahora, perdóname por decir esto, desde tus difíciles transiciones, por supuesto, sigues siendo la misma María, pero si, realmente, créeme, porque así es como me siento… ¡Eres como… una diosa!

–Berenice, cariño, ¿qué estás diciendo?

–Tenemos sus estatuas en Roma. Las diosas son diferentes. Todos hermosas, espirituales, altivas, nobles, luchan por sí mismas, son independientes y sabias. Minerva, Venus, Juno, Diana… saben lo que quieren, nunca se rinden. Son iguales a los dioses, discuten con ellos, discuten, los seducen, se enojan, cuidan de los suyos, no se rinden, logran sus objetivos. Eres como ellos. Te admiro. Aquí en este país, las mujeres te necesitan. No saben que pueden ser así, y tú les muestras eso. Les abres el camino, les muestras la puerta por la que pueden entrar y caminas hacia la luz como si fueras su guardiana. Bueno, lo sé… Lo que digo suena como un poema de Lucrecio o algo así, pero realmente me siento así. Como si estuvieras haciendo brillar una luz brillante a través de nosotros a través de una gran puerta en algún lugar allá arriba. ¡María te amo! Realmente. ¡Eres una mujer maravillosa! Quiero abrazarte.

***

Un día después, Lucio la visitó.

–Sé que Berenice ya te ha agradecido – comenzó.

–Yo también quiero hacerlo. Sin lo que me dijiste, no notaría que extraño la felicidad.

–Lucio, ella estaba destinada para ti. Vivirás feliz para siempre.

–Si la sacerdotisa lo dice... –Se puso triste–. ¿Qué quieres decirme?

–Recibí noticias de Roma.

–¿De Marco?

–No me escribió, pero la carta le concierne.

–¿Está bien?

–¿Lo sabes?

–Lo amaba mucho. Tal relación nunca puede romperse por completo. Especialmente si no quieres. Y no quiero. Todavía lo amo. Cuando está en tragedia o en peligro, lo sé.

Sacudió la cabeza con incredulidad.

«¿Cómo podría saber sobre la muerte de la esposa de Marco?», se preguntó.

–Nunca entenderé cómo lo haces.

–¿Tú?

–Recordaré a la anciana de Alejandría por el resto de mi vida. Ella dijo que una vez fue una sacerdotisa.

–Esta mujer se convirtió en sacerdotisa, siempre lo será – recitó la vieja frase.

Hasta ahora, los asuntos de las sacerdotisas le interesaban cuando lo concernían a él o a alguien cercano a él. Esta vez, sin embargo, se suponía que era diferente. El quería saber más.

–Dime... ¿Cómo supo que la esposa de Marco moriría? Ni siquiera podía sospechar quién sería. ¿Dime cómo es que sabes?

–Algunas de nosotros podemos entrar en un estado a través del cual podemos ver el pasado, el futuro, otros mundos y el espacio eterno.

–¿El futuro está predeterminado, registrado en alguna parte? –Agitó su mano–, ¿y nada se puede cambiar?

–Cada uno de nosotros puede hacer todo. Allí... –Ella señaló el mismo lugar que él un momento antes– hay potencial escrito, dirección, posibilidad, pero si lo que se puede ver allí se cumplirá es un asunto complejo. Podemos cambiar el mundo, darle forma para que sea bueno para nosotros. Podemos, utilizando nuestra propia energía, provocar guerras o construir la paz.

–¿Concreta y específicamente?

–¿Aún no lo entiendes?

–Preferiría que lo aclararas.

–Ella lo pensó.

–Si me casara con Marco…

–Estarías muerta hoy –se apresuró.

–Posible y probable. Pero no es necesariamente.

–Ya no lo entiendo…

–Cuando estuvimos juntos hace mucho tiempo, parecía que todo había conspirado contra nosotros. Sus padres estaban en contra, mis abuelos no veían perspectivas para nosotros, la anciana nos presentó un futuro terrible. Solo las sacerdotisas del templo estaban tranquilas. A menudo miraban hacia otro lado y no nos veían allí juntos.

–¿Y qué?

–Que si sintiera con todo mi corazón que estamos hechos el uno para el otro, haría cualquier cosa para no separamos. Si estuviera convencida de que estábamos hechos el uno para el otro, superaría todos los obstáculos. Ambos sentiríamos por dentro que queremos y debemos seguir un camino común, y si fuera así, pasaría. Sin embargo, como sabe, las cosas fueron de otra manera.

–Te amé con toda mi vida. Estaba seguro de mis sentimientos.

–Sí lo sé. Fue hermoso. Te amé y te amo, Lucio. Sin embargo, este es un tipo diferente de amor. Podemos estar uno al lado del otro sin estar juntos. Somos amigos. El amor y la amistad son sentimientos relacionados, pero no son lo mismo. A veces nos perdemos en ellos y no podemos reconocerlos adecuadamente. Me amas como a un amiga. Estoy agradecida por eso.

–¿Berenice y yo? ¿Realmente sabes cómo saldrá todo para nosotros?

–Si no lo arruinas, vivirás feliz para siempre –se rió, acariciando su mano con dulzura.

Se puso de pie.

–Es hora de decir adiós –explicó–. Me tengo que ir, hay mucha confusión en la ciudad. Hay tensión en el aire. La chispa más pequeña puede causar una explosión. Estamos listos.

–Todo sucederá esta Pascua.

–Prefiero que sea tranquilo. Durante las festividades me voy con Berenice a Roma. ¿Te quedarás aquí por mucho tiempo?

–Resulta que –respondió ella evasivamente y se levantó también. –Qué bueno que te vas, no será pacífico aquí. Definitivamente te sentirás mejor en Roma.

–¿Te veremos de nuevo?

–Espero que sí.

–Como sacerdotisa, debes saberlo con seguridad. –La besó en la mejilla.

–Hay una gran probabilidad –bromeó con tristeza.

Se detuvo.

–Si pudieras saber algo sobre lo que debería ser informado como oficial estacionado en Jerusalén, ¿podrías contar con que me lo cuentes?

–Lucio, este festival de Pascua será realmente especial.

–Desafortunadamente, no hay que ser adivino para saberlo. No solo Jesús está en la ciudad. Hemos recibido muchas señales de que han llegado otras personas sospechosas, casi de todo el mundo. No se revelan, pero sabemos de su presencia. Mientras no nos molesten, no hacemos nada al respecto, pero somos conscientes de que se está preparando algo extraordinario y le tenemos un poco de miedo.

–Lo será. Judas ya tiene sus piezas de plata. –Decidió que la conversación estaba tomando demasiado tiempo, y María estaba comenzando a hablar en acertijos que no podía descifrar. ¿O simplemente tenía prisa de regresar a Roma, y no quería saber su significado?

La besó de nuevo y se retiró.

***

En el fragor de los acontecimientos, María no había pensado en su antigua amiga durante mucho tiempo que cuando se paró frente a ella, apenas la reconoció. Se veía diferente a cuando estaban cerca. Cuando finalmente descubrió a quién veía, se preguntó en primer lugar qué estaba haciendo aquí.

–¿Zoe?

Una mujer con un abrigo largo y ancho, su cabello cubierto con un pañuelo ancho y oscuro, asintió y estiró su mano. Entraron en un patio a través de una puerta estrecha.

Estaban en el medio de la ciudad. El festival de Pascua atrajo multitudes de peregrinos a Jerusalén, como todos los años. Mientras caminaban, cada uno en su propia dirección, se abrían paso por las calles estrechas, en pequeños puestos colocados contra las paredes de las casas donde compraban bebidas, frutas, pasteles y lo que rápidamente podía satisfacer el hambre y la sed. Llevaban paquetes, y los más ricos se movían en literas, montaban en burros o carretas tiradas por mulas.

–Zoe, ¿eres realmente tú? –repitió cuando se sentaron en el banco.

Estaba parada en un rincón del restaurante improvisado por el dueño, que funcionaba en este lugar solo durante la Pascua.

Nadie les prestó atención. Ambas llevaban vestidas de gris y sus cabezas estaban cubiertas con amplias bufandas. Se veían como la mayoría de las mujeres a su alrededor. La chica que estaba delante de ellas, lista para tomar la orden, pidió algo de beber.

–Acompaño a la Suma Sacerdotisa –susurró Zoe al oído de su amiga.

Sus cabezas casi se tocan. No querían que nadie las escuchara.

María tomó sus manos entre las suyas y cerró los ojos.

Después de un rato ella lo sabía todo.

–La estoy ayudando –, confesó Zoe, sin saber que María ya había visto lo que quería–. Después del sacerdocio, decidí quedarme en el templo. Mi madre, que, como recordarás, es griega, cuando llegó a ser adulta, regresó a la casa de su familia. Padre, ya que estaba misteriosamente desaparecido, nunca dio una señal de vida, y no lo hemos buscado. No quería ir a Grecia con ella, pero cuando estaba sola en la gran villa del Nilo, me sentí mal y decidí regresar a File con bastante rapidez. Pronto me convertí en ayudante de la Gran Sacerdotisa.

–¡Espléndido!

–No tengo una visión, no puedo viajar en el tiempo, no soy aprendiz de medicina o hemet. Al menos por ahora. Pero soy útil en otras cosas. La Suma Sacerdotisa decidió que la apoyaría en el trabajo. Es por eso que estoy aquí –es una misión secreta, por supuesto, entiendes. Puedo decirte que no solo somos nosotras, sino la Guardiana de la Puerta de la Luz.

–Entiendo. –María estaba tan contenta de ver a Zoe, sentarse a su lado, tomar sus manos y hablar con ella, que estaba feliz de escuchar lo que tenía que decirle, a pesar de que sabía todo sobre ella desde el momento en que, tomándola de la mano, ella escuchó su alma. Sus sentidos, sensibilizados al peligro recientemente, le dijeron que estaba a salvo y que podían hablar con calma.

Zoe fue honesta, abierta y buena. Ella no usó barreras protectoras que no le permitirían a María ni a nadie mirar profundamente en su alma.

«Tengo que decirle que deberías aprender a crear una barrera. No todos los que pueden mirar los corazones de otras personas tienen buenas intenciones. Lo haré luego. Ahora disfrutemos el uno del otro», decidió.

–Nefer está aquí con nosotras –Zoe ha reducido aún más el susurro– pero no sé dónde. Sospecho que incluso La suma sacerdotisa no lo sabe. Nefer reemplazó a Awenger, ¿sabes? Awenger ahora principalmente está entrenando a las chicas.

–Estoy muy contento de verte, cariño. –Los ojos tristes de María se iluminaron.

El momento era extremadamente difícil para ella, sabía lo que la esperaba en los próximos días, y la presencia de Zoe y el saber que Nefer estaba en algún lugar cercano la consolaron.

–María, dicen que estos días serán peligrosos. Estás cerca de quien, según muchos, es una amenaza. ¿Alguna vez has pensado en protegerte?

–Cariño, como tú, estoy cumpliendo mi misión aquí. En el sentido que estás pensando, estoy a salvo.

Zoe se sintió tranquila.

–La sacerdotisa dice que este mundo está a punto de terminar. Es eso cierto.

–En realidad significa el comienzo de otra cosa. Las sacerdotisas dicen que el poder de la Diosa estará latente. Pero durará. Silenciado, pero no desaparecerá. Esto no es posible. Como sabes, ella es eterna.

–Las sacerdotisas dicen que la Diosa caerá en un largo sueño, y tú, como la Guardiana de la Puerta de la Luz, la verás sobrevivir.

–Hay más sacerdotisas de la luz. No estoy sola.

– Pero tú eres Guardiana de la Puerta. Y abrirás la puerta al mundo nuevamente cuando llegue el momento.

–Sabes mucho, Zoe.

–Te dije a quién ayudo.

–Sería bueno si cerraras la puerta a tus pensamientos contra personas no autorizadas –María decidió advertirla.

–Lo recuerdo. ¿Crees que soy tonta?

–No del todo. Pero recuerda que hay quienes pueden leer fácilmente en la mente y el corazón de los demás, y que no siempre son buenos. Tu conocimiento, también porque acompañas a la Suma Sacerdotisa, es muy valioso.

–Oh, mira lo que tengo aquí. –Zoe se separó el escote–. Ella personalmente lo colgó alrededor de mi cuello. –Acarició el amuleto con la tela. Descansó entre sus senos en una pequeña bolsa de cuero–. Gracias a él, ninguna persona no autorizada entrará en mi alma. Estoy asegurada. Solo las sacerdotisas de la Luz pueden leerme, solo para ellas estoy abierta. Entonces, María, probablemente lo sepas todo sobre mí. No tengo que decirte nada.

–Zoe, eres mi amiga, me encanta escucharte.

Zoe besó a María en su mente.

–Cuando todo termine aquí, ¿volverás a Egipto?

–No lo se.

–¿Cómo no? ¡Lo sabes todo! –ella gritó demasiado fuerte, porque algunas personas miraron en su dirección, por lo que se pusieron los pañuelos sobre la cabeza y se acurrucaron para no llamar la atención.

María se sentía como en File, cuando Zoe a menudo estaba convencida de que debía saber todo y esperaba que haría milagros, o al menos sabría una forma de salir de un callejón sin salida.

–Cuando termines tu misión aquí, vuelve con nosotras. Las puertas del templo siempre están abiertas para ti. En algún lugar tienes que pasar tiempo esperando que la Diosa decida despertarse.

–Isis se retirará por un tiempo para manifestarse principalmente en los corazones de las mujeres. El mundo se está desarrollando como una espiral. Una vez que la Diosa sea más fuerte y sea a la vez Dios. Es igual que el sol y la luna: una vez que brilla uno y brilla el otro, y sin embargo, no se excluyen, coexisten. Ahora los elementos masculinos están ganando, y así es como debería ser, así es la historia. El tiempo de un Dios fuerte se acerca. El ya está aquí. Primero apareció brevemente en Egipto en forma de Atón, luego apareció como Adonaí. Lo que está sucediendo consolidará el nuevo orden de cosas. Nadie le quitará la corona a la diosa, porque es imposible, pero no será el mejor momento para ella. Sin embargo, algún día volverá, fuerte y poderosa.

–Y la ayudarás en esto.

–Esta es mi tarea.

***

María Magdalena abrió los ojos.

Amanece. Ella se paró en la ventana. Miró el sol naciente. Despertó otro día.

Pensó en quién era y quién podría ser para las mujeres que la rodeaban y para aquellas que en el futuro buscarían apoyo en ella. Las palabras en su cabeza aparecieron solas y ordenadas en oraciones claras.

–No importa dónde y cuándo piensen en mí, les mostraré su poder. Ya sea que estén con alguien o solas, ya sea que solo amen o mencionen el amor, ya le hayan dicho adiós o simplemente lo estén esperando, les diré que son poderosas, fuertes, sabias y hermosas. Que aunque se pierdan y caigan, y cuando estén buscando un camino y no pueden encontrarlo, que caminen y no se den por vencidos. Les recordaré que tienen fuerza. Y siempre lo han hecho. O la despertaré en ellas. Las ayudaré a rechazar lo que las limita y las esclaviza, estaré con ellas en los momentos más difíciles. En debilidad, dolor, pérdida, impotencia y en los más grandes dramas de la vida. Las acompañaré en el camino como una amiga tranquila y solidaria, como una de ellas, al igual que ellas. Compartiré mi poder. Cuando lo compartimos con otros, nos hacemos más fuertes. Nos convertimos en las reinas de nuestras vidas gracias a los círculos de mujeres. Cada una de nosotras. En necesidad te contactaré. ¿Quieres aceptarla? Y cuando esté a tu lado, alguien necesitará tu mano, dáselo. Se tu misma. Sé la mujer que quieres ser. Usa, crea, da, recuerda que solo estás aquí una vez. Haz lo que creas que es correcto, bueno y correcto. Sigue tu mente y corazón. Sé inteligente y buena. La Luz que está dentro de ti te guiará. Confía en la voz interior. Ve con dignidad, con la cabeza en alto, y cuando te detengas, limpia el polvo del vestido con polvo de viaje y mira a los ojos a las personas. Y al sol. Sonríete a ti misma y al mundo. Lleva y da amor. Es lo más importante, nos llama a la vida, gracias a él existimos, y al final del camino aquí, volvemos a él. Lo queramos o no, todos somos amor.

***

María estaba despierta esa noche. Ella ni siquiera se acostó. Durante todo el día, hasta la noche, sintió tanta ansiedad que su cuerpo temblaba. Tenía escalofríos, tenía frío y calor alternativamente, se sentía mareada.

–Estoy bien, tranquilicé a Joanna y su hermana. Descansaré, me acostaré y estaré mejor.

Ella trató de no hacerle saber lo que le estaba pasando. Sabía que en los próximos días necesitaría su fuerza y ayuda, y que entonces la recibiría de ellos. Pero ahora todavía quería evitarles la ansiedad.

Después de la cena, fue rápidamente a su habitación. Ella se sentó en la cama. No pudo detener sus lágrimas, pero no fluyeron por sus mejillas, las sintió en su garganta y corazón. Su alma lloraba. Sintió dolor y desesperación. Ella sabía lo que sucedería pronto.

Encendió la lámpara, cayó de rodillas y comenzó a rezar. «Se acerca lo inevitable. El final de lo viejo y el comienzo de un nuevo tiempo».

Ella quería y tenía que estar con él. Ahora. Era la Guardiana de la Puerta de la Luz. Ella debería acompañarlo en su cruzada. No podía correr, estaba demasiado lejos. No pudo hacerlo. Así que cerró los ojos, concentró sus pensamientos, imaginó que extendió sus alas y se elevó como un pájaro.

Después de un momento ella estaba en el lugar. Ella vio a los apóstoles. Se sentaron alrededor del Rav y cenaron.

Estaba concentrado y ausente. Su cuerpo irradiaba un brillo inusual. El brillo era aún más fuerte que el que había visto a su alrededor, hace mucho tiempo, en el Jordán cuando Juan el Bautista lo bautizó.

Los discípulos guardaron silencio, mirando al Maestro. Y él dijo[57]:

–Este es mi mandamiento, que se amen como yo los he amado. Nadie tiene mayor amor que eso cuando alguien da su vida por sus amigos. Ustedes son mis amigos si hacen lo que yo les ordeno. No me elegiste a mí, pero yo te elegí a ti y que el Padre te diera todo, lo que le pidas en mi nombre. Ahora voy al que me envió, y ninguno de ustedes me pregunta: «¿A dónde vas?» Pero porque lo dije, la tristeza llenó tu corazón. Sin embargo, te digo la verdad: mi partida es útil para ti. Porque si no me voy, el Consolador no vendrá a ti. Y si me voy, te lo enviaré. Llega la hora y se dispersarán a su manera y me dejarán en paz. Pero no estoy solo porque el Padre está conmigo. He conquistado el mundo.

Los discípulos escucharon atónitos. Sintieron que se acercaba un momento extraordinario, que las profecías pronto se cumplirían y lo presenciarían.

El alma de María los miró en silencio.

Siempre ha sido obvio para ella que hay un Dios

Que abarca y cubre todo. Él es el principio y el fin, lo es todo y está en todas partes. Aquellos a quienes la gente considera dioses, a quienes rezan, son enviados por él hijos e hijas, emanaciones de poder divino. Dios da a las personas exactamente las emanaciones que necesitan. Hasta ahora, los hijos e hijas del

---

[57] J 15-16.

Absoluto eran dioses o héroes, pero nunca humanos. Sin embargo, ha llegado el momento y Dios envió a su hijo a la tierra, que es casi el mismo hombre que todos los demás. Y es él quien dará el golpe. Mostrar a la gente una nueva forma. Será un camino de amor.

Ella lo amaba, lo admiraba, absorbía cada una de sus palabras, estaba encantada con él, se sentía parte de él. Ella sabía que él estaba enseñando y mostrando cómo vivir, que quería terminar con los sacrificios bárbaros y que daría lugar a una nueva civilización. Él es el Maestro, Hijo de Dios y su amado Rabbuni. Sin embargo, debe irse antes de que las profecías puedan hacerse realidad, regalará lo que es más preciado para él: su vida. Se sacrificará a sí mismo. Por eso se hizo humano.

Puede realizar cualquier milagro, sanar, caminar sobre el agua, apaciguar una tormenta o revivir a los muertos, pero será humillado, golpeado y ejecutado cruelmente. No hará ningún gesto para evitar esto o para detener el sufrimiento que le sucederá. Lo hará inevitable. No tiene que hacerlo, pero quiere hacerlo. Lo hará en nombre del amor al hombre; para que pueda renovar su pacto con Dios, para que pueda descender al sheol y vencer el mal de este mundo, para que las almas que esperan allí puedan ir al Paraíso. Para que comience el tiempo del amor al prójimo, la bondad divina y la luz brillante. Es hora de una nueva oportunidad para las personas.

Ella lo miró con amor. Observó a los discípulos todavía sentados aturdidos.

Entonces Jesús, mirando al cielo, dijo:

–Padre, ha llegado la hora. Rodéame de la gloria que tuve contigo antes de que el mundo surgiera. Ya no estoy en el mundo, pero ellos sí. Voy hacia ti. Mientras estuve con ellos, los cuidé en tu nombre y me aseguré de que ninguno de ellos muriera, excepto el hijo de la perdición. No son del mundo, tampoco yo soy del mundo. Santifícalos en la verdad. Tu palabra es verdad. Como tú me enviaste al mundo, yo los envié al mundo. Y por ellos me sacrifico para que ellos también puedan ser santificados en la verdad. Les pido no solo a ellos, sino también a aquellos que, gracias a su palabra, creerán en mí; que todos sean uno, como tú, padre, en mí y yo en ti.

La consciencia volvió a María, que ya sabía lo que iba a suceder pronto. Su cuerpo tembló tanto que se desmayó.

***

Juan corrió tan rápido como pudo. Amanecía cuando llamó a la puerta de la casa. Un sirviente somnoliento la abrió. Había visto a Juan antes, y que su esposa, su hermana Joanna, otros miembros del hogar y María Magdalena lo trataban como un amigo de confianza, sabía que podía y debía dejarlo entrar. Especialmente porque parecía estar extremadamente conmovido por algo.

El desmayo de María después de la visión no duró mucho. Se levantó justo antes de que Juan llamara a la puerta de la villa. El sirviente no tuvo que correr a su habitación, porque ella apareció en el pasillo tan pronto como el apóstol entró en la casa. Inmediatamente despertó a Joanna.

—Vamos a sentarnos y contarnos todo —ordenó cuando su amiga, en su saco de dormir, sorprendida, se unió a ellos.

María tomó una jarra, vertió agua en una taza y se la entregó a Juan.

—Habla —pidió.

—Durante la cena, cuando el Mal ya persuadió a Judas de que lo abandonara, sabiendo que Dios le había dado todo y que vendría a él pronto, Jesús se levantó de la mesa y dobló su ropa. Tomó la sábana y la ciñó. Luego vertió agua en el recipiente y comenzó a lavar los pies de los discípulos y a secarlos con una sábana. Vino a Pedro y le dijo:

—Señor, ¿quieres lavarme los pies?

El maestro respondió:

–No entiendes lo que estoy haciendo, pero lo entenderás más tarde.[58]

–¿Qué dice Pedro sobre eso? –preguntó Joanna.

Estaba confundido.

–No, nunca me lavarás los pies –protestó.

–Si no hago esto, no participarás –le explicó el Maestro. Estaba claro que Pedro todavía no entendía de qué hablaba el Maestro, pero estaba listo para someterse completamente a su voluntad, porque dijo:

–Señor, no solo mis piernas, sino también mis manos y mi cabeza.

Jesús explicó:

–Solo necesitas lavarte los pies, porque está todo limpio. Y estás limpio, pero no totalmente.

–¿Qué dice? –Joanna estaba sorprendida.

Él sabía quién lo liberaría entonces, así que dijo:

–No todos están limpios.

–¿Judas lo entregó? –Joanna se levantó de la silla.

–¿Qué estás diciendo?

–Déjalo terminar.

María trató de mantener la calma, pero bajo la máscara del autocontrol escondió la desesperación. Ella siempre había entendido la inevitabilidad de lo que acababa de suceder y de lo que vendría pronto. Estaba temblando de tristeza y dolor. Su corazón estaba llorando, aunque ni una lágrima salió de sus ojos. Estaba tranquila y lista para lo que vendría.

Y cuando les lavó los pies, se puso la túnica y volvió a tomar su lugar en la mesa, dijo:

–¿Entiendes lo que he hecho? Me llamas Maestro y Señor, y hablas bien porque lo soy. Entonces, si yo, el Señor y el Maestro, les lavé los pies, entonces también deberían lavarse los pies unos a otros. Porque he dado un ejemplo para que hagan lo que te he

---

[58] J 13.

hecho. De cierto os digo que un sirviente no es más grande que su amo, ni un mensajero que el que lo envió. Serás bendecido de seguir esto –suspendió su voz–. Ahora es necesario que la Escritura se cumpla. En este momento, antes de que esto suceda, te digo que, cuando esto suceda, cree que lo soy.

María escuchó atentamente cada palabra. Eran un mensaje claro y comprensible. Al igual que ella, el Rav sabía exactamente lo que le esperaba, él mismo decidió este camino. Se preguntó cuánto entenderían sus alumnos.

Al contarlo, Juan tenía lágrimas en los ojos.

–De verdad te digo, uno de ustedes me traicionará –dijo–. Le pregunté quién sería. Él respondió: «A quien le doy un trozo de pan y se lo doy».

Y así lo hizo. Le entregó el pan empapado a Judas y le dijo:

–Haz lo que quieras hacer. –Judas comió y se acurrucó, adolorido y sacudido salió a la noche.

–La Escritura debe cumplirse –María repitió las palabras de Juan–. Ese era el plan divino. El pobre Judas era su herramienta. Sí, tienes razón, el Rav sabía lo que le esperaba. Y fue por este camino.

–María, ¿qué estás diciendo? –Joanna se preocupó cuando vio que su amiga estaba cada vez menos presente en espíritu–. Dime lo que sabes por favor.

–Cumplir las Escrituras, el tiempo se detendrá pronto.

Joanna la miró con ansiedad.

–Querida, sabes tanto. ¿Qué nos espera? ¡Habla!

–Es inevitable. Si lo que escuchamos al respecto y lo que viene pronto no sucediera, las puertas del paraíso no se abrirían para nosotros. El Mesías está entre nosotros, gracias a él, las almas que esperan irán al sheol y ascenderán al Señor, y Dios hará un nuevo pacto con la gente.

–Hablas en acertijos. ¿Sabes lo que pasará?

–Tuve visiones, lo vi. No podemos hacer nada, solo somos testigos, apreciemos y aceptemos este honor con dignidad.

–¿Qué es lo siguiente? –Joanna decidió recurrir a Juan, creyendo que, tal vez, si supiera lo que sucedió después, se le daría una mejor comprensión de las palabras de María.

–Cuando salió Judas, el Maestro se volvió hacia nosotros, pero aún no todo estaba claro.

–Hijos, todavía estoy con ustedes por un corto tiempo. Me buscarán, pero no pueden ir a donde voy.

–Nos dijo adiós –explicó María con tristeza.

–Vayan con Dios.

Juan no hizo comentarios sobre sus palabras.

También dijo:

–Les doy un nuevo mandamiento, para que puedan amarse los unos a los otros como yo los he amado a ustedes. Con esto todos sabrán que ustedes son mis discípulos, que se amarán unos a otros.

–Hermoso mensaje –María suspiró.

–Sí. Y seguro todos entendieron estas palabras.

Cuando terminó, Pedro hizo una pregunta que ninguno de nosotros se atrevió a hacer:

–Señor, ¿a dónde vas?

–A donde voy, no puedes seguirme ahora, pero irás después.

Pedro se sorprendió y dijo:

–Señor, ¿por qué no puedo ir contigo ahora? ¡Daré mi vida por ti!

Jesús respondió como si conociera bien el futuro:

–En verdad te digo antes de que el gallo cante, me negarás tres veces.

Pedro estaba avergonzado y no hizo más preguntas.

–Todos sentimos el momento sublime. Ya hemos entendido que el Maestro nos dice adiós. Créeme, fue difícil pararse allí y escuchar sus palabras. Nos consoló y nos dirigió. Nos dio fuerzas, pero lo que dijo no fue fácil.

–No turbes tu corazón. Crees en dios. ¡Cree en mi! Hay muchos pisos en la casa de mi padre. Si no fuera así, te lo diría.

Voy a preparar un lugar para ti. Volveré otra vez y te llevaré a mi casa, para que puedas estar donde estoy. Ya sabes por dónde voy.

–Desearía estar con él… –gritó Joanna.

–Estoy con él todo el tiempo, y gracias a mi mediación estás ahí –María le aseguró, tomando su mano.

Desde ese momento la mantuvo constantemente.

Más tarde, Tomás hizo la pregunta:

–Señor, no sabemos a dónde vas. Entonces, ¿cómo podemos saber el camino?

–Yo soy el camino, la verdad y la vida –respondió Jesús–. Nadie viene al Padre sino por mí. –Y luego agregó–: Quien crea en mí hará las obras que yo hago, e incluso más que él. Y lo que pidas en mi nombre, lo cumpliré. Quien conoce mis mandamientos y los guarda, me ama. El que me ama será amado por mi Padre, y yo también lo amaré y me revelaré. –Él habló durante mucho tiempo–. Todos lo hemos escuchado. Él llenó nuestros corazones de amor. Este es mi mandamiento, que se amen como yo los he amado a ustedes.

–Esto es lo más importante para transmitirnos –María estaba ausente del espíritu, pero escuchó lo que Juan estaba diciendo y sus labios claramente decían palabras–. Cariño. Una orden de amor. Esto es lo más importante que trajo cuando vino a nosotros, por lo que enfatizó y repitió estas palabras repetidamente.

–Algunas de sus oraciones fueron entendibles para nosotros y otras molestas. Los repitió con la esperanza de que entendiéramos, pero no sé qué significaba cuando dijo: «Espera un segundo y no me volverás a ver, y un momento más y me verás». También dijo que había llegado el momento, que nos dispersaríamos. Que todos irían en una dirección diferente y lo dejarían solo. Y enfatizó que no estaría solo, porque el Padre estaba con él. También dijo: «He conquistado el mundo».

–Habla. Quiero saber cómo terminó –Joanna estaba impaciente–. Probablemente, antes de que el día se despierte para siempre, toda la ciudad hablará de ello.

María se quedó quieta, mirando al futuro. Sus ojos estaban nublados.

–Como dije, el Maestro nos explicó su mensaje durante mucho tiempo. Finalmente, fuimos a donde estábamos muchas veces, detrás del arroyo Cedrón, al jardín de olivos. ¡Y allí sucedió!

–¿Qué pasó, finalmente dices? –Joanna estaba sentada.

–Judas, acompañado por guardias sanedrín, llegaron allí con linternas, antorchas y armas. Cuando les mostró a Jesús, entendimos las palabras anteriores del Maestro. Y no se escondió. Él preguntó: «¿A quién estás buscando?» Ellos respondieron que Jesús de Nazaret. «Yo soy él. Si me estás buscando, deja que todos los demás se vayan». Los guardias querían llevárselo, luego Pedro tomó su espada, balanceó y cortó una de sus orejas. Entonces el Maestro le ordenó: «Pon la espada en su vaina. ¿No debería beber de la taza que me dio mi padre?»

–Se la llenó –María susurró de nuevo.

–¿Qué dices cariño?

–El tiempo se cumple. Todo sucede según las profecías. Lo arrestaron y lo llevaron al sumo sacerdote. Los seguí disimuladamente para que no me vieran. Todavía escuché que Pedro, que también siguió al Maestro, lo alcanzó y le preguntó si era su discípulo, lo negó tres veces. Entonces el gallo cantó y corrí hacia ti.

***

Cuando terminó la historia, otro invitado inesperado llamó a la puerta. Era Lucio. Parecía bien cubierto con un abrigo civil, se puso una capucha en la cabeza. Ya no estaba vestido como oficial porque se estaba preparando para partir hacia Roma. Además, no quería que nadie lo reconociera, porque en esos momentos calurosos solo le traería problemas a él y a los que visitaba. La casa de la hermana de Joanna siempre estaba abierta para ella y sus amigos, pero la situación en la ciudad era tan tensa que Lucio, sabiendo lo que estaba sucediendo, no se atrevería a exponer a nadie a ningún peligro.

María volvió a la realidad otra vez. Se levantó a la entrada de Lucio. Ella sabía que él no vendría sin una buena razón. Recientemente le había contado lo que estaba sucediendo en la ciudad, y ella sabía que acababa de comenzar un momento especial. Era obvio que lo que sucedería sería importante para el futuro del mundo entero, que habría un avance que traería cambios que los visionarios y los profetas no dudaron en llamar el fin de lo viejo y el comienzo de lo nuevo.

–¿Qué está pasando?

–Antes de irme, quería compartir las noticias contigo – comenzó inmediatamente después de saludarlo a toda prisa–. No es bueno. ¡Tu Jesús ha sido arrestado! Quería que lo supieras. Especialmente tú, María.

–Juan nos trajo el mismo mensaje –explicó Joanna–. Estaba allí cuando sucedió.

–¿Vas a entrar? – sugirió María, señalando que todos están tan confundidos que todavía están de pie junto al recién llegado.

–Tienes razón, sentémonos todos –decidió que, como soldado, debería calmar a los compañeros de casa y a sí mismo–. No nos volvamos locos.

–Lucio, te vas mañana –María lo calmó, viendo lo nervioso que estaba–. Todo estará bien. Como te dije, tú y Berenice vivirán felices para siempre, no te preocupes por eso.

Él sonrió y una vez más en su vida se preguntó cómo sabe ella lo que siente y lo que piensa.

–Ya veremos –se sentó y suspiró profundamente–. Espero que todo termine bien.

–¿Dices lo que pasó? –Joanna quería organizar su conocimiento de los eventos.

–Si ya sabes sobre el arresto, básicamente no hay nada más que decir. Dicen que Judas, uno de sus discípulos más fieles, recibió treinta piezas de plata por su guía. También sé que a tu Maestro no le sorprendió lo que sucedió. Aparentemente actuó como si lo esperara. Uno de sus alumnos desenvainó su espada para defenderlo e incluso le cortó la oreja al guardia. Nuestros exploradores dicen que Jesús puso su mano sobre su herida y la curó, pero no lo creería. En situaciones difíciles, las personas ven cosas diferentes. Sin embargo, la verdad es, sin duda, que tu maestro se rindió sin luchar alegando que quien vive con la espada muere por la espada. También le pidió a los guardias que sus discípulos pudieran irse. Escuché que los apóstoles con gusto aprovecharon la oportunidad que se les dio y huyeron.

–Dispersados –protestó Juan–. Eso es lo que el maestro nos dijo que hiciéramos.

–Muy bien, que se dispersen. Tienes razón, joven, eso suena mejor. Pero la verdad es que las personas en tales situaciones están tan aterrorizadas de lo que está sucediendo que mueren, huyendo, no confiesan a la persona arrestada, lo niegan o lo defienden ferozmente. Es normal, siempre ha sido así desde que el mundo es el mundo.

–¿Lo condujo al palacio del sumo sacerdote? –Joanna presionó.

–Sí. Primero llegó a Anás, que una vez fue un sumo sacerdote. En ese momento, el sumo sacerdote Caifás, su yerno, tuvo tiempo de llamar a un sanedrín. Setenta y un miembros están en él, pero aparentemente todos estaban preparados para lo que sucedió porque aparecieron de inmediato –Lucio continuó–. Según ellos y la ley local, Jesús cometió muchos crímenes. Se enfrenta a un castigo severo. Creo que los sacerdotes no reconocerán la misericordia. ¡Debes saber que lo quieren muerto!

–¿Sin misericordia? –Joanna no creía–.¿De qué lo acusan? –
Estaba aterrorizada, pero centrada, porque en su cabeza, a pesar
de lo que escuchó, o tal vez por eso, se creó un plan de inmediato.
No entraba en pánico en situaciones difíciles, sino que se
concentraba, buscaba soluciones y actuaba–. Sanó a los enfermos
en sábado y afirmó que podía hacerlo a pesar de las festividades.
No solo en este caso dio una nueva interpretación de la halajá.

–No se llamó a sí mismo el Mesías, pero se permitió ser
considerado así. Lo peor es que afirmó ser un hijo de Dios, llamó
a la revuelta, la destrucción del Templo y el cambio de la ley
actual. Él habló sobre el reino. Y fue llamado rey.

–Su reino está fuera de este mundo –dijo Juan–. Esto no es
importante en este momento. Lo capturaron y es de esperar que
no lo dejen ir fácilmente. El Sanedrín decidió esto, y su voluntad
es casi sagrada. Según ellos, Jesús destruyó el antiguo sistema de
valores y se rebeló contra el orden establecido. Lo arrestaron en
esta extraña noche para que no hubiera demasiados partidarios a
su alrededor, porque podría haber un motín. La situación en la
ciudad es tensa de todos modos.

–Lucio, ¿cuáles son tus predicciones? –Joanna seguía
pensando en cómo ayudar al Maestro.

–Esperamos que el Sanedrín desafortunadamente quiera
hacer el truco con nuestras manos. Suponemos que hoy, a más
tardar mañana, le pedirá a Poncio Pilato que castigue al
prisionero. Y él, para mantener la paz y permanecer en la gracia
de César, debe cooperar con el sumo sacerdote.

–¿Qué castigo puede esperar?

–Creo que Pilato no lo considera peligroso. O lo dejaría ir o
haría algo simbólico para satisfacer su sed de sangre por el
sanedrín. En pocas palabras, asustará a Jesús, lo que tranquilizará
al sumo sacerdote y sus seguidores.

–Los fariseos no son suficientes. Anás, Caifás y todos los
demás sacerdotes han querido deshacerse del Rav –dijo María
dijo en voz baja, mirando hacia el espacio–.

–Puede ser así. Por eso vengo a ti. ¿Tal vez se puede hacer algo? Uno debería tratar de influir en la decisión de Pilato de alguna manera. Pienso en perspectiva, porque hasta ahora no estamos seguros de que el caso vaya a él.

–Conocí a su esposa una vez –Joanna decidió desarrollar el plan que tenía en mente–. Ella es una gran mujer. No hablé con ella por mucho tiempo, pero incluso durante una breve reunión en algún momento en Jerusalén, cuando tuve la oportunidad, con la corte de Herodes, de visitar a Pilato, ella parecía sensible y cordial.

–Sí, Claudia Prócula es conocida por su gentileza –Lucio la apoyó.

–Iré con ella. O no, iremos a ella juntos, María, y le diremos honestamente qué nos trae de vuelta. ¡Debes salvar al Maestro! Siento que el sanedrín no será amable con él.

–Los apóstoles dispersos, escondidos, no quieren ser los próximos arrestados. Es poco probable que otros discípulos admitan que lo conocen. –Lucio se preguntó en voz alta sobre las posibilidades de acción–. Claudia Prócula básicamente no sale del palacio. Que yo sepa, rara vez recibe invitados del exterior.

–¿Quizás acepte la esposa del gobernante Herodes Antipas? –Joanna se relajó, segura de que tenía razón.

–Puede ser –confirmó Lucio–. Si se necesitara otro apoyo femenino, creo que Berenice también se unirá. Salimos por la tarde. ¿A menos que deba quedarme? –le envió la última oración a María.

–No, Lucio, lleva a Berenice a Roma hoy, tal como lo planeaste. Podemos encargarnos de Joanna y Juan aquí, ¿verdad?

–Si convencemos a Claudia, Pilato también estará de nuestro lado –creía Joanna.

–Poncio ama a su esposa y toma en cuenta su palabra –aseguró Lucio nuevamente.

***

Claudia Prócula era la nieta del emperador Augusto. Cuando Poncio Pilato se convirtió en gobernador romano en Judea, lo acompañó allí como esposa. No le gustaba el clima de Jerusalén, y no era apta para sus costumbres, por lo que rara vez participaba en las festividades y era reacia a hacer nuevos amigos. Casi salió del palacio en el que residían, pasando tiempo pensando, hablando con las esposas e hijas de los comandantes militares y los invitados que la visitaban raramente. También cuidaba a dos niños. Tenía una niña de diez años y un niño de cinco años. Supervisó su educación, a menudo participando en lecciones y actividades que planeó con gran cuidado para ellos.

Desde el momento en que ella y su esposo se establecieron en Jerusalén, ella tuvo sueños. Esta ciudad era como la afectaba. Algunos de ellos llevaban un mensaje tan fuerte que ella los consideraba proféticos. Eran expresivos, intensos, convincentes. Cuando soñaba, tenía la impresión de que lo que veía era una realidad más de lo que experimentaba todos los días. Con el tiempo, ella estaba cada vez más inmersa en la realidad soñadora y más y más voluntariamente escapó de un mundo que no le parecía atractivo.

***

Aunque era temprano en la mañana, los aceptó sin hacer preguntas innecesarias. Como si supiera que deberían encontrarse, como si los esperara. Los recogió en la cámara, a la que generalmente invitaba solo a familiares o invitados de confianza.

–Conocí a personas que curó, les hablé. Creo que él es el elegido, no tienes que convencerme de eso –los saludó.

–Querida, ¿adivinas a qué vinimos? –Joanna se sorprendió de que la reunión no tuviera lugar de acuerdo con las costumbres judiciales actuales a las que estaba acostumbrada y que esperaba en el palacio del Fiscal de Judea.

–Claro que sí. –Ella les mostró sillas–. Después de todo, toda Jerusalén no habla nada más que de su arresto. ¿No creo que en una situación así me visitarías para hablar sobre ropa y peinados?

–Querida, gracias por tu bondad, que nos recibas –A pesar de todo, Joanna decidió no renunciar a las reglas de la corte y aplicar al menos la parte que se refería a agradecer la oportunidad de reunirse–. Venimos a ti como discípulos del Maestro.

–Sé que sé que fue detenido por orden del Sanedrín. – Claudia estaba a favor de simplificar las cosas–. Lo siento mucho por ti. También escuché que los sumos sacerdotes lo quieren muerto, ¡eso es indignante!

–Esto es un malentendido, señora. No es culpable de ninguno de los cargos que hacen –dijo Joanna, entendiendo por lo que había escuchado que Claudia Prócula estaba de su lado.

–Él es un sanador, cura con el tacto, resucita a los muertos, promete un reino para todos, sin importar quién sea o de dónde venga –agregó María–. Enseña amor. Se lo da a los demás y nos dice que estamos creados para amar.

–Entiendo. –Claudia asintió con comprensión y arrepentimiento–. Él dice que si te golpean, pon la otra mejilla. En nuestro mundo, tales ideas tienen pocas posibilidades de éxito. ¿Entiendes eso? La fuerza, la violencia y el dinero gobiernan aquí. Las duras leyes del pueblo de Israel no pueden ser fácilmente reemplazadas por el amor al prójimo.

–Él la proclama y nosotros junto con él.

–Quizás algún día el amor regirá el mundo... –Claudia era realista– pero ahora debe esperar en las catacumbas y esconderse en cuevas. Mira por la ventana, ve lo que sucede en las calles. Azotes, lapidaciones, crucifixiones, castigos terribles e inhumanos, muy a menudo por delitos menores. Alrededor, y no se trata solo de este lugar, la mayoría de las personas son bárbaros sedientos de sangre. Vivimos en un mundo así. Y aquí viene un hombre que proclama que debemos amar. También los que nos hieren. Que Uno de sus alumnos lo engaña. ¿Sabes que recibió treinta piezas de plata por mostrarle dónde estaba? Lo amaba tanto que lo vendió en la primera oportunidad. ¿Qué espera tu Maestro de la gente común, ya que entre los que eligió están los traidores listos para cambiarlo por dinero? ¿Qué y cómo enseña si no conserva a quienes están más cerca de él?

–Judas lo hizo porque ese era su destino –susurró María.

Claudia Prócula levantó las cejas sorprendida.

Joanna se echó a llorar.

–Nada de llorar querida. No es el momento para un mundo donde las ideas bellas se hagan realidad. Tu Jesús habla muy bien, pero de antemano, no sé, ¿cien, doscientos, mil años? –Claudia, a pesar de estar sorprendida por lo que dijo María, continuó presentando su mirada sobria a la realidad.

–Pero queremos vivir en el mundo del que habla –Joanna, aunque las lágrimas corrían por sus mejillas, no se rindió–. Este lugar de nuestros sueños es el Reino de Dios en la tierra.

–Es posible –María dijo más fuerte.

–Está en nuestros corazones. A la espera de existir. Y vino aquí para contarnos al respecto. «Les estoy dando el nuevo mandamiento de amarse unos a otros», dijo. Este es el nuevo mundo que anuncia.

–Por eso le tienen tanto miedo. –Claudia, impulsada por una necesidad irresistible, se acercó a María.

Esta también se levantó. Claudia la tomó de la mano. Joanna, según las reglas de la corte, también se puso de pie. Ella los estaba mirando. Se pararon uno frente al otro, tomadas de la mano. Se miraron a los ojos sin decir nada.

Claudia sintió calor en todo su cuerpo. Algo la atrajo hacia la mujer extraordinaria que había visto por primera vez en su vida, pero que había escuchado mucho sobre ella antes. Sabía que era una sacerdotisa, que podía curar, que sabía de hierbas, que debía creer en sí misma y en su poder, que podía y podía dar forma al mundo. Ella escuchó que les enseña un tipo especial de respiración, puede conectarse con el pasado y el futuro, y tiene muchas otras habilidades que no quiere revelar. También escuchó que había pasado por el infierno, del cual salió sanada por el toque de Jesús. Y que desde entonces lo ha seguido, con él y sus pasos, pero también tiene su propio camino. Y que las mujeres se aferran a ella porque encuentran su vieja fuerza olvidada. Que ella puede despertarla, devolverles la vida y decirles cuánto valen.

Y ahora, cuando María tomó sus manos, sucedió algo extraño. Sintió vibraciones en su corazón y matriz. Inmediatamente después, la cámara y todo lo que la rodeaba desapareció. Una luz brilló en su cabeza, y luego se levantó y se desvaneció en el brillo.

En el mismo momento, María cerró los ojos. Ella miró hacia el futuro. Ella vio sufrir a Claudia. Ella también vio a su esposo. Una visión cruzó por su mente, en la que Claudia y Poncio experimentan muchos milagros y ven las señales por las cuales se convierten en seguidores del Maestro. Un momento después, ella vio al ex gobernador como un mártir en la cruz, y luego, como todavía estaba vivo, lo sacaron de esa cruz para ser decapitado pronto. Y todo esto a juicio del emperador. Ella escuchó las palabras que dijo antes de morir. Dijo que Jesús es el hijo de Dios y que él, Pilato, viene a él. Claudia, que estaba junto a él en esta visión, le rompió el corazón y siguió a su esposo.

Y justo cuando la intención de María era mostrarle a Claudia el futuro, cambió de opinión después de lo que vio.

–No quiero que ella sepa lo que sucederá, no debería –pensó–. Cada uno de nosotros elige su propio camino. En las visiones solo vemos lo que puede suceder, pero depende de nosotros en qué dirección iremos. El futuro de Claudia depende solo de ella. No quiero influenciarlo. Déjala elegir sus propios caminos.

–¿Quién eres, María Magdalena? –Claudia volvió a la realidad.

María vio en sus ojos que, aunque estuvo flotando en los mismos espacios celestiales por un momento y vio el futuro, no lo recordaba. Entonces ella no sabía lo que les esperaba a ella y a su esposo. Ella todavía tenía una opción sobre qué hacer en el caso de Jesús como todos los demás.

–Como sabes, soy una sacerdotisa. Cuido la luz, testifico: este es mi deber y misión. Todo el universo sabe que será un festival de Pascua extraordinario. Excepcional. El tiempo se detendrá, ya que las profecías se han proclamado durante siglos. Estoy aquí para estar con él entonces.

Joanna escuchó y observó en silencio. Ella sabía que ambas mujeres estaban en un mundo diferente por un tiempo. Irreconocible, distante, divino. Y ella tuvo el honor de ser testigo de esto. Sintió la piel de gallina en todo el cuerpo.

–Señora, ¿lo salvarás? –preguntó ella, arrodillándose ante Claudia.

–Levántate, Joanna. –Claudia hizo un gesto de la corte, a lo que Joanna reaccionó felizmente.

Era una mujer normal y bien fundada. Estaba contenta de que los tres volvieran a estar en la realidad que conocía. Concreto, tangible, con pisos de piedra, arrodillado sobre el cual le dolían las rodillas.

–Tu maestro es un hombre extraordinario. Y creo que pronto se presentará ante mi esposo para decidir su destino. Estoy contigo querida. Puedo prometer que haré todo lo que esté en mi poder para que el castigo que reciba sea lo más bajo posible. Y te aconsejo a ti y a todos los asociados con él que no se presenten en lugares públicos. Para el que ha sido reconocido como un alborotador y para todos los que están con él, ahora no es muy seguro.

***

Como predijo Lucio, el Sanedrín no tenía la intención de asumir la responsabilidad del destino del que se llamaba el Mesías. Es cierto que su confesión de ser un hijo de Dios significaba una blasfemia castigada con la muerte para ellos, pero su condena a cualquiera durante la Pascua no solo podía causar indignación sino también disturbios graves. Esperaban, por lo tanto, que Poncio Pilato asumiera la responsabilidad de sí mismo y, como gobernador de Roma, dictaría una sentencia satisfactoria para ellos, ya que podría tomar decisiones políticas, y este fue sin duda el llamado a desobedecer a Roma proclamando al rey y hablando del reino.

***

Era temprano en la mañana cuando Jesús fue llevado al palacio de Poncio Pilato. Ni el sumo sacerdote ni los representantes del sanedrín se negaron a entrar, temiendo el contacto cercano con los paganos, especialmente durante Pascua, puede contaminarlos. Entonces se detuvieron en el patio. Una gran multitud se reunió allí.

–Hemos encontrado que este hombre está incitando a nuestra nación. Además, prohíbe pagar impuestos al César y se dice a sí mismo que él es Cristo y el Rey[59] –el sumo sacerdote Anás habló en voz alta para que todos lo escucharan bien.

–¿De qué estás acusando a este hombre? –preguntó Poncio Pilato.

–Es un criminal. Si no fuera así, no se lo daríamos.

---

[59] Lc 23, 2.

–Tómalo y juzga según tu ley.

–No debemos matar a nadie.

Todo estaba claro para Poncio. Como esperaba, el astuto sumo sacerdote decidió cargarlo con su decisión. No tenía elección. Entró en el palacio y ordenó llevar a Jesús ante su rostro. Tenía curiosidad, había oído mucho sobre él. Quería ver de cerca a quién le temía tanto el Sanedrín que exigió la pena de muerte para él.

–Mi reino no es parte de este mundo. Si así fuera, mis sirvientes pelearían para que no me rindiera a los que vinieron por mí. Mi reino no es de aquí.

–¿Entonces eres un rey o no?

–Dices que lo estoy. Por eso vine al mundo para dar testimonio de la verdad. Todos los que abogan por la verdad escuchan mi voz[60].

Pilato escuchó a un hombre que hace unos días cuando llegó a la ciudad fue recibido con entusiasmo por los habitantes. Fue precedido por la fama de un sanador, maestro y hacedor de milagros. Ahora era golpeado, escupido e insultado. Un hombre a quien el Sanedrín temía: poderoso y, de hecho, con poder político y religioso, más importante para los judíos que el judicial. Poncio sabía que los sacerdotes comenzaron a temerle cuando escucharon por primera vez las curaciones que estaba haciendo y cuando comenzaron a hablar sobre la resurrección de Lázaro y muchos otros milagros, se convirtió en su enemigo número uno. Pensaron, a pesar de muchas señales y profecías, que el Mesías no podía simplemente venir a la tierra y ser el hijo de personas tan comunes como María de Nazaret y el carpintero José.

–No veo por qué debería condenar a este hombre –dijo Poncio después de una breve conversación con el acusado, y volvió a salir frente a la multitud.

---

[60] J 18, 37.

—Enseña en Judea y agita a la gente. ¡Comenzó con Galilea y vino aquí! –gritó.

Al escuchar sobre Galilea, Poncio, con alivio y esperanza, decidió enviar a Jesús a Herodes Antipas. Después de todo, él era su súbdito, y el tetrarca tenía el poder de emitir todas las decisiones legales con respecto a sus súbditos. Afortunadamente, durante la Pascua, Antipas estaba en Jerusalén.

El Tetrarca, que había escuchado mucho sobre el Maestro, lo recibió con alegría. Esperaba poder ver uno de los milagros por los que era famoso, hablar con él y averiguar de dónde provenía su poder.

Fue cuidadoso, sin embargo. Todavía recordaba a Juan el Bautista y cómo tenía que cumplir la promesa de Salomé a pesar de sí mismo y decapitar su cabeza. Todavía sentía asco por la situación. De este desafortunado evento, pensó, nunca le prometió nada a nadie, sin saber de qué se trataba la solicitud.

Aceptó a Jesús voluntariamente, especialmente porque recordaba las deliciosas historias de la esposa de Chuza, a quien Jesús curó de una enfermedad desesperada. Joanna a menudo hablaba de su poder causal, ternura y habilidades, cuán bellamente hablaba con las personas y cuán fuertemente tocaba sus corazones.

Sin embargo, Jesús se quedó con la cabeza gacha, como si se reconciliara con lo que le sucedería pronto. Él esperó. Estaba concentrado. No le prestó atención a Antipas. No respondió ninguna de sus preguntas. Parecía ausente.

El Tetrarca estaba decepcionado y, lo que es peor, se sentía ridiculizado. Sin embargo, al conocer los poderes sobrenaturales de Jesús, como Poncio Pilato, no tenía la intención de castigarlo. Fue suficiente para él que la muerte de Juan el Bautista pesaba en su conciencia, y en sus ojos él no la merecía.

Riéndose y burlándose, ordenó a sus sirvientes que vistieran a Jesús con una capa real y lo llevaran de regreso a Poncio Pilato. No iba a tener nada que ver con esto.

–Lo interrogué, pero no lo encontré culpable de lo que lo acusan –anunció Poncio. Herodes Antipas es de una opinión similar. Este hombre no hizo nada para merecer morir. Por lo tanto, lo castigaré y lo liberaré[61].

La multitud aulló. Estaba decepcionada. Poncio, seguro de que el castigo de la flagelación satisfaría su regla de sangre, ordenó a los soldados que cumplieran la sentencia.

***

–¿María?

David, el hijo del Rav Isaac, se detuvo a medio camino. Vino a Jerusalén con ocasión de la Pascua, como tantos otros. Estaba caminando hacia el Templo cuando, junto a la pared, en una de las calles estrechas que conducían a él, vio a dos mujeres encogiéndose, pensó, por el dolor y la impotencia. No parecían pobres ni descuidados, ciertamente no eran mendigos ni mujeres por alguna razón condenadas o rechazadas. ¿Por qué le llamó la atención? Sus caras eran apenas visibles desde debajo de las capas de telas y bufandas, y sin embargo, la forma era extraordinariamente digna. Eran espiritualmente nobles, así pensaba él sobre ellas.

–¿María? –Se acercó lo suficiente como para no tener dudas de que uno de ellas es un amiga de Magdala.

–La paz sea contigo. –Ella inclinó la cabeza–. Joanna, es David, hijo del Rav Isaac, te conté una vez sobre él, ¿recuerdas?

Joanna, como María, asintió.

–¿Te puedo ayudar? –declaró, sin saber si debía preguntar directamente cuál era la razón de su abrumadora y visible desesperación. Sus rostros estaban tan pálidos como si toda la sangre se hubiera escurrido de ellas. El dolor que se pintó en ellas

---

[61] Lucas 23: 14-16.

fue tan terrible que debe haberse originado en los recovecos más profundos del alma.

María no respondió. Ella solo tragó y miró hacia el cielo. Era azul, tranquilo, pero las nubes oscuras entraban desde lejos. Había una ligera brisa. Se soltaron unos mechones de pelo debajo del pañuelo.

–Jesús fue arrestado –Joanna rompió el silencio prolongado–. Poncio Pilato lo sentenció a azotes.

–Escuché que toda la ciudad no habla de nada más –admitió.

No iba a hablar sobre qué historias circulaban sobre ella en una situación tan difícil, no solo en Magdala. No creía en la mayoría de ellos. No podía imaginar que esta mujer, sin importar su pasado, aceptara vivir con un hombre sin matrimonio, incluso si lo amaba mucho. A quienes condenaron a María por unirse a Jesús y sus discípulos, les explicó que era uno de los muchos que cautivó sus enseñanzas y que el mundo estaba cambiando y que a algunas mujeres se les debería permitir aprender, o al menos estar de acuerdo en que podían Escuchar oficialmente al Rav.

–María, desde hace mucho tiempo me llegó de muchas fuentes que lo sigues –no tenía la intención de ocultar que sabía sobre su situación, pero al mismo tiempo, debido al dolor que no desapareció de su rostro, trató de ser gentil.

–Sí, lo escuchaste bien, estoy con él.

–Yo también Joanna agregó a Joanna.

María se enderezó y levantó la cabeza.

–Estoy orgulloso de ello. Mucho.

–Yo también. –Joanna también se enderezó.

Lo animó.

–Es un alborotador, un revolucionario. Quiere destruir el orden eterno, se rebela la gente, se proclama rey de Israel – comenzó a intercambiar, como si hubiera olvidado su desesperación, y quisiera castigarlas, en particular a María, por su audaz vista y mirada orgullosa–. Se lo buscó. Tenemos bastantes problemas con Roma.

–¿Qué dices? –María no protestó, no tenía fuerza ni sentido, su pregunta era suave y triste–. No entiendes lo que está pasando. Fue sentenciado a flagelación, que se llevará a cabo hoy. ¿Y por qué?

–Hay muchas razones. Deberías alegrarte de que terminó así.

–No ha terminado. –María bajó la cabeza nuevamente, y los colores que volvieron a su rostro por un momento se desvanecieron nuevamente–. Desafortunadamente.

Y en lugar de convencerlo, ella tomó su mano. Sabía que era una mejor manera de desviar sus pensamientos que incluso las mejorar la explicación. De todos modos, ella no tenía tiempo para eso. También era completamente irrelevante para ella que tales gestos no fueran adecuados para una mujer, especialmente en un lugar público. Se puso rígido, pero no retiró la mano. Sintió una calidez amistosa. Fluyó de sus dedos y llenó su cuerpo antes de que supiera lo que estaba pasando.

Ella dio otro paso hacia él. Estaban respirando ahora. Ella todavía sostenía su mano. Ella lo miró a los ojos. Estaba hipnotizado.

–David, no entiendes a Jesús ahora e incluso te condena porque no lo conoces. –A diferencia de él, ella sabía lo que sucedería en el futuro–. Crees que es un enemigo porque no reconociste sus enseñanzas. Sin embargo, asegúrate de que en cinco años cambie de opinión por completo. Tratarás sus mensajes como propios y te unirás a un grupo de seguidores. Te avergonzarás de haberlo condenado, pero será demasiado tarde para que lo conozcas personalmente. Te convertirás en su celoso adorador y enseñarás a otros acerca de él. Mientras tanto, ahora, hoy, sigue tu camino, es solo tuyo. Cada uno de nosotros puede venir a Él a nuestra manera. El camino puede ser largo, lleno de baches, sinuoso y cuesta arriba, pero decidimos si seguirlo y cómo hacerlo. Todos tienen libre albedrío y toman sus propias decisiones, porque todos tienen su propio camino al cielo.

Ella le soltó la mano. Se sacudió y miró a su alrededor. La vida siguió como si nada. La gente no parecía notarlos, los pasaban como si no estuvieran allí.

–Ve ahora, David. –María lo giró suavemente y lo dirigió hacia el Templo–. En un momento y lugar diferentes, pero nos volveremos a ver. Habrás cambiado entonces.

–¿Y tú? ¿Cambiarás tú también? –Joanna preguntó en voz baja cuando David se fue, inseguramente poniendo su pie detrás de él, como si estuviera despertando del sueño.

–Seré María Magdalena…–se preguntó.

–Pero no hablemos del futuro, nos necesitaremos ahora más que nunca.

***

Fue azotado con un látigo de cuero, en cuyos extremos se unieron pequeñas bolas de metal y trozos de hueso. De esta manera, los trazos fueron más dolorosos.

La primera vez que causaron hematomas, el siguiente rasgó la piel, el siguiente rompió los músculos y llegó a los huesos. Al principio, Jesús gritó de dolor, se desmayó muchas veces, se cubrió con agua, sal, nuevamente golpeado y nuevamente sal. Finalmente, solo se escucharon sus gemidos, y cuando ante los ojos de los torturadores aparecieron las costillas, y la espalda se convirtió en una pulpa ensangrentada, cesaron y Jesús cayó inconsciente[62].

El sol salía sobre Jerusalén.

María Magdalena oró fervientemente toda la noche y le pidió que pudiera soportar al menos parte del terrible dolor que le infligían a su amado. Estaba arrodillada bajo el alto muro de la

---

[62] Basado en las rastros en el Sudario de Turín, se calculó que Cristo recibió alrededor de noventa golpes dobles o triples.

fortaleza de Antonia, porque allí, al otro lado, se le aplicaba un cruel castigo. Bien envuelta en un pañuelo en la cabeza y acurrucada, no atrajo la atención de nadie. Se volvió casi invisible, y los guardias, pensando que era una de las mendigas desafortunadas o locas, al ver que no molestaba a nadie, le dieron paz.

Entonces ella estaba cerca del Maestro todo el tiempo. Escuchó sus gritos, luego gemidos, y finalmente un suspiro de alivio cuando terminó el castigo.

Su alma estaba con él todo el tiempo. Ella ni siquiera lo dejó un paso. Ella susurró palabras de alivio en su oído.

***

Por la mañana, María Magdalena se levantó de su regazo. Miró con reproche el sol que no se había apagado, y las nubes azules que flotaban en el cielo con tanta calma como si este terrible tormento no hubiera tenido lugar.

«El tiempo debería detenerse», pensó. Y ella sabía que lo peor estaba por venir.

De repente se dio cuenta de la responsabilidad que tenía como Guardiana de la Puerta de la Luz. Ella sabía que tenía que aliviar a Jesús del sufrimiento que lo esperaba, porque serían tan terribles que ningún hombre podría soportarlos. Se prometió a sí misma que sería fuerte hasta el final; por él y por los tiempos por venir.

Mientras tanto, no dudó en usar una de sus increíbles habilidades: enviar sueños a las personas y entrar en ellas, e incluso guiarlas. Ella decidió que enviaría el sueño de Claudia Prócula[63].

---

[63] El sueño de Claudia Prócula se toma del programa de radio DL Sayers Nacido para convertirse en rey.

Y así sucedió.

La esposa de Poncio Pilato soñó que estaba navegando.

De repente, una tormenta estalló. Claudia se paró al lado del capitán y claramente lo escuchó decir:

–Dios debe haber muerto. ¿Cómo puede morir Dios? Es imposible –se sorprendió en su sueño.

–¿No te acuerdas? Tu esposo, Poncio Pilato, lo condenó. Murió en la cruz .

Se sintió mareada. Ella cayó. La oscuridad la envolvió. Y cuando recuperó sus sentidos nuevamente, escuchó la creciente voz multilingüe, millones de coros. Gente de todo el mundo dijo en diferentes idiomas:

–Cansados y enterrados bajo Poncio Pilato…

Ella comenzó a gritar de dolor. Su cabeza estallaba en pedazos. Ella no quería que el nombre de su esposo fuera mencionado durante siglos como el que mató a Dios.

–¡Nooooo! –Aulló. Inmediatamente después se despertó aterrorizada y llorando.

Cuando Jesús, después de la flagelación, se paró nuevamente ante Poncio, le ordenó a la criada que le diera información a su esposo. Ella lo escribió en un pequeño trozo de papel. Te lo ruego, no tengo nada que ver con este Justo, porque hoy en un sueño, gracias al mensaje divino, sufrí mucho por él[64].

–¿Puedes imaginarme rechazando a mi esposa? Ella tuvo una visión. No lo contaminaré. Claudia cree que es un santo – reaccionó a la nota de Poncio Pilato.

–Esta es otra prueba de que usa magia –Caifás no tenía dudas de con quién estaba tratando.

–Entró en los sueños de tu esposa porque ella sabe que la amas mucho –agregó Anna–. No te rindas ante el mal, es su culpa. Juez con justicia. Este hombre está pidiendo rebelión, los disturbios estallarán a través de él. Debes estrangular la revuelta

---

[64] Evangelio de San Nicodemo.

de raíz. ¿No quieres que el emperador sepa que no reaccionaste a tiempo y no te deshiciste del que se hace llamar Rey de Israel?

–¡Sacerdote, no instruyas al gobernador de Roma! –Poncio estaba indignado.

–No me atrevería. Por nuestro bien común y para mantener el orden en estos tiempos difíciles, solo estoy ofreciendo consejos.

–Es la Pascua, tu sagrada festividad. ¿No tienes la costumbre de perdonar a un convicto en esta ocasión? –El gobernador tomó todas las excusas posibles para no condenar a Jesús.

Estaba seguro de que el castigo del sanedrín no correspondía al delito del acusado. Como experto y participante en política, sabía muy bien que lo que estaba sucediendo eran los juegos y los esfuerzos de los fariseos, para que Jesús no ganara popularidad y, por lo tanto, no se llevara a sus seguidores. El sueño de Claudia solo confirmó aún más que no estaba equivocado por su intuición en este asunto. Estaba tratando con alguien especial.

«¿Y si él realmente es el Mesías?». Se preguntó. «Tiene una personalidad poderosa, se puede ver en cada gesto y palabra que pronuncia. Alguien realmente por encima de la media».

No quería involucrarse en su oración, y después de un extraño sueño, Claudia ya estaba segura de que debía hacer todo para que este asunto no lo agobiara.

–Aquí está Barrabás, un villano y bandido, ¡y este es Jesús, llamado el Mesías! –Gritó cuando los guardias, por orden suya, llevaron y presentaron ante la multitud, junto al convicto, Barrabás, que ya estaba de pie allí–. ¿Cuál de estos dos quieren que libere?

La multitud, incitada por los sacerdotes, exigió:

–¡Barrabás!

–¡Libera a Barrabás!

Poncio Pilato no ocultó su sorpresa.

–¿Qué haré con Jesús a quien llaman el Mesías?

–¡Crucifixión con él! –muchos votos respondidos–.¿Qué mal ha hecho? –el gobernador todavía lo intentaba. Y nadie lo escuchó.

–¡La cruz, la cruz! –gritaban.

Pilato, al ver que no lograría nada y la agitación aumentaba, ordenó agua y se lavó las manos frente a la multitud, diciendo:

–No soy culpable de la sangre de este justo. ¡Esto es suyo!

Entonces la gente gritó:

–¡Su sangre sobre nosotros y nuestros hijos! –La emisión de estas palabras fue la aprobación habitual del juicio.

María Magdalena y Joanna vieron los eventos. Se pararon entre la multitud, cubiertas por bufandas y doloridas por la desesperación. No decían ni una palabra todo el tiempo.

***

La madre del maestro estaba sola. Llorando, rezó en silencio. Su frente tocó el piso de piedra. Se cubrió la cabeza con las manos, como para protegerla de algo o de alguien. Era obvio que estaba sufriendo increíblemente. Ella se estaba preparando para lo que estaba por venir.

María Magdalena se arrodilló a su lado y también rezó.

***

El Gólgota era una colina que desde tiempos inmemoriales se dice que el cráneo de Adán, el primer hombre, fue enterrado allí[65].

---

[65] Escribe sobre ello, entre otros. Orígenes; cráneo – Gólgota (griego), Golgotha (arameo), Calvario (latín); hoy está la Basílica del Santo Sepulcro, erigida por la madre del emperador Constantino el Grande, San. Helena, en 326.

En arameo, el cráneo es Golgotha, de ahí su nombre. Las ejecuciones se llevaron a cabo allí, y fue allí donde Jesús vendría llevando su cruz.

Vestido con un abrigo escarlata, con una corona de espinas en la cabeza, golpeado y humillado, con un patíbulo[66] atado a su espalda y apoyado en su brazo derecho, rodeado de soldados y una multitud sedienta de sangre, partió. Apenas podía ponerse de pie, y las heridas eran tan profundas que los soldados se sorprendieron de que estuviera vivo. Su espalda era una sola herida sangrienta. Después del frío nocturno, estaba tan exhausto y débil que tan pronto como una parte de la cruz se colocó sobre su espalda, cayó bajo el peso, pero, empujado por los soldados, se levantó y se movió.

Ambos lados del camino que estaba siguiendo estaban llenos de gente. Algunos gritaron, amenazándolo con puños, otros se quedaron quietos, aterrorizados por el terrible sufrimiento del convicto.

La túnica de Jesús estaba empapada de sangre y sudor. Se dirigió. sin mirar hacia arriba. No tenía fuerzas para eso.

De repente, en algún lugar de la multitud, hubo un grito de dolor y lamentos desesperados.

***

Desde este momento, la descripción del Camino de la Cruz y la muerte de Jesús extraído de: AK Emmerich, Camino de la Cruz según las visiones de santa Anna Katarzyna Emmerich, Wrocław 2010. Según su visión, se filmó una película: Pasión.

–¿Qué está gimiendo esta mujer tan miserablemente? – preguntó uno de los soldados.

–Esta es la madre del galileo –alguien cercano respondió.

---

[66] Viga transversal.

Estaba pálida, sus labios eran azules y toda su persona era infeliz. Se apoyó contra el pilar de la puerta frente a ella. No tenía fuerzas para dar un paso.

–Esto es para él. –Uno de los soldados puso un puño debajo de sus ojos en el que sostenía clavos destinados a clavar a Jesús en la cruz.

Se derrumbaba y caería al suelo, si no fuera por las mujeres que la apoyaban.

Y entonces ella lo vio. Inclinándose bajo el peso, se tambaleó. En una corona de espinas, con una cara pálida, herida, sangrienta, con una barba pegada con sangre seca. Los torturadores lo arrastraron por las cuerdas atadas a su cinturón. Al pasar, levantó la cabeza ligeramente herido de espinas y miró a su Madre con ojos llenos de anhelo, seriedad y lástima. En el mismo momento tropezó y cayó.

Todo lo que vio fue a su amado, demacrado y torturado hijo. Verdugos y soldados desaparecieron de sus ojos, ella solo lo vio a él. Las fuerzas entraron en ella. Chocó contra la calle y cayó de rodillas con él, envolviéndolo con sus brazos.

–¡Hijo!

–¡Madre!

Al ver esta escena insoportable, las mujeres y muchos hombres se enjugaron las lágrimas. Incluso algunos soldados sintieron un ligero pinchazo alrededor de su nariz porque mencionaron a sus madres.

–Mujer, ¿qué quieres aquí? –Uno de los soldados del lado gritó–. Era necesario criarlo mejor y no caería en nuestras manos. –Él se rió, orgulloso de su ingenio, y la apartó del convicto.

Juan, que no sabe cuándo estuvo a su lado, la acompañó hasta la puerta donde se encontraba antes. Allí, cayó de rodillas, de espaldas al séquito, para que ya no mirara lo que estaba sucediendo. Donde se arrodilló y puso sus manos, había marcas de rodillas y huellas en la piedra dura.

María Magdalena se arrodilló a su lado y la abrazó con ternura.

Jesús, conducido por los supervisores, siguió caminando, pero estaba tan débil que tropezó casi a cada paso.

Las personas mayores simplemente pasaban allí en grupos al Templo.

–¡Dios, el pobre hombre se está muriendo! –hubo gritos de lástima–. ¿Cómo puedes cansar tanto a alguien?

María Magdalena vio a Simón en la multitud.

Regresaba del trabajo en el campo. Todavía no tenía cuarenta años, era alto y fuerte. Llevaba un caftán corto y ceñido, muslos envueltos en trapos y sandalias atadas a las piernas. Él no se cubrió la cabeza, porque sabía que era un pagano. Estaba caminando por la pared, mirando al convicto. No le gustó lo que vio, pero no era judío, por lo que no se involucró en los asuntos de los lugareños, tuvo su vida y evitó cualquier cosa que pudiera causarle problemas.

María Magdalena dirigió los ojos y pensamientos del soldado hacia él.

–Eh, tú –escuchó Simon de Cirene.

Levantó la cabeza y dijo que, desafortunadamente, el alto romano lo señalaba.

–¡Estoy hablando contigo! –El soldado señaló con el dedo para que no hubiera duda de que se dirigía a él.

Se detuvo.

–¡Lo ayudarás!

Se negó, explicó, no quería, pero lo obligaron. El prisionero fue tan maltratado, ensangrentado y cubierto de lodo que Simón se le acercó con disgusto y sin disimulo, pero no tuvo más remedio que hacer lo que le dijeron. Nadie se atrevió a discutir con los soldados de Roma. Después de un rato llevó la mitad del peso de la cruz. Comenzó una nueva procesión.

Cuando en algún momento Simón tocó accidentalmente la mano del convicto, inmediatamente sintió un cambio extraño.

Fue superado con una emoción tan extraordinaria que estaba ansioso por ayudar a llevar la carga más allá, e incluso sintió que fue premiado. María Magdalena sonrió con tristeza. Ella podría ayudar al menos eso.

Jesús era más fácil, pero su cuerpo estaba al borde del agotamiento. Tenía una sed increíble, sudaba con sangre, no tenía fuerzas.

Entonces apareció Verónica. A unos doscientos pasos de la puerta en la que Jesús había caído recientemente, una hermosa casa se encontraba en el lado izquierdo de la calle, separada del resto por un patio al que se accede por escaleras. La villa estaba rodeada por una pared ancha, cerrada con una rejilla brillante en la parte delantera. Cuando la procesión pasaba por el edificio, una mujer joven salió corriendo: era Verónica, la esposa de un miembro del Sanedrín. Acercándose a Jesús, cayó de rodillas ante él.

–Déjame Señor, limpiarte la cara –susurró. En lugar de responder, Jesús tomó la bufanda que ella le dio y presionó su mano contra su cara ensangrentada, se la pasó por la cara y se la dio. La besó, la deslizó bajo su abrigo y rápidamente se levantó. Todo duró poco tiempo. Su comportamiento audaz sorprendió a los soldados y a los secuaces, la turba comenzó a acercarse para ver qué sucedía, como resultado de lo cual la procesión tuvo que detenerse por un momento.

Los curiosos, enojados con el descanso, y aún más con el acto de adoración pública dedicado a Jesús, comenzaron a tirar y golpearlo nuevamente. Verónica corrió hacia la casa y se desmayó por el exceso de fuertes impresiones.

Cuando los criados la ayudaron, ella tomó la bufanda. La cara ensangrentada del Maestro se reflejó con asombrosa precisión.

Y él, llevando su carga, apoyado por Simón y apresuradamente implacable por los torturadores, continuó. Acababa de pasar la Puerta del Jardín y estaba fuera de los muros de Jerusalén. Gólgota estaba cerca, podía verla claramente. La gente caminaba delante de él, detrás de él y a sus costados. Los soldados se apresuraron y lo empujaron, tirando de los cordones atados a su cinturón cada vez más, gritándole que fuera más rápido y burlándose de él sin piedad.

Estaba al borde del agotamiento cuando escuchó el gran lamento y el lamento de las mujeres. Se detuvo; con un esfuerzo sobrehumano, reunió lo último de su fuerza. María Magdalena cerró los ojos y envió una luz brillante hacia él. Se enderezó un poco.

–¡Hijas de Jerusalén! –se volvió hacia ellas–.¡No lloren por mí, sino por ustedes y sus hijos! Llega el momento en que dirás: ¡Bienaventurados los infértiles y los que no han dado a luz y los senos que no han alimentado! Entonces gritarás: montañas, cae sobre nosotros, colinas, ¡cúbrenos! Porque si haces esto con un árbol verde, ¿qué puedes hacer con el árbol seco?

Lo escucharon y sus corazones trataron cada una de sus palabras como una profecía. Miró sus rostros preocupados y húmedos. Quería consolarlos.

–Tu llanto no estará sin recompensa, de ahora en adelante caminarás por un camino diferente de la vida.

Cayeron de rodillas ante él. Sintieron que junto con las palabras que pronunció, la claridad cayó sobre ellos.

María Magdalena abrazó a las mujeres con pensamientos: desde ese momento, nunca se apartaran del camino.

Los torturadores volvieron a tirar de las cuerdas y condujeron una terrible procesión escaleras arriba. Lamentos, y gritos se escucharon por todas partes.

A cierta distancia, su hijo siguió a su madre, apoyada por Juan por un lado y María Magdalena por el otro. Ninguno de ellos lloraba más. Rezaron en silencio.

María estaba constantemente tratando de consolar a Jesús y eliminar al menos algo del dolor de él.

Finalmente, la sangrienta procesión llegó a la cima del Gólgota. Jesús dejó lo último de su fuerza. Se rindió a todo lo que sucedió sin una palabra de protesta, su espíritu estaba cada vez más ausente.

Los torturadores comenzaron a arrancarle la ropa: primero un abrigo y un cinturón, en el que lo tiraron de las cuerdas, luego una prenda exterior de lana. También tomaron una bufanda larga y estrecha alrededor de su cuello, y finalmente llegaron a la túnica que su Madre le había tejido. Sin embargo, la corona de espinas los estaba bloqueando, por lo que se los arrancaron del cabello y se rasgaron las heridas en la cabeza nuevamente.

Y he aquí, el tembloroso Hijo de Dios estaba de pie, cubierto de sangre, contusiones, heridas secas y abiertas. Llevaba solo un taparrabos. Su cuerpo estaba irregular e hinchado, la espalda y los hombros desgarrados hasta los huesos, trozos de ropa pegados a los bordes de las heridas y a la sangre seca en el pecho. Se tambaleó con debilidad. Sus torturadores lo pusieron en una piedra, le pusieron la corona de espinas y le dijeron que esperara hasta que jugara a los dados, cuál de sus túnicas caería sobre cuál.

Más tarde, le tomaron las manos y lo cubrieron con una cruz. Cuando lo clavaron a él, la sangre salpicaba sus manos.

Se colocó una tableta en la cruz en la que colgaba, que Poncio Pilato ordenó poner allí para explicar, de acuerdo con la ley romana, el motivo de su condena a muerte. En griego, latín y hebreo decía: «Jesús nazareno, rey de los judíos»[67].

La madre del Maestro, agachada, entumecida e inconsciente del dolor, yacía cerca, con la frente en el suelo y las manos cubriéndose la cabeza. Hubo suaves gemidos de su boca. Lloró

---

[67] Hebreo: היהודים מלך הנצרת ישוע – –Yeshu'a HaNatserat Melech HaYehudim–; Latín: –Iesus Nazarenus Rex Iudaeorum–; Griego: Ἰησοῦς ὁ Ναζωραῖος ὁ Βασιλεὺς τῶν Ἰουδαίων – –Iésús ho Nazóraios ho basileus tón Iúdaión–.

con las lágrimas de todas las madres que todos los días, en todo el mundo, desesperadas por la impotencia de no poder hacer nada cuando sus hijos sufren y mueren. Las mujeres se pararon a su alrededor. Entendieron su dolor y sus lágrimas perfectamente. Cada una sentía como si estuviera perdiendo a alguien que más amaba en el mundo.

Justo al lado estaba María Magdalena. Estaba pálida pero concentrada. Ella no lloró. Había un resplandor en su forma. Ella se cruzó de brazos y cerró los ojos. Ella oró, tomando algo del dolor de Jesús.

Su alma se disparó. Podía ver las Puertas de la Luz en la distancia. Eran poderosas. Estaban esperando al que pronto vendría. Ella sonrió y las lágrimas brotaron de sus ojos.

Después de mucho tiempo lo escuchó, colgando cerca de la cruz, gritó en voz alta:

–¡Completado![68]

El velo en el Templo se rasgó en dos, de arriba abajo, el cielo sobre el Gólgota se iluminó con un rayo, la tierra tembló y las rocas comenzaron a agrietarse.

Jesús murió.

Entonces el tiempo se detuvo y María vio cómo las Puertas de la Luz comenzaron a abrirse lentamente.

***

José de Arimatea, un rico discípulo de Jesús, recibió permiso de Pilato para enterrarlo. Hizo esto de acuerdo con la costumbre de enterrar a los muertos: el cuerpo envuelto en telas fragantes fue colocado en una tumba tallada recientemente. Se citó una piedra grande para cerrar la entrada.

---

[68] J 19.28-30.

La Madre del Maestro, María Magdalena y otros que participaron en el entierro, se sentaron frente a la cueva cerrada durante mucho tiempo.

Ninguna de las mujeres estaba llorando. Esperaban lo que sucedería pronto, lo que renovaría el pacto con Dios y cambiaría el destino del mundo.

9

Han pasado tres días desde la muerte del Maestro. Aturdida, moviéndose como en un sueño, se paró frente a la tumba. Estaba vacío. Vio mensajeros luminosos sentados adentro, tranquilos y seguros de que el mundo se dirigía en la dirección correcta. Le dijeron que Jesús ya no estaba aquí.

Ella se interpuso entre los olivos. El sol brillaba. Hacía calor, el aire soplaba, el olor a rosas estaba en todas partes.

–¡María! –escuché y miré la figura que salía del sol.

Se detuvo.

Su voz lo reconocería en todas partes.

¡Sí, realmente era Él! Él estaba de pie ante ella en un resplandor brillante, el que ella conocía y amaba más en el mundo, sabio, fuerte, hermoso y bueno. El mismo de siempre, pero completamente cambiado. Su cuerpo irradiaba un brillo sobrenatural, su túnica parecía tejida de estrellas, y su cuerpo parecía flotar sobre el suelo.

Ella quería correr hacia él, abrazarlo. Estaba segura de que si pudiera siquiera tocar su piel, todo el dolor y la desesperación que la habían acompañado en los últimos días se habrían ido para siempre. Sin embargo, algo la estaba deteniendo. Ni siquiera podía dar un paso, y tenía tantas ganas. Ella cerró los ojos. Ella le tendió las manos.

–No me detengas, aún no me he unido al Padre[69] –dijo suavemente y con amor.

Ella lo amaba y sabía que siempre sería así. Las lágrimas corrían por sus mejillas.

–¡Rabbuni!

---

[69] En latín: Noli me tangere, en griego: me mou aptou, en arameo: al. tiqerabbi.

EPÍLOGO

Estaba de pie junto al pozo en la gran plaza. Estaba vestida con un modesto vestido oscuro, su cabeza estaba cubierta con una bufanda escarlata. La gente escuchaba atentamente lo que decía. De vez en cuando, las mujeres suspiraban y se secaban las lágrimas subrepticiamente. Ellos la amaban. Ella era una de ellas. Sentían que eran como ella, su María Magdalena.

Soy María Magdalena, María de Betania, María de Egipto, poseída por siete demonios, llamada la pecadora abierta. Soy sacerdotisa, dama y apóstol. Soy una mujer condenada, despreciada, rechazada, exaltada, elegida, iluminada. La guardiana eterna de la Puerta de la Luz. Soy cada uno de ustedes. Única y común. Llorando y gritando, felicidad y alegría, intuición y conocimiento. Soy una mujer La sabiduría del mundo con su riqueza, miseria, bondad, sufrimiento y alivio. Soy amor eterno, permanente e inmutable. Soy de aquí y de allá. Soy parte y todo, la Fuente y el fuego eterno. Soy una mujer. Permaneced.

ADEMÁS, UNEMOS EL LIBRO:

Del evangelio de san Juan:

Y junto a la cruz de Jesús estaba: su madre y su hermana, su madre, María, esposa de Cleofás y María Magdalena –(19, 25).

María tomó una libra de aceite de nardo precioso y precioso y ungió los pies de Jesús, y los limpió con su cabello (12, 3).

María Magdalena, sin embargo, se paró frente a la tumba, llorando. y cuando lloró, se inclinó hacia la tumba y vio a dos ángeles de blanco sentados donde yacía el cuerpo de Jesús, uno en la cabeza y otro en la pierna. Y le dijeron: Mujer, ¿por qué lloras? Ella les dijo: «Mi Señor fue llevado y no sé dónde fue puesto». Cuando dijo eso, se volvió y vio a Jesús de pie, pero no sabía que era Jesús. Jesús le dijo: «Mujer, ¿por qué lloras? ¿A quién buscas?» Y ella, pensando que era un jardinero, le dijo: «Señor, si lo ha movido, dime dónde lo has puesto y lo llevaré». Jesús le dijo: «¡María!» Y ella, volviéndose, le dijo en hebreo: «Rabbuni», que significa: [¡Mi] Maestro! Jesús le dijo: «No me toques, porque aún no he ascendido al Padre. En cambio, ve a mis hermanos y diles: "Me uno a mi Padre y a tu Padre, así como a mi Dios y tu Dios"». María Magdalena estaba caminando [y] les dijo a los discípulos: «Vi al Señor» y lo que él le dijo. (20,11-18)

Del evangelio de San Lucas:

Y había doce con él y algunas mujeres a las que liberó de los espíritus malignos y la debilidad: María, llamada Magdalena, que dejó siete espíritus malignos. (8, 1-2)

En su viaje posterior llegó a un pueblo. Allí, una mujer llamada Marta lo aceptó en su casa. Ella tenía una hermana, María, que se sentó a los pies del Señor y escuchó su discurso. (10, 38-39)

Del evangelio de San Marcos:

Después de su resurrección, temprano en la mañana del primer día de la semana, Jesús se le apareció por primera vez a María Magdalena, de quien echó siete espíritus malignos. Ella fue y lo anunció a los que estaban con él, sumidos en el dolor y el llanto. Sin embargo, aquellos que escucharon que estaba vivo y que ella lo vio no querían creer. (16, 9-11)

Evangelio apócrifo según Santa María Magdalena:

Solo ha sobrevivido la traducción copta del Evangelio gnóstico del siglo V según María Magdalena (original griego del siglo III). Solo quedaba un pequeño trozo de papiro. No hay páginas iniciales 1-6 y páginas 11-14.

Página 7

«¿Qué es la materia? ¿Siempre durará?»

El Maestro respondió:

«Todo lo que nace, todo lo que se crea, todos los elementos de la naturaleza están entrelazados y unidos. Todo lo complejo se descompondrá, todo volverá a sus raíces; la materia vuelve a los primeros frutos de la materia. Que escuchen los que tienen oídos».

Pedro le dijo: «Ya que te has convertido en un traductor de elementos y eventos en el mundo, dinos: ¿Cuál es el pecado del mundo?» El Maestro respondió:

«No hay pecado.

Haces que el pecado exista cuando actúas de acuerdo con las costumbres de tu naturaleza corrupta; Hay pecado en ella.

Es por eso que este Bien se interpuso entre ustedes.

Interactúa con los elementos de su naturaleza para volver a conectarlo con sus raíces».

Luego continuó:

«Por eso te enfermas y mueres: es el resultado de tus acciones; lo que haces te aleja de las raíces de la naturaleza.

Que escuchen los que tienen oídos».

Página 8

«El apego a la materia evoca pasión contra la naturaleza. Así nace la angustia en todo el cuerpo; Es por eso que te digo: Mantente en armonía… Si has perdido el equilibrio, inspírate en su verdadera naturaleza.

Los que tengan oídos que oigan ».

Después de decir esto, el Bendito los saludó a todos diciendo:

«¡Que la paz sea contigo, deja que mi paz se eleve y se cumpla en ti!

Estén atentos y no dejen que nadie los engañe diciendo:

"Aquí está" o

"Él está allí" porque es en ti donde vive el Hijo del Hombre.

Ve a él, porque los que lo buscan lo encontrarán.

Ve y predica el Evangelio del Reino».

Página 9

«No imponga ningún derecho distinto de los que he testificado.

No agregue más derechos a los que figuran en la Torá para que no lo obliguen».

Habiendo dicho todo esto, se fue.

Los discípulos estaban preocupados, derramando lágrimas y diciendo:

«¿Cómo debemos ir a los incrédulos y predicarles el Evangelio del Reino del Hijo del Hombre?

No perdonaron su vida, ¿por qué salvarían la nuestra?» Entonces María se levantó, los abrazó a todos y comenzó a hablar con sus hermanos:

«No te rindas al cuidado y la duda, porque su gracia te guiará y te consolará.

En cambio, alabemos su grandeza porque nos preparó para ello.

Nos llama a ser completamente humanos (anthropos)». Así es como María volvió sus corazones al Bien y comenzaron a discutir el significado de las palabras del Maestro.

Página 10

Pedro le dijo a María:

«Hermana, sabemos que el Maestro te amaba de manera diferente que a otras mujeres.

Cuéntanos lo que recuerdes de las palabras que te dijo que aún no hemos escuchado».

María les dijo:

«Te diré ahora lo que no te han dado para escuchar.

Tuve la visión del Maestro y le dije:

Señor, te veo ahora en esta visión».

Y él dijo:

«Bendita seas, porque mi vista no te molestó, ¿Dónde está el Espíritu, hay un tesoro». Entonces le dije:

«Señor, cuando alguien te encuentra en una visión, ¿te ve a través del alma o del Espíritu?».

Y el maestro respondió:

«Ni a través del alma ni a través del Espíritu, sino que es el espíritu que está entre ellos quien me ve, y es él quien [...]»

Página 15

Y Lujuria dijo:

«No te he visto caer, pero ahora veo que estás subiendo.

¿Por qué mientes si me perteneces?»

Y el alma dijo:

«Te vi a pesar de que no me viste ni me reconociste.

Estuve contigo como si fueras un atuendo y nunca me viste».

Después de decir eso, el alma se alejó con gran alegría. Luego entró en el tercer ambiente (esfera), conocido como Ignorancia. La ignorancia le preguntó al alma:

«¿A dónde te diriges?

Las tendencias pecaminosas te gobiernan.

De hecho, carece de la capacidad de distinguir (entre el bien y el mal) y está esclavizado».

El alma respondió:

«¿Por qué me estás juzgando si yo no juzgo?

Estaba dominado, pero no controlaba a nadie.

No fui reconocido pero me encontré

que todas las cosas compuestas decaerán, tanto en la Tierra como en el Cielo».

Página 16

Liberado del tercer clima (esfera), el alma continuó su ascenso y se encontró en el cuarto clima (esfera).

La última tuvo siete manifestaciones: la primera es Oscuridad, la segunda: Deseo, tercera: Ignorancia, cuarta envidia (mortal), quinta onda Esclavitud corporal, sexta: Sabiduría intoxicante, séptima: Sabiduría iluminada.

Aquí hay siete expresiones de ira que atormentaron el alma con preguntas:

«¿De dónde vienes, asesina?»

«¿A dónde vas, vagabunda?»

Y el alma dijo:

«Lo que me molestó fue asesinado; lo que me asedió se fue; mi deseo se ha ido y estoy libre de mi ignorancia».

Página 17

«Dejé el mundo con la ayuda de otro mundo; un cierto patrón se ha borrado debido a un patrón más alto.

A partir de entonces, voy al descanso, donde el tiempo descansa en la eternidad (tiempo); y ahora entro en silencio». Al decir esto, María se calló, porque fue en silencio que el Maestro le habló.

Entonces Andrés comenzó a decir a sus hermanos:

«¿Dime qué piensas de las cosas que nos dijo? En cuanto a mí, no creo

que el maestro pueda hablar de esta manera.

Estas ideas son muy diferentes de las que conocimos».

Y Pedro agregó:

«¿Cómo es posible que un maestro le hable a una mujer de esta manera sobre secretos que incluso nos son desconocidos?

¿Deberíamos cambiar nuestros hábitos y escuchar a esta mujer?

¿Realmente la eligió y la prefirió a ella sobre nosotros?»

Página 18

Entonces María lloró y respondió:

«Mi hermano Pedro, ¿qué te parece?

¿Crees que es solo mi propia imaginación la que se me ocurrió esta visión?

¿O crees que mentiría sobre nuestro Maestro?» Entonces Levi dijo:

«Pedro, siempre has sido un hombre impetuoso y ahora vemos que estás rechazando a esta mujer como lo hacen nuestros enemigos.

Sin embargo, si el Maestro la valoraba, ¿quién eres para rechazarla?

Seguramente el Maestro la conocía muy bien porque la amaba más que nosotros. Arrepintámonos y seamos completamente humanos [anthropos] para que el Maestro pueda arraigarse en nosotros. Crezcamos como él nos lo pidió y avancemos para difundir el Evangelio sin tratar de establecer reglas y leyes que no sean aquellas sobre las cuales él ella testificó».

Página 19

Cuando Leví pronunció estas palabras, todos salieron a predicar el Evangelio. Fue el Evangelio de María.

Traducido   por   Jerzy   Prokopiuk

DE LA AUTORA

María Magdalena ha vuelto. Más fuerte que nunca. Él nos habla con toda su voz. Es una mujer tan fuerte que ha sobrevivido durante siglos, todavía actuando en la imaginación no solo de artistas, sino también de políticos, predicadores, movimientos feministas y pro feministas de todo el mundo, y… la mayoría de nosotros. ¿Quién no ha oído hablar de ella?

¿Quién era ella? ¿Quién es el? ¿Cómo y cuándo se convirtió en un espejo de épocas, tiempos y personas?

Su voz era a veces fuerte y a veces apenas escuchada. Llegó a las personas a través de los velos de la historia, penetró a través de la oscuridad de la historia, a menudo distorsionada o irreal porque se adaptó a las necesidades de las eras.

Ahora María Magdalena –más poderosa que nunca– ya no causa tormenta, ¡oh no! ¡Hoy ella es ella misma! No solo intriga, como lo ha hecho durante siglos, sino que muestra el camino y llena un vacío significativo.

***

Jesús siguió los caminos de Galilea y Judea en compañía de los apóstoles. Como la Biblia recuerda casualmente, –había varias mujeres con él–. Nos han visto así durante siglos. Como los que acompañan a los hombres y no tienen nada significativo que decir y que nuestra presencia puede ser omitida.

Leímos a Paweł sobre las mujeres de aquellos tiempos, entre otros, que no se les permite hablar, pero deben ser sometidas, como lo exige la ley. Y si quieren aprender algo, que les pregunten a sus maridos en casa.

Recientemente, las mujeres exigimos cada vez más que nuestra presencia se vea en las páginas de la historia, y también descubrimos y mostramos al mundo a los que crearon la historia. Entonces, conocemos a las mujeres ubicadas en el segundo lugar, e incluso en los posteriores, pero también en los más grandes, que influyeron fuertemente en la forma de nuestro destino común, durante siglos omitidas, cuya importancia se redujo, por diversas razones, quedaron en un segundo plano.

He escuchado atentamente las voces de las reinas antiguas en los últimos años.

Así es como se creó la trilogía egipcia: Las Pasiones de Cleopatra, Divina Nefertiti y Hatshepsut. Inmediatamente después de ella nació una serie sobre mujeres fuertes de la Biblia. La abrió La Reina de Saba.

María Cowen, mi editorial estadounidense, es la madrina de esta serie. María, gracias. Sin ti, tu apoyo, los materiales que me enviaste, tus palabras cálidas, cuidado y aliento gentil para trabajar, la trilogía bíblica probablemente no se hubiera creado, y ciertamente no habría tomado esa forma.

Cuando la Reina de Saba ya estaba en la oficina editorial, una noche sucedió algo extraordinario. Algo que podría pasarle a una de mis heroínas. ¿Pero a mí? En mi sueño vi una figura femenina brillante. Estaba nadando en mi dirección, todo en un brillo dorado. No le vi la cara. Se detuvo y se llevó las manos a las caderas. «¿De verdad crees que Semiramís existió antes que yo?», palabras no dichas por ella aparecieron en mi cabeza. La sombra de la duda de quién es este personaje se levantó. «Todavía no estoy lista», respondí igualmente en silencio. «Lo estás». «Todavía no, me temo que no lo lograré». «Lo estarás. Te ayudaré».

Cuando me desperté por la mañana, había un bosquejo de una novela en mi escritorio. Y no habría duda: escrito con mi mano. También estaba segura de poder manejar todo.

***

María Magdalena, que está incrustada hoy en la llamada conciencia social y cultura pop, es un mosaico de varios personajes. Fue «creada» por el Papa Gregorio Magno a fines del siglo VI, conectando a tres mujeres diferentes en la Biblia. La primera es María de Magdala, la discípula más fiel de Jesús, de quien echó a siete espíritus malignos, que lo acompañó debajo de la cruz, a quien apareció primero después de su resurrección y a quien, después de que ella gritó «¡Rabbuni!», Dirigió las memorables palabras «Noli me tangere» (No me detengas). Fue ella quien proclamó a los discípulos la noticia de la resurrección, por eso Jesús la eligió para ser la primera en proclamar el Evangelio y convertirse en apóstol de los apóstoles.

En segundo lugar, María de Betania, es la hermana de Marta y Lázaro, cuya casa Jesús visitaba a menudo. Fue allí que una vez, cuando María se sentó a escuchar las palabras del Maestro, Marta, queriendo que su hermana la ayudara en el trabajo, le pidió que interviniera y escuchó en respuesta: «Necesitamos tan poco...». En esta casa, María ungió los pies de Jesús con un precioso aceite de nardo y los limpió con su propio cabello, como escribe San Juan. San Lucas también escribe sobre limpiar los pies del Maestro con su cabello, pero su pecador arrepentido lo hace. Y finalmente, fue Lázaro, hermano de María y Marta, en Betania quien Jesús resucitó de entre los muertos.

«Quién de ustedes está sin pecado, que arroje la primera piedra», estas palabras de Jesús a menudo citadas se refieren a una mujer sin nombre atrapada en el adulterio, por lo cual, según la ley mosaica, debía ser condenada a lapidación. María Magdalena también se identificó con este personaje.

En el siglo VI, todas estas «Marías» fueron combinadas en una por el Papa Gregorio Magno. Así se creó María Magdalena y ha estado en nuestra imaginación durante siglos.

Solo en los siglos XIX y XX los Evangelios apócrifos, incluido el Evangelio de María Magdalena, nos hicieron darnos cuenta de quién era realmente nuestra heroína y cuán especial era en el mundo de los apóstoles. Jesús la llamó «perfección sobre perfección», dijo que era «bendecida entre las mujeres», alentada, «Habla abiertamente, tú cuyo corazón está dirigido directamente al Reino de los Cielos más que los corazones de todos tus hermanos».

En 1969, la Iglesia Católica ingresó a María Magdalena en el calendario oficial de los santos y reconoció que María de Magdala, María de Betania y la adúltera eran tres personajes diferentes.

Sin embargo, durante siglos, María Magdalena, creada por Gregorio Magno, ha alcanzado el rango de un símbolo femenino tan poderoso que hoy la mayoría de nosotros probablemente la conocemos y asociamos como una mujer controvertida con un pasado complicado que ha entrado en un nuevo camino y se convirtió en apóstol de los apóstoles. porque ella anunció al mundo la noticia de la resurrección. Y sin fe en la resurrección, no habría cristianismo.

***

Cada época tiene su propia María Magdalena. Y cada hombre. María Magdalena es un reflejo de la época que la ilustra.

¿Cuál la del siglo XXI? Probablemente como nosotras. La forma en que la percibimos muestra nuestra visión de la realidad. También es como un espejo: el que lo mira se refleja en el espejo. ¿Quién es María Magdalena para ti? ¿Quién es ella para el Señor? ¿Quién es ella para mí? ¿Para ti?

***

Gracias María Magdalena por dejarme escribir sobre ella. Que ella vino a mí esa noche y respondió a mis dudas: «Sí, ¡estás lista! Tienes conocimiento, intuición, experiencia». Y ella me guio paso a paso, gentilmente, con ternura y cariño.

Entonces, le agradezco a ella y a todos los que me apoyaron en la escritura de varias maneras.

Una vez más, gracias a María Cowen por su inspiración, materiales, hermosas portadas, largas conversaciones a través del océano y por preguntas como: «¿Qué diría ella al respecto?» ¡Sí, María realmente puede inspirar!

También agradezco a las sacerdotisas modernas de todo el mundo que me dieron su fuerza y poder espiritual, me cuidaron y respondieron las preguntas a menudo extrañas que les hice, cada una con paciencia, comprensión y amor, como si hubieran vivido durante siglos y hablando con ellas. Yo, ellas realizaron una especie de misión espiritual. Estas mujeres y niñas son mis maestras, sacerdotisas, hemet.

Por supuesto, como sucede en los libros, cualquier similitud de personajes literarios con los existentes en la realidad es accidental y no intencional, pero tengo mucha curiosidad sobre si las chicas que querían compartir sus experiencias, conocimientos e intuición conmigo se encontrarán en la novela…

La profesora Ewa Piaskowska, quien fue la rectora de la Escuela de Comercio de la Alta Silesia durante veinte años, me ayudó a construir y adaptar a nuestro tiempo el plan de estudios de la mejor universidad femenina del antiguo Egipto, es decir, el Templo de Isis en el Archivo Chute, y durante años compartió conmigo pensamientos sobre no Solo educación.

Doctora en filosofía y psicología, AgNoszka Brzezińska de Viena, me contó más de una vez sobre su experiencia adquirida durante los viajes alrededor del mundo, su carrera científica y su andar espiritual. AgNoszka, tu visión de la realidad multidimensional se sentía como si estuvieras hablando por sacerdotisas centenarias.

Jola Kurecka, una terapeuta de medicina holística de Amberes, no solo compartió conmigo literatura profesional y conocimiento esotérico inusual sobre mi heroína, sino que también me contó sobre la respiración que MM enseñó a las mujeres que la rodeaban.

Jola Konsek, profesora de matemáticas y física, me hizo darme cuenta de por qué en el antiguo Egipto las ciencias exactas pertenecían a la esfera divina y cómo en aquellos días se enseñaba de manera tan efectiva que las pirámides y los templos construidos sin las herramientas modernas siguen en pie.

Gracias a Ela Kwaśnicka por las recetas de pociones mágicas. Tengo la impresión de que hoy en día estamos más ansiosas por alcanzar el conocimiento de nuestras bisabuelas, también en este campo, ¿verdad?

La editora Maja Zawała y la directora Iwona Woźniak-Bagińska también merecen elogios. Tengo mucha curiosidad sobre en qué personajes del libro se encontrarán... Gracias por su sabiduría, apoyo y relajación creativa juntos.

Básicamente, fui apoyada por (de varias maneras) Basia Romanowska (gracias, querida, por las leyendas medievales sobre MM, que me proporcionaron, buscando en la mitad del mundo), Wiesia Walkowska, Basia Kamińska, AgNoszka Kamińska y Basia Bobrowska.

No, muchas gracias, porque muchas reuniones con autores tuvieron lugar gracias a ti. Sabina Nowosielska – Presidente Kędzierzyn Koźle – ¡Qué mujer tan fuerte! Łucjo Kłańska-Kanarek – Sospecho que pintas ángeles con tanta experiencia y sensibilidad, porque tú también eres uno de ellos. Me deleitan, son delicados y hermosos como tú. Izabelo Migocz – también indudablemente perteneces a este grupo celestial, porque cada vez que escucho tu ópera, parece como si estuviera en algún lugar del paraíso. De verdad.

Hay muchas personas a quienes agradezco mucho. Entre ellas hay mujeres de gran sensibilidad. Una de ellas es la editora

Anna Maruszeczko, directora de Beauty of Life, una editorial sabia y hermosa para mujeres. Anna, ¿cómo lo haces para combinar una conciencia mental tan increíble y la capacidad de funcionar en un mundo de negocios difícil con delicadeza, sensibilidad y poderosa empatía?

La señora Bożena Walter es un ícono de la televisión en Polonia. La conocemos todos. Clase, elegancia, brillantez, inteligencia y gran sensibilidad social. Un precursora de los programas de televisión modernos, copropietaria y fundadora de TVN y la Fundación Tvn «No estás solo». Soñé con conocerla personalmente. En los últimos años ha tenido éxito. Gracias por las cálidas palabras sobre mis libros y por el hecho de que el logotipo de la Fundación Akogo puede aparecer en la portada del libro. Ewa Błaszczyk, y ese zloty de cada copia vendida se transferirá a la cuenta de esta fundación, gracias a la Sra. Bożena Walter. También fue ella quien (junto con A. Maruszeczko y varias otras personas), esa parte de la impresión de mi «María Magdalena» aparece en el paquete con el extraordinario, contemplativo y celestial disco de Justyna Steczkowska –MM–. Estoy honrada.

Puedes conocer a la señora Bożena Walter gracias a la presidenta Jolanta KwasNowska. La Presidenta no solo patrocinó las actividades de Dress for Success en nuestro país (es una organización que tuve el honor de dirigir en Polonia durante diez años), sino que fue, y me atrevo a decir, es y será una mentora para mí y para muchas otras mujeres. Señora Presidenta, gracias por su actitud extremadamente positiva hacia el mundo, su apertura a las personas, su apoyo a los necesitados, su hermosa energía, la combinación de tradición con modernidad, clase increíble, sabiduría y por mostrarme formas posibles y aspectos positivos de cambio, cuando a veces me pareció, que cuando algo termina, tal vez el mundo desaparecerá. ¡Por supuesto que no desaparecerá! La dama puede mostrar sin fallas en qué dirección brilla el sol y hacer que queramos mirar en esa dirección. Gracias por leer mis libros y por tener buenas opiniones sobre ellos. ¡Tales palabras dan alas!

Gracias también a Dorota Soszyńska, reina de la compañía de cosméticos «Oceanic», y a Grażyna Kulczyk, reina de las colecciones de arte moderno y mecenas de la cultura. Conocer a las mujeres y la cooperación en los últimos diez años, las actividades de caridad conjuntas dentro de Dress for Success Poland han sido un honor, y un gran placer para mí. A veces, probablemente no nos damos cuenta de cómo el contacto con mujeres tan fuertes y sensibles puede cambiar nuestra forma de pensar sobre el mundo. ¡Gracias!

Al escribir MM, tuve la impresión de que solo hay personas inteligentes, buenas y amables a mi alrededor. Recibí apoyo y ayuda de muchos lugares. Me correspondí y me reuní con muchas personas de todo el mundo. Consulté el libro que estaba escribiendo con expertos, científicos y clérigos. Recibí una tremenda ayuda del sacerdote Profesor Mariusz Rosik.

Listbiblist, profesor de la Pontificia Facultad de Teología de Breslavia, graduado de, entre otros: Pontifico Istituto Biblico en Roma, Universidad Hebrea y Ecole Biblique et Archeologique Française en Jerusalén, autor de libros científicos, transmisiones de radio, un destacado experto bíblico. Gracias por los consejos, comentarios y correcciones. Gracias al profesor, entendí mejor la situación de las mujeres en los tiempos cruciales para Israel.

También agradezco a todos los demás sacerdotes que respondieron mis preguntas con gran amabilidad, y a Stanisław Puchała por la franqueza, paciencia y comprensión que he estado recibiendo durante muchos años.

Mucha gente me mostró el camino, pidió a otros que me ayudaran, disipar mis dudas, a veces pequeñas, pero importantes para la forma del conjunto.

Como siempre al escribir, estaba convencida de que el libro debe ser coherente con la verdad histórica. Hice lo mejor que pude para que sucediera.

Existe el portal «Imperio Romano». He sido su lectora durante mucho tiempo. Cuando no encontré la lista de prefectos de Roma en Egipto, aunque realmente busqué en todas las fuentes posibles, decidí preguntarle al creador del sitio, Sr. Jacobo Jasiński. Me dio una respuesta casi de inmediato, indicando el lugar correcto para buscar. Estoy realmente agradecida.

El doctor Felipe Taterka, un egiptólogo, cuya ayuda ya he usado en la trilogía egipcia, me mostró personas que, además de la profesora Kara Cooney de Los Ángeles, me pueden contar sobre las diosas, sacerdotisas y principios del templo de Isis en la isla de File en Egipto. Me correspondía con todo el mundo. El profesor Jitse Dijkstra me envió, más personas me mostraron expertos más amigables, expertos y libros que debería leer.

Por supuesto, no solo utilicé historiadores. En asuntos relacionados con la medicina, como en novelas anteriores, fue ayudado por el profesor Andrés Lekston, un experto en corazones humanos de la Clínica de Enfermedades del Corazón en Zabrze. Gracias profesor.

Cuando mis sacerdotisas (por supuesto, María Magdalena) comenzaron a pelear, el general Mieczysław BieNok, el soldado polaco más respetado en las estructuras de la OTAN, no se negó a consultarme. ¡Gracias general!

También consulté con expertos y escenas de expertos durante los cuales mi heroína se volvió loca. Agradezco especialmente a mi hermana, Sylwia Stasikowska de Varsovia, una psicoterapeuta que trabaja con pacientes psicodinámicamentes e integradoramentes, gracias a quien pude entender cuán difíciles fueron los momentos de perdición física y espiritual de María Magdalena y los describí de acuerdo con su curso clínico probable.

En cada uno de mis libros anteriores y en la trilogía egipcia, y ahora, en la trilogía bíblica, un cocinero cocinaba para reinas que podían transferir milagrosamente sus habilidades durante siglos. Henryk Hermann, que aparece en las novelas como Enri (H) Er, esta vez no apareció en las páginas del libro, pero fue el autor de una cena en la casa del padre María Magdalena, emitida con motivo del regreso de su hija a casa. Gracias Henry, la fiesta, como todo lo que organizas, fue genial. Lo sé con seguridad, porque probaste los platos antes, sirviéndolos en tu hermoso palacio, también abierto a turistas, en Krzelów (solo reserva las palabras «Palacio en Krzelów» para averiguar dónde puedes cenar hoy en Polonia como en la época de María Magdalena).

La Biblia –Antiguo y Nuevo Testamento– me acompañó mientras escribía todo el tiempo. Es obvio.

También a menudo me refería a Pistis Sophia, apócrifos, incluido el Evangelio de María Magdalena. Solo han sobrevivido fragmentos muy pequeños, los agregué al libro (en polaco, por supuesto). También me refería a menudo a la 'Historia judía' de Simon Scham, al 'Talmud' de Abraham Cohen, así como a muchos otros libros que me permitieron sentir la atmósfera de los lugares donde visité y sobre los que escribí. Entre ellos estaban: «Plantas bíblicas», «Moda en la Biblia» y «Geografía bíblica» de Barbara Szczepanowicz.

Viajando por Israel, fue con gran placer que utilicé guías del sacerdote Profesor Mariusz Rosik, en primer lugar de «La Tierra de la Palabra».

Por supuesto, vi docenas de películas, pinturas, estudios históricos, artículos creados durante siglos, visité cientos de sitios web y tuve miles de conversaciones. También he leído muchos libros, incluidos los más conocidos y creados en los últimos años, sobre María Magdalena. Entre ellos estaban, entre otros «María Magdalena. Virgen y periodista» –Jean-Pierre Brice Olivier, «Secretos de María Magdalena» Laurenc Gardner, «María Magdalena y San Grial» Margaret Starbird, «María Magdalena. Verdad, leyendas, mentiras». Amy Welborn, «María Magdalena. De un pecador arrepentido a la novia de Jesús» Regis Burnet, «Jesús y las mujeres» de Hubertus Mynark, y finalmente «María

Magdalena. La historia de la mujer más misteriosa de la Biblia» de Paweł F. Nowakowski.

Los nombres de los héroes provienen principalmente de la Biblia. Los personajes auténticos han sido reconocidos sin error durante la lectura. Permítanme agregar que los nombres de los padres de María Magdalena, Eucaris y Cyrus, provienen de la «Leyenda DoradaK de Jacobo de Voragine, un arzobispo dominicano y genovés, que vivió en el siglo XIII.

Sí, leí mucho y, por supuesto, escribí mucho, eso está claro. Solía hacer esto último mientras viajaba y en una computadora portátil no demasiado grande. Y de alguna manera las cosas salieron así que cuando el libro estaba casi terminado, experimenté tendinitis de la mano derecha, específicamente el pulgar. El médico lo llamó profesionalmente la enfermedad de Qurvain. Solo pude terminar de escribir con ayuda profesional. Utilicé maravillosos procedimientos fisioterapéuticos bajo la guía de grandes especialistas y en la atmósfera casi hogareña de la Pensión Senior en Zakrzów en la región de Opole, y el Dr. Mahmoud Manssour, un ortopedista de Katowice, utilizó este tipo de acupuntura (mi pulgar me lastimó la mano derecha y el médico me clavó las agujas en el pie izquierdo) para que pudiera terminar el libro de   milagro.

Cada vez que escribo, toda la familia me apoya. También fue esta vez. El libro fue creado en el Lejano Oriente, Israel y Polonia. Gracias a mi esposo por entender, que siempre fue extremadamente paciente y comprensivo, y que pudo encontrar y traer los libros y películas que necesitaba del otro extremo del mundo, y en el desayuno, si pudimos comerlos juntos, escuchar qué pasó en mis sueños y qué nuevo escribí en la noche. Jerzy, gracias por tu fuerza y bondad.

Mi papá está conmigo muy a menudo. Me toca cuando, ahora, como en mi infancia, me hace comer todo lo que tengo en mi plato, enciende en la chimenea cuando me estoy congelando, y juntos hacemos puré de tomate, que personalmente cultivé en el jardín.

Mikołaj es mi maravilloso hijo. Hace un año, se graduó de la Universidad de Shanghai en China. Muchos años fuera de Europa le dieron no solo un diploma de una gran universidad, sino también una gran distancia y analizar asuntos que en Europa a veces nos parecen muy importantes, pero en términos generales son casi irrelevantes. Mikołaj, gracias por tu ayuda, así como por la lectura cuidadosa de las versiones en inglés de los libros, por tu sensibilidad, sabiduría y paciencia. Eres un verdadero tesoro.

Me gustaría agradecer a las editoriales de Videograf, especialmente a las personas con las que tuve el placer de cooperar con María Magdalena: el presidente Franciszek Leki, la editora en jefe Anna Sakiewicz, la editora del libro María Kania… .. y Ewa Leśny a quien le importa la promoción.

Por supuesto, agradezco a los lectores y lectoras, personas que participan en reuniones con autores.

¡Son geniales!, a todos los que siguen mi página de autor en FB y www.ewakassala.com, gente de los medios, bloggers, vloggers y todas las demás mujeres y hombres que me apoyan todos los días, con palabras amables, gestos, correos electrónicos, mensajes de texto, teléfonos, que gracias a intereses comunes podemos estar juntos. Juntos, a pesar del hecho de que todos y cada uno de nosotros vivimos en algún lugar, a menudo muy lejos, a veces en el otro hemisferio, todos hemos estado haciendo lo mismo durante siglos: estamos transfiriendo el brillante fuego del amor, la amabilidad, el apoyo, la comprensión y la comunidad humana de generación tras generación.

No lo hagamos, como lo hicieron los que vinieron antes que nosotros y los que vendrían después de nosotros. Que la llama en nuestras manos sea uniforme y fuerte.

María Magdalena, gracias…
Ewa Kassala

www.ingramcontent.com/pod-product-compliance
Lightning Source LLC
Chambersburg PA
CBHW060214030726
47499CB00004B/1044